———————— 每本书都是一座传送门

次元书馆

图书在版编目（CIP）数据

我有一座冒险屋．贰，第三病栋 / 我会修空调著．-- 北京：新星出版社，2019.6（2025.3 重印）
ISBN 978-7-5133-3566-9

Ⅰ．①我… Ⅱ．①我… Ⅲ．①长篇小说-中国-当代 Ⅳ．① I247.5

中国版本图书馆 CIP 数据核字（2019）第 076886 号

我有一座冒险屋 贰 第三病栋

我会修空调 著

责任编辑：汪　欣
责任印制：李珊珊

出版统筹：贾　骥　宋　凯
出版监制：张泰亚
策划编辑：邓英洁
助理编辑：姜　珊　乔　红
美术编辑：宋　慧　姚　芳
封面绘图：长　乐
插　　图：咚雾雾

出版发行：新星出版社
出 版 人：马汝军
社　　址：北京市西城区车公庄大街丙3号楼　　100044
网　　址：www.newstarpress.com
电　　话：010-88310888
传　　真：010-65270449
法律顾问：北京市岳成律师事务所

读者服务：010-88310811　　service@newstarpress.com
邮购地址：北京市西城区车公庄大街丙3号楼　　100044

印　　刷：北京天恒嘉业印刷有限公司
开　　本：710mm×1000mm　　1/16
印　　张：19.5
字　　数：318千字
版　　次：2019年6月第一版　　2025年3月第十一次印刷
书　　号：ISBN 978-7-5133-3566-9
定　　价：53.00元

版权专有，侵权必究；如有质量问题，请与印刷厂联系调换。

我有一座冒险屋
贰 第三病栋

我会修空调 著

新星出版社 NEW STAR PRESS

目录。

001 / 第 1 章 走着进去，躺着出来

010 / 第 2 章 暴走的笔仙

021 / 第 3 章 雇用笔仙

036 / 第 4 章 看不见的客人

050 / 第 5 章 门之男

064 / 第 6 章 海明公寓

078 / 第 7 章 镜中怪物

092 / 第 8 章 白猫

107 / 第 9 章 两万奖金

123 / 第 10 章 枯井惊魂

138 / 第 11 章 我们都是怪物

152 / 第 12 章 最危险的病人

167 / 第 13 章 穿越精神病院

181 / 第 14 章 笼中人

195 / 第 15 章 他是谁?

210 / 第 16 章 她不是已经死了吗?

225 / 第 17 章 三号病房的病人

239 / 第 18 章 门后的怪物

253 / 第 19 章 魔鬼苏醒了

270 / 第 20 章 田藤病院

284 / 第 21 章 好疼!好疼!

第1章 走着进去，躺着出来

大清早又是去警局，又是来找范郁，耽误了很长时间，回到乐园的时候已经十点半了。雨过天晴，今天又是游园的好日子，游客很多，陈歌的心情也慢慢变好。他一进入乐园大门，远远就看到自己冒险屋门口拥挤着不少的人。刚开始他以为是游客，走到近处才发现不对，这些人不仅没有排队买票，还十分霸道地堵在最前面。

"怎么回事？"陈歌挤入人群走到近处，发现徐叔也在，好像正在和对方理论着什么。

对方看见陈歌过来，一副找到了正主的样子，将陈歌围在了中间。

"小陈，你跑哪儿去了？怎么迟到这么久？"徐叔扯着陈歌的胳膊，怕他吃亏，将他拉到自己身后。

"我刚从市分局回来，配合警察破获了一起深井藏尸案。"

"啥？"

不止徐叔，连围过来的几个人都停下了脚步，一般人的回答不应该是堵车、上厕所之类的吗？这对话跳跃幅度也太大了吧，完全不是正常的方式啊！

"深井藏尸案？"徐叔怔怔地看着陈歌，忽然忘记了自己应该说什么。

"嗯，和上次的公寓灭门案不一样，这个案件应该不会公开。"

还有上次？公寓灭门案？原本气势汹汹围在外面的几个人莫名地怂了起来。

"好了，交给我来处理吧。"陈歌站在那几人面前，"你们找我有事？"

他一个人往那一站，气势反而要比对方强出不少，堵在鬼屋门口的几个人互相看了看，最后个子最矮的一个中年人被尴尬地推了出来，硬着头皮说："我们是秦广工作室的，你昨晚采用不正当竞争手段，雇用水军散布谣言，对秦广造成了名誉上的损失……"

"我采用不正当竞争手段？你们可真会扣帽子，是谁在抄袭，你们自己心里难道没数吗？"陈歌直接打断了对方的话，"没事的话你们可以走了，别打扰游客正常参观。"

"秦广只是跟你选择了同一个直播场地，你不能因为自己在那里直播过，就说我们是抄袭你的创意。"中年人并没有离开，还试图辩解。

"对比一下我和秦广的直播视频，开头在房间里的推理完全一样，整个过程也都一模一样，这还不叫抄袭？"

"他只是开头模仿了你，后面的剧情有自己的创新，这根本不叫抄袭，充其量算是跟风。"

陈歌从未见过如此厚颜无耻之人，话不投机半句多，他懒得搭理对方，打开鬼屋防护栏，准备营业。

"你是一个新人主播，我们理解你的想法，但是你要知道大主播的热度不是那么容易蹭的。"中年人从提包里拿出一份文件，起初陈歌还以为是律师函之类的东西，但他显然高估了对方。

"你不是这个圈子里的人，有些事情不明白，很多大主播都是由资金和流量堆起来的。你现在是蹭到了热度，势头很猛，但平台不可能为一个新人，去得罪秦广，秦广是平台推出来的，他的利益和平台是捆绑在一起的。"中年人扬起手中的文件，"还是那句话，如果你同意停止恶意攻击秦广的行为，并在个人主页公开道歉，我们会给予你一定的补偿。但要是你一意孤行，继续请水军来秦广直播间带节奏，给自己直播间揽人气，那我们会联系平台封锁你的所有推荐渠道。"

"别一对自己不利就扯到水军身上，这个锅水军不背，那是路人都看不下去了而已。"陈歌根本不在乎对方的威胁，因为平台从来没有给他安排过推荐，连他自己都不是太清楚，怎么就收获了那么多的关注。

"意气用事对大家都没好处，你再考虑一下吧。"中年人态度软化，丝毫看不出之前堵门时的硬气。本来他们五六个人一同过来兴师问罪，气势汹汹，但还没走到跟前，就被陈歌一句话打乱所有计划。其实也不怪他们，正常人谁会想到，陈歌一开口就是藏尸案、灭门案的，听着也太吓人了。

"不用考虑了，我知道自己的内容有卖点，就算被逼离开这个平台，也能迅速重新聚集粉丝。"陈歌将秦广工作室的人赶到一边，通知徐婉准备营业。他奔波一个晚上，确实有点跑不动了，就坐在外面卖票。前几波游客游玩完后，秦广工作室的几个人又跑了过来。

"你们怎么跟狗皮膏药一样？不玩儿别挡路行吗？"泥人也有三分火气，陈歌觉得自己之前已经很有礼貌了，但这帮人还在胡搅蛮缠。

"谁说我们不玩儿？我们也想进你鬼屋里体验一下，看看你这个所谓江州最恐怖的鬼屋有多吓人。"秦广工作室里的两个年轻人背着包，挡在防护栏门口。

"你们也想进来参观？"黄鼠狼给鸡拜年不安好心，陈歌现在摸不清楚这些人的打算，总觉得他们另有目的。

"如果你害怕我们揭穿你的虚假宣传，那我们就不进去了。"两个年轻人里，有一个身材壮硕，一看就是经常健身的家伙，他穿着背心，故意将肌肉露在外面。

陈歌被这小伙子气乐了："别怪我没提醒你，上一个这么说的人是走着进去，躺着出来的。"

"被你这么一说，我更想试试了。"壮硕年轻人旁边是个戴着眼镜，看起来很文静的男人。不以为意地说，"我从小就喜欢恐怖片，在被秦哥招进工作室之前，还跟着恐怖片剧组跑过一些现场，只可惜那些剧组布置的场景都太假，看着一点感觉都没有。"

"我就欣赏你们这些喜欢找刺激的人。"陈歌掀开不透光的黑色门帘，"进来吧，先签免责协议。"送上门的试验品，陈歌怎么会拒之门外，他脸上的笑容都真挚了几分。

旁边的徐叔在看到陈歌脸上的笑容后，不由得打了个寒战，他脑海里想起了那瘫了一地的法医学院学生。干咳一声，徐叔拦住陈歌说：“小陈，别太过火了，他们现在的身份是游客。”

"演的还挺像，你们这就开始铺垫前戏了吗？"陈歌还没说话，那个戴着眼镜的年轻人就自以为看透了真相，表情很是不屑地说，"我来之前翻了大众点评上关于鬼屋的评论，有人说鬼屋老板懂一点心理学，今日一见果真名不虚传。"

徐叔有些无语地看着他，心理你妹啊！要不是怕弄出人命，叔才懒得管你们！

"我有分寸，不用担心。"陈歌领着两个年轻人进入冒险屋，亲眼看着他们签下了免责协议。穿着背心，身材壮硕的叫朱佳宁，戴着眼镜体形偏瘦的叫费友亮。

"进去之后，禁止拍照，禁止录像。里面有四个小的场景，分别是'封闭的教室''厕所第五个隔间''送不走的笔仙''深井'，出口的线索隐藏在四个场景里，必须要全部体验完才能找到出口。"陈歌将两人的免责协议反复看了几遍，他必须要谨慎，因为这两份协议说不定很快就能用上了。

"我们又不是第一次玩鬼屋，这些都懂。"费友亮推了推眼镜，朝鬼屋里看去，"气氛营造得还不错。"

"既然你们都明白，那我也就不废话了。"陈歌本来还想简单介绍一下各个小场景，现在来看，完全没有必要。

"跟我来吧。"

陈歌带着两个年轻人来到一楼"僵尸复活夜"场景门口，他们两个看到"僵尸复活夜"里老旧的场景布局和劣质的人偶模型，不屑地说："还是十几年前的风格。讲道理，你这些场景，门票二十元我都觉得是在欺骗消费者。"朱佳宁和费友亮直接走进"僵尸复活夜"当中，摸着人偶上的灰尘，"多久没人来参观了？"

"看来是经营不下去了，果然网上的满星好评是有水分的。"

"你俩说够了吗？"陈歌掀开地上的木板，"场景入口在这里。"

"地下室？"两个年轻人也不觉得尴尬，背着包从"僵尸复活夜"场景里退出来，走到通往地下的楼梯上。幽暗的走廊一眼看不到尽头，两边的教室房门半开，隐约有黑影穿梭其中，还未进去，就感到一股寒气从地下涌了出来，"这……还像点样子。"

等两个年轻人顺着楼梯进入"暮阳中学"场景后，陈歌在上面喊了一句："如果实在害怕可以对着监控求助，工作人员会带你们出来！"

合上门板，陈歌忽然想起来，"暮阳中学"场景里根本没有安装监控，似乎也没有其他的出口，刚才那些出口线索隐藏在场景里的话也只是他随口说的。"等会儿还是我亲自进去看看吧，但愿这两个傻小子别被玩儿坏了。"

他让徐婉在门口维持秩序，自己换上了碎颅医生外套，进入总控制室将背景音乐改成《黑色星期五》，然后抱着范郁送给他的一盒校牌和照片，也进入了"暮阳中学"场景里。

朱佳宁和费友亮走下楼梯后，就待在出口附近，他俩一直等到陈歌合上木板走远后，才比了个手势，从背包里取出蓝牙摄像头戴在胸前。

"我们两个一人一边，把他的鬼屋内部场景拍下来，通关了以后再公开。"

"这么做有用吗？"

"像他这种固定在一个地方的鬼屋，内部装修都属于商业机密，就是靠这个吸引游客来参观的，要是提前知道了详细的攻略过程，反而没意思了。这也是鬼屋里不允许拍照和录像的原因之一，他们要让游客有一种未知感和期待感。"费友亮固定好摄像头，走在前面说，"视频拍好，后期随便我们处理，到时将整个过程弄的无聊一点，顺便再给他刷一波差评。"

"嗯。"朱佳宁附和了一句，朝左右两边看去。"不过你别说，他这地方做的确实挺厉害，有种身临其境的感觉。"

"再有感觉也是假的，跟我看的那些3D恐怖片没法比。"费友亮一点也不害怕，他只是觉得很烦躁，"先把这地方逛完再说。"

两人走在幽暗的走廊中间，两边是空荡荡的教室，门扉晃动，不时会有奇怪的声音从教室里传出。

"你说出口会不会就在正门旁边的两个教室里，看大众点评说鬼屋老板擅长利用正常人的思维盲区。"

"当你执着于去寻找出口的时候，你就输了，因为你落入了鬼屋老板的游戏规则当中。"费友亮说话的时候也不忘记保持上半身平稳，他和朱佳宁都做过专业的摄像师。

"也对，幸好你跟着我一起进来了。"

"鬼屋实际上很无聊，不过是人玩儿人而已，你要是当真，那你就被玩儿了。"

漆黑的走廊看不见尽头，两人嘴上说不害怕，实际上却走得很慢。大火焚烧的痕迹随处可见，空气中的霉味和东西烧焦的味道混在一起，非常刺激嗅觉。随着他们进入，"暮阳中学"场景内气氛渐渐出现变化，在看不见的角落里，一双双眼睛慢慢睁开。

费友亮走在前面，他跟着恐怖片剧组跑过现场，是恐怖片骨灰级爱好者，眼前的场景虽然压抑、阴森，但还没达到让他害怕的程度。

反而是身材魁梧壮硕的朱佳宁有点儿受不住了，他走着走着就躲到了费友亮身后，眼睛不时朝两边看去。背景音乐并不怎么吓人，但是他却感到心慌，呼吸也变得急促。前面的费友亮不知什么时候停了下来，朱佳宁一个不留意差点撞到对方后背上。

"怎么了？"朱佳宁不自觉地压低声音，感觉一开口，就有凉气钻进肺里。

"这个教室，不太一样啊。"费友亮站在最后一间教室门口，看着座位上一套套深色校服，竟产生了一种诡异感，好像教室里密密麻麻坐满了人一样。

"多了很多校服。"朱佳宁胆子还不如费友亮，隔着窗户看都直打冷战，"要不先去其他地方吧。"

"别怕，这间教室里应该藏着鬼屋工作人员，所以才会布置的不一样。"费友亮还能勉强维持住冷静，"鬼屋老板说要体验四个小场景，这个应该是其中之一，恐怖场景是鬼屋的重要卖点，等会儿我们给他录成解析视频，出去后再发到网上去。"

在他说话的时候，教室前门好像被风吹动，"嘎吱嘎吱"的自己打开了。

"里面绝对有人在操控，我在剧组里见过类似的机关。"费友亮拍了拍朱佳宁的胳膊，"走，去把扮鬼的家伙揪出来。"

"你说的有道理，不过……"朱佳宁额头冒汗，"我刚才看了一遍，教室里好像全都是校服，没有藏人啊。"

"可能有暗格之类的，进去后要小心了，演员随时会从你意想不到的角度出现。"最后一间教室是陈歌都不愿意久留的地方，而费友亮和朱佳宁就这样大大方方地走了进去。

空气中好像混入了奇怪的东西，走在教室当中，仿佛被丢进了深水里，周围时刻存在一种说不上来的压迫感,连呼吸都不是那么顺畅了。"友亮,要不我去外面等你?"这间教室比走廊还要阴森,王佳宁站在费友亮身后,脸色难看,额头渗着汗水。

"咱们来鬼屋之前怎么说的,同进同退,这才刚开始你就怂了?"费友亮心情越来越烦躁,周围那些深色校服明明只是很普通的衣服,和恐怖片剧组里的服装道具相差甚远,但是这没有任何异常的校服却让他不敢靠近。

朱佳宁显然没有看出自己的队友已经慌了神,小心翼翼地低声询问:"你说鬼屋演员可能会躲到什么地方?他们会不会突然从校服下面蹿出来?"

"不清楚,正常鬼屋的套路应该是这样的。"费友亮挪动脚步走下讲台,他握紧了拳头,从两排课桌中间走过,并没有发生什么恐怖的事情,"屋里好像没有人。"

"如果没藏演员,为何要花这么大力气布置场景?在桌子上刻这么多血字,还故意摆些破旧的校服。"朱佳宁说完还朝旁边的教室门看了一眼,"而且刚才这教室门好像是自己打开的,就像是有人在引诱我们进来一样。"

"估计是风吹的。"费友亮回头瞪了朱佳宁一眼,"你有说废话的时间,还不如进来找一找通道和机关。"

"别生气,我这不是想着帮你分析一下吗?"朱佳宁朝着教室另一个方向走去,他身材壮硕,在经过教室中间某个座位时,不小心碰掉了椅子上的校服。他根本没有在意,也不准备去捡,直接一脚踩在了校服上,走到教室后门处嘀咕,"确实没什么好害怕,我还以为从课桌旁边经过会突然蹿出什么东西……"

说到一半,朱佳宁声音越来越小,他转身发现,教室里和刚才一模一样,什么变化都没有。"我经过的时候,好像有一件校服掉在地上了。友亮,你把那件校服捡起来了吗?"

"校服掉在地上了?我怎么没看见?"费友亮在教室另一边,两人中间隔着几张课桌的距离。

"幻觉?"朱佳宁原路返回,他停在教室中间的那张课桌旁边,"我记得就是这件校服掉在了地上。"他将校服拿起,抖了几下,一股奇怪的味道飘散而出,有点像是鱼腥味。

"真是怪了。"朱佳宁随手把校服扔在桌子上,蹲下身体,开始检查周围是否存在机关。他晃动桌椅，一切正常，就在他准备放弃的时候，课桌抽屉里传出了弹珠碰撞的声音。

"里面放有东西？"朱佳宁弯下腰，一手撑地，把脸凑到了抽屉口。

漆黑的抽屉里，塞着一些试卷和课本。

"为什么会发出弹珠碰撞的声音？这抽屉还有夹层？"他看向漆黑的抽屉，伸手将抽屉里的废纸取出，刚拿开一张纸，忽然看到废纸后面有两颗浑圆的眼珠正死死地盯着他！

"啊！"

突如其来的惊吓，让半蹲在地的朱佳宁头皮发麻直接向后栽倒，连续撞翻了两张课桌。

"怎么了？！"动静很大，把另一边的费友亮也给吓了一跳。

"抽屉里有人！"朱佳宁爬了半天都没有爬起来，脸上毫无血色。

"你有病啊！抽屉里怎么装人？"费友亮低骂了一句，走到中间那张课桌旁边，"应该是道具之类的东西。"他把抽屉里所有卷子和课本都拿了出来，扔在地上。"看清楚了，别一惊一乍的，里面什么都没有。"

缓了十几秒，朱佳宁才从地上爬起来："我真看到了，是一双眼睛，我骗你我不是人！真的！"

"就算看到也只是鬼屋吓人的手段，你慌什么？"费友亮本来不害怕，结果被朱佳宁说的心里发毛，"算了，先出去吧。"两人慌忙跑出教室，留下一地狼藉。

"还要继续往前参观吗？"朱佳宁心有余悸，望着幽暗看不到尽头的走廊，感觉心都在打战。

"进来五分钟不到你就打退堂鼓？咱们是来找事的，不是给他这鬼屋做义务宣传的。"费友亮恨不得踹朱佳宁一脚，"怂得要死，你都对不起你身上的肌肉。"

他说完继续向前，朱佳宁虽然害怕，但为了不给秦广工作室丢人，也只好跟了过去。他边走边回头，当他看见最后那间教室的门再次缓缓打开的时候，吓得一激灵，赶紧追上了费友亮："快走，那教室里好像有东西出来了！"

两个人急急忙忙往前跑，直接忽略了拐角的厕所，来到了第一个分叉口。

"这鬼屋场景有多大？怎么还分出了两条路？"朱佳宁没了主意，费友亮也一直皱着眉头，他酷爱恐怖电影，也参观过很多鬼屋，但还是第一次遇到这样的鬼屋。全程没有看到一个工作人员扮鬼，但是那种恐惧感却挥之不散，待得越久，就越感到害怕。

以前他参观的鬼屋还能看到"鬼"，只要"鬼"出现，就会出现破绽，因为那些鬼屋里的"鬼"都是人假扮的，至少能告诉他这个恐怖场景里有其他活人存在，是人为的。但他今天参观的这个鬼屋完全颠覆了之前对鬼屋的印象，全程没有演员参与，可是却营造出了一种莫名的惊悚感觉，让他时刻处于紧张状态，不知道什么时候就会发生极度恐怖的事情。

"先去这边看看吧。"

走廊变得狭窄，费友亮和朱佳宁朝女生宿舍走去。

最开始的几个房间并不算太吓人，两人紧张的情绪得到舒缓，萦绕在心头的恐惧感也散去了不少，紧接着他们就进入了笔仙所在的房间。宛如发生过凶案一般的女生寝室里，并排摆着四把椅子，椅子上放着几张白纸和一根用透明胶带粘在一起的圆珠笔。

第 2 章 暴走的笔仙

"这个寝室和前几个不太一样。"朱佳宁站在寝室门口,看样子是随时准备往回跑,"有点密室逃生的感觉,出口的线索估计就藏在这里吧?"

"不知道,我第一次见到自由度这么高的鬼屋,老板心真大,也不怕游客出事。"费友亮走到椅子旁边,随手拿起了那几张白纸,上面分别写着——

我什么时候会死?

我会以什么方式去死?

下一个去死的会是谁?

"看这个场景有点像笔仙游戏,但是……"费友亮又看向椅子上缠着透明胶带的圆珠笔,"这个笔也太奇葩了吧?"

"会不会有什么机关?"朱佳宁也走了过来,将圆珠笔拿在手中,使劲按了几下,差点儿把笔杆给按碎了,"好像就是一杆很普通的笔。"

"你还记不记得鬼屋老板进来前说过什么?鬼屋里包含四个小场景,必须要全部体验完,才能获得关于出口的线索。"

"没错,出口的线索就隐藏在四个小场景里,我们好好找一下,以我的经验来看,这间寝室里应该会有钥匙和纸条一类的东西。"寝室不大,两人找遍所有角落都没有发现提示。

"这个鬼屋难度有点高,设计得也很巧妙。"费友亮把手中的白纸全平铺在桌上,三张纸上写着字,只有一张纸是空白,"难道非要体验一次笔仙游戏,才能知道答案?"

"在鬼屋里玩笔仙游戏不太好吧。"朱佳宁看着白纸上的几个问题,有点心慌。

"鬼屋的四个小场景里,也就这个看着比较简单一些,不把它当作突破口,你准备回那个教室寻找线索吗?"费友亮不耐烦地招了下手,"再说你真以为这世界上有笔仙?赶紧过来试一次,不行直接走。"

他也不知道哪里出了问题,总感觉不是太舒服,心底压抑着的负面情绪被激发,有种想要毁掉一切的冲动。朱佳宁很不情愿地走到费友亮对面,两人一左一右分立在椅子两边。

"可我不知道游戏的过程。"

"不用担心,我看过很多关于笔仙的电影,很早以前也在家里试过几次,全都是骗人的,这个游戏可以用科学来解释。"费友亮竖直握笔,悬停在唯一空白的那张纸上,"你的手指伸到我的指缝里,扣住笔杆,然后什么都不用管了。"

"好的。"朱佳宁对费友亮很信任,蹲在椅子一边,将圆珠笔握在中间,"然后做什么?"

"保持安静就行。"费友亮在白纸上写下了是和否两个字,等到女生宿舍里再无任何杂音干扰的时候,轻声说道,"笔仙,笔仙,你是我的前世,我是你的今生,如果你要来,就在纸上画圈。"

他话音刚落,宿舍半开的门忽然被一阵风吹动,破旧的房门缓缓打开,外面就是死寂的走廊。朱佳宁打了个寒战,朝屋子里缩了缩。

"不要乱动。"费友亮注视着笔尖,身体宛如石像一般。

阴风在寝室里徘徊,地上的废纸刮蹭小腿,好像被人用指甲轻轻划过,温度降低,寒意顺着脚踝向上蔓延。保持同一个动作,处于高度紧张状态时,人的感官会变得更加敏感,这对正在进行笔仙游戏的两人来说无疑是一种折磨。

破旧的女生寝室似乎变暗了一些,沾满污迹的床单被什么东西碰了一下,那样子就像是有人正从床底下爬出一样。大概十几秒后,两人悬停在空中的手臂都开始轻轻颤动，笔尖也在白纸上留下了一连串不相连的点。

"笔仙应该不会来了吧？"朱佳宁忍了半天还是问了出来，他实在受不了这个压抑的气氛了。

"很多电影里说请笔仙的时间是十分钟，如果十分钟内没有回应，就说明失败了。不过这东西本来就是人们虚构的，很多时候游戏者之所以会认为笔仙出现，其实是一种心理作用。"费友亮示意他耐心等待，"这地方是鬼屋老板说的四个场景之一，我们按照他的要求去做，看看他能玩出什么新花样。"

他刚说完，手中的圆珠笔就晃动了一下，幅度很小，两个人都察觉到了。

"是你动的？"异口同声，他俩看着彼此，都从对方脸上看到了一丝惊讶。

"不是我。"朱佳宁赶紧否认，他还没从那双眼珠带来的恐惧中走出，就又遇到了这事，神情紧张地说，"友亮，你说不会真的是笔仙来了吧？"

"不可能的，笔仙游戏只是利用环境和游戏方式带来心理暗示，游戏时间又故意安排得很长，手臂悬空，会因为呼吸、脉搏不自主晃动，所以才会出现这种情况。"费友亮似乎是为了说服自己，又补充了一句，"人在潜意识里幻想笔自己在动，潜意识会影响主观判断。"

他刚说完，手中的笔又动了一下，这次非常明显。两人对视一眼，同时朝白纸看去，纸面上原本零零散散的小点被一条线连接，正好画成了一个不规则的圆。

"靠！好像真的来了！"朱佳宁想要把手给抽回去，关键时刻被费友亮抓住。

"不管是不是真的笔仙，都要继续玩下去。"

"为什么？"

"如果是真的笔仙，在没有送走它的情况下，擅自结束游戏，就会被它缠上，至死方休；如果是假的笔仙，我们根本不用害怕，一切都是鬼屋老板安排好的游戏环节罢了。"

"那你说接下来该怎么办？"

"问问题，然后将笔仙送走。"费友亮还算能保持冷静。

"问什么？另外那几张白纸上的问题吗？"朱佳宁指了指旁边几张白纸。

"这是个陷阱，玩笔仙游戏千万不能询问跟死亡有关的事情，我们随便问些无关紧要的就行了。"

"无关紧要的问题?"

"让我来就好了。"费友亮抓着朱佳宁的手不放,停顿片刻后,他示意朱佳宁保持安静,自己轻声说道,"笔仙,笔仙,能不能告诉我,我未来的妻子叫什么名字?"

本来就是随口一问,但是让费友亮没想到的是,当他这个问题说出口后,女生寝室里的阴风忽然停止了,有一股压抑到极致的气息从他身后散发出来。两人手中的笔颤抖得越来越剧烈,很快在白纸上写下了三个字——

去死吧!

"去死吧?"费友亮心里纳闷,只是简简单单问一下自己未来妻子的名字,怎么就出来了这三个字?两者之间毫无关联,自己也是完全按照笔仙游戏的游戏规则去做的,没有犯任何忌讳,不可能惹笔仙生气。他略一沉思,心中有了答案——这一定是鬼屋老板提前设计好的,不管询问什么问题,都会出现这三个字。费友亮感觉自己已经洞悉了鬼屋老板的所有想法,心中慢慢升起了不过如此的念头。

"这三个字出现的方式很巧妙,我暂时还没有弄明白原因,不过鬼屋老板太刻意强化恐惧,忽略了合理性。"他分析得头头是道,"如果换做其他游客,在慌乱之中,很有可能会中断笔仙游戏,或者触犯笔仙的禁忌,纸上出现这三个字会迎合他们的心理暗示,以为笔仙真出现了,从而感到恐惧。但可惜他今天遇到了我们,所有步骤没有出现任何错误,但他纸上的回答,却和我的问题风马牛不相及。由此可见,笔仙只是一个吓人的噱头罢了。"

说了半天,费友亮发现朱佳宁没有回应,好像屋子里就他一个人似的。

"小朱?你手怎么这么凉啊?"他一抬头,看见朱佳宁正呆滞地望着自己身后,嘴巴张大,五官扭曲。忙问,"你在看什么?"

朱佳宁此时的表情有些吓人,他就好像没有听到费友亮的话一样,全身都在颤抖,就和手中那根伤痕累累的圆珠笔一样,颤抖得越来越剧烈。费友亮心中出现了一种不好的预感,他也察觉到女生宿舍里气氛有些不对,和之前比多出一种无法形容的压迫感。而这压迫感的源头,好像就在自己身后。

他想要转身,但感觉后背好像被什么东西压住了,身上的每一块肌肉都变得僵硬。

怎么回事?这是什么原理?一个个问题闪过他的脑海,那种想看又看不到的感觉让他十分抓狂。"小朱看到了什么？我背后到底有什么？！"阴冷的感觉传遍全身，身体好像被扔进了冰窟里，费友亮打了个寒战，他的皮肤表面浮现出块状的青紫色印迹，就好像有数只看不见的手抓住了他。他感觉身后的东西似乎要挤进自己的身体里，更糟糕的是有一股寒意慢慢压在了他的肩膀上，越来越重！此时他对面的朱佳宁终于忍受到了极限，用尽全身力气，喊出一句话："你后背有人！"

"后背？"

后背有人和背后有人是两个概念，一个是趴在背上，一个是站在背后。费友亮还在思考分析，他身前的朱佳宁却一跃而起，甩开了他的手，朝门外狂奔！

朱佳宁走的果断直接，毫不犹豫，被队友抛弃的费友亮还呆呆坐在地上，手中缠裹着透明胶带的笔就好像是长在了他的手上一样，甩都甩不掉。他手臂僵硬着，根本没动，但是笔尖却自己在白纸上书写起来。

去死吧！去死吧！去死吧！

一个个狰狞的红字出现在白纸上，朱佳宁已经离开，握着笔的人只有费友亮一个，他很清楚自己的手从头到尾都没动过，这些字是现场的其他东西写出来的。费友亮仍旧怀有一丝侥幸，他喜欢寻找刺激，因为他从不相信世界上有脏东西存在，他一直自诩是一个绝对理智的人。

"小朱看到的东西可能是3D投影，椅子并排摆放，游客玩笔仙游戏的位置是固定的，只要在对应的角度安装好设备，就能营造出类似的效果。原理应该是这样没错，可为什么我的身体在颤抖？"他承认自己小瞧了这杆破旧的圆珠笔，小瞧了鬼屋，如果再给他一次重新选择的机会，他绝对不会这么冒失地进来参观。

后背上冰凉的感觉仍在蔓延，费友亮手中的笔在疯狂书写过后，终于不堪重负，胶带崩开，再次断裂。笔杆上端脱落，此时纸面上刚好写完一个"死"字。

"结束了吗？"手臂慢慢恢复控制，费友亮直到这时候才敢喘息。肌肉仍有些僵硬，他想要活动身体，但是却发现肩膀很沉，根本动不了！他以为自己挺过了笔仙游戏，实际上这惊魂的体验才刚刚开始。

"为什么还是动不了？"挣扎着扭动脖颈，费友亮看向自己的身后，眼睛眯成一条缝。他做足了心理准备，可是回头一看，自己背后什么都没有。

"虚惊一场？小朱怎么会有那么夸张的反应？他看到了什么？"费友亮大脑飞

速运转，在这期间他的肩膀变得更加沉重，就像是被什么东西踩着一样。

"肩膀？踩着？"脑中闪过一个画面，费友亮似乎想到了什么，慢慢扬起了头。

黑发披散，脸部因窒息而肿胀，双眼外凸，透着不知缘由的愤怒。就在费友亮的肩头，站着一个吊死的女人！

嘴巴张大，却发不出任何声音，每一根汗毛都竖立了起来，眼镜歪歪斜斜地挂在脸上，费友亮感觉在那一刻，他的心脏停止了跳动。

"我……"后面的话没有说出口，他瞳孔就开始涣散，身体倾斜，软软地倒了下去……

陈歌故意在外面等了几分钟才进入"暮阳中学"场景里，他要跟那两个参观者错开时间。

"半天没有听见惨叫，这两个家伙挺厉害的，看来我要认真了。"戴好人皮面具，陈歌先进入最后一间教室，将那个装着二十四个校牌的纸盒放在讲台上。他想，"桌椅被碰倒，看来他们到过这里，并且遭遇了什么。"两人遭遇了什么，陈歌也不清楚，这个场景他还没有完全摸索透。

把倾倒的桌椅重新归位，地上的废纸和课本塞回抽屉，做完这一切后，陈歌忽然听到前面的分叉口传来脚步声，有人在走廊上狂奔。

"会是谁呢？"他身穿沾满鲜血的医生外套，戴着无数张脸拼合成的人皮面具，慢慢走出了教室。

脚步声很急促就好像被什么凶残的野兽追赶一样，陈歌走出教室的时候，正好看到了对方。一米八的朱佳宁哇哇乱叫着从女生寝室里跑出，脸色煞白，他已经失去了理智，全速奔跑，好像一头发疯的公牛。

"怎么回事？看他逃跑的方向，应该是在女生寝室遇到了什么恐怖的东西。可我记得女生寝室里，并没有什么特别吓人的东西啊。"自己还没进来，朱佳宁都已经快被吓疯了，这让陈歌颇有一种"我还没用力，对手就倒下"的感觉。

"说好的一点都不怕呢？进来的时候不是很淡定吗，现在为何跑得跟疯狗一样？"新场景开启，陈歌也不清楚他们两个会遇到什么，保险起见，他决定拦下朱佳宁问个清楚。

拼了老命跑出女生寝室的朱佳宁，还没来得及喘一口气，他刚放慢脚步就看到最后那间教室里有人影晃动!

"校服活了?!"

心里第一时间冒出这样一个念头,他当时在全速冲刺,并没有看清楚,等快跑到教室门口,一道身穿血衣的身影从教室里蹿出。朱佳宁感觉时间在放慢,他的视线凝固在对方的脸上,那是一张拼合成的脸,汇集了各种扭曲、残忍、痛苦的表情。

"我就知道教室里不干净!"刹不住身体,朱佳宁直接撞在走廊墙壁上,也不管疼不疼,双手往墙壁上一撑,转身就跑!也不知道是全速冲刺、急停变向把他弄晕了头脑,还是被吓得思维混乱了,朱佳宁闷着头直接跑进了拐角的厕所里。

"瓮中捉鳖?"陈歌越来越好奇,这小伙子在女生寝室里究竟看到了什么。"对了,怎么就一个人?他的同伴跑哪去了?"想了一会儿,陈歌觉得还是找朱佳宁问个清楚比较好,他摸了摸脸上的人皮面具,进入厕所当中。

朱佳宁冲进厕所以后才发现自己跑错了路,但他已经无法回头,随手拉开了第四个隔间的门板,藏身其中。他捂住了嘴巴,瞪大了双眼,一个浑身肌肉的硬汉,缩在蹲坑旁边,心脏狂跳不止。朱佳宁真的被吓坏了,刚才玩笔仙游戏的时候,他坐在费友亮对面,在费友亮低头分析的时候,他可是一点点看着"笔仙"出现在费友亮的背后。

一想到那个女人肿胀得快要窒息的脸,他自己就觉得快要喘不上气了。

"那绝对不是演员!这个鬼屋真的闹'鬼'!"女生寝室他们之前刚刚搜查过,包括床底下,可以肯定屋里没有藏人,那个惨死的女人是凭空出现的!"一定是'鬼'!"女人的脸在朱佳宁脑海里挥之不去,成了他心中的阴影,就算闭上眼睛也能看到那张脸在眼前晃动。他十分无助,身体紧贴厕所墙壁,即使拥有一身肌肉,也无法带给他哪怕一丝一毫的安全感。

"友亮还在那个屋里,'鬼'踩在了他的肩膀上,那样的场景真是太真实了!"朱佳宁深深吸了好几口气,他感觉大脑有些缺氧。"我要和外面的人取得联系,这个鬼屋有问题。"他努力告诉自己不要害怕,但是手臂依旧不断颤抖,他在背包里摸了半天才拿出手机,拨通电话。

"小朱?你这时候给我打电话干什么?视频录好了?"话筒另一边响起中年人

的声音。

"远哥，快进来救我！这个鬼屋里真的有'鬼'！"朱佳宁的声音带着哭腔，"我坚持不住了，现在也不知道有多少'鬼'在外面。"

"鬼屋里有鬼不是很正常吗？"话筒那边的中年人并没有放在心上。

"不是人装的鬼，是真的有'鬼'！"朱佳宁还不敢大声说话，怕被外面的"鬼"听到，现在是又急又怕。

"你把电话给友亮，让他跟我说。"中年人听出朱佳宁声音不对，终于认真起来。

"亮哥被'鬼'控制了，现在还在那个房间里。"

"被'鬼'控制？"

"我亲眼看见，'鬼'踩在了他的肩膀上，是个'吊死鬼'，脸是紫黑色的，眼睛都快要鼓出来了！"

"踩在肩膀上？你们是被鬼屋员工殴打了吗？好！我们马上进去！"

"不是员工，是'鬼'，这屋子里没有员工……"朱佳宁还没说完，厕所门口忽然响起了脚步声，"'鬼'进来了？！"

"你说什么？喂……"朱佳宁怕吸引外面鬼怪的注意力，直接把电话挂断了。

"希望它没有听见，不要发现我，这地方我以后再也不会来了。"朱佳宁关掉了手机，弯下腰，眼睛紧紧盯着隔间的木门。他不知道什么时候自己面前的门会被拉开，更不清楚到时会有什么东西出现，他脑海中不受控制地浮现出各种恐怖画面，比如一开门就看到那张恐怖的女人脸，又或者自己会动的校服从门缝挤进来。

"我该怎么办？远哥，你们可要快点来啊！"他心急如焚，思绪混乱，那脚步声已经进入厕所当中，越来越近了！

"嘎吱。"

第一个隔间的门被打开，老旧的木门发出声响，吓得朱佳宁屏住了呼吸。

停顿了一小会，第二个隔间的门也被打开了。

"更近了！那东西过来了！"又停了一会儿，不出所料，第三个隔间的门被打开。

"就在隔壁，那东西马上就要打开我这扇门了！"朱佳宁身上肌肉隆起，恐惧快要将他折磨疯了。时间一分一秒流逝，可是让他感到奇怪的是，自己面前的这扇门竟然一直没有人碰。足足等了半分钟，朱佳宁所在隔间的门还是没有打开。

"走了？"

他鼓起所有勇气，将隔间门推开一条细缝，外面什么都没有。"真的走了？"他慢慢将门推开，外面空无一人。

"太幸运了，差一点就被发现了。"舒了一口气，朱佳宁又拨通了中年人的电话，在屏幕亮起的瞬间，他忽然看见屏幕上映照出了什么东西。

他顺着屏幕映照的方向看去，在第三个隔间的隔板上，有一张脸正默默地注视着他。

"啪！"

手机从指尖滑落，摔在了地上，依稀还能听见话筒那边传来的声音。

"友亮的电话打不通，你们在里面遇到什么了？"

"小朱？能听见我声音吗？"

"朱佳宁？你没事吧？说话啊！"

朱佳宁当然听到了他的声音，只是这个时候他已经说不出话了。他眼白上翻，哐当一下撞在隔板上，身体抽搐，怎么都站不起来了。

"早就警告过你们不要在冒险屋里拍照、录像，可你们就是不听。"陈歌取下面具，塞进口袋，他看着瘫在地上的朱佳宁，觉得免责协议真的是一项很伟大的发明。

他的吓人方式和其他鬼屋不太一样，正常的鬼屋都是演员扮鬼，躲在游客视角盲区，突然怪叫着出现吓唬游客。但陈歌吓人的方法就很特别了，他将气氛烘托到极致，然后等待游客自己主动去寻找惊吓点，整个惊吓过程无声无息，防不胜防。在有心理预期的情况下还被吓到，就会像朱佳宁现在这样，无法把恐惧释放出来，犹如喉咙里卡着一大块冰，喘不上气，冷得彻骨。

陈歌从第三个隔间走出，把地上的手机关掉装进朱佳宁口袋里，然后将他拖出厕所，扔在走廊上。"怎么还在抽搐？有呼吸，应该没事。"陈歌掐了掐朱佳宁的人中，看他恢复正常后才停止。

"能听见我说话不？跟你一起进来那个人跑哪儿去了？"问了半天没有回应，陈歌只好把他先放在这里说："别乱跑，小心遇见'鬼'。"

他怕一会儿再把另一个人给吓出问题，便将碎颅医生外套脱下，拿在手中。"这人是从女生宿舍跑出来的，他的同伴应该也在那个方向。"陈歌朝着分叉路口一边跑去,可是找遍了所有寝室都没有看到费友亮。

"去哪儿了?"他停在笔仙那个房间里,透明胶带包好的笔再次崩裂,掉在了地上。

"房间里没有打斗过的痕迹,那个戴眼镜的家伙能跑到什么地方?"陈歌从女生宿舍出来,站在岔路口中央,"难道是去那边了?"

岔路口另一边是深井和学校办公室所在,地面凹凸不平,路过几个办公室隔间,陈歌总算是找到了费友亮。这哥们儿的情况还不如朱佳宁,嘴角沾着白沫,眼镜片都碎了,更诡异的是他倒下的地方距离走廊尽头的深井很近,一只手还搭在井边,好像要被拖进井里一样。

"这家伙遇到了什么?看样子他不只是招惹了笔仙啊!"冒险屋里没有安装监控,陈歌也不清楚在费友亮身上到底发生了什么事情。看着他凄惨的模样,陈歌十分人道地帮他做了心肺按压。"这人的症状和鹤山当时差不多,先弄出去再说。"

费了好大劲,陈歌才将这两个人拖到了出口。掀开木板,他刚把两个人拖到冒险屋一层,就听见外面有人在争吵,似乎是秦广工作室的人准备强行冲进来。

"真是事多。"陈歌一手一个,拖着两个参观者走出冒险屋。阳光照在身上,陈歌把费友亮和朱佳宁往秦广工作室的几个人面前一扔,扫了他们一眼:"吵什么呢?"

两个大活人活蹦乱跳地进去,半死不活地出来,还有一个嘴角沾着白沫,这是被吓吐了吗?围观的游客齐齐往后退了一步,腾出一块空地。

"小朱!友亮!"秦广工作室的人跑过来将两个年轻人扶起。朱佳宁还好说,已经缓过来神,就是腿还有点发软。情况严重的是费友亮,说他昏迷吧,他眼睛还能睁开,说他清醒吧,叫他名字也不答应,表情呆滞,嘴角还残留着白沫。

"你把他俩怎么了!"矮个中年人一脸愤怒地质问陈歌。

"你问我,我问谁?"陈歌确实不清楚,他进去的时候,两个人已经被吓得分不清楚东南西北了。

"我们中间通过电话,小朱说你的员工踩在了友亮肩膀上!你们竟然敢在鬼屋里袭击游客,还有没有职业操守!"

"你哪只眼睛看见我的员工袭击他了?"陈歌瞥了一眼地上瘫着的两个人,"你可以去警局做指纹鉴定，我可以保证，没人触碰过游客除双手以外的任何部位。"

"别吵了，我去叫乐园的医生过来，救人要紧。"徐叔头都大了，给乐园的医护人员打了电话。

"人都成这样了，你们竟然还不承认？幸好我们早有准备！"矮个中年男人打开了费友亮的背包，将里面笔记本电脑取出，又把费友亮胸前的无线摄像头和背包带子上贴的拾音器摘下。

"东西倒是不少。"陈歌在里面拖"尸"的时候就看见摄像头了，他也大致猜到了这些人的想法，只不过他并没有放在心上。其他鬼屋严禁拍摄录像是害怕泄露场景设计，制作一个完整的大型恐怖场景价格非常昂贵，内部构造属于商业机密。但这对陈歌来说不算什么，他只需要完成试练任务，就能不断解锁更加恐怖的场景，若论场景更新速度，任何一个鬼屋都比不上他。在他看来，这些人出去散布鬼屋视频，也算是一种另类的宣传，毕竟他的冒险屋现在最缺少的是曝光度。

"等会儿你就笑不出来了，我会保留你们鬼屋员工殴打游客的视频，这事没完！"矮个中年人声音很大，似乎是故意在吸引周围游客的注意。

"我们是专业的，绝对不存在殴打游客这样的事情。"陈歌走到电脑旁边，他心里其实也很好奇费友亮在鬼屋里遇了什么，最后为何会瘫在深井旁边。

矮个中年人把电脑摆正，开始播放刚才录下的视频。屏幕一片漆黑，但能听到嗡嗡的杂音。

这个时候费友亮还没进入鬼屋，拾音器应该是提前贴好了，但摄像头还没拿出来，所以只能听见杂音，看不见画面。过了有几秒钟，电脑里传出了陈歌说话的声音。

"别怪我没提醒你，上一个这么说的人是走着进去，躺着出来的。"

紧接着电脑中又传出了费友亮不屑一顾的笑声："被你这么一说，我更想试试了。"

第3章 雇用笔仙

电脑里的声音不算大，但周围几个人都听得清清楚楚。大家不约而同地看向瘫倒在地，口吐白沫，表情呆滞的费友亮，一个个神色古怪。矮个的中年人也察觉不妥，快进跳过了这一段。又过了一两分钟，电脑屏幕上出现画面，朱佳宁和费友亮已经进入鬼屋内部。外面的游客对鬼屋的场景很好奇，有的人还特意往前挤，想要看看里面的机关布局。

"暮阳中学"场景修建在地下，非常安静，拾音器清晰地录入了两个年轻人的声音，包括他俩讨论上传视频，给鬼屋刷差评的话也播放出来了。

"这些人就是专门来搞事的啊！"

"刚才我差点儿就信了他们的话。"

围观的游客议论纷纷，迫不得已，矮个中年人又快进了几次。由于光线原因，视频画面并不是太清楚，只能看到一条阴森的走廊和两边空荡荡的教室。不过，仅仅这些已经足够瘆人了。秦广工作室的人播放拍摄视频可不是为了帮陈歌宣传鬼屋，他们是想要找出陈歌指使员工殴打游客的证据，可是放了五六分钟了，视频里全都是费友亮和朱佳宁大呼小叫，其他什么都没有看到。这下不仅秦广工作室的人不淡定了，围观的游客也越来越好奇。这么大的一个鬼屋里，竟然一个扮

"鬼"的演员都没有，那它是靠什么来吓人的？

很快视频播放到了两人玩笔仙游戏的场景，一开始也没什么，但当陈歌听到费友亮问出那个似曾相识的问题后，惊得差点儿咬住舌头，这两个小兄弟的操作秀得他头皮发麻，现在他隐约明白两人为何会那么凄惨了。往后的画面就比较诡异了，朱佳宁突然甩手逃跑，费友亮则拿着笔在白纸上奋笔疾书。

去死吧！去死吧！去死吧！

看着白纸上的字，围观游客有些弄不懂了。

"他在干吗？"

"精神分裂吗？我看不用麻烦乐园医生，直接给精神病院打电话算了。"

"所以说，两个人去参观鬼屋，其中一个是被自己队友吓晕的吗？"

看到这段视频，陈歌彻底放下心来，在场除了两个受害者以外，只有他清楚究竟发生了什么事情。

当时笔仙一定出现了，但不知道是因为摄像头无法将其捕捉到，还是拍摄角度原因，并没有拍到笔仙，画面中只有这仿佛中邪一般的场景。

视频继续播放，陈歌又朝电脑靠近了一些，后面发生的事情才是他最好奇的。朱佳宁逃走后，屋子里只剩下费友亮一个人，他在白纸上写了半天字后，忽然停住。摄像头挂在他的胸口，拍摄画面静止，过了几秒钟画面突然转动了一下，费友亮好像是昏倒了。

"没人碰他啊？"

"对啊，怎么就晕了？"

十几秒后，更反常的事情发生了，拍摄画面角度反转，费友亮重新站了起来！他歪歪斜斜地走出女生寝室，屏幕晃动得十分剧烈，他就像刚学会走路似的跌跌撞撞。一个昏迷的人，突然站了起来，还能自己行走，以陈歌多年目睹游客晕厥的经验来看，几乎是不可能的。

这家伙可能被笔仙替换了！

陈歌没有说话，注意力却高度集中在视频上。费友亮刚开始似乎还没有习惯这具身体，但只用了几秒钟，他就越走越快，已经和正常人没有太大的区别。他跑到岔路口的时候，陈歌和朱佳宁刚好进入厕所，双方并没有碰面。

"笔仙想要逃离冒险屋?"陈歌被自己的想法吓了一跳,如果不是后来发生了什么意外,说不定笔仙现在已经成功逃走了。

视频当中的费友亮似乎清楚有人在厕所里,他轻手轻脚从厕所门前经过,转身冲进了最后一间教室当中。他的目的性很强,径直走到最后一排,将某个座位上的校服抱在怀里,他即将离开教室的时候,又看到了陈歌放在讲台上的纸盒,里面装着范郁给的二十四个校牌。费友亮似乎回忆起什么不好的事情,将纸盒里的校牌全部倒在桌子上,从中找出一个装进口袋里,撒腿就往外跑。还没等他跑出教室,破旧的教室门就关上了。

接着整段视频里最诡异的事情出现了。费友亮愤怒地转身,冲着无人的教室用一种极为压抑的语调说道:

"我也把这间教室当作家,可我有必须要出去的理由,我要和王欣说清楚!"

"你们让我走吧!"

"处理完这件事我一定会回来!"

"滚!今天我必须要离开!谁也别想拦我!"

电脑里传出费友亮歇斯底里的叫喊,他对着空无一人的教室,声嘶力竭地咆哮着。

"放开我!放开我!"

拍摄画面不断颤抖,似乎是因为挣扎得太过剧烈,摄像头被击落,掉在了地上。从下往上,正好从这个角度拍下了费友亮当时的脸,他的表情不断变换,就好像一个身体里装进了十几个不同的灵魂。大约过了几秒钟,费友亮脸上的表情恢复正常,教室的门也重新打开。他一言不发,捡起地上的摄像头重新装好,身体如同提线木偶一般,朝着"暮阳中学"场景最深处走去。

看到这里,陈歌的黑色手机突然震动了一下,他悄悄将手机取出,往后退了几步,不过视线还停留在电脑画面上。当时他就在拐角的厕所里,仅仅隔着一道墙壁,他却丝毫没有听到教室里费友亮发出的声音,在教室门自动关上的瞬间,那间教室似乎变得完全不同了。视频还在继续播放,身体僵硬的费友亮一步步走到了深井旁边,他踩在井沿上,又开始自言自语。

"要跳吗?"

"我能理解陈雅琳,她这么做有自己的原因。"

"换作是我也会这么做,毕竟王欣曾是她最好的朋友。"

"那就再给她一次机会吧。"

费友亮从井沿上走了下来,表情慢慢变得呆滞,头一歪,摔倒在地。又过了两三分钟,陈歌赶到。摄像头拍下了一切,陈歌第一时间为费友亮做了心肺按压和紧急救助,在场所有人都看得清清楚楚。

"鬼屋老板做得没毛病,人家还主动救你。"

"鬼屋版农夫与蛇啊!"

秦广工作室的人被围观游客说得哑口无言,这时候陈歌已经退到了人群外围,他拿出黑色手机看了一眼。

幸运的怨念眷顾者!恭喜你触发二星恐怖场景"暮阳中学"的隐藏任务——笔仙的心愿!

任务要求:找到笔仙生前最好的朋友,完成笔仙的心愿。

任务奖励:笔仙好感度大幅提升,有一定几率雇用笔仙,使其成为冒险屋员工!

陈歌的眼睛牢牢地盯着任务奖励的最后一句话,雇用残念和怨念成为员工,是他一直以来的梦想,没想到这一天竟然会来得这么快!

当初他刚获得黑色手机的时候,就格外留意团队成员的那一栏,但是后来完成了那么多任务,他的团队成员数量仍旧为零,殷小小和张雅因为各种各样的原因都无法被雇用。

本来陈歌已经放弃了此类想法,毕竟人"鬼"有别,没想到柳暗花明又一村,黑色手机竟然主动发布了这样一个任务。

雇用笔仙的好处太多了,可以预知一些奇奇怪怪的事情,不用化妆就能带给游客惊吓,在陈歌看来这完全是一个业务熟练的免费劳动力。

"笔仙的心愿,就让我来帮她完成吧。"

收起黑色手机,陈歌又重新挤入人群,那几个秦广工作室的人灰溜溜地收起了电脑,似乎准备离开了。

"谁让你们走的?"陈歌走到费友亮身边,将其口袋里的校牌拿了出来。

沾有污迹的校牌上写着一个女人的名字——陈雅琳。

"你们为什么要偷窃冒险屋里的道具？"陈歌晃了晃手中的校牌，"别告诉我，这特意做旧的校牌是费友亮自己的东西。"

几个秦广工作室的人面面相觑，他们哪里知道费友亮发什么疯，为何要专门跑到教室里去偷这个校牌。

"小陈，我来处理。"徐叔怕冲突升级，拦住了陈歌。

"不说其他的，先让他们把电脑里的视频全部删除，否则我是不可能放他们走的，冒险屋里每个场景都是耗费了很长时间打磨才构建出来的，我不能让自己的心血毁于一旦。"

徐叔也明白鬼屋内部场景公开会对鬼屋造成多大的影响，他亲眼看着秦广工作室几人将视频全部删除干净，而后领着他们进入了乐园管理处。这些人的行为已经算是对乐园经营产生了影响，他会按照乐园规章对他们进行处理。等到视频全部删除干净，陈歌便不再理会这几个人，要说起来也是他们点儿背，正好撞到了笔仙手里。

"老板，我们还营业吗？"徐婉也从鬼屋里走了出来。

"当然。"陈歌回到门口卖票，原本秩序井然的游客忽然拥了过来。

"兄弟，刚才那个学校的场景大众点评上怎么没有？看着贼刺激！"

"学校参观票价也是二十吗？"

"我们可不可以四个人一起进去！好久没有这么兴奋了！都抱紧我啊！"

陈歌没想到周围游客看了费友亮和朱佳宁的遭遇后，还这么热情，他大致扫了一眼，游客以学生居多。

"很抱歉，因为刚出现了一些事故，这个场景暂不开放，需要维护大概两天时间。"费友亮和朱佳宁是第一批体验者，就结果来看，这个场景不用他插手都能把人给吓瘫，恐惧体验很棒，但是不确定因素太多，存在一定的危险性。

"午夜逃杀"场景一开始也出现了这种情况，调皮的小小跟在猴子后面，把那哥们儿给吓得嗷嗷叫。直到陈歌后来完成了午夜逃杀的隐藏任务后，情况才有了好转。

"想要彻底掌控'暮阳中学'的场景，让里面的残念听话，最简单有效的方法就是去完成这个场景对应的隐藏任务。"陈歌把手伸进口袋的当中，摸了摸黑色手机，已经有了决定。

鬼屋继续营业，忙到下午三四点，游客数量减少，陈歌叫来徐婉，让她提前下班。等徐婉走后，他又独自一人进入地下"暮阳中学"场景之中。

这是陈歌第一个解锁的二星恐怖场景，同样也是冒险屋进入地下车库的出入口，以后不管冒险屋怎么在地下扩建，这个入口是不变的，最先看到的恐怖场景就是这一个，所以陈歌非常谨慎。他打开手电，从最后一间教室门前经过，倾倒的桌椅和讲台上的校牌都已经恢复原状，只是纸盒里少了一个校牌。

"你们能听见我的声音吗？"陈歌站在门口，冲着屋内喊道。

一套套深色校服铺在椅子上，半天也没有人回应。摇了摇头，陈歌进入女生宿舍，将饱受摧残的圆珠笔拾起，重新粘好，装在兜里。出来后，他又去了分叉口另一边的深井。视频当中显示，费友亮就是站在井沿旁边自言自语的。

"他当时的情况，应该是好几道残念或鬼魂入体，所以才会胡言乱语。"陈歌往井里看去，大概只有两三米深的井，就算跳进去也摔不死人，"它们为什么那么说？这口井是不是另有玄机？"

陈歌联想到鬼屋卫生间的镜子里的门，那扇门只有刚过零点的第一分钟才会出现。没人会帮他解答。全部检查了一遍后，陈歌从地下走出，将木板封好。他从员工休息室的抽屉里取出五千块钱，锁了鬼屋的门，前往乐园综合管理处。见到徐叔，陈歌把欠的钱还给了他，然后询问了一下关于秦广工作室的事情。徐叔告诉他事情已经解决，不用他操心了。处理完这些琐事后，陈歌走出乐园，拨通了李三宝的电话。只响了三声，电话就接通了，话筒那边寂静无声，依稀能听到紧张压抑的呼吸声。

"李叔？"

"你又发现什么了？"

"没事，我就是想请你帮我找个人。"

"不是凶杀嫌疑人吧？"

"不是，就是一个普通的学生。"

得到肯定的回答，话筒那边的寂静被打破，办公室里响起了脚步声，人来人往，有的翻动文件，有的在打电话，所有人都正常忙碌了起来。李队也长松一口气："我就说嘛，一星期四次未免也太频繁了一些，你看把这些人吓的。"

"李叔，我要找的这个人叫作陈雅琳，她应该三年前死在暮阳中学了。"

"三年前死了？你要找一个死人？"

李队压低了声音，又紧张起来："你给我说清楚，到底怎么回事？"

"这次肯定不是谋杀，我只是想看一下她的资料。"

"胡闹，我们的资料能随便让人看吗？没事的话，我先挂了。"

李队说完就挂断了电话，这让陈歌有点儿无奈，他正在思考怎么办的时候，手机忽然震动了一下，又收到了李队的短信。

"档案不对外公开，你想知道什么，可以在晚上七点到八点之间过来。如果事情紧急，我可以帮你去查询。"

看到短信，陈歌立马反应过来，李队在办公室，人多眼杂，不方便直接答应下来。

"李叔，你们那有没有关于暮阳中学的记录，这所学校在关停以前发生过什么事情？为何到处都流传着关于它的灵异故事？"

等了一会儿，李队开始断断续续地回信。

"这所学校修建在火葬场上，那块地很便宜，但因为不吉利，一直没人要。"

"后来被一个姓陈的矮胖老人买下，修建了一所私立孤儿院……"

"过了没几年，江州市设立了爱心救助站和相关的福利机构，他就把孤儿院里符合年龄的孩子送到了正规福利院当中……"

"孤儿院里只剩下一些年纪比较大的孩子，为了给这些孩子解决上学问题，老院长跑了很多地方，不过没有任何一所学校愿意接收他们……"

"老爷子没办法，就自己买来课本，亲自教导孩子们。后来这事似乎被媒体报道了，上面征求了多方面的意见，就在郊区兴建了暮阳中学……"

"学校场地就是老人的孤儿院，那批被老爷子收养的孤儿，就是学校里的第一批学生……"

陈歌翻看短信，他没想到暮阳中学还有这样一段过去。"李队，老院长的学校刚建好的时候，有多少学生？你们有这方面的资料吗？"

过了二十分钟，李队直接给他打来了电话："小陈，我现在在档案室里，暮阳中学因为井中藏尸案已经被封锁，大部分档案也被市分局提走了。"

"李叔，我就想确定一件事，暮阳中学建校之初的那批学生里，有没有陈雅琳和王欣这两个女孩？"

"你让我看看。"李队找了半天，开口说道，"暮阳中学刚建校的时候，一共只有二十五名学生，全部都是老爷子曾经收养的孤儿。"

"二十五名？"这个数字和陈歌教室里的二十四件校服很接近。

"没错，只不过……"李队欲言又止，"现在还活着的只有一个人，就是你说的那个王欣。"

"其他人都出事了？"

"是的，最开始是陈雅琳不知为什么在宿舍上吊，而后除了和陈雅琳同寝室的王欣外，剩下二十三名学生坐车去外面玩，结果遭遇意外，车辆直接翻进了水库里。包括司机在内，无一人幸免。"

"二十五个人，现在只有一个人活着。"陈歌想起了教室里的二十四套校服，数字刚好对照上，现在他隐隐有些明白，这些孩子为什么就算死了，残念也会回到教室里。对他们来说，暮阳中学有另外一重含义，那是他们的家。

"还有什么要问的吗？没有我就出去了，一大堆事等着我处理。"李队已经帮了陈歌很大的忙了。

"最后一个问题，我要怎么才能联系到那个唯一幸存的孩子？"陈歌已经锁定了任务目标，这个幸存的女孩就是笔仙想要找的人。

"王欣因为陈雅琳的事情受到了刺激，被送入医院治疗，后来听说被好心人收养了。具体信息你可以登陆收养儿童爱心网站查询，王欣的情况比较特殊，上面应该会有记录。"

挂断电话，陈歌按照李队说的登陆网站进行查询，足足找到了半个小时，才看到了王欣的名字，收养她的人是顾女士。点开那名女士的头像，陈歌发现她在网站社区里发过很多求助的帖子。王欣似乎患上了某种心理上的疾病，顾女士四处求医，最后是一位姓高的医生答应要帮助她。而这个高医生的实名认证上清清楚楚地写着：资深心理医师，江州市医科大学高级讲师等。

"不会这么巧吧?"

陈歌犹豫了一会儿,拨打了高汝雪父亲的电话。

"喂?"

"高医生,我是高汝雪的朋友,昨天咱们刚讨论过一个小男孩的病情。"

"那孩子现在情况稳定了吗?"

"我也不是太清楚,其实我今天找到你是因为另外一件事。"陈歌想了一会儿,觉得还是开门见山比较好,"你是不是治疗过一个叫王欣的女孩?"

"你怎么知道?"电话那边高医生的声音里充满了疑惑。

"我知道王欣的病因和心结,我可以救她,你能告诉我她家的地址吗?"

"你能救她?"高医生没有多想就拒绝了,"抱歉,我不能随便泄露病人的信息。"

"高医生,王欣被恐惧和噩梦包围一定很痛苦,你是她的主治医生,你应该更能明白这种感觉。你让我试一下吧,只是给我一个去尝试的机会,行不行?"

话筒那边高医生沉默了很久,终于松口:"这样吧,我陪你一起过去,我们在芳华苑小区门口见面。"

"好的,马上到!"这已经是陈歌能争取到的最好结果了。

四十分钟后,陈歌在芳华苑小区门口见到了高汝雪的父亲,一个身材挺拔,充满成熟魅力的中年男人。简单的相互认识后,高医生带着陈歌进入小区某高层建筑当中。

"你真的能治好王欣的病?"一路上高医生问得最多的就是这个问题。

"我知道她的病因,有五成把握。"

"五成就足够了。这是一个很特殊的病人,服用抗抑郁的药物效果很不明显,可是我在她身上查不出其他的病症。"

两人乘坐电梯来到十四楼,有扇房间的门是开着的,高医生来之前已经给那家人打过电话了。

屋子里很干净,地上铺着厚厚的地毯,桌子、柜子的边角都用厚布包裹,茶几上能看到果盘,但是却没有摆放任何刀具和尖锐的物品。

"高医生,快请进。"一个穿着白色衬衣的女人将高医生和陈歌迎进了家门,她看起来四十岁左右，保养得很好。

"王欣的病情好点了吗？"

"安眠药和你开的两种抗抑郁的药都在用，可效果很差。"女人苦笑一声，"病情没有太大的好转，反而是干呕、手抖、打冷颤等副作用有些明显。今天中午吃饭的时候，她连筷子都没拿稳，夹的菜掉了一地。高医生，你说王欣还能好吗？"

"相信我，她一定会变好的。"

"嗯。"女人这时候才看到跟在后面的陈歌，"这位是？"

"我叫陈歌。"陈歌不愿在门外耽误时间，"能让我见见你女儿吗？"

"这……"女人扭头看了一眼高医生，似乎在征求对方的意见。

"我会陪他一起进去。"

高医生点头后，女人才有些不情愿地放陈歌进来。"那孩子在卧室里，午饭只吃了一口，就又大哭了起来。"

女人走到里屋一扇房门前，轻轻敲击，半天没有回应。她扭动把手，把门推开了一道缝，叹了口气后，退到门旁。

"我们进去吧。"高医生注视着陈歌，"千万不要刺激病人，你准备做任何事情前都要和我商量一下。"

"好。"陈歌再三保证，这才和高医生一起进入了王欣的房间。

地毯被加厚了，衣柜和桌子的棱角全被磨平，屋子里看不到任何尖锐的东西，窗户上也装了防盗网。屋内没有放床，只有两层厚厚的床垫摞在一起，所有装饰物都是纯色的，没有太多图案。高医生向旁边挪动身体，陈歌这时候才看到了自己要寻找的目标。

床垫上躺着一个身材纤细的女孩，她穿着宽松的白色圆领上衣，下身是一条浅蓝色的短裤。她皮肤很白，四肢无力摊开，给人的感觉好像一不小心就会折断一般。发现有人进来，女孩慢慢从床垫上坐起，和陈歌想象得完全不同，她看起来很正常，只是有点儿不爱说话。

"王欣，头还疼吗？"身材挺拔的高医生温柔地蹲在床垫旁边，让自己的身体低于对方的视线。

女孩摇了摇头，看了陈歌一眼，很快又收回目光。

"那能睡着了吗？"高医生继续询问。女孩这次的反应比较激烈，她伸手抓住了自己的头发，非常用力，当她手再拿开时，指缝间全是生生揪下来的黑色长发。

"还是无法入睡啊。"站起身，高医生眉头紧皱，"两种药物都没有用？"

"高医生，能让我和她说两句话吗？"

"王欣现在情况还算稳定，有什么要说的就说吧。"

陈歌走了过去，他学着高医生的样子蹲在女孩身前。女孩可能是把他也当成了医生，没有太抗拒，只是拉扯了一下袖子，将胳膊上一条条红印给遮住，那好像是她自己抓出来的。眼前的这个女孩很脆弱，她给人的感觉就像一个纸做的风筝，仅凭一条细细的线拴着，稍有不注意就会崩断，飞入乌云里，最后被风雨撕烂。

"王欣。"陈歌从口袋里将那杆用透明胶带缠裹的圆珠笔拿出来，"你的朋友一直有话想对你说，我把她带来了。"

王欣看了那杆圆珠笔一眼，没有表现出太特别的情绪，她可能是想要努力微笑一下，来回应陈歌这个并不搞笑的冷笑话，可是她发现自己根本做不到。旁边的高医生和趴在门外偷听的女人也都一头雾水，实在想不明白陈歌在做什么。王欣没有反应，陈歌并不着急，他从书桌上拿出一张白纸放在床垫上，竖直握笔，摆出玩笔仙游戏的姿势。陈歌是背对高医生面朝王欣的，他只张嘴没有发出声音，通过口型默念出笔仙游戏的前几句话：

"笔仙，笔仙，你是我的……"

嘴巴张合，王欣的注意力慢慢被陈歌吸引，她第一次将头完全扭过来，看着陈歌的嘴巴，忽然像是想起了什么非常恐怖的事情，疯狂挥动手臂，身体不断往墙角里挤。

"你做了什么？！"门外的女人冲进来和高医生一起阻止了陈歌。

"我在帮她打开心结。"陈歌小心护住手里的圆珠笔，"王欣身上发生过我们都不知道的事情，那件事才是她的病因！给我一分钟，我只需要一分钟的时间！"

他态度坚决，护着笔趴在床边，在来之前他只是为了完成笔仙的任务，可真正看到了这个女孩痛苦的样子后，陈歌突然觉得他应该做点什么。

"要不就让他试一下吧。"僵持了片刻，高医生选择相信陈歌一次，"在我对王欣的治疗过程中，她从来没有出现过类似的情绪，或许这次真的有希望。"

女人最终被高医生说服，他们愿意给陈歌三分钟的时间。两人走到了房门外面，陈歌起身将窗帘拉上，把门关严。

"王欣，你的朋友一直有话要对你说。"他重新将笔悬停在白纸之上，口中默念：

"笔仙，笔仙，你是我的前世，我是你的今生……"

在陈歌默念的时候，躲在墙角的女孩越来越害怕，如梦魇般纠缠了她几年的记忆又浮现在心头。陈歌狠心继续默念，没过多久，悬停在纸面上的笔突然自己动了一下，随后在白纸上写下了娟秀的字迹，这字和陈歌的截然不同。

"王欣，我没想到自己当初的一个玩笑会对你造成这么大的伤害，你一定很恨我吧？"

看到白纸上熟悉的字体，王欣呆住了。那一瞬间她感觉心都是空的，自己也不知道为什么会出现这样的情绪。

"我的死和你没有任何关系。那天我只是看到你和别人在一起，想要故意吓一吓你。我套好了绳索，万没想到椅子会突然滑倒。

"你没有做错任何事情，这只是卑劣自私的我，一个小小的恶作剧。

"对不起，王欣。我不求你能原谅我，只希望你不要再被我影响，努力、快乐地生活下去吧。"

看着白纸上的一行行字，王欣情绪越来越激动，她慢慢站起身，主动握住了陈歌手中的圆珠笔。纤细冰凉的手指放在陈歌的指缝当中，她似乎第一次感受到来自别人的温暖，手臂一直在颤抖。她想要说些什么，但就是说不出口。三分钟的时间快要过去，圆珠笔在两人的指尖再次转动起来，这次只写了两个字。

"晚安。"

笔停止转动，陈歌开始默念送走笔仙的咒语，对面的王欣也不由自主念了出来：

"笔仙，笔仙，你是我的前世，我是你的今生，如果想走就请回吧。"

两人同时念完最后一个字，王欣的情绪彻底失控，她抓着陈歌的手，额头顶着那杆破旧的圆珠笔，似乎不愿意被别人看到自己痛苦的样子。

"全世界的灯都熄灭了，所有人的声音碎成了片，我不知道该怎么办，感觉什么都是错的,每一条路都会迷路,我不清楚自己为什么会这么痛苦,我似乎变成了一个格格不入的怪物。"

王欣终于把心里所有的话喊了出来。她看着纸上的字,趴在桌上,声音越来越小:"帮帮我,把我从这世界里拽出去,我不想再这么痛苦了,帮帮我……"

她的头压着陈歌的手背,身体趴在床垫上,呼吸均匀,似乎是睡着了。

"晚安。"

陈歌轻轻把手抽出,给王欣盖上毛毯,从房间里走了出来。高医生和王欣的养母都挤在门外,两人都迫切地想知道里面发生了什么,但是又害怕打扰到王欣,所以轻声细语地询问。

"王欣现在怎么样?"

陈歌朝屋子里指了指:"已经睡着了。"

"真的睡着了?"高医生简直不敢相信,他很清楚重度抑郁患者有多么痛苦,睡眠通常只能依靠药物才行。他惊讶地问,"你是怎么做到的?"

"说来话长。"陈歌半真半假地说道,"我在暮阳中学旧址寻找冒险屋素材的时候,无意间发现了一些关于王欣过去的事情,知道她之所以会产生心结,似乎是因为玩完笔仙游戏后,真的目睹了同寝室朋友的死亡。所以我就想着对症下药,模拟出她室友的笔迹,刚才又跟她玩了一次笔仙游戏,告诉她那一切都只是一个巧合。"

"这也能行?"高医生很是感慨。

一旁的中年女人眼睛已经湿润:"谢谢!我之前还怀疑你,对不起!"

"没事,真要说起来,你们两个才是伟大的人。一个愿意领养身患抑郁症的王欣,给她无微不至的关爱;一个危急时刻挺身而出,出手相助。"陈歌把两人一通夸,让他们对自己的印象也大为改观。

王欣的养母想要留两人在家吃饭,但被陈歌拒绝,早在王欣睡着的时候,黑色手机就连续震动了两下,他急着离开看手机信息。从芳华苑出来,陈歌和高医生告别,坐上了返回新世纪乐园的公交车。他坐在最后一排,趁着没人注意,拿出黑色手机开始查看。

二星恐怖场景"暮阳中学"隐藏任务——笔仙的心愿已经完成!激活隐藏任

务的下一环节——为二十四个名字制作出寄托残念的人偶！

成功满足笔仙的心愿，她虽然仍不想见你，但还是对你产生了感激之情，是否雇用笔仙成为冒险屋的一员？

陈歌直接选择了是，他忙了那么久不就是为了这一刻吗？

幸运的怨念眷顾者，恭喜你成功雇用特殊种类怨念——笔仙！

陈雅琳（笔仙）：每天有一次预知的机会（所问问题不能超出笔仙能力范围，预知成功概率为百分之五十）！

注意：游客尖叫会让笔仙兴奋，喂食游客的恐惧，可以使笔仙的能力变得更强。如果笔仙长时间心情低落，她可能会离你而去。

翻到最后一页，陈歌把笔仙的所有资料看了好几遍。终于雇用到一个怨念员工，证明他之前所有的猜想都是可以实现的，甚至可以打造出一座只需一个人便能操控的惊悚乐园！

"万事开头难，以后我的冒险屋会有更多新员工加入。"陈歌对笔仙相当的满意，笔仙本身可以负责一个小的场景，还拥有预知的能力。这项能力如果用好了，以后可以帮他省去很多麻烦。

翻动黑色手机，陈歌又看到了"暮阳中学"隐藏任务的下一环节。

这个任务不用黑色手机发布，他也会去做。

和李队通过电话，陈歌知道了那二十四个学生死后又回到教室的原因，他们原本是无家可归的孤儿，暮阳中学就是他们的家。

现在新场景开启，它们已经把陈歌的二星恐怖场景当作了它们的新家，这一点和殷小小一家人差不多。

"未来我还会不断完成试练任务，地下恐怖场景也会越来越大。到时候正好让这二十四道残念帮我管理，大家各取所需。"陈歌计划得很好，但前提是他要获得那二十四道残念的认同才行。

回到鬼屋，陈歌倒头就睡，这一天一夜确实把他给累坏了。昏睡了不知多久，陈歌忽然感觉有东西钻进他的怀里，好像黏人的小猫一般。迷迷糊糊地睁开眼睛，发现怀里抱着一个小巧的布偶。

"小小？"他揉了揉眼，提着小小的脖子放在一边，"这叫什么事啊，我一个大男人怀里抱着个布偶睡觉,以后结婚了让另一半怎么看我?"

伸了个懒腰,陈歌看了一眼时间,现在是晚上十一点五十九分。穿上鞋子,陈歌从员工休息室出来,进入一楼卫生间。原本就是想单纯地上个厕所,可他刚一进门,就发现卫生间的气氛有点儿不对劲。厕所隔间的门轻轻晃动,被黑布遮住的镜面下隐隐有浅浅的血红色溢出。

"镜子里的那扇门又出现了?"他走到镜子旁边,掀开了黑布一角。

布满裂痕的镜面里,那扇红色的门被打开了一半。

第 4 章 看不见的客人

"门被打开了？"

陈歌的手僵在半空中，此时最诡异的是，镜子里那扇门打开的角度和卫生间里隔间的门打开角度几乎一样。将黑布取下，陈歌走到厕所隔间处，他扭头看着镜子，伸手将隔间的门彻底拉开。现实中厕所隔间里什么都没有，但是镜子里映照出的画面却完全不同，狭窄的隔间里是一片血红，墙壁和地板似乎都在向外渗出鲜血，那里仿佛是另一个世界。陈歌还是没有勇气进入隔间里探查真相。他抓着门板，思考要不要拆掉这些东西。大概过了十几秒钟，陈歌听到了一种很奇怪的声音。那声音由远及近，仿佛一个人穿着湿衣服贴地爬行。

"这是从哪儿传出来的？"声音越来越清晰，距离陈歌的位置也越来越近。

他朝走廊外面瞥了一眼，然后又回头看了看镜子，最后确定声音就是从厕所隔间里发出的。

"有东西过来了？"现在不是好奇的时候，陈歌果断关上了隔间的门，他用拖把顶住门锁，转过身看向镜子。

那个好像拖动尸体的声音进入了隔间，很快门缝中溢出一片血红。对方似乎在寻找什么，空气中弥散着浓郁的腥臭味。停留了几秒钟，声音又渐渐远去了，空气中的臭味也慢慢消散。一分钟的时间过去，镜子里隔间的门恢复正常，屋子里也变得明亮了许多。背靠隔间门，陈歌掌心冒汗，要是自己没有醒来，那个在地上爬动的东西，很有可能像镜中怪物一样跑出来。

"镜子蒙上黑布，血红色的门依旧会准时出现。"

陈歌对隔间门后的世界一无所知，他暂时也没有好的办法，只能先将出问题的隔间锁住。用凉水洗了把脸，陈歌回到员工休息室，打开门才发现小小又不知道跑到什么地方去了。

"刚才她是专门跑过来提醒我的？"陈歌坐在床边，一时半会也睡不着，便取出了黑色手机。

滑动屏幕，陈歌点开了日常任务那一栏。

简单难度：一段惊悚的经历不应给体验者造成创伤性的心理阴影，请完善冒险屋的安全制度，清查冒险屋当中的安全隐患。

一般难度：独木难支，好的冒险屋需要优秀的团队来运作。招聘更多的人才，他们会帮你渡过难关。

噩梦难度：你的房间里一直住着另外一个人，你难道不想知道他是谁吗？

注意！个别任务极度危险，请慎重选择！

刷新出的三个日常任务，陈歌都有些眼熟，他已经见过很多次了。

"简单任务和一般难度任务都是现阶段我应该去做的事情，人手要扩充，安全制度需完善。不过相比较来说，还是噩梦任务的奖励更加诱人一些。"

危险和机遇同在，更关键的是他雇用笔仙后，一天拥有一次可以预知的机会。在他看来，把这样的机会用在噩梦级别日常任务上还是比较合算的。拿出那杆缠着透明胶带的圆珠笔，陈歌也觉得有些不好意思。"有机会了问问笔仙，看能不能给她换杆笔待着。"

随便找到一张白纸平铺在桌子上，陈歌诵念出呼唤笔仙的咒语，得到笔仙回应后，他问出了心中的问题。

"我能不能安全完成手机里最新的噩梦日常任务？"

说完之后，陈歌看着面前的白纸，圆珠笔颤抖了半天，也没画出答案。

"这个问题很难吗？"笔仙的能力并没有陈歌想象得那么厉害，似乎所有和黑色手机有关的东西,她都无法做出回答。陈歌看着手中快要解体的圆珠笔,赶紧换了个问题:"刚才那个不作数,我想问问你这房间里是不是一直住着另外一个人?"

圆珠笔在纸上停了半天,最后写下了一个"是"字。

"那你知道它长什么样子吗?"

这一次笔仙没有作答,他手中的圆珠笔恢复正常。陈歌也没有怪罪笔仙的意思,预知似乎会产生一定的消耗,这也是笔仙一天只能预知一次的原因。

"确实住着另外一个人?我竟然一点儿都没有察觉,看任务介绍这家伙好像和一般的残念不一样。"陈歌的冒险屋里现在已经多了很多住户,他并不介意再出现什么稀奇古怪的东西,但前提是对方要听他的话,不能像镜中怪物一样伤害游客。

思虑再三,陈歌选择接受噩梦级别任务。

确定接受噩梦难度日常任务?接受后,有可能会引发未知情况出现。

"确定。"

屏幕闪动,一段新的信息浮现出来。

它和你住在一个房间里,当你入睡后,它就会出现。

若它心存善念,便会为你拂去身后的污秽,庇佑家宅平安。

若它心存邪念,在你熟睡时,它就会站在你的床边,充满恶意地想着如何去毁掉你。

下面这个游戏的名字叫作看不到的客人:午夜将浸湿的白米撒在房子周围,把一双穿过的拖鞋放在门外,卧室的地板上点一根白蜡,再将床铺整理成有人熟睡的样子,最后你躺在床下。任务的关键是你必须要真的睡着,只要看到它的脸,任务就算成功。

本次任务是你接受的第三个噩梦级别日常任务。任务完成后,可随机获得一个恐怖场景的试练任务。

注意:三次噩梦任务完成后,日常任务中噩梦级别任务将改为随机刷新,请慎重对待每一次噩梦任务!

看了一遍,陈歌已经把任务信息记在心中。

"为什么任务的关键是必须要睡着?睡着了怎么看到对方的脸?难道是在梦里看见吗?"陈歌不是太明白这个任务的意思,不过既然已经接受了任务,他只能按照任务要求去做。

穿上外套,陈歌又一次深夜造访乐园食堂,"借"了半碗白米出来。

"冒险屋那么大,全撒出去也太浪费了。"陈歌把白米用冷水浸泡过后,撒在了一层的几个房间附近,找到一双拖鞋,放在走廊入口,接着他又在床边点了一根白色的蜡烛。

布置好一切之后,陈歌将父母留下的布偶带在身上,又找到了碎颅医生的铁锤。

"这样应该没问题了。"

关了灯,手机插上充电器放置在柜子上录像,他自己拿着造型夸张的铁锤躲在床下。烛火跳动,屋子里忽明忽暗,陈歌一闭上眼,脑海里就会想象出很多恐怖的场景,根本控制不住。他时刻留意周围的动静,身体弯曲,头顶着床腿。这个角度正好可以通过半开的房门,看到放在走廊上的拖鞋。

"拖鞋还在原位,周围的白米没人触碰,也不清楚黑色手机为何会让我准备这些东西。"

蜡烛越烧越短,陈歌的眼皮也渐渐沉重起来。夜色在冒险屋中蔓延,连续几天都没有好好休息过的陈歌,在床底下坚持了一段时间后,就这样不知不觉地进入了梦乡……

小腿有些冷,陈歌迷迷糊糊地睁开了眼睛。蜡烛熄灭,屋子里漆黑一片,十分安静。

"几点了?"

陈歌想要去看表,但忽然发现自己的身体根本动不了。

"鬼压床?"眼睛睁大,陈歌没有做出太激烈地反抗,而是调整呼吸节奏,呼吸系统受心肺等内部器官的影响,不会像身体肌肉一样麻痹。做好这些后,他开始尝试着弯曲手指,将自身意念集中于一点。整个过程中他都没有朝其他方向张望,这个时候就算看到了十分恐怖的东西,身体也无法做出应对,只会加剧自身的恐惧,让自己失去冷静。大概两三分钟后,陈歌的小指能够轻微弯曲,这是一个极好的开端。当他的目光扫到走廊上的拖鞋时,不禁心生疑问。

"我刚才放拖鞋的时候,鞋尖朝哪个方向摆放的?"

正常人面朝走廊走去，拖鞋应该是鞋尖对着屋外，但是陈歌现在看到的画面却是一双拖鞋的鞋尖对准了他的卧室。

"是我放错位置了？"他心中产生了很不妙的感觉，抓紧时间活动手指。

屋内蜡烛早已熄灭，黑暗中传来沙沙的声音，撒在冒险屋几个房间的白米似乎被人拨动。陈歌的眼睛紧盯着走廊上的拖鞋，就在他的注视下，其中一只拖鞋向前迈了一步。很僵硬的步伐，就像是第一次走路一样。

"动了！"

世上不如意事十之八九，陈歌越是着急，情况就越往糟糕的方向发展。第一步迈出后，那双摆在走廊上的拖鞋突然向前走了几步，就好像有人穿上了它。

"客人来了，我为何看不见它？"

在陈歌思索的时候，那双拖鞋已经走到了监控室门口，它突然停了下来，随后监控室的门莫名其妙地自己打开，过了一会儿又重新关上。鬼屋里门窗紧闭，根本不可能是风吹的。

"它在找什么？"

幽暗的走廊当中，一双拖鞋来回走动，很快它又停在了化妆间门口。房门打开，从陈歌这个角度正好能看见化妆间里的场景：镜子上的黑布被掀开，那张由不同的脸缝合在一起的面具飘了起来，在镜子前晃动了几下。这场景看得陈歌有些心慌。他抓紧时间活动手指，可没想到的是，那张晃动的人皮面具忽然在镜子前静止了，面具空洞的眼睛好像正对着陈歌藏身的床下。

"被发现了！"

面具掉落在地，化妆间的门被关上，那双拖鞋在门口停顿片刻，然后鞋尖对准陈歌，快速朝员工休息室走来！陈歌躲在床下，身体无法挪动，只能眼睁睁地看着那双拖鞋靠近，却不能逃离。员工休息室的门被推开，那双拖鞋停在了床边。陈歌闭上了眼，装作正在熟睡的样子。他能感受到一股冷风迎面吹来，耳边还能听到浅浅的呼吸声。就像是有一张脸，正贴在自己身边。

"那个怪物检查我是否睡着了。"陈歌不敢睁眼，担心看到什么恐怖的东西，会控制不住自己的情绪。

此时他被鬼压床，身体动弹不了，装死蒙混过去才是最好的办法。几分钟后，那冰冷的呼吸声消失了，陈歌把眼睛睁开了一条细缝，面前什么都没有。转动眼珠，那双拖鞋摆在床边，不过鞋尖的方向和刚才不同，是背对着床摆放的。

"它跑到我床上去了？"陈歌想想真是有点儿不寒而栗。每当自己熟睡的时候，都会有这样一个未知的东西在屋子里晃悠，如果对方真的怀有恶意，那后果不堪设想。

拖鞋放在床边，很长时间都没有动过。此时怪物应该正躺在床上，眼球转陈歌觉得自己的机会来了。他把所有的注意力都放在自己唯一能动的手指上，瞳孔跳动，拼命地想要控制更多的手指。噩梦任务能不能完成还是其次，这种身体不受控制、无法反抗的感觉让他十分难受。完成了那么多次鬼屋任务，陈歌的意志要远超普通人。没过多久，他的其他四根手指全部可以活动了。他把手掌用力握拳，血管绷起，手臂也慢慢恢复控制，凭借过人的意志，硬是慢慢从鬼压床的状态中脱离出来。

"差一点儿，就差一点儿。"手臂上肌肉绷起，陈歌感觉自己马上就可以清醒过来，他呼吸变得畅快，脖颈也能小幅度转动了。

现在只要双腿能恢复，他就可以彻底掌控身体，到时候有碎颅医生的铁锤在手，也不至于太过被动。下半身没有一点儿知觉，他尝试着扭转身体，向一侧翻动。心跳声清晰入耳，他用尽全部力气，身体终于向床下靠近墙壁的一边侧翻了过去。就仿佛做梦时从高处一跃而下，瞬间挣脱了某种束缚。陈歌重新掌控了身体，可就在他看向自己身后的刹那，不由得全身汗毛都倒竖了起来。

在自己背后，躺着一个女孩。

"那怪物根本没有上床！它一直在我身后！"

陈歌冷汗直流，下意识去抓旁边的铁锤，躺在自己身后的女孩似乎刚意识到陈歌从睡梦中惊醒。她的反应慢了一拍，仰头和陈歌对视了一眼，然后神情慌乱地化为一道影子朝屋外跑去。陈歌抓起铁锤，跟在后面。看到那名女孩的脸时，他莫名地觉得有些熟悉。

"我一定在什么地方见过她。"

倒不是说陈歌对自己的记忆力很有信心，而是女孩的脸非常有特点，让人很难忘记。他一时想不起来，也不愿放那人离开，拿上手机，抓着铁锤就追了出去。

地上的白米被踢散，陈歌从员工休息室出去时，那影子已经消失不见了。

"跑哪儿去了？大门是关着的，女孩应该还在冒险屋里。"

打开灯，陈歌走到被踢散的白米旁边，顺着零星掉落的米粒慢慢向前走，来到了一楼走廊最深处。盖在地面上的木板被掀开，能听到下面呼呼的风声。陈歌将木板推到一边，打开手机手电筒，进入暮阳中学场景当中。楼梯上依稀能看到米粒，这让陈歌更加确定女孩跑进了暮阳中学场景里。

"她的逃跑路线非常明确，就是朝这个方向来的。"场景很大，但地上残留的米粒为他指明了方向。

恐怖场景布置在地下停车场内，但并没有改变停车场的地形，白米粒最后是消失在一根承重柱旁边。

"难道它躲进了柱子里？"这根承重柱位于鬼屋正下方，承受着整个鬼屋的重量。

拍了拍柱子，陈歌想起了小时候家里长辈讲过的故事：每一家都住着一个灵，大多是善灵，但也有凶灵。善灵庇护家宅，稳定人运，和睦四邻；凶灵则搅乱纲常，破坏一家风水。通常家里住着的灵都是过世的先人，但也有例外，就比如说范郁和他姑姑住的地方，放任不管会愈发失控。这一点和黑色手机任务介绍中描述的一样，家里有一个从未见过面的客人，它或许满怀恶意，也可能心存善念。

"刚才藏在我背后的女孩，难道就是庇护冒险屋的灵？"陈歌越想越觉得有可能。他绕着柱子走了一圈，发现水泥柱后面扔着一个布偶，而这个布偶就是他亲手做出来的第一个布偶。

"不对啊！我一直把布偶带在身上。"陈歌朝衣服口袋摸去，原本塞在怀里的布偶却早已不见了踪影。"那个和我一起住在冒险屋里的人是你？"

陈歌伸手去捡布偶，拿起布偶的时候正好看到布偶身体下方有一个人为打出的孔洞。他借着手机的亮光看向洞内，仅容四根手指伸入的洞里放着一串手链和一个千纸鹤，都不是什么昂贵的东西。手链是塑料制品，看着很像小女孩的玩具，千纸鹤塞在最下面已经严重变形。将东西取出，陈歌在手链末端看到了三个歪歪斜斜的字——罗若雨。

"地下停车场里为什么会有女孩的玩具？"陈歌将手链拿到眼前，"如果这个手链是刚才那身影的东西,那手链上的这三个字应该就是她的名字了。"

姓罗,冒险屋的守护灵,地下停车场的女孩玩具……种种线索串联起来,陈歌一拍脑袋,刚才自己恍惚间看到的那张脸和记忆中的另外一张脸重合在了一起。

"这个女孩是新世纪乐园罗董事的女儿!"

他去找罗董事商谈租赁地下停车场的时候,见过女孩的照片,她的身体存在缺陷,却拥有最纯净的笑容。

"女孩成了整座乐园的守护灵?可她为什么又会附身在我父母留下的布偶里?"陈歌隐隐觉得这个噩梦级别任务另有深意,他拿着布偶、手链和千纸鹤跑回员工休息室,从上锁的抽屉里取出一本相册,翻开相册第一页就是陈歌一家三口的合照。

这是陈歌父母在冒险屋建成第一天时照的,照片背景是冒险屋的大门。照片里陈歌的父亲扬扬得意地站在正中间,开心得像个孩子一样,那时候还在上学的陈歌则跟父母隔开,一个人有些无语地看着镜头。他的母亲站在父亲的另一边,仔细观看照片,陈歌发现母亲的手是抬在半空中的,手指弯曲,好像正牵着另一个人的手。

"这张照片里当时有四个人?"

翻查相册,还有一张照片更加诡异,父亲指着冒险屋向陈歌炫耀,母亲则半蹲在地,伸手轻轻抚摸空气。后面还有很多生活照,看得陈歌一阵心凉。以前他就觉得奇怪,为什么每次给自己拍照,旁边总要留一大块空地,合着真正要拍的是别人,自己就是个会呼吸的背景。

"这老两口对待残念的态度也太好了吧?我摊上这样的父母,何愁不被怨念眷顾啊!"

他真没想到罗董事的女儿会附在自己父母遗留的布偶上,而且看样子已经和他们在一起生活很久了。罗董事的女儿是乐园的守护灵。她无法离开乐园,所以陈歌的布偶也只在鬼屋和乐园里有用。正因为这个原因,在平安公寓后山的小屋里,王琦准备偷袭陈歌时,布偶才会没有任何反应,类似的情况还有很多……陈歌合上相册,轻轻揉了揉太阳穴。他隐隐觉得这个任务另有蹊跷。他的目光从布偶和手链上移开,将那个千纸鹤捧在掌心。千纸鹤材质普通,但是上面好像沾着血迹,看着脏兮兮的。

"这千纸鹤不像是最近才塞进去的,应该放了很长时间了。"

将千纸鹤拆开,沾染有小片血污的白纸上写着九个字——第三病栋第三个房间!

"第三病栋?"看到这几个字的瞬间,陈歌淡定不下来了。三次噩梦级日常任务完成后,他又可以获得一个恐怖场景的试练任务。他已经准备选择第三病栋对应的任务了,毕竟这个恐怖场景是黑色手机自带的唯一一个三星恐怖场景。

"看字迹和我家人的字很像,可他们为什么要没头没尾地留下一个地点?第三病栋的第三个房间有危险,还是里面藏有他们失踪的秘密?"陈歌收好那张纸,脑中在思考另一个问题。

"黑色手机上说,完成第三个噩梦任务后,以后的噩梦任务将改为随机刷新,也就是说我已经完成的三个噩梦任务是固定的。"

"第一个任务为我打开了另一扇世界的大门;第二个任务告诉我,自己的父母只是失踪,仍旧活着;第三个任务则留给了我一个地点。先博取我的信任,然后给我希望,最后留给我一个可以去探索的方向,三个噩梦任务一环连着一环,看来大有深意啊。"

黑色手机里的三个噩梦级任务就像是游戏里的新手任务,存在一定的危险性,但会引导玩家慢慢熟悉这个游戏。

"看来只有完成了这三个任务,才算真正成为玩家。"陈歌拿着沾染血迹的纸,心情很难平静下来。他费了那么大力气完成一个个任务,可是直到现在才过完新手指引,那以后的任务难度会有多大?

将写有提示的纸条叠好收起,陈歌也慢慢释然,想想两个难度最大的试练任务,平安公寓里最危险的是人,暮阳中学虽然阴森可怕,但是里面的残念并没有害人的意思,这两个场景严格来说确实不算太危险。

"看来从三星试练任务开始,就会完全不同,或许要碰到满怀恶意的凶灵了。"

是福不是祸,是祸躲不过。这张纸条很有可能是他父母留下的,所以,陈歌无论如何都要去纸条上说的地点看一眼。坐在桌边发了会儿呆,陈歌拿出黑色手机,在他看到女孩那张脸的瞬间,这个噩梦任务就已经完成了。

幸运的怨念眷顾者,恭喜你完成噩梦级别日常任务,获得任务奖励——初级天赋技能"活偶"。

用真人来做倒模，雕刻、拆解、拼合，打磨每一根骨头，皮肤涂上新漆，缝合所有伤口，再为它配上精致无瑕的妆容，以及一个无处安放的灵魂，这样你就能制作出第一件活偶了。

连续完成三次噩梦级别日常任务，将随机获得一个恐怖场景的试练任务，是否现在开始抽取？

注意：三次噩梦任务完成，日常任务中噩梦级别任务已改为随机刷新，请慎重对待每一次噩梦任务！

和获得初级天赋技能"殓容"时一样，陈歌只是觉得脑海中多出了一些记忆，双手变得更加灵活了一些，除此之外再无其他改变。

"人偶和鬼怪模型是冒险屋里非常重要的一环，这个天赋技能对我经营冒险屋有很大的帮助，正好暮阳中学场景里还有二十几个无家可归的残念，可以供我随便尝试。"陈歌显然忽略了残念们的想法，"做好了人偶，将他们塞进去，也算是完成了暮阳中学场景的隐藏任务。"

"僵尸复活夜"里的人偶数量不太够，在他的冒险屋里又根本无法完成大型人偶制作，需要相应的工作间和各种道具才行。

"明天白天可以去定制人偶的工作室转一圈，希望价格不要太离谱。"陈歌继续翻看黑色手机，在那一栏点了否，他还没有做好迎接三星试练任务的准备。

处理完这些，陈歌又把自己的手机拿了过来，关掉录像，截取了拖鞋自己进入屋内停在床边的那一段。

"每当我入睡后，拖鞋就会自己走到床边。"

随便起了个名字，陈歌将这段只有十一秒的视频发布到了短视频网站上。视频虽短，但效果却要比上一条浴缸视频好很多。仅仅几分钟，就有上百的浏览和十几次转发，冷清了很久的评论区也热闹起来。

"短小无力！你的短视频就和你的……等一下，谁能告诉我拖鞋为什么自己会动？"

"主播，你怕不是把自己给修掉了吧？"

"是我眼花了吗？我怎么感觉视频里那张床下面藏着一个人？"

"我也看到了，但好像是两个啊！完了，老子看恐怖视频把眼睛看重影了！"

陈歌每一次发短视频，关注都会增加不少。他看了一两分钟后，默默退出账号，倒头睡去。第二天一大早陈歌就起床了，清理干净地上的白米，把鬼屋里外的卫生打扫了一遍，然后坐等开业。

"人手不足现在是个大问题，要是笔仙能站在外面卖票就好了。"陈歌在心里计划着，"冥婚"场景一次最多三个人参观，再多就会影响参观体验。但是"午夜逃杀"和"暮阳中学"就不同了，"午夜逃杀"人越多越有意思，"暮阳中学"则是因为地方大，就算六七个人同时参观，只要掌握好节奏，便能把他们吓出一身冷汗。

"等完成了'暮阳中学'的隐藏任务，就让徐婉去'午夜逃杀'扮演杀人狂，我进入'暮阳中学'装'鬼'，两个场景同时运转。"

陈歌在网上搜找江州市内大型人偶制作车间和工作室，结果发现距离新世纪乐园不远处就有一家。那家曾经专门为新世纪乐园提供服务，只不过由于乐园不景气，连带着他们也受到了影响，正准备转让。乐园九点钟准时开业，淡季还没过，游客总数量越来越少，不过鬼屋门口的队伍却越来越长。以前都是陈歌拿着宣传单，孤零零地站在门口羡慕地看着别人，连旋转木马的游玩人数都是鬼屋的好几倍，结果现在情况完全反过来了。

"大家排队，慢慢来。所有场景都是二十，体验完一次后，想要体验其他场景请继续排队。"

陈歌先让徐婉进鬼屋准备，自己在外面维持秩序，当他走到人群当中的时候，黑色手机十分突然地震动了一下。

"还没开始营业，怎么这个时候有信息了？"陈歌站在原地，拿出手机看了一眼。

"午夜售票台"特效触发！第二位特殊游客出现！请把握好这次机会，根据不同的选择，结果会完全不同！

"又触发了？"陈歌看着手机，愣了一下，随后眼睛扫过正在排队的游客，"那个特殊的游客是谁？"

当他看到队伍末尾的时候，陈歌瞪大了眼睛，对方显然也看到了他，冲他摆摆手。

"高医生？"

陈歌先安排两位游客进入"冥婚"场景参观,自己走到高医生面前,第一次慎重地打量着对方问道:"您怎么跑到这地方来了?"

"当然是来找你啊。"高医生穿着西装,一点儿也不像是来游乐园里玩的。"我之前听你说话,就感觉你不像学生,没想到你还开有自己的鬼屋。"

"这算是家族产业。"陈歌收起黑色手机,神色恢复正常,问道,"那您找我有什么事吗?"

"是这样的,我遇到了一个十分特别的病人,他和你跟我提过的那个小男孩的病症基本吻合,所以我想向你询问一些事情。"

"和小男孩的病症吻合?他也喜欢来鬼屋参观?"高医生成功地勾起了陈歌的好奇心。

"他的精神萎靡不振,偶尔又会脾气暴躁,喜欢一个人待在黑暗的地方,只有这样才有安全感,至于他喜不喜欢来鬼屋参观,我不是太清楚。"高医生向旁边走了一步,露出身后的一个年轻人。"门楠,三个星期前患病,我的学生。"

高医生身后那人只有二十出头,体形偏瘦,绷着一张脸,颧骨高高凸起,眼眶下陷,站在太阳底下,细密的汗珠从额头渗出。

他似乎时刻处于一种很紧张的状态,微低着头,不敢和人对视。

还有姓门的?陈歌试着和他打了个招呼:"你好。"

这年轻人表现得十分古怪。他仍旧低着头,眼珠向上转动,飞快地看了陈歌一眼,小声回了一句:"你好。"

打量了年轻人半天,陈歌把高医生拽到旁边说:"不是,你把人带到我的冒险屋干什么?你准备让他进去体验吗?要是出事,我可担不起责任啊。"

"门楠是一个开朗自信的孩子,也是我最欣赏的学生之一,他在人格心理学方面有一种让我都感到惊讶的天赋。"

"人格心理学?"

"心理学的分支之一,可以简单概括为研究一个人特有行为模式的心理学。"

"哦。"陈歌点点头,实际上还是没有听懂。

"他在三个星期前突然发病,没有任何征兆。心理疾病发作通常会有一个诱因,大多是和家庭、生活环境有关,但门楠一直独居在外,生活环境、接触的人和事物从未发生变化,这就让我很疑惑了。在进行多次心理障碍疏导治疗后,他的情况不仅没有好转,还在飞速恶化。"高医生声音不大,下面的话很显然不想让门楠听到,"这孩子以前很少发火,可是最近一段时间情绪非常不稳定,甚至会因为窗帘上的动物图案不对称和室友大打出手,因为数不清楚烧饼上的芝麻掀翻食堂的桌椅,还将饭汤泼洒在路人身上。"

"这发火的理由也太刁钻了吧。"

"人在饱受折磨的时候,一丁点儿刺激就会引爆所有的情绪,门楠的这些举动也让我意识到他现在真的很痛苦。"

"可是你找我干什么?"陈歌看着高医生和门楠,黑色手机里提示的特殊客人估计就在这两个人当中。

"王欣的病已经好了很多。原本无法抑制的病情,从见到你那天起终于出现好转。"高医生面带微笑,"我不是一个迂腐的人,不管用什么样的手段,只要能救治病人,挽救一条生命,那就是好的办法。我清楚他现在遭受的痛苦,所以想恳请你帮我一个忙。"

"你说吧。"陈歌没有拒绝高医生。

"能不能把你治疗王欣的方法,在门楠身上试一试?毕竟从现在的情况来看,门楠、王欣和我们之前讨论过的小男孩,表现出的病症都很相似。"

听完高医生的话,陈歌有些犹豫,他没想到高医生因为这个原因找上门。估计是昨天救治王欣让这个资深心理医生触动很大,所以他才会提出这样的请求。

可是事情的真相只有陈歌自己知道。他通过笔仙了解到王欣的过去,才打开了王欣的心结,再加上笔仙主动出面,所以才一举奏效。这样的治疗方式无法复制。

"有困难吗?"高医生看出陈歌在迟疑,"麻烦的话就算了,我只是抱着试一试的心态过来。只是这孩子天赋极好,依赖药物治疗的话,会对思维和身体造成很大的副作用,我担心会毁掉他的未来。"

"是有点儿困难,但也不是完全不行,你想让我帮忙,至少让我问问他的基本情况吧。"陈歌没有直接拒绝,高医生和门楠之中有一个是特殊的游客,而每一个特殊游客都是一笔隐藏的"财富",必须要好好把握。

"我先替这孩子谢谢你了。"高医生脸上浮现出笑容,将门楠叫了过来,"门楠，把你的痛苦都说出来吧。"

年轻人低着头。他不管和谁说话都低着头，就好像头顶上压着什么东西一样。

见年轻人默不作声，高医生轻叹一声，替门楠说道："三个星期前，这孩子突然找到我，说他怀疑自己得了抑郁症。我们自己就是专业人士，经过一个下午的诊断后发现，他的症状和普通的抑郁不太一样，仅仅是过度疲倦和焦虑。当时我没有太在意，可后来门楠的情况越来越严重，他常常一整天都不说一句话，稍有一点儿小事就会歇斯底里地和人争吵、打斗，好像在宣泄什么。我分析了好久，才得出一个他不肯承认的结论——他内心在害怕，极度地害怕！

"我怀疑他得了恐惧症，但围绕他的生活环境进行排查，没有找到任何可能会诱发恐惧症的病因。最后在我再三追问下，这孩子终于说出了真相。"高医生有些心疼地看了一眼门楠，"他从三个星期前开始，每天晚上都会做同一个梦。"

提到梦境，门楠打了个冷战，这应该是他最不愿意回忆起的东西。

"梦到了什么？"陈歌已经设想好了很多恐怖的场景，但是高医生的答案还是超出了他的预料。

"他梦见自己在洗头。"

"洗头？"陈歌哑然，不知道该说些什么。

"剩下的还是让他亲自来说吧。"高医生把手搭在门楠肩膀上，轻轻揉动，示意他放松。

等了好半天，门楠才开口："每次都是同一个梦，越来越清楚了，我很快就能看到那个人是谁了。"

他声音嘶哑，嗓子好像被火烧灼过一样。

"看清楚谁？你梦境里还有另外一个人？"

"是的，他总是站在我旁边，看着我洗头，那样子很可怕，似乎只要我一闭上眼睛，他就会冲过来掐死我。"

第5章 门之男

门楠讲完后，陈歌和高医生都久久没有说话。

洗头代表洗去霉运和污垢，梦见洗头通常来说会有好事发生，但门楠所说的场景却跟好事完全沾不上边，怎么看都是一个噩梦。

"你还记得梦中那个人的长相和你所处的环境吗？"门楠极有可能是黑色手机提示的特殊游客，陈歌现在做出的每一个选择，问出的每一个问题，都会影响到最后的奖励。

"好像就在我租住房的卫生间里，物品摆放的位置都很熟悉，不过我也不能确定。"门楠压低了头，声音更小了，"我看不清楚那个站在我旁边的人，但是可以肯定他离我越来越近，这几个星期我都在做同一个梦，每做一次梦，梦里的情景就会变得清晰一点儿。那个男人的脸，我也看得越来越清楚了。"

"他长什么样子？"

"快了，应该下一次做梦就能看到他的脸了！"门楠头向下压低，说话时眼珠往上翻，看起来有些吓人。

这个年轻人说得很模糊，并没有提供什么有价值的东西。

陈歌不死心，继续追问："能不能说得再详细一点儿，比如在你洗头的过程中，那个人有没有做出什么动作，或者说过什么话？"

"梦的内容几乎是完全一样的。"门楠嘶哑的声音有些颤抖，"三个星期前我第一次做这个梦的时候，并没有觉得很吓人。梦中我也不知道为什么会半夜起床进入卫生间，在梦里我的任何思维都停止运转，只能按照身体的本能去做，或者当时有另一股力量支配了我。

"最初的梦境很朦胧，我停在镜子前面，将脸盆接满水，然后把头伸入水中。

"当我弯下腰时，低着的头能颠倒着看见门口有人。

"一开始他距离我很远，直到我洗完后才发现，他似乎往我所在的位置靠近了一点儿。嗯，只有一点儿。

"这个梦做完后，我又做了其他梦，所以最开始我并没有在意。

"可真正让我不敢想象的事情发生了，就在第二天我又一次做了这个梦！

"一模一样的场景。头碰到水面时，我能看见客厅站着一个人，等我洗完再看，那个人又朝我靠近了一点儿。

"同样的梦境不断重复，我从最开始做梦时的浑浑噩噩，到后来完全清醒地注视着一切，我的大脑正常运转，感官在梦中愈发灵敏，最关键的是每一次做梦，那个从门口进来的男人都离我越来越近！

"我不清楚这是什么原因，在梦中怕得要死，可怎么都醒不过来。

"只要一睡着，梦就在继续，两个半星期前梦中的男人进了客厅，一个星期前他出现在卫生间门口，就在四天前，那个男人走到了我的身边！

"他就站在我身边，只要我一弯腰把头伸入水中，他的身体就会跟我一起倾斜，那张模糊的脸也在慢慢贴近。"

只是听门楠讲述，陈歌就觉得有点儿瘆人，更别说这个年轻人亲身经历了这一切。

连续三个星期做同一个梦，梦中还有一个看不清脸的男人不断靠近，难怪他会变成现在这副模样。

"前天晚上，我又梦到了，这也是我最后一次做这个梦。"门楠试着抬了抬头，他的眼珠在眼眶里飞速转动，"那个男人的脸距离我很近，我几乎就要看清楚了，可就在这时他用双手掐住了我的脖子。接着我就醒了，一直到现在都没敢入睡。"

门楠的情况已经到了很糟糕的地步，梦境中的男人用双手掐住了他的脖子，这个梦境再继续往下发展，不知道会演变成什么样子。

事情比高医生说得还要紧急，也难怪高医生会来找陈歌，纯粹是死马当活马医，想碰一碰运气。

"一直重复做这个梦，场景都是在卫生间里。"陈歌想了一会儿问道，"会不会是公寓楼本身有问题？我先说一个可能，你别害怕，这只是我的猜测。"

"你说。"

"有没有可能是你租的房间里死过人，尸体到现在还没发现，所以它托梦给你，希望你能帮忙报警，还它一个清白？"

陈歌说完后，门楠的脸都绿了，他剧烈地倒吸一口气说道："我租住的房间里藏着一具尸体？不可能，绝对不可能！"

他情绪激动，如果不是被高医生按住肩膀，估计又要犯病了。

旁边的高医生也面色古怪地说："我去过他租住的地方，里里外外全部检查了一遍，没有任何异常。而且一个星期前，我把门楠接到自己家里住，他依旧做了那个梦，并没有因为离开公寓就停止。"

"他第一次做梦看见那个男人时，男人是站在门口的，所以说那个男人极有可能是从外面进来的。我们的搜查范围不能局限于门楠自己的房间，应该扩大范围，搜查整栋公寓楼。"陈歌说出了自己的看法，因为害怕刺激到门楠，他还有后半句话没说出口：说不定脏东西已经缠到他身上了，不是换个地方睡觉就能解决的。

"我们不是警察，没有搜查整栋公寓的权利。就算有，这个搜查的理由也很牵强。"高医生现在不知道自己来找陈歌，究竟是不是一个正确的决定了。他想了想说，"不如我们还是先来分析一下这个梦境，门楠一直在梦中洗头，或许我们可以从洗头本身象征的意义上找到线索。"

高医生试图劝说陈歌，陈歌也耐心听完了对方的分析，只可惜这些东西并不能解释门楠为何会不断去做同一个梦。

"我现在也不敢肯定，不如等今天晚上，我们一起去门楠租住的地方看一看如何？实地勘查一遍，或许会有全新的收获。"陈歌静静地等待两人回答，他的手伸进口袋里，黑色手机一直没有出现反应。

高医生似乎有自己的顾虑："拖到晚上，我怕门楠会撑不住，他现在的病情越来越严重了。"

门楠低垂着头，保持着诡异的姿势，眼珠转动，不言不语。

"可现在也没有更好的方法。"陈歌知道高医生想要说什么，"他的情况和王欣当初的情况完全不同，所以我也无能为力。如果你相信我的话，今天晚上让我去他居住的公寓楼内看一看，说不定就能有所发现。另外，我还想问他一个问题。"

陈歌走到门楠身边，缓缓伸手划过门楠的头顶和脊背。

"你在干什么？"高医生不是很明白。

"你有没有发现，他不管说话还是走路都一直低着头，给人的感觉好像他头顶上压着什么东西一样。"陈歌早就看到了这一点，只是一直没有机会问出口，"门楠，你不觉得保持这样的姿势很难受吗？"

被陈歌一提醒，高医生也重视起来，他轻轻拍打门楠的后背："还不舒服吗？"

门楠摆了摆手。他的头至始至终都没有上扬过。在人群中站了很久，他情绪又不稳定了，似乎随时都有可能失控。

见此情景，高医生只好先将门楠带到阴凉处休息。

门楠眼珠转动的频率快得有点儿不正常，好像一直打量着四周。他还有一个上翻眼皮的怪习惯，似乎想看到自己的头顶。陈歌远远看着门楠的背影，越看越觉得奇怪。

正常的驼背脊背成弓形，可门楠后背挺得笔直，脑袋却倾斜向下，给人的感觉像是头上顶着重物，被压得抬不起来一样。

"他为什么会梦到洗头呢？"

黑色手机仍没有反应，陈歌不再理会。对他而言，特殊游客算是意外收获，能获得好处固然开心，得不到他也不会郁闷。

又送进去两批游客后，门楠的情况终于有所好转，高医生在心理疏导方面确实有些本事，在外人面前随时会发疯暴走的门楠，在高医生旁边却表现得很平静。

他带着门楠再次找到陈歌，两人似乎商量好了，对陈歌说："今晚八点，我们在海明公寓门口见。"

"好的。"陈歌一口答应下来，口袋里的黑色手机也轻轻地震动了一下。他对高医生说，"今晚让他正常入睡，我来守夜。"

"我陪你一起。"高医生朝陈歌道声谢，带着门楠离开了。

"又是一个怪人。"陈歌已经大概明白了黑色手机对特殊游客的定义：他们更多的是处于两个世界交界的人。

拿出黑色手机，点开提示短信。

第二位特殊游客已经离开，经过你的努力，成功获得任务信息！解锁隐藏试练任务——三个人的房间。

三个人的房间（尖叫指数一星）：午夜之前抵达海明公寓，找出特殊游客的病因。

任务场地：海明公寓三楼303室。

任务提示：他来自第三病栋。

是否接受任务？注意：试练任务只存在二十四小时，若二十四小时内没有接受，视为放弃，本场景将永远无法解锁。

陈歌本来真的没有把这个隐藏任务放在心上，可是他看到最后，神情变得前所未有地认真起来。

"任务提示里为什么会写着第三病栋？他来自第三病栋？门楠曾被关进第三病栋？"从头又看了一遍信息，陈歌发现了一个更诡异的地方，任务介绍里出现次数最多的数字就是三。他想，"这应该不会是一个巧合吧？不过三个人的房间到底是什么意思？"

假如门楠身上住着两只"鬼"，可以说是三个"人"的房间；陈歌、高医生和门楠一起待在屋子里，这也可以说是三个人的房间。陈歌现在想不明白这个任务内在的深意。他想，三个人的房间，关键应该在人身上。

和尖叫指数三星的恐怖场景有关，容不得陈歌大意，他背下任务信息，确保没有遗漏后才收起黑色手机。午休时，陈歌没有和徐婉一起去食堂，而是独自前往办公楼。昨晚知晓罗董事女儿的存在后，陈歌心里就有几个问题想要当面询问一下罗董事。坐着电梯来到顶楼，罗董事办公室的门打开着，他似乎不喜欢把自己关在密闭的房间里。陈歌轻敲房门，很快罗董事从屋子里间走出，手中还拿着几份报表。

"罗董，我有几件事不是太明白，能不能向您请教一下？"

"地下停车场改建出现问题了?"罗董事放下手中文件。

"那倒没有,是另外的事情。"陈歌将罗若雨的手链和自己父母留下的纸条放在罗董桌子上,"这是我在地下停车场的一根承重柱旁发现的。"

"你想问什么?"罗董显然知道手链的存在,"乐园很多不起眼的角落里都散布着玩具,每一件都是我亲手选好位置藏下的。"

"您为什么要这么做?"

"所有玩具都是我女儿喜欢玩的,我把它们放在乐园的各个角落,如果她回来了,就不会觉得那么孤单。"

"那您存放玩具的地方有没有放置其他东西,比如说这个。"陈歌将那张沾着血迹的纸条递给罗董。

拿着纸条看了两眼,罗董事摇摇头说:"没有印象,肯定不是我放的。"

得到罗董事肯定的答复后,陈歌略有一点儿失望,他原以为罗董作为新世界乐园的掌舵者,多少会知道一些自己父母的事情,可事实并非如此。罗董甚至连自己的"女儿"就在乐园都不知道。看来,自己的父母隐瞒了所有秘密。

"那打扰了。"陈歌拿起桌面上的纸条,准备离开。

"等一下!"罗董慢慢起身,示意陈歌把纸条展开,"这是你父亲的字迹吧?"

"对,您认出来了?"陈歌略感诧异。不熟悉的人是很难辨识出字迹的。

"第三病栋……"看到纸条上的字后,他十分肯定地说道,"在你父母失踪前,我听他们说过这个地方。"

"你听他们提过?"陈歌一下子激动了起来。

"是的,你父母失踪前一天找过我,说有人想要送我一份礼物,但那人因为种种原因无法亲自到场,所以只能由他们转送。"罗董事从旁边书柜上取下一个木盒,打开精致的盒子,里面是一个做工非常粗糙的不倒翁。

他将不倒翁捧在掌心说道:"虽然做工粗糙,不过我觉得寓意很好。不管遭遇任何困难,都无法将它击倒。"

陈歌已经有点儿等不及了,催问道:"我父母后来说了什么?您又是在哪里听到的这几个字?"

"你父母放下东西就走了,只不过因为我没有关办公室门的习惯,无意间听到了他们两个在走廊上的对话。"罗董事回想了一会儿，"当时他们还没走远，你的父亲说了一句'第三病栋的门又被打开了。'你母亲回了一句'第三病栋的门从未关上过。'"

"没了吗？就两句话？"

"我只听到了两句，后面他们还断断续续地说了什么，但是我记不太清楚了。"

又聊了几句，再无收获，陈歌便从罗董的办公室里出来了。

"第三病栋的门肯定不是普通意义上的门，会不会和鬼屋镜子里的门一样，门后是另一个世界？"

他想不明白父母为什么要那么说，拿出黑色手机，结合刚才试练任务中的提示。他想到：

"任务提示里说'他'来自第三病栋，可不可以理解成他来自那个血色的世界，和镜中怪物相同？"

陈歌的父母在失踪前一天的对话里还提到了第三病栋，那么他们失踪的原因有没有可能和第三病栋有关？他知道父母在郊区一座废弃的医院失踪，警方搜查了周围所有的建筑都没有找到两人的踪影，他现在很怀疑，他们会不会走到了那扇门的后面，进入了那个血红色的世界当中。

"现在还不能确定第三病栋试练任务的场地，就是我父母失踪的医院。"陈歌轻轻拍打脸颊，强迫自己冷静下来，涉及到失踪的双亲，他的心有一点儿乱，"尖叫指数三星的任务一定非常危险，我现在就算接了任务也不一定能完成，还是按部就班来，先完成眼前这个任务再说。"

海明公寓的试练任务和第三病栋存在一定关联，完成这个试练任务，也能对第三病栋任务有一个初步的了解，不至于手足无措。下午四点多游客数量减少，陈歌把鬼屋钥匙交给徐婉，自己钻进工具间里为今晚的试练任务做准备。父母留下的布偶里依附着乐园的守护灵，只在乐园里有用，所以这次陈歌没有像以前那样携带布偶。他挑挑拣拣，最后只带了充电器、打火机、安全绳，以及用着极为顺手的工具锤。

"这样应该就差不多了。"他想了一会儿，又把破获灭门案剩余的赏金塞进背包夹层，"距离和高医生约定的时间还早，等会儿我先去定制人偶的地方看看，如果价格公道就先购买一批。"

暮阳中学隐藏任务早一天完成，这个场景就能早一天为他带来收益。陈歌整理完东西，经过化妆间的时候，无意间看到了躲在化妆间门板后面的小小，屋子里人造血浆洒了一地，她自己身上也沾了不少。

"你这是要逆天啊？"

陈歌提起小小走出化妆间，拜托徐婉过来打扫，自己钻进了员工休息室。

"一屋子的血浆，徐婉肯定以为是我弄的，她会不会觉得我这个老板不太正常？"

找来毛巾，陈歌把小小身上的血浆擦干，然后又拧了拧她的脸说："再乱跑，我就……"

他想了半天也没想到小小害怕什么，最后哼了一声，随手把小小也塞进背包里。准备妥当后，他走出鬼屋，来到了乐园大门口。淡季还没有过去，乐园里的游客越来越少，外面的停车场空空荡荡不说，连直达的公交车里都没几个人。

"维持乐园正常运转需要一大笔钱，游客数量这么少，罗董事也不容易。"穿过马路，陈歌根据网上搜索到的信息找到了那家制作大型人偶的工坊。

他在地下室入口处看到了招牌，询问了旁边卖炒酸奶的大哥后，才知道那个工坊开在地下。他走下去，走过他欣赏不了的涂鸦墙，来到位于楼梯尽头一扇挂着转让牌子的玻璃门前。

"有人吗？"隔着玻璃门往里看，屋内类似于一个地下仓库，占地不小，可看上去十分冷清。等了半天，才有一个体形微胖的男人穿着拖鞋走了出来。他的年龄看着和陈歌差不多大，一身休闲装，脸上有点儿婴儿肥。

玻璃门一打开，冷气扑面而来。

"你是这儿的老板？我想定制一批人偶。"陈歌直接说明了来意。

"行啊，进来吧。"男人把陈歌请进屋内，"要多大的？三十厘米以下的话，三天内就可以交付。"

"太小了，我要定制和真人等身大，关节可以自由活动的人偶，你们这里能做吗？"陈歌看了一下工坊内的各种道具和器材，这地方要比他来之前想象的还要专业。

"和真人等大？身体能自由活动？"微胖男人露出了恍然大悟的表情，摆出一副看破不说破的样子，问道，"那请问你要预定多少个？"

"二十四个，你们什么时候能做完？"陈歌随口回道。

"二十四个？！"

微胖男人声音突然升高。陈歌被他吓了一跳，不解地问"你喊什么？二十四个很多吗？"

"你一个人用？"

"我用人偶干什么？"陈歌觉得对方好像是误会了，解释了一句，"我是开鬼屋的，这二十四个人偶是鬼屋布景。"

"原来是这样。"工坊老板自己也松了口气，"鬼屋人偶的话，我不建议你选用太昂贵的填充物，毕竟更换频率比较快，我们这有实体和半实体两种，贵的一万二，便宜的三千。还有一点要提前给你说，现在工人全都走了，就我一个看店的，二十四个定制人偶恐怕要一个月才能完成。"

便宜的还要三千？陈歌咳嗽了一声，摸了摸自己包里的两万多块钱，脸上表情仍旧很淡定。他对老板说："钱不是问题，可鬼屋的新场景最迟后天就要投入使用，拖不了那么长时间啊。人手不够，那你们仓库里的材料齐不齐？"

"材料都有。"老板不知道陈歌为什么会突然问这个，"只要你宽限几天，这批订单我保证让你满意。"

"后天鬼屋新场景营业，这个没得商量。"

"我们这行情况不是太好，你没看外面还挂着转让的牌子吗？以前我只管设计，其他步骤交给工人来做，结果几个星期没有大活，为了节省开支只能把工人辞退了。"老板也不愿意放弃陈歌的订单，急忙争取道"要不这样，我今晚就给工人打电话，一个星期内加班加点给你赶出来？"

"一个星期还是太长了，我后天就要用上。"

"我就算全力给你做，后天也只能做出三四件来。"老板有些无奈。

"你材料充足，但是人手不够。"陈歌放下背包，"要不这样吧，你把这工作间借我用二十四小时，材料什么的给我备齐就行了。"

"什么？"

聊着聊着，事情开始朝一个奇怪的方向发展了。工坊老板一时没有反应过来，问道："那我干什么？"

"站在一边看就行了。"陈歌活动着手指，在屋内观看，"反正你这也没什么人，店铺转让后，库房里囤积的材料也要低价出售或者直接扔掉，不如租给我一天时间。你放心，我会按照市场价格购买材料的。"

道理是这样没错，但总觉得哪里不太对啊！

那个微胖的工坊老板想了好久，自己似乎也没亏什么，他看着跃跃欲试的陈歌，艰难地点了下头："行吧，不过你要先给我交一万的押金，用多少材料我扣多少，剩下的再返还给你。"

"一言为定。"

陈歌交了钱和微胖男人进入里面的工作区，这里地方很大，地上摆着各种工具。

"你确定要自己做？"老板还是对陈歌表示怀疑，"有需要的话，我可以帮你，反正闲着也是闲着。"

"那我先谢谢你了。"陈歌大学实习时在一家玩具厂里见过相关的东西，对于各种工具的用途都很清楚。他转了一圈，心里有了底之后，拿出手机拨通了李三宝的电话。

"李叔，我有一件事想要麻烦你，是关于暮阳中学的。"

"市分局那边都已经结案了，你怎么还揪着暮阳中学不放？"李队每次接陈歌电话，都有种心惊肉跳的感觉，生怕听到什么不好的消息。

"跟藏尸案没关系，我是想……"

"不要再跟这个学校扯上关系了。"李队声音渐渐严肃起来，"根据市分局的调查，在学校建立之前，里面还可能隐藏另外的案件。"

"另外的案件？"陈歌没有去追问，"李队，你误会了，我没想插手你们的事情。上次你不是告诉我暮阳中学有一个班级出事了吗？我就想问问你们的档案里有没有那二十四个出事的孩子生前的照片？"

"你疯了？找这些东西干什么？"

"真的很重要，现在我不能告诉你原因，但我肯定没有恶意。"陈歌为那二十四道残念制作可以寄托的躯体，让它们不再流浪，这也算是间接做好事。

话筒那边停顿了很长时间，才传来李队的声音："你小子别乱搞！有什么发现记得第一时间通知我。行了，等会儿我去帮你看看。"

电话挂断，陈歌倒没觉得什么，却把他旁边的胖老板吓得不敢说话了，犹豫了半分钟才凑到陈歌旁边问了一句："你是警察？"

"不要多想，材料都齐了吗？"

"齐了。"胖老板看着陈歌，连说话声音都变低了。

"好，马上开工。"陈歌和胖老板先去准备粘土，十几分钟后李队给陈歌发来了一张二十六人的照片，说是档案里仅有的一张照片。

照片中央坐着一个戴着眼镜的矮胖老人，身后是二十五个学生。

"比对照片做就方便很多了。"陈歌让胖老板去远处待着，自己把粘土胚糊在木板上，大致做出一个人头的形状后，初级天赋"活偶"被彻底激活。

他使用工作间里的十几种刻刀精雕细刻，只用了几分钟，就做出了一个和照片里几乎一模一样的人头。这场景把胖老板都看呆了，好像在欣赏三倍速的艺术记录片一样。

"这人到底是干什么的？"

雕刻完成，陈歌用湿海绵仔细擦抹人头，他手指蕴含特殊的力道，擦拭过后，泥坯露出了人体皮肤一般的质感。过了一会儿，人头泥坯变硬，他再浇上黏稠的石膏，接下来就是等待。石膏需要大概一个小时的时间才能凝固，趁这个工夫，陈歌又开始制作其他的人头。一个半小时的时间，陈歌把所有人头泥坯做好，又将前面几颗人头泥坯从凝固的石膏中取出，灌入一层乳胶，这层乳胶就是人偶的皮肤。接着，他把一根可弯折的贴片放入其中，充当玩偶的脊柱，注入填充物。整个过程一气呵成，去除石膏凝固的时间，陈歌做出一颗仿真人头只需要十分钟。

"天色不早了，那一万押金你先拿着，这片工作区里的东西不要乱动，我明天会过来处理完。"陈歌洗了一下手，准备前往海明公寓。

"放心，我肯定不会乱动。"看着工作台上的二十四颗仿真人头，胖老板打了个寒战。他见人偶见得多了，但是陈歌做出来的人偶却带给他不一样的感觉。那些人头非常真实，就好像它们不是泥坯，会随时眨动眼睛一般。背上包，陈歌从地下工坊走出，打车前往海明公寓，已经到了和高医生约定的时间。穿过繁华的市中心，陈歌来到了老城区，这里的楼普遍不高。经过几条还算热闹的街区后，四周慢慢变得安静，在司机的指引下，陈歌终于抵达海明公寓。

路灯将陈歌的影子拉得很长，街道上一个人都没有，偶尔能看到流浪猫从垃圾桶旁边跑过，发出窸窸窣窣的声音。

"在繁华闹市的背面，居然还有这样安静的街区。"陈歌从漆黑的楼房中间走过，沿着狭窄的水泥路走到住宅区最深处。

空气中飘散着淡淡的臭味，路边的垃圾桶已经很久没有人清理过了，装在塑料袋子里的各种生活垃圾堆在一起，不时还有东西从中跑出。和前面几栋楼比起来，陈歌眼前的这栋楼看着更加破旧一些，一楼的墙壁上沾着各种污渍，楼道口摆放着很多杂物。

"找到了。"陈歌看着面前六层高的公寓楼，住宅区外面的广告上说的就是这里。

"黑色手机发布的任务场地是三层的303室，门楠应该就住在那里。"陈歌看了眼时间，差六分钟晚上八点。他想，"等高医生来了以后，可能会有些不方便，我先进去了解一下情况。"

他没有给高医生打电话，直接进入楼道。楼层很低，大概一层只有两米一左右，护栏是铁质的，上面每隔一段距离都缠着一根红绳，也不知道是做什么用的。进入其中，陈歌闻到了一股奇怪的味道。很淡，也不是臭味，住习惯的人甚至会渐渐忽视这股气味，陈歌第一次来，所以比较敏感。

"有点儿像饭菜馊掉散发出的气味。"陈歌在一楼停了会儿，试图寻找那股气味的源头，但是全无收获。那味道就像是公寓楼自身散发出来的，浸透每一块墙砖。楼道里没有装灯，他拿出手机照明。一楼住着四户人家，显得十分拥挤，建筑的隔音效果也不好，在外面能清楚地听到屋里的争吵声。

陈歌蹑手蹑脚地来到三楼，他没有贸然去敲303室的门，而是先站在门外细听了一下屋内的声音。

三楼的四户人家中，301室里电视声音开得很大，302室里有一个男人在打电话，他的情绪不太稳定，陈歌能听到他重复最多的两句话就是——你们不要再逼我了、你们是想逼死我吗？！ 303室、304室两户则什么声音都没有，十分安静。

停留了两三分钟，陈歌轻轻敲击303室的房门，有意思的是他这边刚一敲响303室的门，301室的电视声音立刻调小，302室的男人似乎也不打电话了，整个三楼突然安静了下来。陈歌在门外敲了一分钟，房门仍旧没有打开，他心生疑惑，小声喊了一句："门楠，在家吗？"

无人回应，就在陈歌怀疑是不是自己弄错的时候，301室的门打开了。一个十分邋遢的中年男人趴在门框上，身上散发着浓浓的酒气问道："喂！你找谁啊？"

"303室的门楠，他是江州市医科大学的学生，听说他最近不太舒服，我来看看他。"

"你找错了，我不知道门楠是谁，但他肯定不住在303室。"男人挠了挠脸。他的左脸上好像被蚊子咬了，已经挠破了皮。

"可我朋友告诉我，他就住在这个房间。"陈歌想要从中年男人嘴里套话，"再说你又不认识门楠，怎么就能肯定他不住在这个房间？"

"303室里死过人，这房子出事后就没租出去过，你说为什么？"中年人把手举在眼前，看了一下指尖残留的血迹，他把伤口挠得更大了，"别再敲303室的门了，听见了没？真晦气。"

说完中年人就把房门关上了，不过陈歌留意到，屋内电视的声音并没有调大，估计这个中年人没有离开，而是躲在门口关注他的一举一动。陈歌没有再去敲门，他已经从男人口中获得了一个非常重要的线索——303室死过人，而且自从出事后，这个房间就再也没有租出去过。黑色手机所说的任务场地已经找到，现在的关键是想办法在午夜十二点前进入其中查看。

"黑色手机从未出过错，门楠的病因估计也和这房间有关。"陈歌看了下表，已经八点了。

他给高医生打了电话，对方怕他找不到路，一直等在住宅区外面。几分钟后，高医生领着门楠进入楼道。再次看到门楠的时候，陈歌吃了一惊，这个年轻人现在看起来和正常人完全不一样了，就像是天生的畸形儿。他的头和脊柱几乎错位，脑袋低垂，仿佛被人使劲往下按着一般。陈歌指了指门楠，朝高医生投去询问的眼神。高医生立刻明白了陈歌的意思，轻轻摇头道："他的情况更加糟糕了，服用了药物以后，才好不容易稳定下来，我们进去再说吧。"

门楠低着头，从口袋里取出钥匙。楼道里光线昏暗，他试了好几次，钥匙都塞不进锁孔，把他气得手臂发抖，似乎又要犯病了。看到他这情景，陈歌赶紧接过钥匙帮他打开304室的门。三人进入屋内，高医生和门楠都已经习惯了，并不觉得有什么，但陈歌是第一次来，一进门就闻到了那股宛如东西变质的奇怪气味。

"似乎是从墙壁里散发出来的。"陈歌左右看了一眼，屋内收拾得很干净，纸篓里也没有垃圾，根本找不到能散发出臭味的东西。难道是墙中藏尸？

陈歌很快就否决了这个猜测，平安公寓三楼走廊最深处的那堵墙是王琦特别加厚的，正常的公寓墙壁里根本塞不进一具尸体。

"找什么呢？"高医生发现陈歌一进屋就表现得很反常，便开口问了一句。

"你有没有闻到一股古怪的气味？"陈歌最后停在303室和304室中间的那堵墙旁边，这里的臭味最为浓烈。

"是有点儿，老房子多少都会发出一些怪味。"高医生把门楠扶到床边，门楠却不肯靠近床，他宁肯站着也不愿意坐在床上。

陈歌看了门楠一眼，轻声问道："他这是怎么了？"

"他害怕自己睡着。上一个梦里，那个男人已经掐住了他的脖子，如果再睡着，他可能再也无法醒来了。"

第6章 海明公寓

门楠不敢入睡,固执地站在屋子中央。他仍保持着诡异的姿势,脑袋就像快要被人从肩膀上按下来一样。

"我总觉得他头顶上压着什么东西。"陈歌害怕刺激到门楠,声音压得很低,"不是那种心理上幻想出来的,而是真实存在的东西。"

高医生轻轻摆了下手,陪在门楠旁边,取出自己的手机,好像在给谁发短信。见高医生没有回话,陈歌又开始搜查出租屋内的其他房间。屋子只有三十几平米,但麻雀虽小五脏俱全,拥有卧室、客厅和一个单独的卫生间。

"这么看只是一间很普通的出租屋。"陈歌转了一圈没有发现任何死角,根本不存在藏尸的可能性。

他从客厅出来,又推开了卫生间的木门,出乎他的预料,在正对着门的墙壁上悬挂着一面半身镜。

"镜子对着门?"因为第一个噩梦任务的原因,陈歌对镜子十分敏感。

他默默地走到镜子面前,看着镜中的自己,想道:"很少见的布局,一开门就看到镜子里的自己,多少会感觉有点儿奇怪吧。"

镜面很干净,似乎被人经常擦拭,一点儿污迹都找不到。视线移开,镜子下面是一个洗漱台，门楠的噩梦当中，他就是一直站在这里洗头的。陈歌模仿了一下门楠的姿势，趴在洗漱台前，身体向前九十度弯曲，头刚好能伸到水龙头下面。

"从这个角度正好能看到屋子外面的场景，他梦里梦到的场景完全有可能实现。"如果趴在水龙头下，看不到客厅的场景，又或者视线被其他东西挡住，陈歌都不会感到害怕，说明这只是一个梦。

可是他自己试验过后发现，这一切就算是在现实里，也是完全有可能发生的事情。头伸进洗漱台里，世界颠倒着映入眼中。

"门楠说每一次做梦，那个男人都会距离他近一点儿，这个地方也很可疑，对方为什么不直接走过来弄死他，非要一点点折磨他，两者有什么深仇大恨吗？"陈歌正在思索，后颈突然感到一丝冰凉，他立刻直起腰，摸了摸脖子。

"一滴水？从哪滴下来的？"陈歌仰头看向屋顶，天花板没有渗水的痕迹，那滴水出现得莫名其妙。

"难道是镜子？"他脑海中不禁浮现出这样一幅画面，自己在洗漱台前洗头，镜子里的自己探出半边身体，抓住了他的脖子。

"黑色手机上显示，此次试练任务的名字叫作三个人的房间，任务名本身就是一种隐性提示。"陈歌看着镜子里的自己，感觉好像猜到了什么，"屋子里有三个'人'，门楠算一个，梦境中不断靠近的男人算另外一个，而此时房间里还有第三个'人'的存在，这第三个'人'会不会就藏在镜子里？"

陈歌双手撑着洗漱台，朝两边扫了一眼，他发现厕所垃圾桶里扔着两个空的洗发液瓶子。

"门楠搬到这公寓楼里才多长时间，就已经用完两瓶洗发液了？如果他只是在梦境中洗头，现实里的洗发液怎么会变少？难道这孩子有梦游的习惯？他会在大晚上一个人跑去洗头？"陈歌想了一会儿又觉得不太可能，之前和高医生交流的时候，对方说过为了排除公寓本身的原因，高医生曾将门楠接回自己的家里，可是门楠的噩梦并没有停止。

"暂时排除梦游的可能，但是假如门楠是在清醒的时候，短时间内用掉了两瓶洗发液，这就更奇怪了，他为什么要疯狂洗头？"

门楠在很短的时间内用完了两瓶洗发液，洗漱台旁边的第三瓶洗发液也只剩下半瓶。

"人在什么情况下会一直洗头？头痒、头发脏了，或者感觉头发里有东西？"陈歌靠在墙壁上思考，"门楠两次在学校里和人打架，第一次是因为发现窗帘上的动物图案不对称，第二次是因为数不清楚烧饼上的芝麻，这个人应该患有严重的强迫症。"

对于一个有强迫症的人来说，稍有一点儿不对头的地方，他们都会努力纠正，如果纠正不了的话，就会觉得浑身难受。门楠疯狂洗头也是因为如此。

"问题的答案只有门楠自己清楚，估计他向高医生隐瞒了一些很重要的东西。"陈歌这边正在推测，手机突然震动了起来，拿出来一看，竟然是高医生发来的短信。

"门楠的家庭环境有点儿复杂，和我之前调查的结果不太一样。我把门楠的病情告诉他的家人后，他们的反应非常冷淡，只是说会给门楠的银行卡里打够治疗费用，根本没打算来江州市看望他。我不方便让门楠知道这件事，只能发短信告诉你。"

"亲儿子病了，当家长的竟然不愿意过来陪伴？"

"我也没有想到，之前我询问门楠和他身边同学的时候，所有人都觉得门楠出生在一个很和睦的家庭里，我还特意翻看了他的社交平台，里面有很多感恩家庭的文章。"

门楠向外人展示的自己是一个生活在温馨家庭里，受过良好教育，性格开朗、专业扎实的好学生，这一切有可能都只是他的伪装。陈歌看完短信，又把自己刚才的发现告诉了高医生。没过多久，高医生回了他几条短信。

"强迫症大致分为四类：担心、仪式、洁癖、完美。经过我的观察，门楠的病症不属于这四类中的任何一类，他洗头似乎仅仅是因为有这个需求而已。"

"在我看来门楠的表现更像是另外一种心理疾病——创伤性应激障碍，比如地震发生后，个别幸存者会在很长一段时间内处于高度警觉的状态。他们很难摆脱地震带来的阴影，大脑会反馈给他们一种错误的信息，似乎地震随时都会再出现。"

"门楠的症状和创伤性应激障碍很像，他神经紧张，眼珠乱转，代表他很没有安全感，就好像有什么东西会随时出来伤害他一样。在这种情况下，他去洗头，有可能是一种自我保护的行为。"

陈歌没看明白高医生的短信："洗头怎么和自我保护扯在一起了？"

"创伤应激障碍的前提是受到过某种伤害，门楠在现实里重复多次洗头，极有可能是为了摆脱某种心理阴影，这或许和他曾经的经历有关。"

"曾经的经历？"

"没错，曾经的遭遇给他留下了强烈的心理冲击，每当他回想起来，或者遇到类似的事情、看到相似的东西时，身体就会产生反应，为了缓解痛苦，他会本能地寻找安抚自己的方法。按照现在的情况来看，这种方法就是洗头。"过了会，高医生又发来一条短信，"刚入学的时候，我曾问过门楠，他为什么要选修心理学专业，这孩子给的回答是，他想给一个人治病。仔细想想，他所说的那个人应该就是他自己。"

"看来问题的根源还在门楠幼年的遭遇上，我觉得有必要和他说清楚，只有知道了前因后果，我们才能帮他。"

"如果我的推测是真的，那就更不能询问他了。他一直在竭力回避那件事，现在让他一点点回忆起来，恐怕他会受不了刺激而彻底崩溃。"

"那我们就联系他的家人，孩子痛苦成这个样子，父母居然不闻不问，这太说不过去了。"陈歌很想把门楠现在的样子拍成照片，发给他的父母看看。

"我前段时间打电话的时候已经问过了，门楠从小就有洗头的怪癖，他父母已经习惯，并不认为这是一件多么严重的事情。"

"他们没有说这种癖好产生的原因吗？"

"没有，在门楠很小的时候，他父母带他看过心理医生，当时的诊断结果是强迫症。这在他当时那个年龄段非常罕见，考虑到孩子还小，就没有进行相应的药物治疗，医生只是鼓励他的父母多给他一些陪伴。"

"很显然他的父母并没有听医生的话。"陈歌想都不想就回了一句，如果门楠的父母真的在乎他，态度就不会那么冷淡了。

"轻微强迫症不会影响生活，所以他的父母就一直没有在意。另外，我仔细询问过后才得知，门楠的亲生母亲在他五六岁的时候就遇害了，后来他的父亲又重组了家庭，给他生了一个弟弟。"

"亲生母亲遇害？有这事？"陈歌觉得本已堵死的路，又有了新的出口。

"他亲生父母的关系很不好。父亲常年在外，母亲独自带孩子。有一天小偷进了他们家，再后来发生的事情就连门楠现在的父母也不清楚，只知道是案发第二天邻居报警了。"

陈歌的心里咯噔一下："案发第二天？那案发时门楠在什么地方？"

"案发时门楠在哪我不知道，但是我知道邻居报警时，门楠就在案发现场，他是第一个发现母亲的人。"

看着高医生发来的短信，陈歌感觉到一股寒意正顺着脊背慢慢上升："也就是说门楠和他母亲在案发现场待了一天一夜，直到第二天才被发现是吗？"

"可以这么理解，或许是歹徒放过了门楠，也可能是他当时正好不在家里，总之门楠侥幸逃过了一劫。但是小小年纪的他看到这一幕，必定会对心理产生很大的影响，我怀疑他出现强迫症，以及现在犯病都和小时候的这场凶案有关。只是我想不明白，他为什么会一直去洗头，洗头和凶案之间存在什么联系吗？"

高医生短信中透出的疑惑，也正是陈歌想知道的，他站在镜子前面，看着镜中的自己。

"洗头？自我行为保护？"

脑中闪过刚才自己模仿门楠时的场景，陈歌摸了摸后颈，忽然想到了一个东西："水滴！"

他立刻给高医生发送了短信："案发现场，门楠母亲的尸体是在什么地方发现的？"

"歹徒失手杀了门楠母亲后，拆了卫生间顶部的防潮板，将其塞了进去。如果不是邻居家的孩子和门楠经常一起上学，两家关系非常好，也不会这么快察觉出问题。"

"卫生间顶部的防潮板？"陈歌仰头看了看自己所在的卫生间，这栋公寓楼层高很低，住在里面十分压抑，"我想我明白门楠为何会有洗头的强迫症了。"

他拿出手机给高医生回了短信："你看会不会出现这样的情况，小偷入室后，母子二人都发现了小偷。母亲让门楠躲起来，自己偷偷报警，结果被小偷发现。"

"有这个可能，但和洗头有什么关系？"

"门楠看着母亲遇害，尸体被藏起来。歹徒走了以后，他去寻找母亲。来到卫生间时，母亲的血液正好滴落在了他的头顶。"陈歌打出这些字的时候，心里也有些难受。他继续推测，"所以一直到现在，只要有液体滴在门楠头上，或者回想到当时的场景，他都会一遍遍地洗头，想要将那些记忆忘掉。高医生，你之前说得太对了，门楠这绝对不是普通的强迫症！"

发完这些字，陈歌朝屋外看去，卧室里的高医生表情震惊，也在同一时间看向卫生间里的陈歌，两人很有默契地对视一眼。

"病因找到了！"高医生直接收起手机朝陈歌走来，"我这就带他离开，进行相对应的创伤性障碍治疗。"

"恐怕还不行。"陈歌看着站在原地的门楠，微微摇了摇头，"门楠不断重复做的那个梦里，洗头并不可怕，真正让他感到恐惧的是那个越来越近的男人。想要帮助门楠，我们要找出关于那个男人的一切，把它从门楠的梦境中赶出去。"

"把梦里的东西赶出去？"高医生面色古怪，他看了看陈歌，又回头看了一眼站姿诡异的门楠，颇有种当初第一次进精神病院的感觉，"你没跟我开玩笑？"

"我已经有一个大致的猜测了，今晚就能得到验证！"陈歌将所有线索串联起来，心中有了六成的把握，"这房间里确实存在三个'人'，两个'人'的身份能够确定，只要再找到另一个'人'就可以了。"

"你说什么呢？我怎么不太明白？"高医生被门楠的事情弄得焦头烂额，有些跟不上陈歌的节奏了。

这也不怪高医生，黑色手机的提示只有陈歌自己知道，而整个试练任务最关键的线索就是任务的名字——三个人的房间。陈歌不会把有关黑色手机的任何消息透露给任何人，所以他没有解释什么，独自走到出租屋门口。门楠不断重复着同一个梦，而这个梦就是他记忆中最深刻的场景——洗头。梦境本身不算是噩梦，门楠白天在乐园时也说了，第一次做这个梦的时候没有感到害怕，在男人越来越靠近后，才开始恐慌。如此看来，对门楠真正产生威胁的是那个男人。在门楠对梦境的描述里也提到了这一点。他在洗头的过程中没有受到任何伤害，但是当那个陌生男人过来的时候，他感受到了敌意。陌生男人在他最后一次做的梦里走到他身边，并且掐住了他的脖子，明显要害他。

两者对比更能发现问题。屋子里的三个人，除去门楠外，另外两个，一个要保护他，一个要害他。

门楠的梦境很可能是在提示他，危险正在慢慢逼近！了解门楠的过去后，陈歌觉得房间里保护他的人，应该是他的母亲。至于要害他的那个人，应该就是公寓楼里303室曾经的住户。

第一次进入海明公寓的时候，陈歌发现楼道栏杆上系着红绳，还打着特殊的绳结，这是一种很传统的辟邪手段。从那个时候开始，陈歌就觉得这幢公寓内可能真的有脏东西了。再结合进入门楠房间之前和301室邋遢大叔的对话，以及黑色手机给的任务提示，陈歌更加肯定了自己的猜测。

想要知道梦境里那个男人的身份，彻底帮助门楠解除后患，必须要进入303室里看一看，况且这本身就是黑色手机的任务。303室里的脏东西在梦中害人，肯定不是善类，很有可能和陈歌之前见到的镜中怪物一样。

"又要面对那些怪物了。"人分善恶，怨念也是如此，对付这些脏东西，陈歌绝不会手软。

"301室的大叔说303室死过人后，就再也没有房客入住，滞留在公寓楼内的脏东西很可能是那个死者化作的怨念。"陈歌见过的几类怪物当中，最低级的就是残念，这种东西没有太大的威力，只是一段残留的意志。比残念厉害一点儿的是小小，再强一些的是镜中怪物。他估摸着公寓楼里脏东西的实力，也就和镜中怪物差不多。

"当初我一个人都不害怕，现在这么多人在一起，阳气旺盛，更不用怕了。"陈歌走到门楠身边，问出了房东居住的房间后，打开304室的房门离开了。

他避开楼道里的一大堆杂物，来到一楼，轻敲101室的房门。没过一会儿，一个五十多岁的胖女人打开了门，上下打量了陈歌一眼："要租房？"

"嗯，我朋友住在304室，我想把他旁边的303室租下来。"

"303室不租，换一个房间吧。"

"那房间明明是空着的，为什么不能租？"陈歌顺势问道。

"四楼还有空房间，如果你不愿意换，那就算了。"女人不给陈歌说话的机会，直接关上了房门。

"是她本身脾气太差,还是我提到了一个禁忌,看来303室真是大有问题。"公寓楼里死过人这样的事情,房东肯定不会细谈,陈歌换了目标,回到三楼敲开了301室的门。

那个身上散发着浓浓酒味的邋遢中年人打开了铁门问道:"怎么又是你?"

"老哥,借一步说话。"陈歌从口袋里取出一百块钱塞了过去。

中年男人抓着钱,看陈歌似乎顺眼了许多:"有什么事吗?"

"我想知道关于303室曾经发生过的事情,越详细越好。"

"303室啊?"中年人没敢在走廊上开口,朝陈歌招了下手,示意他进屋里说。

狭窄的出租屋内扔了一地东西,连个下脚的地方都没有。关上门后,中年人随手把电视音量放大,这才说道:"你小子挺会来事,就冲你这份心意,我也不能害你。赶紧带着你朋友走吧,这地方不是谁都能住进来的。"

"什么意思?住在这种公寓还有忌讳?"

"说起来还真跟旁边那个303室有关。"中年人随便从桌子上抓起一瓶不知道什么时候打开的啤酒,狠狠地灌了一口,说道"你知道原本住在那个房间的人叫什么吗?"

"这我哪儿知道?"陈歌忍受着中年人一身的酒气,也不知道对方是不是喝多了在瞎扯。

"那人叫王海明,这栋公寓楼就是他建的。"

"可我看见房东是一个五十多岁的女人啊。"

"那是他前妻。"中年人看了陈歌一眼,示意他不要再打断自己说话。他继续回忆着,"王海明挣了大钱,抛弃前妻和另外一个说不清来历的女人结婚了。没过几年,那女的卷走了王海明所有的钱不说,还把王海明送进了精神病院。最后还是他前妻看他可怜,把他接了出来,给他安排了房间,也就是303室。"

"王海明进过精神病院?"听到这儿,陈歌想起了黑色手机上的提示——他来自第三病栋。

"是啊,不管王海明进去的时候是真疯还是假疯,反正从那里出来后,他确实跟正常人不太一样了。"

"怎么个不一样？"陈歌很是好奇。

"举个很简单的例子吧。"中年人指了指自己的脑袋，"王海明经常大半夜用头撞墙，感觉他脑袋里好像跑进了什么东西一样，撕心裂肺地惨叫，自己跟自己吵架。有时候碰得头破血流了也不停止，谁拦都不行，最后还要麻烦警察过来，才能给他控制住。"

"用头撞墙，脑袋里好像跑进了什么东西？"

陈歌琢磨着中年男人的话，觉得王海明的症状和张鹏还真是有点儿相似。两人有可能都被脏东西附身了，只不过张鹏自愿与脏东西联手，而王海明则选择了挣扎反抗。午夜时分是一天中阴气最重的时候，也是脏东西最活跃的时候，这样也能解释得通他为什么总会在大半夜犯病了。

陈歌决定顺着这条线继续追问下去："老哥，王海明除了晚上会发疯外，还有没有其他的异常行为？"

"他刚从精神病院里接出来的时候看着还挺正常，就是不爱说话。相处了一段时候后，我们才发现这人身上有很多不对劲的地方。白天倒也没什么大问题，有时候他还会主动跟别人打招呼，但一到晚上他整个人都不一样了。用头撞墙，对着镜子、墙壁破口大骂，自己掐着自己脖子，脸都憋紫了就是不松手。"

通过中年男人的讲述，陈歌了解了王海明的过去。王海明的第二任妻子骗走了他的钱，还把他弄进了精神病院，如果这是一个提前设计好的局，那么王海明在进入精神病院以前很有可能是正常人。一个正常人进入精神病院，在接受了一段治疗过后，反而出现了问题。

他身上的脏东西应该就是从精神病院里带出来的。陈歌心里有了答案，又问起了另一个问题："能详细说说王海明的死因吗？"

邋遢中年人举起手中的酒瓶，狠狠灌了一大口，对陈歌说："我不知道你为什么会对一个死人好奇，但我劝你不要调查太深，小心把自己陷进去，那屋子有点儿邪。"

"多谢提醒，不过我心里有数。"

陈歌再三坚持，中年男人终于说出了实情："以前王海明在屋子里折腾的时候，我们都能听到他的嘶吼声，邻居会去帮忙，或者报警求助。但是他出事那天，整栋楼谁也没有听到他的声音。第二天白天，房东去给他送饭的时候才发现尸体已经凉了。"

"死亡现场是什么样的？"陈歌多问了一句，这对他还原事件的前因后果很关键。

中年男人古怪地看了陈歌一眼，他想不明白为什么眼前这个年轻人会对这些东西感兴趣。他回忆说："当时我也在场，王海明头部磕了一个大洞，303室和304室中间的墙壁沾满了鲜血。他脸色青紫，看着像是窒息而亡，脖颈上也残留着指印，但是后来警察比对过后发现，指印是王海明自己留下的。"

"照你这么说，他是自己掐死了自己？"

"案发现场就他自己一个人，门窗完好，貌似只有这种可能了。"中年人喝完最后一口酒，随手把瓶子塞进鞋柜里""问完了没，趁着天还早，我要下楼买酒了。"

"趁着天还早？"陈歌看了一眼窗户外面完全漆黑的天空，也没有在意中年人的话。他问道，"最后一个问题，王海明出事后，你们这里有没有出现什么奇怪的事情？"

这个问题一问出口，邋遢中年人脸色立刻发生了轻微变化，他看了看攥在手里的一百块钱，小声朝陈歌说了一句："楼内很多老租户都曾看见王海明回来过。"

"王海明不是已经不在了吗？"不等陈歌说完，中年人就把他推出了房门。

"喂！说清楚啊！"

他看着低矮漆黑的楼道，心里想着中年男人的话："王海明回来过？"

犹豫片刻，陈歌又朝房东所在的一楼走去。王海明很有可能是从第三病栋出来的人，从他身上应该能获得一些关于第三病栋的信息。仅凭这一点，陈歌就会追查到底。毕竟第三病栋里可能藏有他父母遗留的线索。敲开房东的门，陈歌说明来意后，房东反应激烈。她警告陈歌，如果再胡搅蛮缠赖在公寓楼里不走，她就要报警了。关上铁门，陈歌站在楼道口，觉得有些无奈。房东不想回忆那些事情，任凭陈歌怎么说，就是不配合。

"如果我用锤子敲掉303室的门锁，以这大姐的暴脾气估计真有可能报警。"

回到三楼，陈歌本想进屋里和高医生商量一下，可他走到门口忽然停住了。

"302室的人怎么还在打电话？"出租屋里不断传出一个年轻人的声音，重复最多的话就是——你们是要逼死我吗？

"从我进入门楠房间到现在，已经过去了半个小时，这么长时间年轻人还没把电话挂断？"通话时间长很正常，反常的是他在这么长的时间里，一直重复着含义基本相同的几句话。

"他在跟谁争吵？这么长时间就听见了他一个人的声音，但是听他说话的语气也不像是在打电话啊！"陈歌趴在门边偷听了一会儿，他想起刚才中年男人说过的话，王海明犯病时也会自己和自己吵架。

"这个人有问题。"

他敲了敲房门，屋子里的争吵声立刻停止，十几秒后，房门错开一道细缝，门后面传出了一个年轻人的声音："有事吗？"

"关于旁边这个303室……"

"不知道。"

陈歌话没说完，年轻人就把房门给关上了。能问的人都问遍了，陈歌暂时也想不出更好的方法，他回到304室中，跟高医生打了个招呼，就一个人站在墙边。

"黑色手机显示的任务场地是303室，午夜之前我要进入其中查看。"陈歌揉了揉太阳穴，他走到窗户旁边，推开了304室的窗户。

304室和303室紧邻，两个房间的窗户也就相隔了一米远。

"应该能够翻过去。"他搬来椅子先踩在窗沿上尝试了一下，303室的窗户并没有上锁，可以直接打开。

"过去倒是没什么问题，就怕进入303室以后遭遇什么东西，到时候再想翻回来，可能会来不及。"陈歌低头看了一眼，三楼说高不高，说低也不低，而且和平安公寓不同，海明公寓下面不是草地，而是硬邦邦的水泥路。

"小心点儿应该没问题。"陈歌打开背包，将小小塞进怀里，然后拿出工具锤和手电筒。

"你这是要干什么？"高医生听到动静从卧室里走了出来，他看着陈歌另类的姿势，感觉有些头疼。

"来得正好。"陈歌把高医生拽到窗边，"等会儿我们两个保持通话，你在304室守着，我去303室看一看。"

"去 303 室干什么？"高医生的目光扫过陈歌手中的铁锤，最后停留在他怀中的布偶上，眼皮狂跳。

"门楠的病因应该就在 303 室当中，我准备在午夜之前，先进去查看一番。"

"你就准备这样过去，还带着一个布偶？"

"如果只有我一个人的话，可能我还会犹豫一会儿，但有你接应就不同了。"陈歌拨通了高医生的电话，然后将手机放进胸前的口袋里，"保持通话。"

高医生本能地点了点头，他举着手机，忽然觉得自己肩上担子很重，要同时负责两个"病人"的安全。

"你当心点！"

陈歌踩着椅子站在窗台上，他把工具锤装进裤子口袋，扒着墙壁，站在 304 室的窗台上用脚把 303 室的窗户推开。

"高医生，千万别挂电话，随时准备接应我。"陈歌说完，左手紧紧抓住 304 室的窗户，将身体探出窗外，把腿伸到了 303 室的窗台上。

此时他的身体重心还在 304 室，伸出去的那条腿踩实之后，抓紧窗户的手慢慢松开，身体朝旁边的窗户倾斜。在倾斜过三分之二的时候，他看准 303 室的窗框，松开左手，伸出右手抓住了窗框。右手用力，陈歌顺势将身体移了过去。

"为了给患者治病，去翻邻居家的窗户？"

看着消失在 304 室窗口的陈歌，高医生想阻拦也来不及了。他从业十余年，还是第一次在治疗患者时遇到这样的情况。右手抓牢窗框，陈歌慢慢蹲下身体，将窗户彻底打开，跳入其中。

"可算是进来了。"

303 室自从出事后就再也没有租出去过，内部陈设基本保留原样，屋子里落满了灰尘，墙壁上依稀能看见斑驳的污迹。屋里很暗，水泥地面凹凸不平。陈歌打开手电筒照了照才发现，屋子中央铺了一张破旧发臭的地毯。

"其他几个出租屋，包括房东的房间里都没有地毯，这屋子里竟然还专门铺了地毯。"

事出反常必有妖。陈歌掀开地毯，一股浓烈的臭味弥漫开来。他捂住口鼻，把地毯扔到了一边。

没有想象中很残忍的画面，地毯下面只扔着一些旧衣服。所有衣服都是男士的，尺码一致，应该属于同一个人。

"衣服发霉的气味不可能这么刺鼻。"陈歌用锤子将那些衣服拨开，很快有了惊人的发现，衣服下面扔着几只死去的麻雀。

"尸体完好，死亡时间应该在一星期之内。"陈歌在掌握"殓容"天赋的时候，脑中也多出一些关于死亡学的基础知识。他心想，"这个房间自从出事后就再也没有租出去，却有人在一星期内进来过，还在衣服下面埋藏了这些东西。"

陈歌觉得问题变得有些棘手了，这跟他之前的推测有一点出入。

"王海明就死在这个屋子里，可惜我不知道具体的位置，不过影响也不大，全部搜索一遍，总能有所发现。"陈歌在客厅里没有找到有价值的东西。他跃过地上的衣服，进入卧室当中。

一张钢丝床贴墙放置，靠近床头的位置摆放着一个有些年头的书架，架上歪歪斜斜放着几本书。书页受潮发霉，也散发出一股淡淡的臭味。陈歌检查了所有的抽屉和柜子却一无所获，最后抱着试一试的心态进入了卫生间。公寓楼内所有房间的内部结构都差不多。一打开卫生间的门，陈歌就看到了正对门摆放的镜子。在手电筒的照射下，镜中的陈歌和真人比起来总觉得有些别扭。他没有进入其中，只是在外面看了一眼。

"这间屋子里似乎也没有什么线索。"出租屋不大，陈歌几乎找遍了所有角落。

站在客厅中央，陈歌看着那些藏在地毯下面的衣服，心生疑惑："奇怪了，这些衣服上好像全沾染着血迹，就凭几只麻雀的血根本不可能浸染这么多件衣服。"

他拥有"阴瞳"，视力要比一般人好很多，渐渐发觉不对。

"衣服有问题。"

他手持工具锤，检查每一件衣服，最后在正中央发现了一件很普通的灰色外套。外套的肩背位置残留着块状乌黑的血迹。王海明当初可能就是穿着这件衣服撞墙，把头给磕破的，也只有头部受伤，血迹才会呈现出这样的分布情况。

"这是什么？"陈歌抖动衣服，第一次在衣物口袋里发现了其他的东西。

他将外套口袋里的东西取出，入手冰凉，放在眼前一看，竟然是一把生锈的铁钥匙。

"公寓楼房门的钥匙我见过,是扁平的铜制钥匙,这个钥匙要比公寓钥匙大很多。"陈歌想不明白,一个一无所有,从精神病院接出来的病人,身上为什么会有一把不属于自己家的门钥匙。

"这是他在外面捡的?可如果是随便捡的,肯定不会如此郑重地收藏起来。"陈歌暂时不清楚这钥匙的用处,只能先收好它。正要离开时,他的手电筒扫到了窗户。

打开的窗户玻璃上映出了一个人影,住在302室的房客,正把上半身探出窗户,想要偷看这边的情况。

"我进入303室,他为什么如此关心?"陈歌装作没有发现的样子,埋头把地上衣物归位,他大脑飞速运转,想着,"只有302室和304室两个房间的人,可以不经过房门就进入303室。304室的门楠是受害者,这么想来,303室里的麻雀很有可能是出自302室那个年轻人之手。"

"可他为什么要这么做?难道他已经被303室的怪物占据了?"陈歌想起302室那个年轻人表现出的种种异常,自言自语,自己和自己争吵,这一切都和当初的王海明如此相似。

第 7 章 镜中怪物

"王海明在精神病院里被脏东西缠上，出院后也把那怪物带出了精神病院。"

"双方应该一直在争夺身体的控制权，王海明誓不妥协，最后死在了自己的出租屋里。"

他那诡异的死法和只有晚上才会做出的怪异举动，都可以支持陈歌的推测。

"王海明死后，被他从精神病院里带出来的怪物可能留在了这栋屋子里。他的尸体是白天运走的，警察和围观者数量众多，怪物肯定不敢现身。到了晚上，303室已经被彻底封死，怪物更没有机会去寻找猎物。"

"正常来讲，这个从精神病院里出来的怪物会一直被封在屋子里，但看现在这个情况，怪物已经通过未知的方法和302室的年轻人达成了协议。"

"估计是吃了王海明的亏，怪物这次没有强占年轻人的身体，双方应该是互相利用的关系。"

陈歌看了看地上那些麻雀的尸体。"衣服上血迹很多，这几只麻雀的血根本不够，怪物和年轻人的协议应该从很早以前就开始了。"

他想到了年轻人之前在房间里说过的话。302室的年轻人在房间里叫嚷时说过"你们不要再逼我了"，这句话能够透露出很多东西。

首先,他被逼迫去做某些违背初衷的事情,结合303室的情况,脏东西很可能逼迫他带回来一些活物。区区几只麻雀根本满足不了那怪物,所以它的要求很可能是更大的活物,比如说流浪猫、流浪狗,甚至是活人。

其次是年轻人的用词,他在争吵时对另一方的称呼不是"你",而是"你们",这说明逼迫他的不止一个脏东西。这也是陈歌现在最疑惑的一点:被王海明从精神病院里带出的究竟是个什么怪物?

将所有东西归位后,陈歌朝着窗户走去。因为角度问题,302室的年轻人还不知道自己被发现了。他看见陈歌朝窗户走去,立刻缩回了自己房间。

"今天晚上要防备的人多了一个。"陈歌踩上窗沿,手臂抓紧窗框,在重心转移的时候,眼睛的余光扫到了303室的卫生间。

半开的房门后面,似乎立着一道高瘦的黑影,它长着两张不同的脸。

"有人?!"

陈歌心中一惊,手差点儿没抓牢。他定睛细看,卫生间里又什么都没有了,只是那面正对房门的镜子里隐约有东西闪过。站在窗台边缘,没有做任何安全措施实在有些危险,陈歌没敢多做停留,把大半身体移到了304室那边,慢慢钻入304室内。

"有什么发现吗?"高医生纯粹是出于礼貌进行询问。

"你看这个。"陈歌把钥匙从口袋里拿出,"高医生,你们医院里有没有需要这种钥匙才能打开的门?"

高医生接过陈歌手中的钥匙看了看,这枚钥匙只是比普通钥匙大了一点儿而已。他说:"不像是手术室或办公室的钥匙,我也不太清楚。"

从高医生那里得不到答案,陈歌只好先将钥匙收起,准备等进入第三病栋后,再找机会尝试。

"你在隔壁翻找半天就捡回来一把钥匙?"高医生把电话挂断。陈歌去的时候神秘兮兮,结果却虎头蛇尾。

"你可别小看这把钥匙,说不定它就是今晚的关键。"陈歌收好钥匙,朝卧室看了一眼问,"门楠睡了吗?"

"我不建议让他在304室入睡,患者本身恐惧这个环境,在这里睡着后,他很可能会给自己心理暗示，做噩梦的几率非常大。"高医生有些担心门楠的情况。他接着说，"现在既然已经确定他的心理病是因为童年的遭遇，我们应该对症下药，进行相关方面的心理疏导才行。"

"事情不是你想的那么简单。"陈歌耐心向高医生解释，对方没有见过那个世界的东西，所以思考存在一定的局限性。他问高医生，"如果门楠仅仅是因为童年母亲遇害，留下了心理阴影，那他为何偏偏在搬进新公寓后病症才变得严重？"

这个问题，高医生也想不出答案。

"童年的遭遇只是一个诱因，问题的根本出在这座公寓上。肯定是这里的某些东西严重刺激了他，促使他犯病，这才是真正的病因。"陈歌尽量在不暴露那些东西存在的情况下，表达出自己的想法。

高医生听后点了下头，陈歌虽然给他的感觉很不靠谱，但有一点不可否认，和陈歌独处后，王欣的病情才开始好转的。站在医生的角度，他很好奇陈歌的各种想法和救治过程，但站在病人的角度，不管陈歌做了什么，只要最后能把病治好就行了。

陈歌看出高医生在犹豫，想要说服对方并不容易。"就算去其他地方他仍旧会做那个梦，之前你不是已经尝试过了吗？照我看还不如就在这屋子让他入睡，我们两个守在旁边，只要他露出难受痛苦的表情，就立刻把他叫醒。"

心理疾病治疗是个漫长的过程，以后说不定还会出现什么问题，高医生思虑良久，终于同意下来。两人商量好后进入卧室，没想到门楠已经趴在了床上。他真的太困了，下巴压着枕头，趴在床边睡着了。将门楠抱到床上，陈歌本想去检查一下门楠的头和颈椎，但是被高医生拦住了。

"让他睡会儿吧。"

"好。"陈歌搬来椅子，"咱们两个分开，一人守前半夜，一人守后半夜，只要他出现异常，就立刻叫醒他。"

"你先去休息吧，这里交给我就行了。"

高医生让陈歌去客厅的沙发上睡会儿，自己留在屋子里照看门楠。陈歌来之前在鬼屋里提着铁锤跑了一下午，中间又抽空做了二十四个仿真人头，确实也有点儿累了。他把手机调成震动，定了一个午夜十二点的表，躺在沙发上，头枕着小小，很快就睡着了。

正睡得迷迷糊糊的时候，掌心传来震动的感觉，陈歌一下从沙发上坐起，看了看表，现在正好是午夜十二点。他进入卧室，发现高医生愁容满面，还没开口说话，就看见高医生对他比了一个噤声的手势。两人站在卧室床边，大概过了有五六分钟，床铺上明明已经睡着的门楠，手臂突然支撑起身体，他似乎想坐起来。尝试了几次都没有成功，门楠的手臂又朝两边摊开，好像刚才做出那一切的不是他。

"梦游？"陈歌小声询问高医生，对方轻轻摇头，指了指门楠的眼睛。

顺着高医生手指的方向，陈歌这才看见，门楠自始至终都睁着眼睛，只不过他的眼眶里四分之三都是眼白。

门楠的样子有些吓人，就像被什么东西附体了一样。过了差不多十分钟，他的双臂再次向内收缩，准备将身体撑起。连续失败了几次后，趴在床上的门楠终于坐了起来。他的双眼几乎被眼白占据，坐在床边，头微微向下低垂。

"高医生，他醒了吗？"

高医生和陈歌站在距离门楠一尺远的地方，门楠却好像看不见他们一样，满是眼白的眼睛望着身前。

"应该没有。"高医生让陈歌往后，两人贴着墙壁，尽量避免碰到门楠。

"这是梦游吧？"陈歌还是第一次见到如此诡异的场景。

"梦游是一种常见的睡眠障碍，如果只是梦游的话，他的瞳孔不会发生变化。"

两人小声交谈。门楠在床边坐了一会儿，没有任何预兆，缓缓站了起来。

"要不要喊醒他？"陈歌当初设想的是，一旦门楠出现异动立刻将他喊醒，可现在门楠做出的行为，已经远远超出异动的范围了。

"不妥，将他直接喊醒，可能会刺激到他本就脆弱的神经。"高医生停顿了一会儿，又补充道，"我一直观察门楠的脸，发现他的脸部肌肉没有出现明显的变化，就算叫醒他，也要等到他情绪出现波动后再说。"

两人从卧室里退出来，站在外面观察。门楠在床边停几分钟后，慢慢转动身体，面朝客厅。他低着头，睁开的眼珠四分之三都是眼白，迈步走出卧室。

"这是要干什么？"陈歌轻轻碰了碰旁边的高医生。

"我之前诊治过一个有梦游习惯的孩子。那孩子患有轻度强迫症，每次睡觉前都要重复十几次把被子的四角拽平。他入睡后就会梦游，深更半夜突然起床，把被子四角拽平后再回床上睡觉。"高医生盯着门楠，神色有些担心，"这种会自己回到床上的梦游还是好的，就怕那种完全失控的梦游。"

门楠从卧室里走出来后，没有任何犹豫和停留，直接朝卫生间走去。木门一打开，迎面就是镜子，他径直走到镜子前伸手拧动水龙头，卫生间很快响起了哗哗的水声。

"他该不会要洗头吧？"

陈歌看向高医生，旁边的高医生也感到十分惊讶地说："别看我，我也是第一次见到。"

水流声出现变化，陈歌和高医生赶紧走到卫生间门口。站在洗漱台前的门楠，用一种很缓慢的速度弯下腰。他的头向下低垂，陈歌和高医生已经看到了他那张颠倒的脸，双眼仍旧满是眼白。头发触碰到了水流，门楠的表情第一次出现了变化，他脸颊轻轻地颤抖，好像看到了什么非常恐怖的东西。陈歌被他盯得很不舒服，扭头往身后看了一眼，出租屋里什么都没有。

"难道他是在梦里看到了什么东西？现实和梦境在这一刻是同步的？"门楠曾说过他的梦到了最后阶段，那个从屋外进来的男人已经站在了他的身边。

头发被水浸湿，门楠很熟练地打开洗发液的瓶子，将大量洗发液倒在自己头上，他双手僵硬地揉搓头发，眼睛却一动不动地盯着某一个方向。洗发液向下滑落，顺着他的眉心落入眼中，在他本能地要闭上双眼时，恐惧、惊慌，各种各样的负面情绪全部涌现了出来！

"快！弄醒他！"

高医生刚喊出这句话，卫生间里的门楠就掐住了自己的脖子！他用尽全力把自己的脖子掐到变形。他的身体失去平衡，摔倒在地，洗发液溅落得到处都是。

"醒醒！门楠！"

高医生和陈歌掰开了门楠的双手，但是不管怎么喊都无法叫醒他。他发了疯地用手掐自己，用头撞洗漱台。

"把他按住！"

高医生估计以前也遇到过类似的狂躁症患者。他让陈歌压住门楠的上半身，抽出皮带将门楠的双手反捆。

"门楠，我是高老师。"捆住双手后，高医生边抱住门楠的头，手掌贴在他额头上，防止他撞墙，边说，"没事了，没事了。"

高医生的话语温暖有力，让人听了会不由自主信服，但是在这时他的声音也失去了作用，门楠的情况不仅没有好转，还在朝着更坏的方向发展。他张开嘴巴咬向身边的人，咬不到他就咬自己的嘴唇和舌头，很快就见了血。

"毛巾！"在高医生喊出来的时候，陈歌已经拿起毛巾塞进了门楠的嘴里。

已经到了这种地步，门楠还是没有清醒过来，他满是眼白的眼珠努力向上翻动，看到这熟悉的场景，陈歌想起门楠在乐园里好像也做过这个动作。

"他在看头顶，那脏东西在他头顶上！"陈歌伸手抓住门楠的头发，可那里什么都没有，十分正常。

"先把他弄到床上去。"高医生也不知道门楠在梦中到底看见了什么，他和陈歌配合才将门楠从地上拽起。

双手被捆，嘴里塞着毛巾，可门楠仍旧在尝试用各种方式伤害自己。陈歌怕他撞到镜子，刚想按住他的头，一幅意想不到的画面出现了。陈歌的"阴瞳"慢慢地收缩，看到镜子里门楠的后背上趴着一个男人，体形枯瘦如柴，更诡异的是那个男人左右两边的脸一点儿也不对称，就像是两张不同的脸拼接在了一起。

男人勒着门楠的脖子，想要钻进他的身体里，可是门楠似乎被另一股力量保护着，这怪物进入的速度很慢。双方在争夺门楠的身体，这才是他痛苦的主要原因。镜中的场景古怪吓人，可是高医生却丝毫没有发觉，现在能帮门楠的只有陈歌了。

"我刚才从303室离开的时候，隐约看见一道身影藏进了镜子里，这怪物极有可能和我之前遇到的镜中怪物一样。砸碎镜子，应该能对他造成一定的影响。"陈歌是一个非常果断的人，他没跟高医生商量，摸出工具锤，对准镜子就砸了下去！

"啪！"

玻璃碎片四处飞溅，困在噩梦里的门楠终于清醒过来，慢慢地恢复正常。与此同时，一道黑影飞速划过地面，似乎想逃到其他房间。陈歌把门楠往高医生怀里一推，提着锤子就追了出去。眼看那影子就要跑出大门，陈歌捡起沙发上被他枕的有些变形的小小，直接甩了过去！

沾着人造血浆的布偶在空中划过一道弧线，砸在了影子上。没有形体的影子被布偶击中后，竟然在门口停住了，好像是被布偶咬住了手臂。

"干得漂亮！"

陈歌把手电筒对准黑影，影子在光下扭动，颜色变浅。失去寄托的镜中怪物要比陈歌想象中还要脆弱，它丢弃了部分身体，逃进302室当中。怪物丢弃的身体很快消失不见，不知道是消散在房间里，还是被小小偷吃掉了。

"进食这玩意儿对小小有好处。"陈歌把小小塞进口袋，抓着工具锤就砸在302室的门锁上。

"出来！"

破旧的铁门掉落下灰尘和铁锈，连同门框都在颤动。动静闹得太大了，附近的租户都被惊动，旁边301室的房门也打开了一条缝。

"吵什么？"那个邋遢大叔拿着啤酒瓶十分生气，半推开门还没完全走出来。302室的铁门突然被人从里面推开，住在其中的年轻人举着菜刀，满脸充血，好像疯了一样砍向陈歌。

"镜中怪物进了他的身体里？"

楼道狭窄，可供躲闪的空间有限，陈歌向后退去，正好发现邋遢大叔把房门打开。他顺势躲入其中，"砰"地一声关上门。菜刀砍在铁门上发出瘆人的声音，302室的年轻人完全失去了理智，面目狰狞、歇斯底里地劈砍301室的门，恨不得把陈歌碎尸万段。

"他"谋划了几个星期，终于快要成功地霸占门楠的身体，结果被陈歌横插一手，以致功亏一篑。不仅没有捞到半点好处，为了脱身还把自己的部分身体搭了出去。

楼道里全是菜刀砍门的"砰砰"声。

"这是咋回事？"屋子里的邋遢中年人被吓住了，完全忘记了自己抓着酒瓶是出来找事的。他小腿发软，靠着鞋柜往后退。

"帮忙啊！"

房门没有上锁，随时可能被拽开，陈歌扭头高喊。

"我……我帮你报警。"中年人根本不敢靠近房门，慌慌张张地在摆满酒瓶的茶几上寻找手机，把酒瓶碰倒了一片。

"我是说过来帮忙！"房门锁不上，302室的年轻人拿着菜刀疯狂劈砍，陈歌现在也不敢出去。很多租户都打开门，向外张望。

在304室内，高医生把门楠抱到客厅沙发上，听到陈歌的呼喊，抓着板凳跑了出来。

此时，302室的年轻人红了眼，所有注意力都放在陈歌身上。高医生趁着这个机会，举着椅子从后面慢慢地靠了过去，抡起实心木椅直接砸到年轻人的背上。年轻人身体失去重心，跟跄了几步，趴在房门上。他握着菜刀，转过头，用满是血丝的双眼瞪着高医生。陈歌看准机会踹开房门，没等对方反应，捡起地上的啤酒瓶直接向年轻人头上抡了过去。

"啪！"

碎片迸射，一下子就见了血。陈歌欺身而上，从后面扑倒年轻人，死死压住他的身体。高医生十分默契地冲过来，夺走了年轻人手中的菜刀。两三分钟后，年轻人眼白上翻，突然间停止挣扎，昏过去了。同时，年轻人映照在墙壁上的影子突然动了起来，飞速朝楼下跑去，消失在黑夜里。

"那是什么？"高医生睁大了眼，今晚发生的一切都值得他深入思考。

"我也不太清楚。"年轻人最后那个怨毒的眼神让陈歌觉得十分熟悉，和之前在冒险屋里遇到的镜中怪物极为相似。他想"难道这两个东西都来自镜子里的那个世界？"

陈歌从地上爬起，想要继续追赶，刚走到二楼就停了下来。女房东堵在楼道中，绷着一张脸。

"这人该不会被镜中怪物附体了吧？"陈歌往后退了几步，在人家的公寓楼内闹出了这么大动静，他现在有点儿心虚。

"你们大晚上在干什么？"女人来到三楼，身后还有几个老租户也从屋子里走了出来。

"姐！好像是姐夫又回来了。"301室里的邋遢中年人拿着手机跑出来，在房东耳边低声说道，"302室的小杜拿着菜刀乱砍人，跟当初姐夫的情况有点儿像。"

"之前不都好好的吗？"房东来到三楼，看着一地狼藉，让中年男人背着302室的年轻人去医院，自己站在陈歌和高医生面前。

"我们可是正当防卫，302室那小子差点儿把我砍伤。"

"我知道。"房东停了一会儿，直接说道，"以后我这地方还要出租，闹大了影响不好。谁也别追究谁的责任，你看怎么样？那孩子的医药费我来出，咱们也别报警了，算是给那个孩子留一条路。"

被房东这么一说，陈歌才明白过来，她应该知道一些303室的秘密，清楚302室的年轻人发疯的原因。陈歌和高医生商量了一下，两人都没有意见。送走房东后，高医生回到304室照顾门楠，陈歌则蹲守在客厅，还有许多问题要询问302室的那个年轻人。

一个多小时后，中年男人扶着302室的年轻人回到海明公寓。年轻人头缠纱布，眼神有些迷茫。

"你总算回来了。"陈歌从304室的客厅走出，手里还提着工具锤，"放心，我不会伤害你，只是想要问你几个问题。"

年轻人的目光躲躲闪闪，无奈打开自己房间的门说道："你俩都进来吧。"

302室里飘着一股浓浓的臭味，连不修边幅的中年男人都捂住了口鼻，嫌弃地说："你这屋里多久没打扫卫生了？是不是有什么东西放臭了？"

陈歌也觉得奇怪，屋子里看着很整齐，这个年轻人穿着打扮也很干净，不像特别邋遢的人。

"我这两个月的遭遇，就跟做梦一样。"年轻人捂着头走到床边，从床下取出几个黑色塑料袋，里面是一些小型动物的尸体。他喃喃道，"真的，这就是一个没办法醒过来的噩梦。"

陈歌朝袋子里看了一眼，目光重新打量起年轻人说道："现在噩梦已经结束，你可以放心说出发生的事了。"

年轻人把袋子扔到一边，脸上带着几分歉意："三个月前我刚搬进这房间的时候，房东跟我说过，如果住不习惯，或者遇到了什么稀奇古怪的事情就可以退房。结果入住的第一个晚上，我就做了噩梦，梦见窗户怎么都关不严，在梦里我去关窗的时候，发现旁边的房间里站着一个男人。"

"一开始我没在意，后来连续做了几天这个梦后，有一天我突然发现，那个本该站在旁边房间里的男人，跑到了我家里。

"我想要在梦里反抗，但是什么都做不了，不过那个男的也没伤害我。他只是告诉我，想要让我帮他一个忙。

"梦醒以后，我一白天都恍恍惚惚，最后决定躲到朋友家凑合一晚上。可谁知道那男的似乎缠上了我，我不仅又梦到了他，而且这次他直接出现在了我的床边。

"那个男人告诉我跑不掉的，说只要我帮他以后就再也不纠缠我。我信以为真，就按照他的要求，将一些活着的小动物绑好，扔进303室里。

"动物刚扔进去还是活的，但是过了一晚上，等第二天再去看时，那些动物就全都死了。

"身上找不到伤口，我也不知道那些动物是怎么死的。"年轻人越说越害怕，"我想要摆脱梦中的那个男人，可是谁知道他胃口越来越大，刚开始一次只要一只麻雀或者老鼠就行，仅仅过了一个星期，他就开始让我给他抓流浪狗，最后甚至要我在午夜十二点以后诱骗活人进入303室。"

年轻人眼睛通红，他低下了头："我做不到，他就逼迫我，威胁要在梦里杀死我，我几乎都要崩溃了。当天我把这事告诉了朋友，我们几个人壮着胆子在晚上进入303室，但奇怪的是那一晚上什么事情都没发生，再往后大家就不相信我了，觉得我精神出了问题。

"我也是走投无路了。那个男人贪得无厌，不管白天黑夜我总能感觉他站在我身边。"他越说越是痛苦，双手抓着头顶的纱布，"我当时一心只想摆脱他，就算真的能骗一个人进入303室也好，可惜难度太大了。"

过了许久他才调整好状态，继续说道："就这样耗了几天，我无意间在学校贴吧看到了寻求合租的广告，再后来的事情你们就都知道了。门楠因为自己的怪癖不愿意在寝室里住，他一个月生活费又不多，所以我就给他推荐了海明公寓。"

"这么说门楠会住进304室是因为你？"陈歌没想到还有意外收获。

"当时我提醒过他一句，不过他跟我当初一样都没有在意。"把心里的话全部说了出来，他也感觉好受了一些。

"这些都过去了，具体要不要追究，等门楠醒过来再说。"陈歌从口袋里拿出那把生锈的钥匙,"下面我问你几个问题,可要老老实实回答,知道就是知道,不知道也别瞎说。"

"你问吧。"

"你有没有看到梦中那个男人的正脸?"

"看到过一次。"年轻人犹豫半天才开口,"他有两张脸,像是两个人拼在了一起,而且他们两个还会对话、争吵。"

"除了要求你做各种事情外,他们有没有说过其他事?"这是了解另一个世界绝佳的机会,陈歌自然不愿错过。

"他们做的最多的事情就是互相咒骂。有一次,其中一张脸特别生气,说如果不是害怕被红衣发现,他宁死都不会和一个垃圾共存。"

"红衣?"陈歌从年轻人话里听到了一个有些熟悉的名词。

他拿出黑色手机,点开了好感度页面,小小的名字后面写着怨念,而张雅的名字后面则特别标注着红衣怨念。别看只是多了两个字,张雅在黑色手机里可是拥有自己的专属页面。陈歌陷入沉思当中,王海明从第三病栋带出来的怪物知道红衣的存在,这说明第三病栋里很可能就有红衣怨念!

和张雅同级别的怨念!

陈歌想想就觉得头疼,自己遇到的第一个镜中怪物可是被张雅给生生玩死的,由此可见普通的残念面对红衣时毫无还手之力。他轻叹一口气,示意年轻人继续往下说。

"除了红衣外,我还总结出了他们的几个弱点,本想着到最后鱼死网破的时候再用上。"年轻人坐在床边,也不嫌弃旁边黑色袋子里的臭味,说道,"那些怪物在午夜十二点以前很少出现,畏惧强光,不喜欢嘈杂的环境,还有最重要的一点,他们似乎害怕猫。"

"怕猫?"陈歌一下来了兴趣。

"对,梦中的男人让我准备过很多活物,唯独没有流浪猫,所以我觉得他们有可能怕猫。"年轻人说得不无道理,但这毕竟只是推测,没有人验证过。

如果有可能的话,陈歌也不想成为第一个验证的人。他想:"我要不要回自己的冒险屋里试一试?"

年轻人见陈歌半天不开口,他也不敢说话,倒是中年人摆出一副不明觉厉的样子,听着两人的对话,眼睛睁得老大。

"在进行第三病栋试练任务之前,先抱只流浪猫进'暮阳中学'场景里试试,如果真的有效,那我也算是掌握了一种对付脏东西的方法。"仅此一条,陈歌就觉得今天收获颇丰。

他看了眼年轻人,把手中生锈的钥匙递给对方:"这个钥匙你有没有见过?"

"见过。"年轻人点了点头,"天亮的时候,我会把303室内的动物尸体处理掉,有一次在一件衣服里发现了这枚钥匙。"

"梦境里那个男人有没有提到和钥匙相关的东西?比如说特殊的门或者房间。"

年轻人想了半天才开口说:"他们有次自言自语的时候提到过一个地方,我觉得应该和钥匙有关系。"

"什么地方?"

"其中有张脸说,他有很重要的东西落在第三个房间里,还说柜子后面的通道没有上锁,他们当时不该从正门走,这样就不会被发现了。"年轻人表达得不是太清晰,毕竟这些东西都是他在梦境中隐隐约约听到的。

"第三个房间?"陈歌想起父母留下的那张沾着血迹的字条,上面就写了一个地址——第三病栋的第三个房间。

"会不会说的是同一个房间?如果是的话,那这条信息对我来说就太重要了!柜子后面的通道没有上锁,这相当于额外给我提供了一条逃生的路径啊!"陈歌现在不能确定年轻人有没有撒谎,他面不改色,把所有信息记入心中。

又问了几个问题,确定没有遗漏后,陈歌走出302室,回到304室中。

"门楠的情况好些了吗?"

高医生守在床边说:"睡着了,不过有点儿发烧,明天我带他去医院,顺便和他的家人好好沟通一下。你快去休息吧,这边我看着就行,那个布偶我给你放沙发上了,茶几下面有创可贴,有小伤口记得处理一下。"

"好的。"陈歌忽然发现这位高医生还是个暖男,很会照顾人。

他走到沙发旁边,小小肚子朝上,一副吃撑了不想动的样子。

"这家伙。"陈歌定了个七点的表,抱着小小,躺在沙发上,很快就睡着了。

也不知道为什么，这一晚上他睡得很不踏实，接连做了好几个梦，梦里都是他被困在了一座迷宫般的建筑里，似乎还被什么追赶，情况危急，他拿着钥匙不断尝试开一扇扇房门，但无一例外全都打不开。

……

"醒醒。"

身体被推动，陈歌睁开眼，发现高医生扶着虚弱的门楠站在沙发旁边。

陈歌往窗外看了一眼，天刚蒙蒙亮，现在最多才六点钟。

"门楠高烧不退，必须要去医院了，这房间有些不对劲，所以我觉得咱们还是一起走吧。"高医生一晚上没睡，精神状态不是太好，门楠就更不用说了，感觉随时都会晕倒。

"好，马上走。"陈歌快速把东西塞进背包，然后扶着门楠另一条手臂说，"小心点儿。"

"嗯，昨天晚上多谢你了……"在他们从304室出来的时候，门楠忽然侧头看了陈歌一眼，重复说了一遍，"谢谢。"

"不客气，举手之劳。"陈歌随口回道。他觉得门楠的眼神和说话的语气有点儿偏女性化。等他再回头去看的时候，门楠已经低下了头。陪同他们来到医院，确定门楠没有什么大危险后，陈歌就离开了。坐在出租车上，陈歌取出黑色手机，他已经收到了任务完成的提示。

玩家在规定时间内抵达任务场地，找出患者病因，并存活至天亮，一星试练任务完成！全新恐怖场景三个人的房间已解锁，玩家可在场景界面自由操控本场景内所有机关！

试练任务完成度超过百分之九十，获得本次任务隐藏道具——自知力钥匙。

自知力钥匙（怨念值十三）：精神病人大多存在不同程度的自知力缺陷，他们无法察觉自己精神状态的改变，对精神状态丧失判断，否认病情，拒绝治疗。当你出现类似的症状时，这把钥匙可以帮你一次。

"这次任务获得的隐藏道具，该不会说的就是我捡到的那把钥匙吧？"陈歌将生锈的钥匙放在掌心，想着，"什么叫当我出现类似的症状时？委婉地说我也具有精神方面的问题吗？"

快七点的时候，陈歌回到新世纪乐园。尖叫指数一星的任务难度有限，今夜也不算太累。

时间还早，他决定先去制作人偶的工坊看看，自己的那些仿真人头应该全部完工了。给工坊老板发了条信息，陈歌没想到对方回得非常快，他让陈歌赶紧过去。

"出事了吗？可我并没有严格按照'活偶'的要求做，中间还缺少了很多工序。"陈歌也是第一次使用"活偶"技能，生怕出现意外，急匆匆地跑了过去。

一进入地下，陈歌就看见胖老板孤零零地站在玻璃门外，拿着钥匙，就是不敢开门。

"你早就来了？为什么不进去？"陈歌走到跟前，要是被外人看到估计会以为他才是这工坊真正的老板。

胖老板脸上的肥肉轻轻抖动，伸手指着工坊内部问："我以后能不接你的活吗？"

"那可不行，押金我都交了。"陈歌隔着玻璃门朝工坊里看去，二十四颗表情各异的仿真人头摆在桌子上，整整齐齐地望着门口，吓得他差点儿掉锤子。这画面视觉冲击感极强，难怪胖老板不敢一个人进去。

"还挺逼真的。"陈歌拍了拍胖老板的肩膀，"开门吧，今天做完人偶的身体，我立马就走。"

"你可真谦虚，二十四颗人头，每一个表情都不一样，目光还齐刷刷地往门口看，你管这叫逼真啊？我大清早过来的时候，差点儿没被吓死！"胖老板委屈得想哭，"我就想帮你看下泡沫填充物够不够均匀，特意赶早过来。算了，不说了。我估计以后每次开门都会想到这一幕，不转让也不行了。"

第8章 白猫

陈歌昨天走的时候，仿真人头上的涂料还没干，最多算是半成品，所以当时也没觉得多吓人。

"这容貌，这质感，你去开鬼屋真的是屈才了。"胖老板跟在陈歌身后，抱起桌上一个女学生的头。女孩的眼睛里似乎蕴藏着某种情绪，没有一点儿人偶的呆滞和死板的感觉。

"我见过的最顶尖的人偶师也不过如此。"胖老板捧着仿真人头，看着女孩的脸，足足注视了一分多钟才移开目光。他似乎有话要说，犹豫了半天，最后把女孩的头放回原位，轻轻碰了碰正在忙碌的陈歌，"兄弟，我今天这么早过来，其实还有另一件事想和你商量。"

兄弟？

胖老板突然换了称呼，态度也发生了很大转变，这让陈歌有点儿不适应。

"有事就说，能帮我尽量帮。"陈歌正在忙着给人偶设计身体，所以说话比较直接。

"对你我来说都是好事。"胖老板从口袋里取出一张名片递给陈歌。"咱们以后可要多联系。"

"钱贵根？"陈歌不知道他葫芦里卖的什么药，怎么突然变得如此热情了。

等到陈歌收下名片，钱老板这才神神秘秘地说道："我以前专门为各大游乐园、商铺制作人偶，但现在科技太发达，各种视觉投影以假乱真，人偶需求量大大减少。为了把店铺维持下去，我最近一直考虑转型，但这个行业的模式已经固定，想要转型实在是太难了。"

"任何一个行业想转型都很难，我建议你还是本分一点儿好，别把家底赔进去。"陈歌用粘土做出了一个学生的身体，正在用湿海绵擦拭粘土表面，他手指力道掌握得恰到好处，被海绵擦过的地方宛如真人的皮肤般光滑紧致。他不太关心钱老板的构想，只想着赶紧完成，把这些人偶运回鬼屋里去。

"在遇到你以前，我也是这么认为的。但是遇到你以后，我就好像在迷雾中航行的小船看到了灯塔一样，你为我指明了一个方向。"钱老板围在陈歌旁边，看着工作台上二十四个表情各异的仿真人头，突然开口道，"我有一个大胆的想法！"

"让一下，把十六号刻刀给我。"

"你别不在意啊！如果能转型成功，以后我们一个月的纯利润说不定比你鬼屋一年的门票钱都多！"钱老板胖手拍在桌上，十分认真地看着陈歌。

提到钱，陈歌停下了手中的工作："我不是那种爱财的人，只是很好奇你的转型思路。"

"小型创意人偶卖不上价，大型劣质人偶市场低迷，所以我决定走高端定制路线！"钱老板小心翼翼捧起陈歌做好的人头，"我是第一次见到如此真实的人偶，你使用的还是比较差的材料，如果我们更换上最好的材料，是不是就能做出和真人外貌几乎没有差别的人偶？"

"理论上没问题。"陈歌没告诉钱老板，只要给他准备足够多的东西，他甚至有可能做出真正的活偶。

"这就是你的天赋，也是我们发财的门路！"钱老板拿出手机，随便搜索出一些半实体娃娃的图片，说道，"网上这些粗制滥造的成人娃娃，都敢要价八九千，我们专门定制出的和真人一比一、容貌完美无瑕的人偶，价格至少是五位数。我做过相关调查，这个市场很大，未来几年内都不会饱和。"

"你这个想法确实很大胆。"陈歌摇了摇头，继续忙着做泥坯。

"暴利啊！以你昨天的速度，三天时间轻轻松松可以做出二十个，一个月就是二百个，市场上从未有过这样的人偶，起步至少一万五，就算用最贵的材料我们还能有一万的利润！一个月二百万！你还开什么鬼屋啊！"钱老板没想到陈歌的反应这么冷淡。

"我不做犯法的事，另外按照顾客提供的照片和资料定制人偶，这是对照片人物的一种侵犯。"陈歌心里清楚，他制作的人偶使用了活偶的制作方法，存在一定危险性，他以后可不想看到新闻上出现人偶杀人的标题。

"你怎么这么迂腐！"钱老板颇有种痛心疾首的感觉，"我们每一个人都是一座孤岛，就算是最恩爱的夫妻也会争吵。但是人偶不同，其实很多人会选择人偶陪伴，只是想给自己找一个寄托。生活中那么多压力，无论你向谁诉说，他们都会厌烦，只有人偶不会。你为他们定制人偶，并没有伤害谁，只是帮无数孤独的人在大洋中心修建了一个可以停靠的港湾。"

"我觉得你如果去推销保险，现在说不定已经拥有自己的公司了。"陈歌低头制作泥坯，这个世界并非表面上那么平静，如果他制作出的活偶被送往各地，事情很可能会失控，估计最后还会牵连到他。

"有大胆的想法就要尝试！不如你今天多做两个人偶，我先拿去推广一下。如果不行，就当我什么都没说。"钱老板手机里都已经准备好了照片，显然是有备而来。

"钱老板，你有没有设想过这样一种情景：你和人偶同床共枕时，等你睡着以后，人偶慢慢地睁开了眼睛。"

"人偶……怎么可能睁眼？"

"不信的话，你可以来我的鬼屋体验一下。我制作的人偶和普通的人偶不太一样，不止是外形方面。"陈歌没有细说，这个胖老板感觉人还不错，就是思想前卫了一点儿。

听完陈歌的话，钱老板又看了看工作台上的仿真人头。他心里有些害怕，不过还是没有死心："等你想通了，随时跟我联系。"

在聊天的时候，陈歌已经做好了泥坯，开始重复昨天的步骤。早上九点钟，陈歌把所有仿真人头装入三个大纸箱里，叫来一辆出租车，运往新世纪乐园。

"人偶身体部分今天晚上就能全部做完，明天暮阳中学场景应该就能正式投入使用了。"

出租车停在乐园门口,陈歌给徐婉打了电话,两人合力将纸箱搬进鬼屋。

"老板,里面装的什么东西?好沉啊!"

"仿真人头。"陈歌也没多解释,"不要随便打开偷看,小心吓着你。"

"哦,知道了。"

把纸箱放好,陈歌让徐婉去化妆间补妆,自己则走出鬼屋卖票。

"明天暮阳中学场景开启,人手问题必须要解决了。实在招不到人,可以先问罗董事借一个乐园员工在门口售票。"

拉开防护栏后,陈歌还没走出去,一个三十出头的男人就迎了上来说:"陈先生?我可算是找到你了。"

陈歌很少被人这样称呼。他看了对方一眼,面前的男人穿着休闲西装,提着一个黑箱子,留着很精神的短发,满脸笑容,牙齿很白。

"你找我?"

"你的每一次直播我都没有落下,真的太精彩了。"男人上来就开始恭维他,直播质量怎么样,陈歌自己心里清楚,虽说内容新奇,但受限于拍摄设备,总的来说直播体验并不算很好。

"过奖了。"陈歌没弄明白对方的来意,"你是我的观众?"

"我是你的铁粉。从你发的第一个短视频在午夜登上热度榜的时候,我就关注你了。后来秦广抄袭你的直播内容,在他开播的时候,也是我去贴吧上传了你的视频,告诉所有人秦广其实是在抄袭。"男人嘴里说是陈歌的铁粉,表现得却很冷静。脸上的笑容也仅仅是职业化的微笑,看不出有多兴奋。

"多谢了。"陈歌没有完全相信他的话,不过感觉这人还算不错,至少分得清是非黑白。他招呼道,"都是观众,你来我这参观,给你打个五折吧。"

"我就不耽误你做生意了,先让后面的朋友进去吧。"他让后面的游客先进入鬼屋体验,瞅准中间的空闲时间,又找到陈歌问,"我听说上次秦广工作室的人来找你麻烦,结果被你狠狠收拾了一顿?"

"都是谣传,秦广工作室的人一点儿底线都没有,故意弄了两个精神病跑到我鬼屋里装晕。他们陷害我之后,还把自己伪装成受害者,无耻至极!"陈歌"咬牙切齿"地说道。

旁边的男人听后脸色略有古怪,勉强跟着笑了一下说:"我也觉得是他们陷害你,参观鬼屋而已,怎么可能被吓到住院,还精神恍惚好几天,这些人连个借口都不会找。"

"吓到住院了?"

"是啊,他们还扬言要报复你,准备封杀你的所有推荐渠道,不过后来被另外一家工作室拦住了。"男人笑眯眯地看着陈歌,好像一条摇着尾巴的狐狸,"毕竟平台是大家的,并非专属于他秦广一个人的。"

话尽于此,陈歌已经全部明白了。眼前这个男的,应该是另外一家工作室派出的代表。看样子他们和秦广工作室有仇,否则也不会在全平台资源向秦广倾斜的时候,跑到贴吧举报他抄袭。

一个平台的流量和渠道是有限的,秦广做大,会把本来属于别人的热度给夺走。对于直播和短视频来说,用户流失等于慢性自杀。

"你来找我谈合作的吧?我怎么称呼你?"陈歌看了看男人手里的黑箱子,幻想着里面塞满了钱。

"其实我也是平台主播,你叫我刘刀就行了。"

"刘刀?"陈歌点了点头,"那你们准备怎么个合作方法呢?"

"最近和探灵有关的直播大火,我们当然也想分一杯羹,可惜我们工作室找不到合适的人选。就算强推一个人去播,人气热度肯定也争不过秦广。有一说一,秦广虽然人品不怎么样,但是直播风格很有趣,他自己也是一个很有魅力的人。"

"所以你们就找到了我?我可不觉得我这个草根的魅力能比秦广大。"

"你错了。我看过你的直播,可能连你自己都没有意识到,你的直播和别人完全不同。"刘刀收起笑容,认真思索了一会儿说,"别人的直播一看就知道是假的,包括秦广的直播在内,说是探灵直播,本质就是换了一个地方听主播讲故事。可你的直播不一样,那种全程紧张的感觉,就好像真的遭遇了生死危机一样,让人会跟着你一起揪心,一起害怕。仅凭这一点,我就要对你说一声佩服。"

因为那些本来就是真的啊!陈歌觉得就算自己把真相说出来,刘刀也不会相信。他也只好说:"可能是我的演技比较好吧。"

"你太谦虚了,那种生死间跳舞的感觉,我在很多专业演员身上都没有看到过。"刘刀似乎很欣赏陈歌,"我觉得只有你的直播,能够和秦广争抢热度和流量。只要你答应与我们合作,我们会尽一切力量,为你争取推广资源。"

"那我需要做些什么呢?"付出和回报是成正比的,陈歌心里很清楚这一点。

"我们会为你寻找一些看起来比较荒凉恐怖的地方,在那里进行布景,再提前设计一些很恐怖的东西,你只需要到那个场地进行直播,然后直播间里推送我们提供的广告就行了。"刘刀害怕陈歌拒绝,从黑色箱子里取出了一份资料,"恐怖场景需要提前布置,剧本也要写好,大概十天进行一次探灵直播,这个周期正好和秦广团队一致,你可以先看看我们挑选的场地和剧本大纲。"

陈歌翻看了几页资料。这些人挑选的场地都太保守了,甚至还有直接选在住宅区旁边的,镜头转动稍大就会穿帮。

"你觉得不合适吗?放心,安全问题我们一定可以保证,所有区域都事前进行过检查。你直播的时候,我们还会安排无人机跟拍。"

"你们这样直播怎么可能赢得了秦广?"陈歌一副恨铁不成钢的样子。他把资料还给刘刀说,"这些场地一点儿意思都没有,剧本太老套,不如我给你们推荐一个地方吧。"

"什么地方?"

"不知你有没有听说过第三病栋?"陈歌打开手机,输入这个名字搜索,很快一条条诡异、残忍、变态的信息出现在手机屏幕上。

"我准备下一次去这里直播。"

刘刀看到陈歌手机上那些恐怖惊悚的图文,不禁喉结滚动。他轻轻地擦去额头的汗水问道:"你确定?这是不是太刺激了一点儿?"

"院长失踪,病人消失,媒体收到匿名信,尸体分藏在医院之内。"

"不断变化的血字留言,禁闭的房间里传出低语,是谁在午夜打开了门上的锁链?"

"他们看到了什么?为何在最后一个夜晚全部发疯?谁是病人,谁是医生?"

"惨叫、哀号、切割、缝合,人性被肢解,漆黑的病室里永远不会升起太阳。"

刘刀只是随便看了一眼手机屏幕上的信息,心跳就开始加快,感觉呼吸都变得不是那么顺畅了："用不用再考虑一下？"

他曾担心陈歌会因为薪酬、场景安全等问题拒绝合作，所以准备了很多备用方案。没想到鬼屋老板不仅没有担心自己的安全问题，还嫌弃他们提供的场景太假，最后竟然自己上网挑选了一个看着就十分惊悚的废弃医院！

这人是变态吧？

刘刀在心里嘀咕了一句，笑容略有些僵硬："陈先生，我们的工作人员恐怕不敢去你挑选的这个地方，如果你觉得剧本不合适的话，我们可以再修改。"

"没事。"陈歌摆了摆手。

"感谢理解，那我们商量一下剧本吧？"

"不需要工作人员陪同，我一个人进去就可以了。"

"你是不是哪里误会了！"刘刀冷汗都下来了，他想了半天才组织好语言，"你真要一个人大半夜去那种地方直播？"

"有问题吗？"

看着陈歌平淡冷静的样子，刘刀觉得自己这几天熬夜整理的方案全白费了。他顿了一会说："没问题，你再看下合同，有什么需要可以跟我提。"

他从黑箱子里取出一份临时合同。陈歌扫了几眼，合约很宽松，双方是第一次合作，决定先试试效果。陈歌在直播间里推送刘刀提供的广告，对方会为陈歌争取平台推荐和渠道。

"我看过你的所有直播，其他都还好，只是设备不太专业。"刘刀在陈歌看合同的时候，把黑色箱子打开，放在两人中间。"这是我们借给你的直播设备，GoPro可携带防水防震相机，通常是极限运动团体在跳伞、滑翔、潜水时拍摄用的，旁边是防滑胸带支架和腕带固定摄像头，下面是手持固定器和无线耳麦。等你开播后，我们会有专人为你转播，你也可以通过自己的手机在短视频平台观看。"

刘刀逐一介绍黑色手提箱里的东西："你先回去熟悉一下用法，秦广下一次探灵的时间还没有确定，但肯定在三天之内。我们的直播和他的定在同一天，成败在此一举。"

毕竟是跟秦广这样的大主播争夺热度，刘刀心里也没多少把握。所以他只拿了一份临时合同，直播一次后就作废。陈歌对此表示理解，规避风险是商人的天性。签完合同，他就从刘刀手里接过了黑色箱子。

"等我确定秦广的直播时间后会通知你，希望你能做好准备。"刘刀朝陈歌伸出了手，"合作愉快。一定要注意安全。"

"嗯。"目送刘刀离开，陈歌把手提箱放进员工休息室，继续在外面卖票。

中午的时候天色突然变暗，下午两点多，空中飘起了小雨。陈歌看着渐渐冷清的新世纪乐园，心里不太好受。每天来鬼屋游玩的人在增加，但乐园整体的游客量却在不断减少。如果新世纪乐园被关停，他的冒险屋自然也会受到牵连。

"恐怖场景数量远远不够，想要凭借鬼屋支撑起整个乐园，太难了。"现在新世纪乐园之所以还能继续营业，是因为在江州市没有对手，可要是等东郊的未来虚拟乐园建成，新世纪乐园恐怕会被游客彻底抛弃。

"老板，想什么呢？"徐婉拿着伞从鬼屋里走出，站在陈歌旁边。

"没事。"陈歌扭头看了看徐婉，"今天辛苦了，提前下班吧，我也要去把人偶身体给做出来了。"

打扫了一遍卫生，陈歌锁了鬼屋大门，拿着伞赶往制作人偶的工坊。还没走到地方，陈歌远远看见钱老板蹲在路边，正在跟卖炒酸奶的大哥聊天。

"你怎么跑外面来了？"

钱老板抬头发现是陈歌，吃力地站了起来问道："兄弟，高端定制的事儿考虑的怎么样了？我预感你会引领一场前所未有的变革。"

"没兴趣。"陈歌来到地下工坊，埋头制作起人偶身体。

"再考虑一下吧，你将成为一个新兴行业的教父啊！"

……

晚上九点半，所有人偶的身体制作完成，二十四个用报纸包裹的无头躯体立在工作室里，那场景极为壮观。

"太真实了，简直就是艺术。"

"人偶先放在这里，明天早上我会过来拉走。"陈歌抓住钱老板的肩膀，"远距离欣赏可以，千万别碰它们。"

交代了几句，陈歌就拿着伞离开了。

"二十四个实体人偶，这要怎么拉回去？明天请徐叔帮忙好了。"他打开伞，顺着街道往外走，两边的商铺都在收拾东西，还有几个商铺主人在喊自己孩子的名字，似乎准备关门回家了。

陈歌一开始也没在意，直到他路过街道后面的一条小巷时，突然听见了一个孩子的哭声。扭头看去，巷子里站着几个年龄不大的男孩，他们正拿着石头和酒瓶朝某一个地方扔。其中有一个孩子手指好像划破了，一边哭一边从地上捡起碎砖块砸向墙角。

"家宝、家明，别玩了，准备回家。"彩票店老板走到小巷口喊了一声。

"爸，我弟被猫抓了！"其中一个高个男孩喊道。

"让猫抓了？快让我看看！"男人匆匆跑进小巷。陈歌犹豫了一下，也跟了过去。

男人看到自家孩子的手指被抓破，心疼地抱起哭泣的小孩，不断安慰。

"没事，爸帮你报仇，是不是这只猫？"他捡起地上的砖头砸过去，一点儿不留情。

砖头砸在肉上，发出沉闷的声音。陈歌用小腿挡住了砖头，他站在小巷中间，看着角落里的一个烂纸箱。纸箱里有一只浑身污迹斑斑，从眼角到嘴巴被划烂的白猫。这猫很凶，龇牙咧嘴，遍体鳞伤，血流进眼里了还死守着纸箱。

"它为什么不跑呢？"陈歌往前走了一步，这才看到烂纸箱里还有四只小猫，只不过小猫都已经不行了。

旁边的小孩手里拿着尖锐树枝打猫，碎酒瓶和砖块扔了一地，可就算这样，纸箱里还是干干净净。

"你这人有病？让开！"男人专门从巷子口找来扫把，准备推开陈歌。

陈歌的小腿还有些疼。可当那男人推过来的时候，陈歌也不知道为什么用力扣住了他的胳膊，那男人狠狠地撞倒了，陈歌一把抓住那男人的头发，把他的头按在泥地里。

瞳孔缩小，陈歌的眼睛变得极为吓人，那目光就如同死人睁眼一般。

"阴瞳"！

男人原本还想反抗，可当他看到陈歌的脸后，感觉浑身发冷，牙关都在打战。

"有事好说、好说。"男人扔了扫把，瘫在泥地上，声音发抖，"这周围都有监控，为了一只流浪猫不值当，我马上走。"

陈歌松开了手，眼眸慢慢恢复正常。

"家宝、家明。"男人小跑着离开，其他几个孩子也赶紧跟了出去。

后巷恢复平静。陈歌看了一眼墙角的烂纸盒，刚想靠近，那只受伤的白猫就弓起身体，双耳压低，瞳孔变成一条垂直狭小的缝隙，随时准备进攻。它很害怕，拒绝任何活人靠近。陈歌缓缓蹲下身体，没有做那些让白猫感到威胁的事情，只是把雨伞打开，放在了烂纸盒上。

乌云笼罩天空，雨水打湿了陈歌的外套。他蹲在那只猫面前，大脑有些混乱。刚才他从那个男人的脸上看到了惊恐。正常来说，一个拿着武器的男人被按倒，首先想到的不应该是反抗吗？彩票店老板直接认怂，前后反差很大，这让陈歌十分好奇：他到底看见了什么？

"在我按倒他的时候，眼中传出一种冰凉的感觉，应该是'阴瞳'发挥了作用。"黑色手机上对"阴瞳"的描述本来就很模糊，后来张雅把镜中怪物的一半身体吹进陈歌的眼睛里，"阴瞳"似乎出现了第二次变化。但具体哪里发生了变化，他也说不上来。

"刚才我几乎没有多想就直接动手了，估计最近遭遇了太多事情，神经绷得太紧所致。"自从获得黑色手机后，陈歌还没有好好休息过，每天不是在做日常任务，就是在做更危险的试炼任务，不过付出也是有收获的，至少鬼屋的参观人数和好评率都在直线上升。

在巷子里待了一会儿，陈歌发现那只猫根本不让人靠近。他也不强求，在附近找了个避雨的地方，准备等雨停了就离开。这一等就是十几分钟，大雨丝毫没有停止的迹象。漆黑的后巷里，陈歌用手机照了照墙角。地面积了水，纸箱下面被水泡烂，开了一个大口。陈歌走到跟前一看，那只伤痕累累的白猫已经撑不住了，它和箱子里那四只早已冰凉的小猫躺在了一起。

"总不能见死不救吧。"陈歌脱下外套将几只猫托住，然后跑到马路上拦车，前往最近的宠物店。

十点多钟，司机把陈歌载到店门口时，有个穿着工作服的女人正好在锁门。

"等一下！"陈歌伞都顾不上打，抱着衣服冲了过去。

"不好意思，我们关门了，明天再来吧。"女人看见陈歌的样子，往后退了一步,保持距离。

"这猫撑不到明天,钱不是问题,救救它吧。"雨水打湿了陈歌的衣服,他的模样有些狼狈。

女人往陈歌的衣服里看了一眼,白猫身上沾着各种污迹,脸上还有一道长长的伤口,问道:"流浪猫?"

"是的。"

"流浪猫性子野,脾气怪,还容易伤人,看它这样子估计是咬人被打了。你确定要救它?"

"救。"陈歌很果断,"可能是有几个男孩把小猫给弄死了,这猫就守在小猫旁边,被砖头、酒瓶砸都没走,看着挺让人心疼的。"

"你确定要救就行,进来吧。"女人把锁上的店门重新打开,接过陈歌的衣服。"那四个小猫已经不行了,你要是真想养这只大猫,最好把小猫埋在家旁边。"

"麻烦你了。"陈歌看了一眼女人的工牌。她是这家宠物店的店长,叫作赵雯。

女人进入宠物店的里间开始为白猫清理伤口,进行救治。

陈歌坐在宠物店外屋,和笼子里的猫猫狗狗大眼瞪小眼。

说来也奇怪,自从陈歌进入宠物店后,所有猫狗都老老实实地趴在笼子里,一点儿声音都不敢出。

"是我身上沾染了什么东西,还是因为张雅?"陈歌靠近旁边的一个笼子,里面的猫被吓得躲到了铁笼角落,瑟瑟发抖,缩成一团。

有了对比以后,陈歌更加觉得那只白猫不一般了。

在他第一次靠近白猫的时候,那只猫不仅没有害怕,还龇牙咧嘴,一副要和陈歌拼命的样子。

"这只流浪猫说不定能带给我一个惊喜。"海明公寓302室的年轻人告诉陈歌,镜中怪物有一个弱点就是怕猫,这也是陈歌决定收养白猫的原因之一。

快十一点时,赵雯才抱着白猫从里间走出来。她手里还提着一个小篮子,里面是那四只小猫:"挺让我惊讶的,这猫真的很漂亮,就是脸上那道伤口太明显,有些可惜了。"

看着赵雯怀里清洗干净的白猫,陈歌差点儿没认出来。猫的毛发没有一丝杂色，眼睛很特别，一红一蓝。

"我想不明白原主人为何要遗弃这么好看的猫？"陈歌也觉得这猫很漂亮。

"我不是吓唬你。其实流浪猫不能随便收养，尤其是这种看着比较名贵、品相很好的猫，原主人遗弃它说不定是因为觉得不吉利，或者发生过什么事情。"赵雯把猫递给陈歌，"总之，你收养了就要对它负责到底。它身上小伤口很多，记得每天帮它检查一下身体，防止感染。"

付了钱，陈歌提着篮子、抱着猫回到新世纪乐园。

"以后这就是你的家了。"陈歌刚推开鬼屋防护栏，一直半死不活的白猫突然竖起了耳朵。

"还没进鬼屋就有反应，这猫说不定真能派上用场。"他把白猫放在鬼屋门口，提着装有小猫尸体的篮子进入屋内，白猫在外面叫了半天，最后不情愿地跟了进来。

陈歌有意试一试这只白猫，先领着它在屋内的几个恐怖场景转了一圈。

白猫在"冥婚""午夜逃杀""僵尸复活夜"的场景表现得很正常。

可当陈歌掀开木板，准备前往"暮阳中学"场景时，白猫全身毛发直竖，横在通往地下停车场的台阶上，拦下了陈歌。

"暮阳中学"隐藏任务还没做完，说不定里面隐藏有更大的秘密。陈歌不清楚白猫感受到了什么，但它能拦下自己，仅凭这一点，陈歌就觉得自己没有白救它。

合上木板，陈歌正想着把白猫抱起来，结果这猫噌地一下躲开了，似乎很讨厌和人接触。陈歌提着篮子回到员工休息室，白猫也跟了进来。当他关上员工休息室的门后，白猫才平静地跳上椅子，发现了藏在桌子下面的小小。

"你这家伙，天天乱跑。"陈歌把小小从桌子下面拿出，提着它的脖子在白猫面前晃了晃，"这是自己人，不要伤害它。"

白猫这回没有表现出任何反常的地方，似乎对方太弱了，它根本提不起兴趣。

"好歹也是个怨念，不应该弱到被猫无视的地步吧？"陈歌揉了揉小小的脑袋，莫名觉得它很委屈。

把小小放在桌子上，这个有些顽皮、天天想着溜出去的布偶，突然变得老实了。

陈歌从她身上感受到了一丝畏惧，面对镜中怪物的时候它都没有怕过。他想："是这条流浪猫比较特殊，还是因为小小太弱了？"

白猫卧在椅子里，望着篮子里的四只小猫。它似乎对其他东西都不在意。

"既然决定收养，以后也不能一直叫它白猫，得给它起个名字。"陈歌从小到大还是第一次养动物，苦思冥想后，坐在地上，平视椅子上的白猫说，"我们是在晚上九点的一场大雨中相遇的，叫你夜雨怎么样？"

白猫一动不动，隐约透出一丝嫌弃。

"不喜欢文青系的，那我们换一个。要不叫你年年？年年有'鱼'，多好的寓意。"椅子上的白猫扭过头，似乎不想看见陈歌。

"还不喜欢啊？通体雪白，不如叫白雪？糯米？牛奶……"

陈歌似乎靠得太近，让白猫感受到了威胁。它露出尖牙，胡须扬起，脸上刚刚愈合的伤口又渗出血来。

"这猫也太凶了吧？"

别人家养的猫，又是撒娇又是卖萌，轮到自己养就不一样了呢。陈歌看着白猫脸上那道狰狞渗血的伤口，向后挪动身体。这哪里是猫，根本是一头野性难驯的小老虎。

"一点儿也不像猫，全身雪白没有杂色，要不干脆叫你白虎算了。"陈歌说完这个名字，忽然觉得念着怪怪的，他正想再换一个，椅子上的白猫突然站了起来。

它立起双耳，跳下椅子，疯狂地抓挠着员工休息室的门。

"什么情况？"白猫反应很不正常，好像急着出去。陈歌看出不对劲，赶快把员工休息室的门打开。"刚才去暮阳中学场景的时候，它都没有这么激动。这猫肯定是感知到了什么！"

白猫从员工休息室出来后，直奔一楼卫生间，锋利的爪子在门板上留下一道道印痕。

"一楼卫生间？"陈歌心头一跳，拿出手机看了眼时间。现在正好是午夜十二点！

"镜子里的门出问题了？！"

他立刻打开卫生间房间，掀开镜子上的黑布。镜面之中，那扇血红色的门准时出现，而且和前几次有所不同。浓郁鲜艳的血顺着门缝渗出，镜子里隔间的门每隔几秒钟就会颤抖一下,就像有人在反复推门!陈歌不敢轻举妄动,他又看向现实中厕所隔间的门板。现实当中的隔间门板和镜子里的同时晃动着,每到午夜十二点,这扇普普通通的门就成了连接两个世界的交点。

"门后有人!"陈歌高度紧张起来。他顺手抓起旁边的拖把,目光紧紧盯着隔间上跳动的锁头。他很庆幸自己上一次将隔间上了锁,否则这时候隔间里的东西,很可能已经进入鬼屋了。

撞击幅度越来越大,陈歌现在唯一能做的就是等待,熬过这一分钟。他不愿招惹门后的怪物,也不好奇那到底是什么东西,只想安安稳稳地经营自己的冒险屋。门锁震颤,看样子撑不了多久。陈歌拿着拖把,严阵以待。那只白猫也压低脑袋,冲着门板龇牙,随时准备扑过去。恐怖的事情没有发生。一分钟后,镜子里的血门消失不见,现实当中隔间门板也恢复正常。

"没事了。"陈歌和白猫都松了口气,有意思的是那白猫十分幽怨地看了陈歌一眼,估计心里在说,这才住进来不到一个小时,就被吓得爹了两回毛,这是猫住的地方吗?

"你还敢瞪我?"陈歌刚要抱白猫,它就嗖地一下跑进了员工休息室。

"碰都不让碰,太傲娇了。"

陈歌一个人站在卫生间里,他找到钥匙打开隔间的门看了看。门板明显遭到碰撞,锁头有些松动。

"看来有必要换一扇更结实的门了。"陈歌也考虑过直接拆除隔间和镜子,但是他担心就算拆了,那扇门依旧存在。

"血门第一次出现的时候,没有任何异常;第二次出现的时候,我听到了门后传出尸体被拖动的奇怪声音;刚才是第三次,门后有人要出来。"陈歌把黑布蒙在镜子上,看着被遮住的镜面,想着,"我父母曾说过'第三病栋的门又被打开了',他们所说的'门'会不会就和卫生间里的门一样?莫非第三病栋已经成了怪物的巢穴?"

没人能回答陈歌的问题,他现在能依靠的只有自己。去工具间找到木板,陈歌将隔间门重新加固,忙完这些已经快一点钟了。

"明天要早起拉人偶,不能再熬夜了。"他取出一床被子放在白猫旁边,自己躺在床上倒头睡去。

……

早上七点钟，陈歌被定的闹钟吵醒，白猫随他一起醒来。这猫警惕性很强，估计是担惊受怕惯了，一点风吹草动就能让它非常紧张。

"该干活了。"陈歌给徐叔打了电话，借用乐园运货的车子准备去把人偶的身体拉回来。

白猫护住篮子，这种情况下，陈歌也没办法靠近那几只已经死去的小猫，只好暂时先不管它。八点多钟，陈歌来回跑了两趟终于把所有人偶的身体带回鬼屋。走廊里满是无头躯体，徐叔在外面远远地看了一眼，直接找了个借口跑了。

"有那么吓人吗？"

陈歌掀开通往地下的木板，对应人头和躯体上的标记，将所有人偶拼合，然后把它们背入"暮阳中学"场景当中。推开最后一间教室的门，陈歌为人偶挨个穿上衣服，当他给最后一个人偶披上外套时，黑色手机轻轻地震动了一下。

二星恐怖场景"暮阳中学"隐藏任务——为二十四个名字制作躯体完成！

恭喜你获得任务奖励——回归者的信任，你可以通过手机简单操控它们。

注意！一旦残念离开恐怖场景就会失控！请务必小心！

"暮阳中学"所有隐藏任务完成，这个二星恐怖场景今天就可以正式投入使用了。

"新场景正式完成，要不要给鹤山打个电话？这小子嘴上说不喜欢，可感觉他每一次都玩得很开心啊。"

第 9 章 两万奖金

利用"活偶"天赋制作出的人偶非常诡异。此时二十四个人偶立在最后一间教室当中,或坐或站,这场景连陈歌都有些受不了。

"'暮阳中学'绝不能随便开放。这二十四道残念真要发起疯来,估计能把人活活吓死。"

所有人偶都是他亲手制作出来的,他能真切感受到这些人偶自从穿上校服之后发生的变化,感觉所有人偶都有了灵魂。仿佛眼前站着的不是道具,而是一个个真正的人。因为人手和经费限制,很少有鬼屋会在同一个场景里布置十个以上的演员。人手不够也是陈歌一直头疼的问题,不过现在这个问题迎刃而解了。同一个主题场景里布置二十四个专业演员,这是最顶级鬼屋才有的配置!

"我已经开始期待了,这个二星恐怖场景说不定能把鬼屋的名气彻底打出去。"

布置好教室之后,陈歌把讲台上散落的学生校牌装进纸盒。

"'暮阳中学'没有出口,只有一个入口,原来的逃生规则已经不适合了,我要制订新的游戏规则才行。"他眯起眼睛,将讲台上的二十四个校牌藏在暮阳中学的各个角落,"二十分钟内找到二十个校牌才算通关,全部找到不仅退还门票钱,还发放现金奖励。这样一来,不仅能吸引游客进入参观,还增加了游戏性和互动性。"

陈歌的冒险屋快速发展起来,他也一直在思考如何让自己的冒险屋变得更有趣。寻找校牌对陈歌来说就是一次很不错的尝试。

"要加入更多的元素。我的目标不是修建一座吓人的鬼屋,而是打造全世界第一座恐怖惊悚主题乐园。"

藏校牌时,陈歌发现暮阳中学的场景又扩大了一些,走廊尽头出现了新的岔路口,那里多出了三个相邻的破旧房间,房门上还挂着门牌号——302、303、304。一星恐怖场景三个人的房间在暮阳中学旁边解锁了,两者完美融合,只是鬼屋内部的道路变得更加复杂了。

"所有恐怖场景相邻,这样下去整个地下停车场都会被我的恐怖场景铺满,道路纵横交错,确实也能称之为颤栗迷宫了。"

陈歌原路返回到鬼屋一楼,整理了一下衣服,来到鬼屋门口,推开了防护栏。游客渐渐增多,陈歌的冒险屋成了新世纪乐园里唯一一个需要排队的体验项目。为了让更多游客进行体验,陈歌打电话给徐叔,让他再安排一个专门负责卖票的人。没想到过了一会儿,徐叔自己跑了过来。

"其他项目都没什么人,我闲着也是闲着,需要我钻进那个售票台里卖票吗?"

"不用,你怎么舒服怎么来。"

外面交给徐叔,陈歌回到员工休息室,掀开床板,用人造血浆在床板背面写下暮阳中学的介绍和对应的游戏规则。

等他扛着床板出来的时候,人群出现骚动。

"全新恐怖场景!"

"这简介也太吓人了。"

"学校恐怖故事,我喜欢!"

围观游客的注意力一下被吸引了。反正票价都一样,排在最前面的那几人纷纷要求进入新场景体验。

"诸位,听我说一句。"陈歌把床板立在鬼屋门口,"这个新修建的恐怖场景非常吓人!里面有专业的演员和国内最顶级的道具,在这个场景试运营的时候,曾经有一个探灵工作室进来参观,他们妄图偷拍场景里的细节,但是谁都没想到他们在无意间拍到了极为惊悚的东西!以至于进去参观的两人现在还躺在医院里!"

一旁的徐叔看着陈歌不以为耻反以为荣的样子，实在不知道说什么。他完全理解不了，这种差点儿把人吓傻的事情有什么好炫耀的。

"他们拍到了什么，你倒是说啊！"

"天上有十万头牛飞过，我真不信能把人吓进医院。"

"别啰唆了，我就玩这个场景！"

"说的跟谁没进过学校一样，今天后退一步，我老田的名字倒着写！"

陈歌等游客说完，才继续开口："我之所以说这些是想要告诉你们，这个恐怖场景不对所有人开放。只有通关了前面的恐怖场景，才能进入这个场景参观。"

他的意思很明确，想要进入"暮阳中学"，必须要先玩过"冥婚"和"午夜逃杀"两个场景中的一个才行。恐怖分级，这是他一开始就规划好的。

"你这是坑钱啊？"陈歌一说完，立马有人不乐意了："每进你鬼屋一个场景，就要掏一次钱，这不是强迫消费吗？"

"店大欺客！你是不是膨胀了？"

"看你鬼屋好评那么多我才来的，这么做可就太不厚道了！"

"参观个鬼屋还一大堆要求，不玩了行不行？我就不相信这鬼屋能有多吓人！"

陈歌早已预料到游客会有这样的反应，等众人说完后，他拍了拍床板："我绝对没有坑骗大家的意思，门票二十就是最好的证明，为了表示我的诚意，不如我们来打个赌怎么样？"

他从口袋里取出没花完的赏金，放在床板旁边："这是两万元现金！我在新场景'暮阳中学'当中藏了二十四个学生的校牌，只要你们谁能独自在二十分钟内找齐二十四个校牌，这两万元现金就是他的！"

"门票二十，奖金两万，一千倍！"

"我们怎么知道里面到底有多少校牌？万一你只放了二十三个，那我们岂不是永远都找不齐了？"

有游客提出了疑问，陈歌懒得辩解："等你们能有人能正常走出新场景，再来问我这个问题吧。"

他把那二十四个校牌藏得很隐秘，其中还有几个被他藏在了谁也想不到的地方。

"好嚣张啊！"

"为什么明知道是骗局，我还有种跃跃欲试的感觉？"

"我来！"

气氛被完全调动起来，陈歌把那两万元现金交给徐叔保管，然后宣布说："今天是新规则、新场景正式投入使用的第一天！因为宣传没有到位，很多人不知道这件事，所以仅限这一天，大家可以直接选择新场景参观！至于赢取现金奖励的规则，我已经说得很明白了。只能一个人进入，而且每个人一天只有一次进入的机会，第二天校牌位置就会重置。好了，现在有谁愿意把这两万元带回家呢？"

刚才一个个喊得声音很大，真正到要一个人进去参观的时候，众游客面面相觑，竟没一个人敢站出来。

陈歌扫了一圈，发现队伍末尾有六个人挤在了一起，他们似乎在商量什么。过了一会儿，他们中有五个人走了过来。

"老板，我们不想挑战，只是想要进去参观，可以五个人一起吗？"领头的年轻人问了陈歌一句。

这六个人明显是一起的，五个人先进鬼屋摸清楚状况，再出来告诉剩下的那个人，让他独自进入鬼屋寻找校牌，完成挑战。陈歌心里清楚这几人想钻空子，不过他没有在意。"好啊！你们五个一起进来吧，不过我先给你们提个醒，千万不要在鬼屋里用手机拍照或录像，因为很容易拍到什么奇怪的东西。"

"五个人，这是一百。"年轻人笑眯眯的，根本没把陈歌的忠告听进去。

收了钱，陈歌看着五位耍小聪明的游客，脸上露出了职业微笑："跟我来吧。"

陈歌的笑容让人看着很舒服，五个游客没有发觉异常，倒是旁边的徐叔打了个冷战，想了想还是拦住了陈歌。

他小声在陈歌耳边说道："这只是普通游客，跟咱们没仇没怨，你可要控制住啊！"

"嗯，我心里有谱。"

陈歌轻轻推开徐叔，结果谁知道徐叔听见他这么一说直接急了："你有个屁的谱啊！上回也是这么说的，结果那俩人现在还在医院躺着！那个叫费友亮的，大半夜在病房里喊再也不问自己老婆是谁了，现在全医院都知道有他这号人！"

徐叔为了陈歌的鬼屋操碎了心:"我们就高高兴兴地把游客送进去,然后再平平安安地把他们接出来,这样不好吗?"

"好好,你就放心吧,一切尽在掌控之中。"陈歌在徐叔的再三叮嘱下,领着五个游客进入鬼屋一层。

"先来签免责协议。"陈歌从桌子下面拿出几张纸递给五个游客,"注意事项都在上面,你们可以简单看一看。"

"还挺正规。"为首那人看也没看就签了名字。他叫王海龙,身高一米八五,感觉年纪和陈歌差不多大。

"老板,你在外面说的那个奖励作不作数啊?等会儿要真有人找齐二十四个校牌,你不会反悔吧?"王海龙旁边个子稍矮一点的男人叫王文龙,两人应该是亲兄弟,长得很像,不过性格不太一样。

"我们开店的,最注重的就是诚信。"陈歌脸上挂着职业微笑。

"独自一人进入鬼屋找齐二十四个校牌奖励两万。老板,咱们商量一下吧。要是我们五个人进去找齐二十四个校牌,你奖励我们五千行不行?"说话的好像是王海龙的女朋友,穿着热裤和单衣,上身扣子没有系严,漂亮的锁骨上文着一只飞舞的蝴蝶。

这个女孩叫窦梦露,人长得很美,但是字写得很丑。

"没问题,大家来玩最主要的目的是开心,只要你们能在二十分钟内找齐校牌,五千块是你们的,一分都不会少。"陈歌微笑地看着几名游客。

"爽快!下次我叫兄弟们都来给你捧场。"王海龙撂下手里的笔,开口说道。

"那我先谢谢你了。"多么善良热情的游客,陈歌心中很是感动。他招呼说,"签好了就跟我来吧,顺便友情提示你们,不要在最后那间教室里停留太久。"

几人来到一楼通道尽头,陈歌掀开了地上的木板:"废弃校园里流传着无数的传说,不管你信还是不信都要小心。进去以后禁止拍照、录像,违者后果自负。"

"在地下啊?"五个人看着昏暗的地下通道,觉得里面隐约有什么东西在来回走动。

"天啊,那是什么东西!"五个人里一直没开口的胖子往后退了一步。他挺着个将军肚，眼睛很小，胆子也不怎么大。

"裴虎，还没进去你就要变病猫啊？"王海龙拽着裴虎肉乎乎的胳膊说，"这都是假的，你要害怕就跟美丽站到后面。"

"两个大男人磨磨唧唧的，到底进不进去？"说话的是另外一个女人，看起来凶巴巴的，个子不高，身体上下一般粗。她很努力地打扮过了，可是，跟窦梦露站在一起，还是像陪衬的绿叶。

陈歌看了一眼她的免责协议，这个女人叫夏美丽。

"急什么？"王海龙朝陈歌挤了挤眼，"老板，等我们下去以后再开始计时啊！"

"好的。"陈歌装模作样地拿出手机，打开了计时器。

将五个游客送入地下后，他把木板合上，直接收起了手机。

计时？不存在的。

他们能走着出来，就已经是突破极限了。进入化妆间，陈歌穿上碎颅医生套装，戴上了面具，然后又进入控制室内。找出背景音乐，思索了一会儿，没有单曲循环《黑色星期五》。

"徐叔说得有道理，我们从事的是服务行业，应该多为游客考虑。"他移动鼠标，调低音量，随手打开了《嫁衣》并加入播放列表。

"老听一个曲子，游客会听腻的。"

……

头顶的木板已经闭合，五位游客站在昏暗的走廊上，看着那一扇扇半开的教室门，耳边隐约能听到窸窸窣窣的声响。

"这地方好大啊。"裴虎向后挪了挪，站在了夏美丽旁边。

"废话，地方不大怎么藏得下那么多校牌？鬼屋老板又不是傻子。"身材最单薄的王文龙第一个朝前走去，"抓紧时间，五个人寻找二十四个校牌，机会很大。等赢了那五千块钱，咱们出去吃火锅唱卡拉OK。"

"来都来了，还愣着干什么，都听我弟的。"王海龙大步向前，经过第一个教室门口的时候，忽然停下来。

这突然的举动把身后几人都吓了一跳，窦梦露紧紧跟在后面，小声问道："海龙，你看见什么了？"

"瞅瞅你们的样子，有什么好害怕的？"他踢开教室门，挂在门框上的校牌掉落在地，"就是这么随意！"

他把校牌捡起，上面写着一个女孩的名字——陈雅琳。

"这个校牌放在如此显眼的位置，应该是为了告诉我们校牌的样子和特征。"王文龙接过校牌看了看，"每一个校牌上都有名字，边缘泛黄，看起来像是很多年前的东西，不太容易仿造。"

"扯那么多干什么？进来还没有十秒钟已经找到一个了，只要我们不害怕，找齐剩下的二十三个应该问题不大。"王海龙要回校牌，继续向前，剩下几人也慢慢地放松了警惕。

他们渐渐深入"暮阳中学"场景，谁也没有发现，阴风吹动地上的空白试卷上却残留着一个个模糊的脚印。温度变得更低了，幽暗的走廊里，不知从何处响起了诡异的童谣。似乎有人在哭，又好像什么人在笑。气氛愈发诡异，两边的教室里仿佛躲着什么东西，黑暗中总感觉有一双双眼睛在窥伺。

"也没什么好怕的，可怎么就觉得心里有些发毛？"

五个人为了可以更快找到校牌，已经兵分两路，夏美丽和王文龙搜左边的教室，剩下的人搜右边的教室，他们检查了前面几个教室的抽屉，但是一个校牌都没有找到。

"这个鬼屋老板有点儿厉害啊，咱们继续往前，不能再耽误时间了。"王海龙走在最前面，在经过最后一间教室的时候，他猛地停了下来。

"咋了龙哥，又发现校牌了？"裴虎探头朝着王海龙停的方向看去，只是看了一眼，一股寒气就冲进了大脑里。

教室窗口站着一个人，脸上带着似笑非笑的表情。更恐怖的是顺着窗口向教室里面看去，在这个人偶身后，还有二十多个或站或坐的人！他们身体没动，脑袋却扭曲成诡异的角度，全部面带微笑，看向窗外的游客！

裴虎脸色煞白，一连往后退了好几步才稳住身体。

"没事吧，你看见什么了？"后面的王文龙和夏美丽赶紧跑过来。

"不用管他，一点儿小风小浪而已，看把他给吓的！"王海龙双腿打战，脸颊轻轻地抽搐，但他依旧强装镇定，"不过是几个人体模型罢了。"

就算有了心理准备，剩下的三个人过来看时，还是被吓了一跳。昏暗的教室里突然多出二十几道身影，这已经够吓人了。更恐怖的是他们竟然全部扭头看向同一个方向，其中有几个人偶的脖子都转了一百八十度了，脑袋挂在后背上盯着人看，这谁受得了？

"我说前面那些场景为啥一点儿都不害怕，原来在这儿憋大招呢。"王文龙还算冷静，他拿出手机，打开手电筒。

"文龙，鬼屋老板说不让随便用手机。"夏美丽在旁边提醒了一句。

"反正他又看不见，没事的。"王文龙拿着手机照向最后一间教室，亮光从一个个人偶身上划过，"应该全都是假人，亮光照到他们眼睛，没有一个眨眼的。等一下！我看到校牌了，有两个！"

"在哪儿？"

"就在假人外套上放着！"王文龙把手机照向某一个地方，几人全部朝那里看去。

教室中间一个人偶的领口上挂着一个校牌，还有一个校牌在教室最里面的桌子上，想要获得这两个校牌必须要从所有人偶中间穿过去才行。

"这鬼屋老板也太缺德了吧！"

"我们五个人进来还好，真要是按照他制定的规则，一人独自进鬼屋找校牌，那不被吓出毛病才怪。"

"行了，不要长他人志气，灭自己威风。"王海龙来回走了几步，终于感觉小腿不是那么麻了，"时间还够，这个教室里肯定放了很多校牌。我们不仅要进去找，还要仔细翻一遍，把它们全部找出来！"

"龙哥，三思啊！为了五千块钱，犯不着把命搭上。"裴虎刚才被吓得够呛，脑子里混混沌沌的。

"有你说得那么严重吗？别废话，过来！"王海龙硬是把裴虎拽到了最后一间教室门口。

"为啥我第一个进啊？！"裴虎表现出了极强的求生欲。

"我是怕你跑，怂得跟老鼠一样，对得起自己名字吗？"王海龙直接把裴虎推进了最后一间教室里，然后扭头对窦梦露和夏美丽说道："我们三个男的先进去看看，要是没什么事，你们再进来。"

"嗯，你们小心。"

"没事的，刚才文龙看过了，里面都是假人。"王海龙、王文龙两兄弟也进入教室里，三人站在讲台上，往下面看了一眼，顿时汗毛倒立，头皮发麻。

"这也太丧心病狂了，全是人，连个落脚的地方都没有。"

"裴虎，你胆子小，去取教室中间那个校牌。文龙你搜一搜课桌抽屉，最远的那个校牌交给我。"王海龙这时候表现出了大哥风范，裴虎虽然心里很不乐意，也不好说什么。

"龙哥，这些假人看着怪怪的，它们的眼睛好像会动啊！"裴虎还没走下讲台就又缩了回来。

"你少说一句能死？"王海龙也被裴虎说得心慌。

"看着假人产生负面情绪很正常，鬼屋老板应该是利用了恐怖谷效应，外形和人近似的东西，会引起我们本能的厌恶。"王文龙解释道，但是这个解释连他自己都说服不了。

"行了！都别说了，鬼屋老板已经在外面计时了，二十分钟之内找齐校牌才算成功，不要浪费时间。"王海龙说完就硬着头皮走下讲台，独自朝教室最里面的角落走去。

"龙哥大气。"裴虎犹犹豫豫地向中间的课桌走去。他体形较胖，下讲台的时候，肚子碰到了旁边一个站立的人偶，那人偶轻微地晃动了几下。

"设计鬼屋的人小时候肯定受过刺激……"裴虎嘴里嘟囔着，话还没说完，忽然感觉后背让人撞了一下，"文龙？"

扭头看去，王文龙离他有两三米远。

"谁碰的我？"他在原地愣了一下，看向还在晃动的人偶。

这人偶做得很真实，就和活人一样，不仔细看还真分辨不出来。

"是这个人体模型碰的？"

裴虎打了个寒战，不敢停留，来到中间那张课桌旁边。坐在这个位置上的是一个女孩，她的校服和其他校服不太一样，残留着很多血污，似乎在生命的最后一段时间遭受过什么痛苦的事情。裴虎看着女孩校服领口处的校牌，鼓起全部勇气，伸出胖手，快要触碰到女孩的脖颈时，原本头颅扭向窗口的女孩忽然动了一下。

"妈呀！"裴虎的手好像触电了一样，立刻缩了回来。

"真动了？会不会是人假扮的？"他朝两边看了看，王海龙还在教室最里面，王文龙也距离他不远，同伴都在，这让裴虎多了几分勇气。

他再次伸手，终于抓住了校牌。

"成功了。"虽然不是一件多么了不起的事情，但是裴虎仍旧感到很开心，他刚要拿到手里，才发现校牌被人穿了一条绳子，绕在女孩脖颈上系了一个死结。

"我去！有病吧！"裴虎现在砍死鬼屋老板的心都有了。他抓着校牌，又往前走了一步。

教室里非常暗，根本看不清楚。他拿出手机照明，弯下腰靠近女孩。也不知道是不是错觉，当手机屏幕的亮光照在女孩脸上时，这个人偶的表情似乎发生了变化。

裴虎并没有意识到这一点，他拿着手机，站在女孩背后，低头认真解着绳子。

可就在他全神贯注的时候，不远处的王文龙突然吸了口凉气，颤抖地说道："不对劲啊，我怎么感觉这个人偶一直跟着我？"

"想多了吧？"刚刚突破自我的裴虎笑了一下，正要继续解绳子，忽然发现坐在教室中间的女孩不知道什么时候把头扭到背后，和裴虎的脸只隔了半根手指。

她那稚嫩的脸蛋上点缀着紫色的血斑，眼神灵动，嘴唇很薄，笑起来真的很美。裴虎还是第一次和女生如此近距离接触，他看着那张向后扭曲了一百八十度的脸，大脑一片空白。

"为什么会变成这样呢……为什么会变成这样呢……"

人偶的脑袋扭曲了一百八十度，挂在后背上。她轻轻眨动眼睛，吹弹可破的肌肤因窒息而肿胀发紫。裴虎看着那外凸的眼珠，整个人都傻了。

"救命啊！"

高亢的男声从暮阳中学传出，裴虎抓着校牌朝教室外面跑去！校牌系在人偶脖颈上，身体因此被拽起来，周围的桌椅板凳全被碰翻，教室里的所有人偶都活动了起来。裴虎玩了命往教室门口冲，他闹出这么大的动静，把原本就怀疑人偶跟着自己的王文龙也吓蒙了，二话不说直接往门口逃窜！他们两个距离教室的门很近，单单苦了独自走到教室最里面的王海龙。一屋子人偶被撞得人头滚落，躯体倾倒，好像它们全部活了过来一样！

"我去！怎么回事！"独自站在教室角落的龙哥，感觉自己掉进了地狱。这场景永生难忘！

"等等我啊！"

他抓着桌子上的校牌，好不容易才连滚带爬地从人偶堆里跑出来，还没等跑出教室就听见裴虎又发出一声惨叫："别追我，别追我！"

裴虎忘了自己手里的校牌系在人偶的脖子上，慌乱之中带着人偶一起冲到了教室门口。

"不要追我了！"

他总觉得自己背后趴着什么东西，从教室出来的时候，来不及多想，立刻重重地关上了教室的门！

"我去！"后面的龙哥把嘴都气歪了。刚才他全速奔跑，来不及停下便一头撞在教室门上！

"咚！"

他摔倒在地。漆黑昏暗的教室里，人头乱滚，无数双目光盯住了他。一张张人偶的脸在王海龙眼前晃动，他觉得一点儿力气都使不出来，浑身冰凉，不知什么时候眼里已经饱含泪水。

"裴虎，我去你大爷的……"

裴虎和王文龙从最后一间教室冲出来之后，扶着墙壁，大口喘息。

"吓死我了，这教室有问题，绝对有问题！"

"人偶会动！她冲我眨眼了！"

"裴虎，你背后！看你背后！"

两个女人惊声叫喊。裴虎回过神，扭头一看，那个女孩人偶就挂在自己身上。他吓得一哆嗦，赶紧把人偶扔到走廊中间。人偶倒地，那颗美丽的仿真人头从躯体上掉落，带着诡异的笑容滚到角落里。

"刚才就是这人偶朝着我笑，它居然还跟出来了。"裴虎心有余悸，"要不咱们别玩了,这鬼屋太给力,也难怪老板敢直接甩两万出去,根本没人能在规定时间内完成啊!"

"我们才进来四分多钟就放弃?出去脸往哪儿搁!"王文龙喘了好久才恢复,"教室应该是最难的一个场景,现在里面的校牌已经被我们找出,我觉得还是有一定几率成功的。"

"要玩你们玩,我先走了。"

"等一下。"旁边一直没说话的窦梦露朝教室里看了看,"不是,咋就你俩出来了?龙哥呢?"

"龙哥?"裴虎和王文龙左右看了看,脸色骤变,"好、好像还在里面。"

两人赶紧打开教室门。龙哥在讲台旁昏了过去,眼角依稀残留着眼泪。

"龙哥!你怎么还在里面?!"

龙哥嘴唇泛紫,闻言眼眶都湿润了:"你俩还有脸问我为什么没出去?我也很想知道为什么!扶我起来!"

努力了几次,王海龙终于站了起来。他活动双手,指骨发出脆响。

"龙哥,要不算了。咱们去入口那里坐二十分钟,然后再出去,假装参观了二十分钟,也不用害怕丢人。"王文龙小声提出自己的建议。

"亏你想得出来。"王海龙悄悄擦了擦眼睛,"假装参观就相当于承认自己不行。你们记住了,这一切都是鬼屋老板耍的花招,说不定他现在正在监控里看着我们呢。"

"龙哥说的有道理,我要是去入口坐着,到时候鬼屋老板一打开木板,大家多尴尬?"这次,夏美丽站在龙哥这一边。

"可到现在还不知道这个场景有多大。继续往里走,万一遇到更恐怖的东西怎么办?"裴虎哭丧着脸,"咱们进来连个鬼屋演员都没看到,就被吓成这样了。我觉得大家就别硬撑着了,死要面子活受罪。"

"废话少说。刚才你们把我一个人扔进教室的账还没算,现在又想造反了是不是?"王海龙狠狠地瞪了两人一眼,"瞅瞅你们这副没出息的样子,还不如两个女孩子。"

"刚才又不是我们哭了……"

王文龙小声嘀咕了一句。王海龙装作没听见，继续说道："从哪里跌倒就要从哪里爬起，我估摸还有十几分钟时间，咱们动作快点应该有机会找全校牌。"

说完他抬起手，掌心抓着一个校牌："这是我在教室最里面找到的，加上裴虎和最开始那枚，我们已经拥有三个校牌了。"

"是四个，我在抽屉里也找到了一个。"王文龙将自己找到的校牌拿出来。

"很好，虽然过程曲折了一点儿，但结果是好的。"王海龙将所有校牌收到自己的口袋里，"其实仔细想想这教室也没什么吓人的，就是一堆做工逼真的人偶。关键是我们不能自乱阵脚，尤其是裴虎，别老一惊一乍的。"

"可是我真看见人偶眨眼了，当时她好像被掐住脖子，快要窒息一样！"裴虎心里也很委屈。

"你可拉倒吧，你要是害怕就和美丽站到后面去，顺便堵住自己的嘴。"王海龙不耐烦地摆了下手，朝"暮阳中学"场景更深处走去。

"是真的啊。"裴虎跟在后面，几人向前走去，没人发现被扔在走廊中间的人偶躯体，正慢慢地朝掉落在角落的仿真人头爬去。

听到"暮阳中学"场景里传出一声男人的惨叫，陈歌赶紧掀开木板，跑了进去。他担心新场景第一天开放，那些人偶不知轻重，真把人吓出毛病来。

"放在门口的陈雅琳的校牌已经被拿走，这些人就没有怀疑过可能是陷阱吗？希望他们不要拿着那个校牌去刺激笔仙。"

陈歌顺着走廊来到最后一间教室门口，人偶的躯体抱着自己的头，似乎准备往脖子上装，但是找不准位置。

"这个人偶怎么跑到教室外面来了？"

陈歌往最后那间教室里看了一眼，桌椅倾倒，一片狼藉，有几个人偶的头都掉了。

"场景弄成这样，肯定被吓得够呛，他们应该不敢把人偶带到外面来。"

抱起人偶，陈歌将她靠在墙边，把仿真头颅安装好。他看着人偶的眼睛，不知是不是光线的原因，他总觉得这个人偶有了灵魂，甚至还能感受到一丝羞怯和畏惧。

拿出黑色手机，陈歌翻找了所有页面，都没有和控制人偶残念有关的选项，他只好试着对人偶说了一句:"可以离开教室,但是不能跑出暮阳中学场景,明白吗?"

人偶没有任何反应。陈歌也不管它有没有听懂,将它放到路边,自己进入最后一间教室里,重新拼装起人偶。

"教室里藏着的四个校牌,被拿走了三个,这群人还挺厉害。"陈歌动作很轻,路过中间那张课桌时,忽然看见桌腿旁边有什么东西:"这怎么还有个手机?"

……

"你们有没有听到后面有人在说话?"裴虎双腿在打战,一步三回头。连夏美丽都有点儿看不下去了。

"大猫,你要是真害怕就在这待着,等我们回来。"

"说谁呢?美丽你是没有看到当时那个情景。教室里非常暗,我用手机照明,脸都贴过去了,才勉强看清楚,结果正全神贯注解绳子的时候,人偶的脑袋'咔'地转了过来!"现在回想起来,裴虎还有点儿害怕。他双手比画了半天,忽然摸了摸裤子口袋,"坏了!我光顾着拿校牌,手机好像掉教室里了!"

"那你快回去拿啊,跟我说有什么用?"夏美丽鄙夷地看了裴虎一眼。

"你叫我一个人去拿?"裴虎苦涩地回头看了看。暮阳中学场景里很阴森,他的手机又掉了,现在连个灯都没有。他叹了口气说,"算了,出去后让鬼屋工作人员来找吧。"

他快步追向前面几人,五个游客停在了第一个岔路口中间。

"这鬼屋是有多大啊?分出来两条路就算了,两条路还都看不见尽头!"裴虎挤到王海龙身边,"龙哥,回头是岸啊!"

"滚一边去。"王海龙心里也很忐忑,但是在窦梦露面前不好表露出来。"体验时间已经过去三分之一了,现在还剩下二十个校牌没有找到,咱们五个人走在一起,效果跟一个人差不多,太浪费了。不如这样吧,文龙和裴虎去左边通道,我带着梦露和美丽去右边通道,你们觉得怎么样?"

"我们俩没意见。"两个女生率先表态。

"我也没意见,就算我们这一次挑战失败,也应该逛遍所有场景,给后面的兄弟铺路。"王文龙的思路倒是很清晰。

"那就这么说定了,你们俩跟紧我。"王海龙领着两个女人走向女生宿舍所在的那条路。

"我去!你们好歹问问我的意见啊!"

"行了,裴虎,赶紧过来。"

王文龙走在前面。裴虎急得跺脚,又不敢一人停在岔路口,只好不情愿地跟了过去。

"这边好像没有什么恐怖的东西。"

王文龙和裴虎来到路的尽头,两人相视一眼,都从对方眼中看到了惊讶。

走廊尽头又分出了两条狭窄的小路!一条小路的尽头是口枯井,另一条小路的尽头是一扇房门,门上还挂着一个编号:303。

"一起吧。"裴虎抓着王文龙的胳膊不撒手。

"肯定不能再分开了。"王文龙朝远处看了看,"你说为什么鬼屋专门在路的尽头做一口井?"

"井里估计藏着鬼屋的工作人员。"

"很有可能。那个缺德老板总是把校牌藏在惊吓点附近,所以我觉得井里面至少会有一个。"王文龙十分肯定。

"走,一起去瞧瞧。"

两人来到井边往里看,枯井不到两米深。王文龙拿出手机往里面照了照。不出所料,井底下扔着两个校牌。

"这也太轻松了。"裴虎往后退了一步,他绝对不会跳井捡东西的。

"别大意,我们走了一路都没有看到什么恐怖的东西,所以这个井肯定另有玄机。"王文龙拿着手机、趴在井边,仔仔细细地照了所有地方,并没有发现任何异常。这就是一口很普通的枯井。

"是我太敏感了?"王文龙很快释然,校牌数量很多,想要每一个都藏得那么刁钻也挺不容易的。

他把手机递给裴虎说道:"你在外面拿手机照着,我去井里捡校牌。"

"好。"裴虎神色一松,只要不让他下去怎么都好说。毕竟以自己这个体形,下去就很难再上来了。

王文龙身材匀称,看着也像是经常锻炼的人:"裴虎,我下去以后,你要是敢一个人跑，等出了鬼屋后，别怪我对你不客气。"

"你把我裴虎当成什么人了？你说的这是人能做出来的事儿吗？赶紧的吧！"裴虎似乎有点儿生气，"你们总是小看我，今天我就向你们证明一下。"

不等他说完，王文龙就跳进了井里。

"嘭！"

黑漆漆的枯井要比在井外看上去深得多。王文龙对此的感受最为直观。他想："这井好像突然变深了……"

他跳进井里以后，发现脚下铺了一层软沙。"看来我猜测得没错，这里确实是鬼屋老板布置的惊吓点，为了防止游客摔伤，还专门弄了一层沙子。"

他摸了摸井壁，有些地方很光滑，有些地方则被抓出一道道痕迹，就像是一个活人被埋在井下，为了逃出去，用手指一点点在井壁上抠出来的一样。

"还挺吓人的。"王文龙又往头顶看了一眼。就是这一小会儿的时间，井口好像离他更远了。

第 10 章 枯井惊魂

"不太对劲啊!"

王文龙站在井里,心头生出一种奇怪的感觉,好像自己掉入深海,身体不断下沉。他的胸口有点儿闷,不敢停留,弯腰去捡地上的校牌。捡起校牌的瞬间,王文龙发现校牌下面似乎压着什么东西。那东西有拇指大小,埋在细沙当中。

"机关?"王文龙很是谨慎,没有去触碰那个凸起,而是拨开它附近的细沙。

"沙子下面藏着什么?"他的手指已经碰到了那东西,和细沙石砾的触感不同,那是一种更加柔软冰凉的感觉。

随着沙砾滑落,很快浮现出一张人脸,那个凸起是人的鼻尖。

"天呐!"王文龙赶紧收手,他进来之前仔细看过,没有发现任何异常。心想,"太恶毒了吧!竟然埋在沙子下面!"

早知道沙子下面埋有"尸体",王文龙说什么都不会独自跳进井里。他慌了神,捡起地上的两个校牌扔出枯井:"裴虎,拉我一把,快点儿!井里也藏有假人!"

"井里也有假人?"裴虎还专门用手机照了照,沙砾之中一张男人的脸正对井口。

他打了个哆嗦,边把手伸进井里边说:"怪了,刚才你下去的时候,井没这么深啊。"

王文龙抓住裴虎的手,脚踩着井壁上那些狰狞的挖痕,身体正要往上用力的时候,突然觉得自己的脚踝好像被一个冰凉的东西碰了一下。他一脚踩脱,又掉回了井里。

"文龙,你怎么了?"

"刚才好像有东西碰了我一下。"王文龙看向脚踝,那里明明什么都没有。

"会不会是壁虎或者小虫子?"

"不知道。"王文龙左右看了看,他发现井底"尸体"身上的沙砾就算没有人触碰,也会自己向两边滑落,很快尸体的大半边身体都露了出来,好像要坐起来一样。

"它自己会动?不可能是鬼屋的工作人员啊!刚才我从那么高跳下来,要真是活人,踩在他身上肯定会喊出声。"王文龙脑子越来越乱,思维也变得不太清晰,"裴虎,快拉我上去!"

他高声喊道,枯井外面的裴虎听到王文龙的声音,赶紧把手伸进枯井里:"抓住我!"

这一次裴虎表现得很仗义。他一手举着手机照明,另一只手伸进井里,宽厚的肩膀看起来让人觉得十分可靠。

"好!"队友的声音让王文龙感到一丝心安,他抓紧裴虎的手,脚踩井壁,猛地一蹬,身体向上。

在他上半身都快要出来的时候,悬空的双腿忽然被人用力抓住!

"妈呀!"

王文龙刚爬上一半又被生生拽了回去,不可置信地扭头看了一眼,看到了让他浑身发冷的一幕。

细沙里的人脸,不知什么时候睁开了眼睛!

"假人把我拽下来的?"

王文龙看向埋在沙地里的尸体,总觉得对方的眼睛有意无意地扫向自己。

"这也太邪乎了吧?"王文龙贴在井壁上,向头上看了一眼,井口的光亮似乎离他越来越远了,"不行,我要赶紧出去!裴虎!"

"你小点声！我总觉得有什么奇怪的东西往这边过来了。"裴虎朝井里伸出自己的胖手，拉住了王文龙，鼓励道，"来！再试一次！"

裴虎用力往外拉，但是王文龙好像在井里又出了意外。这次他留了个心眼，觉得小腿被人抓住后，扭头向下看了一眼。腿上什么都没有，但是刚才他站立的沙地里，又冒出一具"女尸"。

"枯井里埋了两个假人？我刚才就踩在那女人的头顶？"王文龙的心底里升起一股恶寒，同时产生了更加不好的念头，"沙土下面会不会有更多的假人？设计鬼屋的人是疯子吧，把假人埋到井里面，然后等着活人自己往下跳……"

他抓着裴虎的手，双腿在空中乱蹬，想要挣脱小腿上的束缚。

"别乱动啊！我快撑不住了！"裴虎用力往上拉，脸都憋红了。

他一手撑着井沿，往上拖拽王文龙，心中的不安愈发强烈。裴虎不时扭头朝四周看去，看到来的那条路时，心头一惊。

在鬼屋的第一个岔路口，站着一个身穿校服、低垂着头的女孩。深色的校服上沾染着血迹，将她的皮肤衬托得格外苍白。

"是我背出来的那个人偶！"裴虎感觉呼吸中带着一丝凉意，双臂直颤，"它的脑袋不都掉了吗？是工作人员给她拼好放在路口的吗？对，一定是这样，人偶怎么可能自己移动？"

"用力啊！假人睁眼了！"裴虎刚冷静下来，枯井里就传出王文龙带着哭腔的喊叫声。

与此同时，岔路口低垂着头的人偶僵硬地抬起头，那张点缀着紫色血斑的脸看向枯井所在的方向。

"脑袋会动，可能是脖子里面装有机关，我早该想到的。"裴虎吸了口气，往别处看了一眼，"不能被干扰，今天说什么都要先把文龙给救出来！"

他集中注意力，但是眼睛总是不自觉地看向岔路口。不看还好，一看心脏差点儿吓得跳出来。本该立在岔路口的人偶女孩，已经进入左边的走廊！她立在道路中间，脸上好像还挂着笑。裴虎呼吸变得急促，掌心冒汗，身上的肥肉轻轻颤抖。

"你发什么呆呢？"王文龙的双腿好像游泳时被海草缠住一样使不上力。他拼命挣扎，急得满头大汗，眼睁睁地看着埋在井下的男女睁开了眼睛。王文龙一心只求能赶紧逃出去,"往上拉啊!"

裴虎咬着牙,把王文龙往上又拽了几厘米。走廊另一侧吹来阵阵阴风,只听得耳边传来一声轻响,他用余光看去——

不知什么时候那个人偶在狭窄的走廊里摔倒了,怪笑着的仿真人头好像被一股力量推动,飞速地滚向枯井这边!女孩窒息惨死的脸渐渐逼近,把裴虎吓得五官扭曲。这一刻他再次遵从了内心的声音,毫不犹豫地甩开王文龙的手,以和肥胖体形完全不相符的速度,蹿进了旁边的303室,重重地关上了房门。

王文龙的手被甩开后,身体往下掉落。他看着近在咫尺的井口,表情都凝固了!

"裴虎!!"

陈歌在最后一间教室里给人偶装头,忽然听到走廊深处传出一个男人的嘶吼声。那声音里蕴含着很复杂的情绪,三言两语说不清楚。

"这应该不是因为害怕发出的声音,似乎夹杂了惊讶、愤怒和恐慌。"陈歌装好最后一个人头,朝教室外面走去,"这批游客还真有活力。"

……

冲入303室的裴虎,背靠房门,额头全是冷汗。

"糟了,文龙还在井里!"裴虎的手心里也满是汗水,看着手中王文龙的手机,他内疚地想,"我还把他的手机拿走了。井里那么黑,好像还埋着几个假人。"

裴虎不敢再继续往下想了,他朝屋子里看了看。303室基本保持了原样,客厅中间扔着一大堆脏衣服,不过臭味倒是没有了。

"屋子里为什么会扔一大堆衣服?这个房间让人觉得很不舒服啊,还是别进去了,站在门口就好……"

他嘴里念叨着,身后的门板忽然发出了"咚""咚"的声音。像是有人敲门,声音却从门脚处传出。

"正常人敲门肯定不会敲那里,所以一定不是文龙。"外面走廊上能动的,排除了王文龙以后,好像就只剩下一个了。

裴虎脸色很难看,他盯着发出声音的门脚:"是那个人头!那个人偶的头在敲门!"

想到这一点后,裴虎只觉得双腿打战,想要锁上房门,但不幸的是门锁只是个摆设,只要用力一推就能把门打开。

"这屋子应该有窗户吧?万一我进去查看,人头跑进来了怎么办?"裴虎急得抓耳挠腮,这么下去也不是办法,只得一咬牙走进屋内。

门外依旧不断传出咚咚声,仿佛催命符,每一下都撞在裴虎心里:"我要想个办法出去才成。"

裴虎开始自救。他从脏衣服上走过,在屋里转了一圈什么都没有看到。

"窗户外面是厚厚的水泥墙,根本没路,难道我要一直待在这里?"裴虎站在客厅中间,"参观一个鬼屋,怎么突然变成这样了?人偶眨眼,井中藏尸,还要被人头追着到处跑,设计鬼屋的老板是魔鬼吗?他是怎么做到的?"

"嘭!"

没等裴虎想清楚,房门突然被重重撞击了一下。

"力气这么大?是那个人偶过来了吧?她又来找自己的头了?"想想就觉得可怕。裴虎左右看了看,情急之下只好先躲入卧室当中。

"这卧室怎么连个门都没有!"他进来以后才有点儿后悔,但现在说什么都晚了,卧室里唯一能藏人的地方就是床底下。

他先用手机照了照,发现床底下没有奇奇怪怪的东西后,直接爬了进去。

"拜托,放过我吧!"他费力钻进床下,把手机收起,一双眼睛紧紧盯着卧室门口。

昏暗的房间里非常安静,任何轻微的声音都被放大。

几秒钟后,客厅的门被彻底推开了。

短暂的安静过后,客厅里响起了一种奇怪的声音。

"咕噜""咕噜""咕噜"……

"好像是什么东西在滚动?"裴虎脑中闪过这个想法,大概过了零点一秒钟后,他双腿突然蹬直,从头到脚冷得彻骨,"我好像忽略了一件事情!"

"咕噜"的声音越来越近,裴虎躲在床下,向卧室的门口看过去。只见一个带着诡异笑容的人头正好滚了过来!四目相对,时间好像静止了一样。

……

王海龙领着夏美丽和窦梦露来到女生宿舍。虽然龙哥今天哭了几次，但是在自己的女朋友面前，仍旧表现得十分淡然。他走在最前面，逐一查看每个寝室，最后停在了笔仙所在的房间里。

"这个屋子不太一样啊。"

寝室正中间摆着几个椅子，椅子中间的一张白纸上还写着一行字。

"笔仙知道三个校牌的位置。"王海龙拿起白纸念了出来。

"我说怎么看着这么眼熟，原来是笔仙游戏啊。"窦梦露好奇地凑了过去，"我在电影里看过好多次，没想到还能在现实生活中见到。"

"都是假的，噱头而已。"王海龙把纸扔在椅子上，"我们不能放过得到三个校牌的机会，你们谁知道游戏规则？"

"我知道。"窦梦露坐在椅子一边，让王海龙坐到另一边，"一会儿你跟着我做就好了。"

"你们悠着点儿，在鬼屋里玩这些乱七八糟的游戏，小心真引来什么东西。"夏美丽站在门口，看着窦梦露和王海龙甜甜蜜蜜的样子，心里挺不是滋味的。

"笔仙来了更好，我正想问问她，看看龙哥未来的妻子到底是不是我？"窦梦露坏笑了一下，抓起桌子上用透明胶带缠绕的圆珠笔，摆在中间。

"随便你问。"王海龙一副坦然的样子，也不避讳外人，直接握住了窦梦露的手。

夏美丽撇了撇嘴，不理会他们旁若无人、卿卿我我的样子，边向外走去边说："你们慢慢玩，我先出去转转。"

"美丽，别走太远了。"

"行了，别管她。龙哥，你听我说，玩笔仙游戏有几个禁忌，一是不能问生死，二是不能中断游戏过程，只要注意这些就不会有任何危险……"

夏美丽从屋子里出来后，才觉得空气变得清新起来。她心想："一股恋爱的酸臭味，真希望笔仙好好给他们上一课。"

她独自来到走廊尽头，周围变得越来越阴森。夏美丽正要返回，突然听见通道另一边传来王文龙的叫喊。

"发生什么了？听文龙这声音不太像害怕，倒像是很生气的样子。"夏美丽原路返回，直接进入另一条通道。

"人呢？怎么又分出两条路？该往哪走？"夏美丽停在枯井和海明公寓那几个房间中间，有点儿不确定。但她马上有了主意，"裴虎的手机丢了，那我就给文龙打个电话问清楚。"

她拨通电话，依稀能听到从海明公寓那几个房间传出铃声，但是无人接听。

"他们在房间里？"死寂的环境中，电话铃声听起来有点儿吓人。夏美丽挂了电话，走到那三个房间门口。

"文龙？裴虎？"

夏美丽在门口喊了两声，可房间里连个回音都没有，好像一切都被藏在黑暗里的怪物吞掉了。

"这俩人怎么回事？"她不想和王海龙、窦梦露待在一起，又不敢一个人探索，只能来寻找自己的同伴。她想，"不会真出事了吧？但是，听文龙刚才的声音不像遇到了危险。"

夏美丽一头雾水，在门口站了一会儿，推开了离她最近的房门。

"304？门上还有编号？这是什么意思？"夏美丽往里面看去，屋子里出人意料的干净。

"为什么看着越干净，我心里越慌？"她站在门口，又喊了两声同伴的名字，越喊越是不安，"两个大活人能跑哪去？"

她拿出手机照明。身前被照亮时，四周显得更加黑暗，远处走廊的岔路口似乎有东西在晃动。

"外面太危险了，还是先进去再说。"夏美丽进入304室，顺手关上门，大脑飞速运转起来，"从各种意义上来说，这个屋子都很正常，就像一个普通的出租屋，不过越是布置成这个样子，就越有可能藏着吓人的东西，鬼屋老板不会白白浪费钱去修建无用的场所。"

夏美丽心思细腻，比一般的女孩胆子大。她贴在墙边，用手机照过四周后才敢挪动一小步。

几分钟后，夏美丽把客厅的每一面墙都摸了一遍，没有发现任何异常。

"客厅没有布置恐怖的东西，那说明另外两个房间很危险！文龙和裴虎有可能掉以轻心了，结果进入其他房间后中了招。"夏美丽握紧了手机，慢慢地走向卧室。

"卧室没有门，不存在门后藏着鬼屋演员的情况，但是门框两边有视线死角，我要小心点。"她走得很慢，但心脏却跳得越来越快。

夏美丽走到卧室的门口，把手机摄像头打开，伸进卧室里转动摄像头。拍摄一圈后，她拿出手机观看，画面很暗，不过也能确定卧室里没有藏人。

"卧室里也没人？差点儿忘了，还有最恐怖的床底下没有看。"她远远退到客厅里，专门挑选了一个角度蹲下身体，把手机亮光照向床下。

"还真是什么都没有，看来是我恐怖电影看多了。"夏美丽稍稍放松了一些，"如果让我来设计，床底下这么恐怖的地方怎么能放过，可以在下面设置机关，弄一个半身假人，等参观的人一坐到床上，就立刻弹出来。"

说完，夏美丽又亲自进入卧室查看了一遍，里面没有安装任何机关，只有一股淡淡的洗衣粉的清香。

"连擦桌子的抹布都有一股洗衣粉味，住在这间屋子的人有洁癖和强迫症吧。"从卧室里走出，夏美丽看向最后一个房间。

"厕所也是恐怖电影里最常出现的场景，不过这个厕所看着很小，也没有隔间，连个藏人的地方都没有。"

夏美丽缓步前行，把鬼屋玩出了绝境求生的感觉。她非常谨慎，每一步都小心翼翼。这样的游客其实非常难缠，她们会想尽各种办法，提前看到鬼屋的惊吓设置。当隐藏的惊吓点被识破后，恐吓效果就会大打折扣。海明公寓的卫生间设置得很有个性。镜子正对房门，无论从厕所旁边路过，还是进入厕所，注意力都会被镜子吸引。夏美丽也不例外。她看着镜中的自己，隐隐觉得很不舒服："是特殊环境给了我心理暗示吗？为什么我觉得镜子里的人和我不太像？"

她走到卫生间门口，又停下了脚步，把手机亮光照在镜子上。"能反光，确实是一面镜子，鬼屋的工作人员没有站在镜框里。"

她扶着墙壁进入卫生间，里面空间不大，很快走到了镜子前。

"这个房间应该还没来得及布置，或者是藏在这里的鬼屋演员为了吓唬文龙、裴虎，已经离开了。"夏美丽伸手摸了摸镜子，紧绷的神经终于松懈下来，"虚惊一场，一间空房子竟然把我吓成这样。都怪裴虎一惊一乍的，弄得我都紧张起来了。"

近距离看镜中的自己似乎正常了许多，她安心了不少："这就是一家很普通的鬼屋，一直都是我们自己吓唬自己，裴虎和文龙既然不在这个房间，应该就在另外的两个房间里。"

夏美丽再次给王文龙打过去，她觉得铃声好像是从隔壁传来的。

她侧耳倾听，眼睛无意识地看着前方。此时，一滴水从屋顶落下，打在洗漱台边缘。夏美丽的全部注意力都放在确定铃声位置上，没有细想为什么屋顶滴水。

"没错，应该就在旁边的303室。"

屋顶上又有一滴水滑落，落在夏美丽鞋尖上，没等夏美丽反应过来，第三滴水擦着她的鼻尖滑落．这次夏美丽终于有了感觉："这破屋子怎么还漏水？"

她眉头紧蹙，仰面看到头顶的隔板上趴着一个浑身湿透的女人。那女人默默地看着夏美丽，一张脸因痛苦而扭曲，垂落的黑发几乎垂到夏美丽的眼前！

"怪不得找不到，原来藏在这……"

一滴黏稠的液体落在了夏美丽的脸上，离近后她才发现那液体好像是血。夏美丽身体一软，扑通一声倒在地上。

……

把所有人偶的头安装好后，陈歌走出最后一间教室，奇怪道："我放在路口的那个人偶呢？"

陈歌第一时间朝入口的方向跑去。他牢记着黑色手机里的注意事项，人偶一旦离开鬼屋，有可能失控。跑到入口检查了一遍，陈歌发现木板依旧保持原样，这才松了口气："时间也差不多了，该把他们几个接出来了。"

他连碎颅医生的铁锤都没有拿，只穿了一件血衣往场景当中走去。刚走到一半，女生宿舍方向突然传出一声撕心裂肺的尖叫！

"好像是从笔仙那边传来的，不过我印象中笔仙的脾气没有这么暴躁啊！"

陈歌加快步伐，还没走出多远，就看到一个穿着热裤、鞋子都跑丢了的女人朝自己冲过来。

那女人光着一只脚，披头散发，面无血色，精致的五官因为恐惧而扭曲，刚进鬼屋时的性感和妩媚早已不见了踪影。

"窦梦露？"

在陈歌看到窦梦露她吓得的同时，这个拿着手机狂奔的女人也看到了陈歌。只不过她没陈歌那么淡定，发出一声刺耳的尖叫，又转身往回跑。陈歌摸了摸自己的脸心想："是因为面具的原因吗？"

连续受到两次惊吓，窦梦露爆发出前所未有的潜力，两条大长腿甩得飞快，眨眼的工夫就从陈歌视野中消失了。

"不至于吧？"陈歌取下面具，朝场景内部走去，"怎么就她一个人？难道五个游客分散开了？"

走到第一个岔路口，陈歌仍旧没有看到窦梦露的身影。他无奈地想："算了，先去笔仙那里看看，可别把人吓死了。"

他正要往前走，口袋里的手机突然响了起来，手机铃声在安静的鬼屋里传出很远。

……

窦梦露跑进卫生间的第四个隔间，丝毫不顾及形象地趴在地上，美丽的大眼睛顺着隔间下面的空隙往外看。

"还好没有追过来。"窦梦露背靠隔间，胸口剧烈起伏，眼里还残留着泪花。

她的脑中断断续续闪过刚才玩笔仙游戏时的画面。一开始，游戏十分顺利，可是当她问王海龙未来的妻子是谁之后，宛如噩梦一般的场景出现了。

"那个吊死在屋顶的女孩到底是怎么回事？不可能是鬼屋的工作人员，也不像是投影。"窦梦露越想越害怕，孤身一人藏在狭窄的厕所隔间里，恐惧好像无形的手抓住了她。

"我要联系上其他几个人，一起把龙哥救出来再说。"窦梦露擦干眼泪，拿出手机拨打王文龙的电话，但是响了十几声都没人接听。他不安地想，"怎么回事？他跟裴虎两个人也出事了？"

窦梦露又打给夏美丽，仍旧无人接听。窦梦露变得更加无助，惊惧地缩在角落："该不会都出事了吧？我们有五个人啊！"

她抱着最后一丝希望给裴虎打了过去。

"拜托！赶紧接电话啊，死胖子，你不是喜欢过我吗？怎么能见死不救。"因为过度紧张，窦梦露的样子看起来有些狰狞。

三秒钟过去了，窦梦露的一颗心慢慢往下沉："你们都在干什么？"

五秒钟过去了，她不死心地握紧了拳头。

十秒钟过去了，窦梦露神色僵硬，委屈得想哭。

可就在她已经绝望的第十三秒钟，电话突然接通了！

"天呐！死胖子，你怎么才接我电话！"窦梦露差点儿哭出来，她就好像溺水者终于抓住了救命的稻草，在最深的绝望里，看到了希望和曙光。

"你怎么不说话？龙哥被吓晕了，我现在藏在厕所的第四个隔间里，你快来救我！"窦梦露声音带着哭腔，"我刚在外面看见了一个全身是血的怪物，你来的时候一定要小心啊！"

她情绪激动，一口气把所有话都说了出来，但是等了半天也不见电话那边有人回话。

"裴虎？你在吗？"窦梦露双手捧着手机，把它放在耳边，"你怎么不说话，你要是听到了就回我一句啊。"

过了几秒钟，手机那边终于有了回应。

只不过不是裴虎的声音，而是另外一个沙哑低沉、完全陌生的声音："好，我这就去找你！"

在听到那个声音的时候，窦梦露整个人呆住了，她感觉心脏漏跳了一拍，手机从指间滑落。

"我给谁打的电话？"

"接电话的是谁？

"谁要来找我？"

……

她看着掉在地上的手机，根本不敢去捡，好像里面住着一个吃人的怪物似的。

"趁他没来，我赶紧走！"窦梦露手机也不要了，推开木门，冲出隔间。

她跟跟跄跄地往外跑的时候，正好看到了身穿血衣，刚进厕所里的陈歌。

"啊！"

窦梦露滑倒在地，边拼命往厕所里面爬边叫："别过来！别过来！"

"不要怕，我是……"不等陈歌说完，窦梦露就退到了厕所里面，毫不犹豫地直接钻进某一个隔间当中,用身体顶住木门。

陈歌来不及阻拦,窦梦露已经冲进了第五个隔间里。陈歌见状立刻跑过去:"喂!那个隔间不能进!"

窦梦露处于崩溃边缘,还没彻底缓过神来,就看到隔板上一只只眼睛盯着自己。这极具冲击力的一幕,让她全身汗毛倒竖,话都说不出来了。

"刚才不是这样的……"

窦梦露撞在门板上,一头栽了过去。陈歌托住她的肩膀,赶紧把第五个隔间的门关上。

"你还好吧?警告你们多少次了,不要在鬼屋里玩手机。"

陈歌捡起地上的手机,塞进窦梦露的口袋里。谁知道她用尽最后一丝力气又把手机扔出去了。她哭着说"这个手机送你了,给我也不敢再用了。"

"别闹。你先去门口歇着,我把你的同伴接出来。"陈歌把窦梦露拖到厕所门口,"话说你们几个还真是胆大,居然敢单独行动。"

陈歌安置好窦梦露,跑进女生宿舍,看到王海龙趴在椅子上,眼中含泪,一副快要不行的样子。

"笔仙的主要能力是预知,其他方面很弱,看来这大块头也是个纸老虎。"陈歌拿起圆珠笔,见笔杆没有损坏后,就拖着王海龙离开了。

"这是首次开放的新场景,一定要给游客们带来震撼才行。"将王海龙和窦梦露扔在一起后,陈歌又进入了另一条通道,把每个房间都逛了一遍。

陈歌把304室卫生间中的夏美丽背出来,顺便把卫生间隔板上藏的道具女尸放好。接着,从303室的卧室里,把裴虎从床下拖出来。

出人意料的是胆子最小的裴虎竟然是所有人里最清醒的。陈歌找到他的时候,他正在和门口的仿真人头对视。据裴虎说,截至陈歌来的时候,他已经和那个人头对视十分钟了。

在裴虎的带领下,陈歌来到了最后一个惊吓点,他和裴虎站在枯井旁边,看向井里。

王文龙坐在只有一米多深的枯井里,双手击打着空气,好像正在和什么东西搏斗。

"你站着别动，我去把他弄出来。"陈歌冲着井里大喊几声，王文龙这才停下动作。他好像受到过度惊吓，神情呆滞地抬头看去。

当王文龙看到裴虎时，涣散的瞳孔突然聚焦了。气得浑身发抖，发泄般地冲着裴虎大吼："大爷的！你还敢回来！"

"你听我说，当时那个情况很复杂，我要是不跑，咱俩都危险了。"

"放屁！"

"真的啊！我用自己当诱饵，把最恐怖的家伙引走了！不信你问鬼屋老板！"裴虎也是委屈得不行。被人头盯着，在床底下一动不动趴了十几分钟，没有亲身经历过的人根本不知道有多惊悚。

"你俩要吵去外面吵。"看到王文龙这么有精神，陈歌也放心了，"来，把手给我。"

发现陈歌在场，王文龙这才有所收敛："不行，我下半身麻了。"

"麻了？"

陈歌跳入井中，跟裴虎配合，合力把王文龙弄出枯井。把人救出去后，陈歌没有急着离开。他早上藏校牌的时候检查过这个枯井，里面只有两个假人道具，不算太可怕。王文龙和裴虎仍在争吵。陈歌蹲下仔细看了看假人的脸，那名男性假人睁开了双眼，和早上有所不同。

"井里埋着的两个假人应该是范郁的父母。如果他们化作怨念，肯定不会这么容易对付，应该只是残念。"

陈歌想起了费友亮来参观时的情形。当时他被笔仙占据身体，准备逃出去，最后被教室里的二十多道残念阻止。数道残念进入了他的身体，操控他来到枯井旁。它们似乎准备惩罚笔仙，只不过因为种种原因放弃了。

"笔仙犯错在先，其他残念为了惩罚它来到井边，难道打算把笔仙扔进井里？"陈歌又看了看埋在沙土里的范郁父母，更加肯定了自己的猜测，枯井应该是拘禁犯了错的残念之地。

"它们的正义感还挺强。"看来这些残念准备在这里安安稳稳地生活。

"只要你们不做出什么过分的事情，我的冒险屋就是你们的家。"陈歌看着地上的假人不再多言，翻出井口。

等他再往井里看时，两个假人的眼睛全闭上了。

"走，该送你们出去了。"陈歌搀起王文龙。这哥们儿眼里的恐惧仍未消退，刚才之所以能清醒过来，只不过是在看到裴虎的瞬间，怒火压制住了其他的情绪。

陈歌连拖带拽，费了九牛二虎之力，总算把这五个人弄出了"暮阳中学"场景。

当鬼屋门口不透光的帘子被掀开时，围观的游客全都倒吸了口凉气。他们在外面能听见鬼屋里不断传出的尖叫声，但是谁也没想到会惨烈到这般地步。

"这几个人经历了什么？"

"前后不到半个小时……"

"五杀？"

徐叔背对鬼屋，认真地卖票。他发现所有人的目光都看向自己身后，隐隐有了不好的预感，转身看去，头发吓得差点儿立起来。

"老天啊！怎么全倒了！"

徐叔也不卖票了，小跑过去扶起王海龙和夏美丽。

"受了一点儿惊吓，出了出汗，其他也没什么。"陈歌松开王文龙的胳膊，"能自己走了吗？"

围观的游客闻言很有默契地同时后退了一步。

"路都不会走了，这是'受了一点儿惊吓'吗？！"

"仅仅'出了出汗'？你也太乐观了吧！"

王文龙被众人看得不好意思了，试着迈了两步，那样子跟刚学会走路一样。

"文龙、裴虎！"人群里挤出一个穿着背心的壮汉。他的肩膀上文了一个狼头，大踏步直冲过来扶住了王文龙，"你们这是怎么回事啊！我刚才在外面都听见你们惨叫了。"

陈歌扫了壮汉一眼。这六个人是一起来的，按照他们的原定计划，现在轮到这个男人独自进去挑战了。

"有那么大声吗？"王文龙甩开了壮汉的手，恨不得找个地洞钻进去。

壮汉见王文龙不理会自己，又看向陈歌："你把我兄弟怎么了？"

兄弟？陈歌觉得壮汉的语气有点儿奇怪，不过也没放在心上，他向前一步，面朝所有游客说："我在他们几个进去以前就说过了，恐怖场景分级！只有通关前面的场景，有了一定承受能力，才可以进入后面的场景。可是他们几个不听，非要去尝试才变成这样。"

陈歌的神色渐渐严肃起来。"我刚提出恐怖场景分级的时候，有很多朋友怀疑我强制消费。其实真的不是这样，我只是想要保护大家。因为新开放的这个二星恐怖场景不适合所有人参观，它的恐怖指数要远远超过市面上的其他鬼屋！"

陈歌抓住防护栏继续说："西郊鬼屋经营了好几年，从濒临倒闭到现在好评率达到百分之九十，就是因为我从来不糊弄游客，只要敢来就能带给你最惊悚的体验！但是每个人对恐怖的承受能力是不一样的，我们追求极致的恐怖，而有些场景对于没接触过鬼屋的人来说过于刺激，所以，经过慎重的考虑，我才制定出恐怖场景分级的规则。"

想要推行新制度必须要得到游客的承认，甚至让他们主动拥护。陈歌现在做的一切都是为了让游客接受它。一方面，他为新的恐怖场景设置奖金，鼓励游客参观；另一方面，用王海龙等人作为反面教材，告诫所有游客不遵守制度的后果。想要赢取奖金，就要按照鬼屋的规则来。先参观尖叫指数低的场景，通关之后才能挑战新场景。这个制度一旦实行，将有效利用鬼屋里的每一个场景。最重要的是，只要不断解锁尖叫指数更高的恐怖场景，整个鬼屋的所有场景都将被盘活，对特定群体的吸引力会越来越大，这将为以后的惊悚主题乐园打下基础。

第 11 章 我们都是怪物

陈歌的话很有说服力。

"第一次听说鬼屋有恐怖场景分级，老板分析得很专业啊。"

"虽说是为了游客好，可我还是想去参观最刺激的场景。"

游客议论纷纷，最后总算接受了鬼屋的新制度。

陈歌松了口气，把王海龙他们搀到一旁问道："怎么样？感觉好点了吗？不行的话叫医生。"

"不用，我好多了。"说话的是王海龙。他嘴唇泛紫，脸色苍白，蒙眬的眼神好像笼罩了一层水雾。

"意识清醒，还能说话，看来确实没事。"陈歌蹲在王海龙身边，"其实你还算幸运的。上一次有个兄弟玩了这个场景之后，到现在还没出院。"

王海龙露出一抹苦涩的笑容问："这是安慰我吗？"

"实话实说罢了。"陈歌收回他们身上所有的校牌，站起身对徐叔说道，"我们回去吧。"

徐叔看着似曾相识的情景，认真地思考着要不要在鬼屋旁边修建一个专用休息站，游客们动不动就在鬼屋门口躺成一片，也太不像话了。他本来挺生气，后来听了陈歌的那番话，也觉得有道理。恐惧场景分级之后，游客吓晕的情况会大大减少。徐叔暗中宽慰自己，又亲自询问王海龙他们，在得到身体无碍的答复后，才跟着陈歌离开。

"小陈，这是不是你计划好的？你确定要把恐怖场景分级？这样虽然场景收入增多，但会不会流失一部分潜在的游客？"

"恐怖场景分级势在必行。"陈歌态度非常坚决，"我这么做只是为了保护大多数游客，以后我的冒险屋里会有更多新场景，对普通游客来说太刺激了。"

"既然如此，为什么还这么做呢？毕竟我们要满足大多数游客的需求。"徐叔的想法有些保守。

"以后你就知道了。"陈歌又想起了一件事，"叔，咱们乐园的仓库里有没有多余的监控设备？"

"还有几个备用的，数量不多，你想干什么？"

"我想借几个安装到地下停车场。新场景里没有监控，心里总有点儿不安。"陈歌露出鹤山般淳朴憨厚的笑容。

"借监控设备？亏你想得出来。"徐叔摆了摆手，"不可能借给你，按二手价出让倒是可以。不过，我也不能乱动仓库里的东西，下午请示一下罗董，你的鬼屋有成为乐园招牌的趋势，相信他会同意。"

两人回到鬼屋门口，徐叔继续卖票，陈歌将所有校牌归位，然后进入"午夜逃杀"场景当中扮演杀人狂。

期间也有不少人挑战"暮阳中学"，只不过多半连最后一间教室都不敢进，只逛了一半就匆匆返回。

"暮阳中学"入口只有一块门板，如果游客感到害怕，可以随时离开。像王海龙那么一根筋的五人团体还是比较少的，所以也没有出现其他意外。

中午休息的时候，陈歌刚走出鬼屋，王海龙兄弟俩就走了过来。

"你们怎么还在这儿？准备体验第二次吗？"

陈歌只是随口一说，没想到兄弟二人反应很激烈，连连摇头道："你别误会，今天早上是我们莽撞了，希望你不要介意。"

"你这说话的语气跟早上完全不一样呀，别绕圈子了，有什么话就直说吧。"

陈歌开鬼屋这么久，什么人没见过，对方一开口就知道肯定有事。

性格强硬的王海龙这时候竟有点儿扭捏："其实我和文龙还有个弟弟，叫王声龙。这孩子五岁以前跟普通孩子一样，很活泼，性格也很好。但是不知道为啥，五岁以后突然哑了，一句完整的话都说不出来。我爹想了各种办法，看医生，找郎中，最后听信个算命的话，把小弟的名字都给改了，可还是不行。"

"你到底想说什么？"陈歌听得有点儿迷糊，一个五岁的孩子怎么突然哑了。

王海龙确定左右没人以后，才走到陈歌跟前："那我就长话短说。老板，我在你鬼屋里看到了一个很恐怖的女孩。她吊在我的背后，踩着我的肩膀。这个场景，跟我的小弟出事前一晚描述得几乎一模一样！"

王文龙也凑了过来补充："是真事，当时我们三个人睡在一个房间。午夜刚过，小弟突然从床上坐起来，说有个人踩在他的肩膀上，让我们俩帮他弄掉。当时我和我哥睡得迷迷糊糊，谁都没放在心上，以为小弟发癔症说梦话呢。谁知道第二天一起来，小弟就不会说话了。只能发出声音，就是说不出完整的句子。"

王海龙摸着自己的肩膀，声音有点儿打颤："我们让他把想说的话写出来，没想到他写的内容有点儿瘆人。他说昨晚院墙外面有个人盯着他看，后来不知道怎么回事，那人就进了屋。"

"这很瘆人吗？"陈歌经历过比这更恐怖的场景。

"我们小时候住农村，怕遭贼，围墙都有两米五。小弟看见墙外站着一个人，如果没看错的话，那个人至少有两米六！"

"那还是人吗？"

"问题就出在这里啊！"王海龙竭力想要表达清楚，"更恐怖的是那个人轻易地翻进屋里，让小弟跟他一起玩，如果小弟不同意，他就从小弟身上拿走一样东西。"

"你弟弟拒绝了他？结果对方拿走了你弟弟的声音？"陈歌猜测起来。

"不是。"王海龙拍了拍自己的肩膀，"我弟弟同意和那个怪物玩游戏，他们玩的游戏叫作看谁先开口说话。我小弟同意玩这个游戏后，那个怪物就踩到了小弟的肩膀上，它变得更高了。"

王海龙的话乍一听没什么，但仔细想想总觉得很恐怖。

"怪物踩在了你弟弟的肩膀上？后来那怪物变得更高了？"陈歌想象不出一个身高两米六的人如何踩在孩子的肩上。

"我弟弟是这么写的。有些表述不清楚的地方，他还专门画了画。"王海龙拿出手机，"这是上次带他去看医生的时候，医生让他根据回忆画出的东西。"

陈歌接过手机看了一眼，照片里是一张很诡异的画。

白纸最下面画着一个矮胖的小孩，只占了整张纸的十分之一，而剩下十分之九都被他肩膀上的怪人占据。

"这是什么东西？"陈歌盯着小孩肩膀上的怪人。看外貌像是一个女的，披头散发，但是身体特征又像是男的，瘦得像两根竹竿外面套着白色布袋一样。

"你也不知道吗？我在你的鬼屋里看到了一个类似的场景。有个女孩踩在游客的肩膀上，我立刻联想到小弟说的故事。"王海龙拿回手机，远远地看了一眼鬼屋，眼中的恐惧还未消散。他继续说，"你既然能设计出这个场景，多少对这个传说有所了解吧？那个女孩踩在我肩膀上的时候，感觉非常真实，差点儿忘了自己正在鬼屋里体验。"

"我的冒险屋采用了最新的4D技术，通过特殊的手段，全方位调动了游客的视觉、听觉、嗅觉、触觉，所以你才会感到肩膀被什么东西压住。"陈歌脸不红心不跳，一本正经地说道，"至于被脏东西踩肩膀这件事，应该只是一个巧合。"

"好吧。"王海龙还是有点儿不死心，"那能不能告诉我那个场景的设计灵感来自什么地方？"

王海龙是个一根筋，非要打破砂锅问到底。

陈歌想了想说："这个世界上没有怪物，是人们想象出来的东西，我知道你担心你的弟弟，但是病急不能乱投医。与其问我，不如去看一下心理医生，我可以为你介绍一位专业人士。"

乐园有可能在两个月后停业，陈歌不想把时间耽误在其他事情上。这也是为了王海龙的弟弟好，毕竟他是门外汉，这些事情还是让医生来做比较好。

"在小弟很小的时候，我父亲就带他看过医生了。在我们老家的旁边就是一个精神病院，弟弟还在里面住过一段时间，但是效果很差。"王海龙欲言又止。

"哥，还是我来说吧。"王文龙搀扶着哥哥，"不知道为什么，我弟弟特别讨厌和医生接触，只要看到穿白大褂的人就会尖叫、挣扎，甚至出手打人。就因为我们知道他有这个习惯，带他去看心理医生的时候都会提前和医生打招呼，让医生换上便装。"

"讨厌医生？"陈歌发现了王海龙弟弟身上第二个奇怪的地方，"难道踩在孩子肩膀上的人害怕医生？所以一见到医生就会刺激和伤害孩子？"

"我们也不知道原因，小时候带他去老家旁边的医院时也没出过事。后来从封闭病区转出来以后，他就开始害怕医生了。"王文龙补充道。这是藏在他们兄弟几人心底的秘密，今天终于说出口了。

"突然出现改变，肯定是有原因的。"陈歌试着帮他们分析，"会不会是在治疗的过程中，有医生做了什么让他害怕的事情？"

"不可能的，小弟接受治疗的时候，我们全家出动，二十四小时陪护，医生也很不错。"

"既然不是医生的问题，那问题很有可能出在治疗环境上。我觉得你们可以去王声龙当初住院的地方看看，说不定能发现线索。"陈歌诚恳地提出了自己的建议，说完他准备去吃午饭。

"那所医院早就荒废了，声龙住过的第三病区也被彻底封死，根本进不去。"王海龙叹了口气，"不好意思，我们今天也是被吓坏了，所以才想起了小弟的一些事情。"

"第三病区？"因为黑色手机的任务，陈歌对"三"特别敏感，"你弟弟最开始在哪一所医院接受治疗？"

"就是我们老家邻近县区的医院，当时家里很穷，只能在那里接受治疗。后来家庭条件好了，就转院让小弟去其他医院了。"

"那所医院的名字叫什么？"陈歌看着王海龙的脸，目光有点儿吓人。

"江州市第三精神疾病康复中心，也叫三院，好像已经荒废五六年了。"王海龙兄弟二人不明白陈歌的态度为何突然发生变化。

"那个康复中心里有没有一个叫作第三病栋的地方？"陈歌脑海里的信息渐渐重组起来。

"原来你想问这个啊。也有人把我弟弟住过的第三封闭病区叫作第三病栋。是同一个地方，只是叫法不同。"

"明白了。"陈歌吸了口气，"我认识江州市最好的心理医生。如果可以的话，今天晚上能不能带我去见见你的兄弟？"

陈歌生怕被拒绝，所以扯起了高医生的大旗。

"没问题，不过希望你做好心理准备，我弟弟……怎么说呢？长得有一点儿不太正常。"王海龙挤出一丝笑容，"如果你说的那个医生也要来的话，记得让他穿便装，我弟弟很讨厌医生。"

说完他从口袋里取出一张漆黑的名片，正面写着三个字——龙虎坊。

"你们是？"看着设计浮夸的名片，陈歌想起了那个文着狼头的壮汉，又结合几人的说话语气，心里不禁嘀咕起来。

这几个该不会是道上的人吧？

见陈歌露出惊诧的表情，王海龙很低调地说了一句："跟你想的一样，龙虎坊川味火锅城就是我家亲戚开的，微信和电话都在名片后面。"

陈歌撇撇嘴，收下名片说道："有没有具体点儿的地址？"

"晚上你直接来老城区的海明公寓，声龙和我爸住在那里。"

陈歌微微一愣："海明公寓？是不是在一个家属院最里面？外面堆着很多垃圾，看起来很破旧？"

"你去过？"这回轮到王海龙兄弟二人惊讶了。

"我前天晚上刚去过那里。"陈歌也没想到这么巧。

"你知道路正好，今晚我们兄弟俩也过去，我爸脾气很倔，咱们先在楼下集合，等人齐了再上去。"

商量好以后，王海龙兄弟两个就离开了。

"王声龙老家在第三病栋旁边，出事那晚看到的会不会就是从精神病院里跑出来的怪物？后来他进入第三病栋后，似乎又出现了更大的问题，这一切好像都跟第三病栋有关。"陈歌目送王海龙兄弟离开。

"王海明身上有一个从第三病栋带出来的怪物，王声龙身上似乎也有一个，他们都选择住在海明公寓……"陈歌忽然想起了302室的年轻人说过他曾听到王海明身上两个声音在争吵，其中有一个叫骂说如果不是害怕被红衣抓住，早就撕破脸皮把另外一个人杀掉了。

"难道王海明身上那个怪物一直忌惮的是王声龙身上的怪物？如果真是这样，王声龙身上的怪物不就是和张雅同级的红衣怨念吗！难道王声龙才是海明公寓最恐怖的人？"

这个问题有些复杂，陈歌顾不上吃饭，坐在鬼屋门口的台阶上，细细推敲。王海明身上的怪物之所以不愿意和王海明撕破脸，应该是察觉到了什么。它们让302室的年轻人捕捉活物，从麻雀、流浪狗到活人，目标逐渐变大，好像在小心试探什么东西的底线。同样都是镜中怪物，陈歌鬼屋的那位肆无忌惮，找到落单的活人就会下手。与之相比，海明公寓王海明身上的怪物低调得多。王海明身上的那个怪物显然畏惧着什么。如此推测的话，王声龙身上的怪物即便不是红衣，也要比普通镜中怪物强得多。

"第三病栋到底有多恐怖，这两个只是偷偷跑出来的，封禁病区里隐藏的怪物数量估计更多！"

陈歌用力揉着太阳穴。三星恐怖场景已经这样了，四星通灵鬼校该有多恐怖？

陈歌站起身，又给高医生打了电话。他不确定高医生是否有时间，如果高医生比较忙的话，他决定一个人去海明公寓。电话响了两声就通了，那边传来了高医生的声音："陈歌？有事吗？"

"没什么大事，我想问问门楠的情况怎么样了？烧退了吗？"

"输了一天液，神智总算是清醒了。不过他现在的情况还是不容乐观，甚至比我之前预想的严重得多。"高医生语气凝重。

"不应该啊。"陈歌非常不解。他已经帮门楠解开了心结，黑色手机上的试练任务也完成了，怎么门楠的病情反而恶化了？

"你听我说，门楠清醒过来后，我重新对他进行了一次精神方面的测试，结果有了一个惊人的发现。"

高医生顿了顿，似乎走到了人少的地方才继续说道："门楠的身体里藏着三种不同的人格。一个是正在成长的自我人格，也就是我们看到的正常的门楠；另一个是他代入了已故母亲身份的人格，这个人格认为自己是门楠的母亲。我怀疑这个人格是门楠幼时目睹母亲被害，受到超强度的刺激后，大脑为了保护身体才产生的自愈型人格。"

"那第三个呢？"

"第三个人格出现的次数最少，现在无法给出全面分析。可以肯定的是确实有第三人格的存在。这个人格很特殊。它不会成长，而是一直停留在门楠幼时。它每次出现的时间很短，我无法和它交流，不过每当这个人格操控身体的时候，门楠那种对于人格心理学的天赋就会超常发挥出来！"

"这么说门楠的天赋和第三人格有关？"

"是的，我从未见过一个人能拥有那种天赋。"高医生对门楠的评价很高，"不过，为了保护他的天赋不遭到破坏，给治疗带来了难度。普通药物会强化他的主人格，淡化其他的人格。这样一来，他的那种天赋就会受到波及。所以，我现在正和其他专家进行商讨，准备为门楠量身定制一套治疗方案。"

治疗疾病的同时，罕有的天赋也将消失，不知对门楠来说究竟是好事还是坏事。陈歌见高医生很忙，就没有提王声龙的事情，毕竟不能老麻烦人家："好，那祝门楠早日康复，我就不打扰了。"

他刚准备挂断电话，谁知道高医生竟回道："你找我有事要说吧？门楠现在太虚弱，身体恢复后才能进行心理治疗，这段时间我也不算太忙，你有心理疾病方面的难题可以随时咨询我。"

陈歌也不客气，立刻把王声龙的事情原原本本地说了出来。高医生听完后又沉默了好一会儿才说："行，今晚我跟你一起去，正好门楠的生活用品还在海明公寓没来得及拿走，我本来就准备抽空过去的。"

"高医生，多谢你。"

"你谢我干什么？我听高汝雪说了，作为一个心理学爱好者，你能如此热心，义务为患者做到这种地步，说实话，我不如你。"高医生颇有些惭愧。

"心理学爱好者？高汝雪怎么跟你说的？"陈歌哭笑不得，总觉得对方好像误会了什么。

"你的鬼屋运用了很多心理学上的技巧，可以看出你平时阅读过相关资料和书籍，有机会我也要过去参观参观。"高医生在电话那边笑了起来。

"过奖了。"陈歌擦了擦额头上的汗，把西装革履的高医生放进鬼屋里折腾半个小时，不敢想象出来以后他会变成什么样。

高医生笑了一会儿，声音又恢复了平静："有不少自学心理学的人，但是能像你这样认真切实为患者做事的寥寥无几。你为了给王欣治病，打电话央求我的时候，我挺感动的。只有经历过才会明白心理疾病有多么痛苦，我一直想替王欣和门楠谢谢你，你的义无反顾才让他们挣脱枷锁，轻轻松松呼吸一口新鲜的空气。"

陈歌被高医生夸得晕乎乎的，毕竟这还是第一次有人夸奖他是个品格极为高尚的人。

饭后，陈歌扛着床板回到员工休息室，一开门就看见徐婉蹲在门口。

"你在干什么？"

"老板你什么时候养的猫啊！好漂亮！可它就是不让我摸！"徐婉很不甘心，"好想摸摸它。"

"它是流浪猫，有点儿敌视人类。"陈歌进入屋内，将床板重新放好。那猫见陈歌过来，嫌弃地跳到了一边。

"那它为什么不讨厌你？"徐婉很是不解。她一靠近白猫，白猫就会做出攻击动作。

"可能它也认为我是一个值得信赖、品格高尚的人吧。"陈歌坐在床上，伸了个懒腰，"你要不要休息一会儿？"

"算了，你睡吧，到一点十五我叫你。"徐婉恋恋不舍地看着白猫问，"这猫叫什么啊？"

"我给它取了很多名字，它都没反应。最后我叫白虎的时候，它情绪异常激动，我正考虑以后叫它白虎算了。"陈歌看着白猫，认真地思索着。

"你给一只猫取名叫白虎？"徐婉感觉三观遭受到巨大的冲击，"行吧，你开心就好。"

徐婉出去后，陈歌有些头疼地看着椅子上的白猫。这只猫能够看到那些脏东西。小小这个级别的鬼怪都很怕它，如果利用得好，这只猫会成为陈歌的一张底牌。可是，它毕竟也是一条生命，有自己的意识，很难让它在短时间内听话。经过一个晚上的磨合，白猫没有那么敌视陈歌了。它很聪明，能分辨出谁对它好，谁对它不好。

"你的孩子已经不在了,就算你一直守着尸体也改变不了什么。"陈歌思虑良久,起身提起篮子,白猫跟在他的身后,一人一猫走出员工休息室,来到鬼屋门口。

陈歌徒手挖开绿化带旁的土,将几只小猫放入其中。他边做边留意白猫的动静,生怕这只猫突然发疯。

"我清楚你的痛苦,也知道这几只小猫对你的重要性,但你要明白一点,"陈歌蹲在地上,将两边的土缓缓推入土坑,"生是死的起点,死是生的必然归宿。埋葬身体,灵魂才会永生。"

他不知道白猫有没有听懂他的话。这只猫一直盯着土坑,看着四只小猫渐渐被土掩埋,异色的瞳孔轻轻地跳动。它没有攻击陈歌,也没有失去理智,一直表现得很平静。当陈歌撒上最后一把土的时候,白猫卧在土坑上,不管陈歌怎么喊都没有反应。一直到午休时间结束,游客渐渐增多,白猫才离开土坑,蹿到树上。陈歌拿它没办法,简单打扫了一下卫生便开始营业。

为了进入新增的二星场景体验,很多游客从"午夜逃杀"和"冥婚"里出来后重新排队,恐怖场景分级制度已经初见成效。对于追求刺激的特定群体来说,未知神秘的新场景具有前所未有的吸引力。

新世纪乐园快要闭园时,鬼屋门口的游客才散去。陈歌随徐叔取出乐园库存的监控设备后,孤身一人进入"暮阳中学"场景,在几个关键点安装了监控。

调试监控比预想中复杂得多,调试完毕后已经是晚上八点。陈歌洗了把脸,分别和高医生及王海龙通了电话,打车前往海明公寓。当他到达的时候,高医生和王海龙已经在楼下等了很久。高医生成熟稳重,对治疗心理疾病有独到的见解,轻易获得了王家兄弟的好感。不用陈歌介绍,他们就聊得十分火热了。

"我爸和声龙住在六楼。中午我已经跟他们打过招呼了。"

三人步入海明公寓。陈歌又闻到了那股淡淡的臭味,不禁轻轻地皱了皱眉。

这臭味在三楼最为浓重,但是别人却好像根本闻不到一样。身旁的王海龙和高医生表现得十分正常,一直在探讨病情。

"到底是什么东西散发出的臭味?"陈歌原以为是302室的年轻人积攒的动物尸体散发出的气味,可是现如今那些动物尸体应该已经被清理了才对,怎么臭味还是没有减弱?

来到顶楼，王海龙敲开了601室的门。开门的是一个五十多岁的男人，头发黑白参半，脸上愁容不展。

"爸，这位是有过相似遭遇的鬼屋老板，另一位是江州市最好的心理医生。"

"先进来吧。"

出租屋里摆着各种生活用品，这么多人进屋显得有些拥挤。

"我已经知道两位的来意。声龙在卧室里，只要能治好他的病，费用一分都不会少。"这位老父亲看上去比实际年龄苍老许多。

"能让我先去看看王声龙吗？"陈歌站在最后。刚才房门打开的时候，他闻到一股浓烈的臭味。但奇怪的是王海龙和高医生都没有反应，似乎只有他才能闻到这股味。

"好，不过你们要做好心理准备。"王声龙的父亲打开了卧室的门。

一股更加强烈的臭味从房间里涌出，陈歌轻轻地把手指搭在鼻尖。那不是普通意义上的臭味，是一种让他很不舒服的气味。在闻到这味道的瞬间，身体出于本能想要远离这里。好像有一个声音告诉他，千万不要靠近，那东西很危险。站在卧室门口向里面看去，狭窄的卧室里没有放任何家具，只铺了一层薄薄的地毯，角落里扔着几个枕头。除了这些之外，最引人注意的就是坐在屋子中间的人。他个子很矮，只有一米四五左右，却非常胖，双腿都已经变形，如同两个肉球。他看到有人进来，傻傻地对着门口笑了笑，吃力地抬起手，仿佛是在跟陈歌他们打招呼。

每次让外人看到王声龙，他的父亲都心如刀绞，"声龙不会说话，但是其他方面都很正常，你们想问他什么，他会在画板上回答。"

王声龙的父亲偷偷打量着陈歌和高医生。他知道声龙的身体有些吓人，每当外人用那种奇怪的眼光看向声龙的时候，他的心里都有种说不出的痛苦。不过，这一次似乎有些不太一样。无论是陈歌，还是高医生，表现得都很正常。

"运动可以有效缓解心理疾病，释放心理压力，绝对不能总是把他关在家里。"高医生脱下皮鞋进入卧室，坐在王声龙身边，没有一丝嫌弃和厌恶。

王声龙看到高医生进来也没有害怕，似乎很渴望有人能走进他的生活，认识更多的朋友。他用力晃动身体，竭力表现出自己的善意。可是当陈歌准备进入卧室时，一切都发生了变化。他学着高医生的样子，脱鞋走入卧室，原本呵呵傻笑的王声龙，脸上表情忽然凝固。他直勾勾地盯着陈歌，好像一头狮子发现更凶猛的野兽入侵了自己的领地一样。坐在王声龙旁边的高医生体会最深。他有些疑惑地看着陈歌，想不明白原因。陈歌也发现了这一点，王声龙的反应让他觉得反常。

"这个家伙在我的身上感知到了什么？因为我身上残留着流浪猫的气味，还是因为他身上的那个怪物感知到了张雅的存在？"

陈歌停下脚步，坐在距离王声龙较远的地方。

"可能是外人太多，这孩子有点儿紧张。"高医生打了个圆场，开始和王声龙聊天。

他没有问任何与心理疾病有关的事情，就像在和朋友聊天。王声龙也慢慢放松下来，费力地举着画板回应高医生。

陈歌自始至终没有说一句话，认真倾听他们交谈的内容。高医生的谈话很有技巧，在不经意间问出了王声龙心里的很多秘密。包括他童年最深的阴影，平日里的一些生活习惯和痛苦的犯病经历。

谈话持续了四十分钟，高医生越聊越觉得王声龙不像心理病患。这孩子思维清晰，非常积极地和外界交流，表现出主动配合治疗的意愿。王声龙的家人也很欣慰，自己的孩子自己最清楚，虽然长得有些奇怪，但内心善良。

结束交谈后，高医生率先从卧室里出来，他把王声龙的父亲拉到一边说道："这孩子的表现很正常，不像是被心理疾病困扰，他是不是向我隐瞒了什么？"

精神病人在大多时候和常人没有任何区别，只有在犯病或受到刺激的时候，才会做出常人完全无法理解的举动。

"这孩子从没有伤害过别人，也没有做过什么奇怪的事情。除了不说话、不喜欢活动以外，其他都跟正常人一样。"王声龙的父亲赶紧给高医生倒水。

"一个原本会说话的人，突然从某一天开始再也没有说过一句话。难道这孩子讲述的故事是真的？"刚才王声龙把自己童年的遭遇告诉了高医生。

"我们也不知道到底是真是假，找过好多医生，他们都说不出个所以然。"王声龙的父亲摇头叹息。

"真假其实不重要，重要的是这么多年过去了，王声龙仍旧可以描述出每一个细节。由此可见，这件事已经深深地烙印在他的脑海里。只要我们能解决这件事，他应该就能重新开口说话了。"

"可如果这件事只是声龙虚构出来的，我们要怎么去帮他解决一件根本就不存在的事情？"王海龙说出了自己的疑惑。

"就算这件事是虚构的，其中每一个人物也必定具有存在的意义，就像有些梦境映射出现实一样。"高医生拿出手机，他将王声龙在交谈过程中画下的画全部拍了下来，"我们不能仅仅从表面上解读，应该将所有情景拆开分析。我暂时不能给你们什么承诺，只能尽力而为。"

"高医生，只要能治好声龙……"

"我也没有太大的把握。毕竟他这么多年没有开口，语言功能可能已经退化。"高医生往卧室里看了一眼，"另外，当务之急不是解决他的心理问题，而是解决身体上的问题。他的体形已经严重超标，这样下去甚至会有生命危险。"

"我们也和他说过，可他不喜欢运动，每天待在卧室里，连客厅都不愿意来。"王声龙的父亲也是干着急没办法。

"你们要多跟他交流，告诉他这是不正常的。首先要改变他的认知和观念，行为才有可能改变。"

高医生和王声龙的家人在客厅探讨病情，陈歌在卧室里与王声龙对面而坐。此时，王声龙脸上的傻笑早已不见，被肥肉遮住的小眼睛眯成一道细细的缝，仔细打量着陈歌。

"王声龙，我来是想要帮你，希望你不要再继续隐瞒下去了。"陈歌和王声龙保持着距离。王声龙对陈歌十分忌惮，陈歌不愿靠近王声龙则是因为实在受不了对方身上散发出的臭味。

那种味道似乎只有自己才闻得到。

王声龙拿过画板，在上面写道："我没有隐瞒，所有事情都告诉你们了。"

"你自己心里清楚。"陈歌压低了声音，"他们关注的焦点都在你为什么不说话上。我和他们不同，你心里最不愿被提起的应该是另外一段记忆。我问你，在你第一次入住第三病栋时发生过什么？"

提到第三病栋，王声龙脸上的肥肉颤抖起来，胖手握拳，身体不规律地晃动。

"你从第三病栋出来后,就开始害怕医生。你在那里到底遭遇了什么?"陈歌按住王声龙的拳头,"你是一个正常人,只不过被某些东西伤害才变成现在这副样子。把真相说出来吧,我可以帮你。"

"嘭!"

王声龙没有接受陈歌的好意,他突然发疯,将陈歌狠狠地推开。

王声龙喘着气,盯着陈歌,过了很久才在画板上写下一句话:"我们都变成了怪物。你还是多关心关心自己吧。"

第 12 章 最危险的病人

王声龙脸上的傻笑早已消失，他涂掉画板上的字迹，被肥肉挤成一道缝的眼睛里闪过一丝痛苦。

"我们都是怪物？"陈歌撞在门板上，后背生疼。

高医生和王声龙的家人听到卧室里的声音，一起赶了过来问："陈歌，怎么回事？"

"我不小心滑倒，撞到房门了。"陈歌揉了揉后背，站起身。

"严不严重？我家里有红花油。"王声龙的老父亲没有怀疑陈歌的话，转身就去客厅寻找红花油。倒是旁边的高医生好像看出了什么，扫了一眼地上平整的地毯，没有说话。

"没事的，不用那么麻烦了。"陈歌被高医生扶起，从卧室里走出，事情进展得很不顺利。王声龙对所有人隐瞒了最大的秘密，看似积极配合治疗，实际上隐瞒了真正的病因。

王声龙为什么要这么做？难道他有自己的苦衷？陈歌清楚记得王声龙写下那句话时脸上的表情。他很无奈，也很痛苦，最关键的是他自己不想改变。陈歌活动了一下肩膀，忽然意识到王声龙的力气比普通成年人大很多。

"这家伙看似人畜无害，其实很危险。"

王声龙不愿意告诉自己真相。当着王声龙的家人，陈歌不能强迫他说出真相，何况也不一定打得过他。思来想去，陈歌只好拉着高医生离开，打算拜托高医生探明王声龙身上的秘密。王声龙的父亲把陈歌和高医生送到门口，在互留联系方式的时候，陈歌隔着老远看到卧室里情绪低落的王声龙再次拿起画板。他似乎知道陈歌在偷看自己，随手勾勒了几笔后，将画板竖起对准房门。

"他画了什么？"

几个小人坐在屋子里，其中个子最矮的小人肩膀上站着一个怪物，那怪物弯腰看向四周，似乎准备跳到其他小人的身上。

"这是给我的提示？"

陈歌记下画的内容，和高医生一起离开。下了楼，他们又进入304室，准备顺便带走门楠的生活用品。

"高医生，你有没有觉得王声龙身上存在很大的问题？"陈歌关上房门，确定王家兄弟没有跟来，才开口说道。

"是有点儿不正常。"高医生将门楠的床单铺开，把被子和褥子都裹在里面，说，"根据王声龙父亲的描述，这孩子身上的病似乎很严重。可是，我询问得出的结果是这孩子没有任何心理疾病，心态阳光，逻辑清晰，而这些和他脸上呆滞的笑容形成了鲜明的对比。一个思维敏捷的人，不可能连自己的面部表情都无法管理。我可以肯定他对我隐瞒了什么。这个病人很聪明，也很善于隐藏真实的想法，可惜表现得有些刻意了。"

陈歌没想到高医生也看出来了："到底是专业的，不过你既然已经发现了，为什么不直接跟他父亲摊牌？这样应该更方便治疗。"

"如何处理病人家属和医生之间的关系是一门学问。你别看他父亲今天对我们那么客气，真要是出了问题，他一定会和自己的孩子站在同一战线，到时候再想接触王声龙就难了。"高医生从屋里抱出床单被褥，"帮忙把门楠抽屉里的书和笔记本装到箱子里，那些东西对他很重要。"

陈歌进入卧室，将抽屉里的书拿出来。当抽屉快要被清空的时候，他忽然看到抽屉最下层放着一张照片。

一个女人穿着病号服躺在病床上，旁边是一个腼腆羞涩的小男孩。

"这照片里的人不会就是门楠和他的亲生母亲吧？"看到这张照片的时候，陈歌有些惊讶。病床上的女人没有化妆，却美得不可方物。他想，"有这么美的妻子，门楠的亲生父亲还不知足，竟然忍心长时间分居，甚至出轨。"

陈歌收到人生的第一封情书来自红衣怨念，他对男女感情实在了解不多，只是单纯觉得门楠的父亲可能有心理问题。陈歌把照片夹在书里，将所有书装好，拖着箱子和高医生一起走出了304室。

从海明公寓出来，陈歌深深地吸了口气说："终于不用闻那股臭味了。"

"要说臭味，应该是这里更浓一些吧？"高医生面色怪异，他指了指公寓楼外面堆积如山的垃圾堆。

"你没有在王声龙的房间里闻到一股奇怪的臭味吗？"

"没有。他家挺整洁的，看得出来他的父亲一直细心照顾着他。"高医生感叹道，"这孩子算是比较幸运的，至少他的家人都在帮助他，陪在他身边，希望他变好。"

"这一家人确实不错。"亲人的担忧装不出来，这一点陈歌能感受得到，拖着箱子又往前走了几步，他突然停了下来，"家人？"

"不对吗？有些病患的家属把病人往康复中心一扔，就不管了。"

高医生误会了，陈歌此时想的是另一个问题。

王声龙最后那幅画里，有好几个小人坐在一起。肩膀上站着怪物的小人应该是王声龙，而旁边那几个很可能是他的家人。怪物准备跳到其他小人身上，这是不是说明王声龙也是身不由己？如果他做了什么不对的事情，那怪物有可能伤害他的家人。这幅画从另一个方面证明，这么多年过去了，那个二米多高的怪物仍旧站在他的肩膀上，它们的那个游戏似乎还没有结束。

"那股臭味应该是从怪物身上散发出来的，可为什么只有我能闻到？"一个问题刚刚解决，又出现了新的问题。如果想要弄清楚所有问题的答案，恐怕只有进入第三病栋才行。

将门楠的所有东西放入后备厢，高医生开车先将陈歌送回新世纪乐园。刚一下车，陈歌就接到了刘刀的电话。

"兄弟，秦广下一次探灵直播的时间确定了，就在明天晚上！"

"这么快？那你们知不知道他的直播场地在哪儿？"

"暮阳中学，就是你上次直播去的地方。"刘刀说出了一个熟悉的地名，"这次秦广学聪明了，没有完全照搬你的剧情，而是找人设计了剧本。他这种行为只算跟风，不算抄袭，平台也管不了。"

陈歌半天没说话，刘刀以为他生气了，安慰地说："有些事情确实很无奈，不过我们只要做好自己的内容就行了。"

"生气倒不至于，如果有机会的话，希望你能替我给秦广捎一句话。"

"什么话？"

陈歌望着黑夜里的冒险屋说："你告诉他，最好不要再跟风模仿我了。再这么下去，他可能会把自己玩儿死的。"

"你是认真的吗？怎么听着有点儿人身攻击呢？"刘刀觉得陈歌的语气不像开玩笑。他不太了解陈歌，不清楚陈歌的底细，只知道这个男人很……不同寻常。

"这是我给他的忠告。你把原话带到就行了。"陈歌声音平淡，暗自为自己的善良点赞。他又说，"我和秦广只是竞争关系，虽然他不要脸，我也不能眼睁睁看他去送死。再说，他每次直播都兴师动众的，涉及到好几条人命呢。"

竞争？送死？涉及好几条人命？我们聊的是同一个话题吗？！刘刀觉得自己和陈歌之间一定有一个人喝多了。"告诉秦广，如果他再抄袭，可能就被自己玩儿死了。"这话怎么说得出口？

"陈歌，我知道你很生气，可我希望你冷静一下。直播以内容取胜，我们没必要用其他手段威胁他。否则，可能被人家抓住把柄。"刘刀苦口婆心地劝说。毕竟已经签了合同，明天就是第一次合作，他可不希望陈歌在这紧要关头做出什么冲动的事情。

"算了，说了你也不明白。"陈歌走到了鬼屋门口，"如果没有其他事情的话，那就明天下午见面聊吧。"

"你明天最好早点儿过来，还有很多细节需要和你敲定。"

"好的。"

挂断电话，陈歌心事重重。他并没有把直播放在心上。秦广也好，争夺人气也好，对他来说都只是附带的东西。他真正需要关心的事情只有一件，那就是努力活下去，找到父母遗留的线索。走到鬼屋门口，陈歌往鬼屋旁边的树上看了一眼，没有看到白猫的身影。

"它还是走了。"

陈歌对那只猫还是很有好感的，普通流浪猫绝不会拥有异瞳。不过，它毕竟是一条生命，不能强求。

陈歌心里有一丝难过，打开防护栏，走入鬼屋中。幽暗阴森的长廊里只有陈歌孤零零的身影。夜晚的鬼屋缺少生气。打开廊灯，陈歌的影子被拉长，看上去有点儿孤独。不过，他早已习惯了这些。在卫生间洗了把脸，走向员工休息室，隔了几步远，他就发现有些不对劲，休息室的门怎么开了？

休息室的钥匙有两把。陈歌随身携带一把，门框上藏了一把，以便其他员工使用休息室。只有在冒险屋工作过的人才知道这件事。

"如果是徐婉，她一定会锁门离开。看来有外人溜进了员工休息室。"陈歌拐入道具间，将碎颅医生的铁锤拿在手中。

他轻轻地推开休息室的门。屋子里光线很暗，一个人都没有。

"钥匙不在门框上，有人偷走了休息室的钥匙？"陈歌扫视屋内，发现整个房间和他离开时唯一不同的地方在于，桌子上扔着一件还没来得及洗的外套。

"早上换下来这件衣服的时候，我挂在床头了，现在怎么跑到桌子上了？"

他打开休息室的灯，用铁锤慢慢地挑开外套。沾着泥的衣服下面，卧着一只纯白色的猫。它不耐烦地甩了甩头，异色双眸中透出不满。它的尾巴上，趴着一个脏兮兮的布偶。那个布偶似乎打算抱住白猫的尾巴，没想到陈歌突然进来，把它吓得身体僵硬，本能地装死。

"小小？"

眼前的场景出乎他的预料。这两个家伙原本不是互相看不上吗？

"白猫、衣服……"陈歌又看了一眼那外套，大致明白了。

把白猫送入宠物医院的那晚下了大雨，原本装猫的纸箱被水泡烂了，陈歌用自己的外套裹着几只猫去看医生。

"这件旧衣服上残留着那四只小猫的气味，外套和装过小猫的篮子都在休息室内，白猫想要进入休息室，但是门上了锁。"对人来说，钥匙藏在门框上是个秘密，但对天天在鬼屋里到处跑的小小来说不算什么。现在这小家伙可能比徐婉更清楚鬼屋内部的构造。陈歌提起小小的腿，在空中晃了两下，一个铜质的钥匙从她的小口袋里掉出来。

"你要成为冒险屋的小管家吗？"陈歌哭笑不得。他把小小放在白猫的身边，然后把钥匙重新藏在门框上。

站在漆黑阴冷的走廊里，陈歌愈发觉得休息室里明亮温暖。小小拱在白猫的身边，白猫满面嫌弃，却没有推开小小。它懒洋洋地卧在桌子上，对谁都是一副爱搭不理的样子。看着眼前这一幕，陈歌嘴角上扬："以前这屋里就我一个人住，现在倒是热闹了不少。"

陈歌关上房门，坐在椅子上。他拿出黑色手机，查看今天的日常任务。

三个任务分别是招聘员工，检查安全，以及为"暮阳中学"场景修建一扇坚固的大门。

"黑色手机发布的任务都是冒险屋近期需要解决的事情。"陈歌更新了冒险屋在大众点评上的信息，添加了新的恐怖场景，还写上了奖金的事情。然后，陈歌又在网上发布了招聘广告，要求只有一个，那就是胆子一定要大。

"人员招聘必须谨慎，我要亲自审核。如果让徐叔在外面卖票的话，人手倒也勉强够用，这件事可以往后推。随着冒险屋游客越来越多，安全问题不容忽视，今天的日常任务就选择排查安全隐患好了。"

陈歌刚坐下还没多久，又站了起来，连夜排查了冒险屋的所有安全隐患，制订新的安全守则，可是黑色手机迟迟没有收到任务完成的提示。

"问题出在哪里？所有场景都排查过了，怎么还没有完成任务？"陈歌拿着手机站在鬼屋当中，他明天有可能去三星恐怖场景试练，需要大把时间做准备，不能在一个日常任务上耗费太多的精力。

"冥婚""午夜逃杀"，还有"暮阳中学"都没有什么问题。难道因为卫生间的那面镜子？

陈歌推开一楼卫生间的门，墙壁上的镜子被黑布遮挡，隔间门板也被封死。

"游客参观在白天，镜子里的血门只在晚上十二点出现，正常情况下两者不可能碰到一起。但也不排除有心怀不轨的人深夜进入鬼屋，像张鹏一样不小心打开隔间的门。"陈歌取下黑布，站在镜子前面。

他对镜子后面的血色世界一无所知，连门的成因都不太清楚，更别说关上或者毁掉镜子里的门了。

"我父母曾说过第三病栋的门又被打开，这说明门原本是关上的，第三病栋里有可能隐藏着关门的方法。假如第三病栋的门和镜子里的血门一样，那这次试练任务对我来说就更加重要了。"

陈歌一直守到午夜十二点，在指针划过零点的瞬间，镜中的血门准时出现。短短一分钟内，隔间里传出种种奇怪的声音。与之前相比，似乎有更多东西游荡到门后。

"或许等我从第三病栋回来，就可以彻底关闭卫生间里的这扇血门了。"

回到员工休息室，陈歌无心睡眠，他坐在椅子上拿着笔，罗列明天直播需要准备的东西。

"常年染血的屠刀、活公鸡、食盐……"

凌晨一点五十分，陈歌仍旧坐在桌边，感觉不到困意。他每隔几分钟看一次表，心里有一丝难以言说的情绪在蔓延。

"还是不保险，三星恐怖场景的难度应该是二星恐怖场景暮阳中学的数倍，我一个人去，必须要做好万全准备才行。"陈歌检查白纸上自己写下的注意事项，还没看到最后，手机突然震动起来。

"已经快两点了，谁会在这时候给我打电话？"

陈歌拿起手机，看了眼来电显示，立刻将其接通："高医生，你找我？"

"这么晚了打扰你，十分抱歉。"高医生客气了一句，然后直奔主题，"我从王声龙的父亲手里要到了王声龙以前的就诊记录和病例单，对照我们内部的病患资料库，发现一件奇怪的事情。"

"什么事？"陈歌打起精神。能让高医生深夜专程打电话过来，一定是很重要的事情。

"其实王声龙非常危险，在他很小的时候卷入过一场凶杀案。"

"杀人？！"陈歌不敢相信那个傻傻的胖小子竟然做过这样的事情。

"这件事很古怪。"电话那边传来敲击键盘的声音,高医生似乎在电脑里查询着什么。他继续说,"王声龙在六岁的时候第一次去医院接受治疗,他去的那家医院是第三精神疾病康复中心,这是一家打着公立医院旗号的私人医院,位于偏远的郊区,四五年前已经被封停。"

"我听王海龙说过这家医院,他们家当时很穷,三院又离得近,所以就在那里接受了治疗,这跟杀人应该没有任何关系吧?"陈歌说道。

"刚被送入医院的时候,年仅六岁的王声龙就表现出强烈的极端情绪。他控制不住自己,攻击了医生和家人。"

"一个六岁孩子表现出的攻击性再强,对成年人也构不成太大的威胁吧?"

"开始我跟你想的一样,可是资料显示,这孩子发疯时,咬断了同病室患者的一截手指。我这里有图片,你要不要看看?"高医生传过来了一张照片,上面连马赛克都没有。

陈歌瞄了一眼。那是一份病例报告,上面对王声龙的评级为危险,并建议暂时对他进行隔离。

"伤人只是一个开始,医院为保护其他患者安全,将年仅六岁的王声龙送入第三封闭病区,之后发生的事情就更加恐怖了。"高医生用鼠标点击屏幕,挑选了可以展示、不涉及病人隐私的几页病例,通过社交平台发给陈歌,"在王声龙入住封闭病区的第二个月,第三封闭病区发生了一起惨绝人寰的凶杀案。一名值班护士被害,警方勘察过现场后确定,凶手不是一个人,这起凶杀案很有可能是第三封闭病区里所有病人联手所为!"

"病人联手杀了护士?"高医生说的事情和第三病栋有关,都是内部资料,所以陈歌听得很仔细。他急忙问道,"高医生,你能不能详细给我讲讲这个案子。"

"具体过程我也不知道,我只是个医生,又不是警察。"

"那你应该能找到第三封闭病区其他病人的资料吧?"陈歌想知道所有和第三病栋有关的信息。

"你问这些干什么?"

"单纯好奇而已。你放心,我绝对不会外泄任何信息。"

陈歌磨了半天,高医生终于同意了。

"第三精神疾病康复中心的第三病栋一共有十间病房，住着九个病人。他们都具有一定的危险性，所以被隔离治疗。

"住在一号病房的就是王声龙，诊断结果为快乐木偶综合症，又叫天使症候群，病征包括经常发笑、痉挛、缺乏语言能力以及智障。他是第三封闭病区里年龄最小的，也是危险系数最低的。

"二号病房住着一个女人，名字被涂抹掉了，也没有照片，档案里只剩下一张破损病例单。她患有道林格雷综合症引发的重度抑郁，病症特点为过分关注自身，大量使用化妆品，多次整容，十分恐惧人体自然衰老，很多女明星都患有类似的病症。

"第三病栋的三号病房是一个空房间，我也不确定里面到底有没有住着病人。"

听到这里，陈歌忽然想到了父母留给他的那张纸条，上面专门提到了第三病栋的第三个房间。他思索片刻，说："找不到任何记录，不一定就代表里面没有病人，这间病房问题很大！"

"你说得有道理，不过病房编号是根据危险程度划分的，就算里面有病人也不算特别危险，说不定是医院方面疏忽了。"高医生喝了口茶水，继续说道。

"四号病房的病人因为意外失去了一条手臂，他也因此得上了幻肢症。做过截肢手术后，觉得肢体仍长在身上，甚至可以感受到冷热痛痒。

"住在五号病房的叫作许童，患有人身变换症，全称弗雷格利妄想综合症。他认为身边的所有人其实都是同一个人伪装的，他生活在一个被操控的世界里。

"六号病房的患者叫作韩宝儿，是一个午夜秀场的主播。档案里没有她的照片，但是她的主治医师在病例末尾写有这样一句话——'上帝究竟是多想毁掉一个人，才会赋予她这样的美丽？'

"韩宝儿只在封闭病区里住了两个半月就被人接走了，她患有一种十分罕见的疾病——身体畸形恐惧症。

"她总是夸大外貌的缺陷，强烈地认为自己身体的某些部分不好看，无法接受任何轻微的缺陷，甚至在住院期间，因为无法将指甲修理对称，想要砍断自己的手指。

"七号病房的病人没有留下名字，他患有科塔尔综合症，认为自己的五脏六腑已经溃烂，事实上自己已经死了。他宣称自己曾看到真实的世界，而我们生活的现实世界其实并不存在。

"八号病房特别加固了铁门，住在里面的病人叫作熊青。这个病人曾是第三病栋的医生，可能因为目睹了太多痛苦扭曲的病人，在三十岁时患上了偏侧空间失调症。

"患者丧失了把相等的注意力集中在一个空间两边的能力。当患这种病的人画人的时候，常常有一边的手臂和腿不画，觉得这样看起来很完美。

"严格来说这个病并不严重，但是熊青却是一个追求完美的人，所以当他看到手脚健全的病人时，就会难以控制矫正和改变别人的想法。

"住在九号病房的叫吴非，一直到病院封停，这个病人的病都没有确诊。

"一部分医生认为吴非患有阿斯伯格综合症，通俗的说法是没有智能障碍的自闭症。这个人记忆力超群，在某些方面拥有超乎常人的能力，平时从不和人交流，估计他认为周围的人只是一群傻子，包括治疗他的医生在内。

"他曾在治疗时，坦言自己做过很多疯狂的事情，有些事甚至惊动了警察。可惜调查后发现，那些事情大多是虚构的，少有几件真实发生的事情也已经找到了凶手，并且形成了完整的证据链，应该和吴非没有关系。

"吴非在病栋里没有伤害过任何人，但院方还是决定将他关在九号病房。这是院方和警方共同商议的结果。

"按照危险等级划分的话，最危险的应该是十号病房。住在这个房间里的病人没有名字，我查看了所有病例，姓名那一栏只填写了一个编号10，医生从来不提他的名字，在病例里通常用'魔鬼'来指代他。

"这个病人患有莱施尼汉综合症，也称为自毁容貌症，发病时会用各种器械把脸弄得狰狞可怕。他的认知和正常人完全不同，拥有极强的破坏欲。

"10号患者大多数时间都被锁在床上，外出时也会被捆绑在轮椅上，由专人看守。

"事实上患有莱施尼汉综合征的人鲜少活过二十岁，这个10号恐怕已经不在人世了。"

高医生把九位病人的资料全部告诉了陈歌。陈歌把他们的资料和名字记了下来。他看着纸上记录的内容，越看越觉得不舒服，问道："高医生，你知道这九个人离开第三病栋后，转到哪里了吗？"

"除了王声龙、许童和韩宝儿有在其他地方的就诊记录外，其他几个人像是消失了一样，搜索不到任何相关信息。"

"那你有没有这几个人的联系方式？"陈歌想在直播开始之前，更加全面了解一下第三病栋。

"档案里的联系方式基本上都已经无法使用，告诉你也没用。"高医生委婉地拒绝了陈歌的要求，"我这么晚打电话过来是想告诉你，那个王声龙可能很危险，很多患者清醒时是一个样，犯病后是另外一个样。你千万不要去刺激他们，如果你刺激他们在先，就算你受到伤害，对他们的判罚也会很轻。"

高医生的意思很简单，概括起来就是不要招惹王声龙。那日，陈歌在王声龙的卧室里摔倒后，高医生发现地毯平整没有褶皱，当时就怀疑陈歌并非自己跌倒，而是被外力撞倒的，所以才会在深夜专门打电话提醒。

"我明白，以后会注意的。"陈歌想了一会儿又补充道，"高医生，如果你发现了和第三病栋有关的其他信息，记得告诉我。我对那所医院很感兴趣。"

"你这兴趣还真是奇特。行了，早点儿休息吧，如果有新的进展，我会第一时间通知你。"

挂断电话，陈歌将桌子上的几张纸收好，脑海里思考着九个病人的事情。

"为什么十间病房里只有九个病人？如果病房编号和危险程度有关，那为何偏偏把三号病房空出来？里面究竟有没有住过病人？难道三号病房的病人在医院里遇害了？"

陈歌不知道自己是什么时候睡着的，再睁眼时已经天色微亮了。看了下表，刚刚六点。他出去洗了把脸，打开鬼屋的门，骑着乐园外面的共享单车赶往最近的农贸市场。

天刚蒙蒙亮，市场里已经人声鼎沸。陈歌挤在一群大爷大妈中间，很是显眼。他先买了一只活公鸡，又跑到卖猪肉的地方，眼巴巴地站在旁边。好不容易等店家不忙了，他赶紧凑了过去。卖猪肉的是个四十多岁的男人，他早注意到陈歌了，问道："你想要什么？"

陈歌有些不好意思地说："我想买你的杀猪刀。"

"你跑我这买刀？"男人还以为陈歌消遣他，把脸拉了下来。

"我是真心想买。"陈歌直接把钱放在案板旁边，"开个价吧。"

解释了半天，卖猪肉的才知道陈歌买刀的原因，他哭笑不得地解释说"不是我不卖你，现在都是用专门的机器电击杀猪，再说我这只有剁骨刀、剔骨刀和普通切肉的刀，你要找杀猪刀，去屠宰场才行。"

中年人也有些无奈，他卖了半辈子猪肉，像陈歌这种情况还是第一次见。中年人对陈歌说："如果你没有其他事就走吧，我这没有杀猪刀。"

"那你常用的这些刀具卖不卖？"陈歌是铁了心要买刀，今晚就直播，不管有没有用，先买一把带在身上再说。

"卖给你？我怎么做生意？"中年人话音刚落，人群后面挤进来一个染了发的年轻人，他看起来也就十八九岁，外套系在腰上，连连打着哈欠。

看到年轻人过来，中年人把手里的剁骨刀一下砍在案板上，油腻的手往围腰上抹了抹，朝年轻人走去："你还知道回来？昨天晚上跑哪儿去了！"

"跟几个朋友唱歌，然后上了会网。"年轻人戴上了耳机，不想听中年人废话。

"为什么不接电话？"常年剁骨切肉，中年人看起来比年轻人壮得多。他一把揪掉年轻人的耳机，"我跟你说话呢！"

耳机被硬生生地拽掉，年轻人捂着耳朵，站在中年人面前，一句话也不说，死死盯着中年人。

"哑巴了？我问你昨天晚上为什么不回家，打电话也不接，你到底想干什么？"中年人大声嚷道。年轻人瞪了中年人一眼，抓起耳机，朝市场外面跑去。

"回来！"中年人气得直跺脚，抓起案板上的菜刀，狠狠地剁开骨头。

看着他凶残的样子，陈歌很识趣地收回案板旁边的钱，抱着自己的公鸡离开了。陈歌走出农贸市场，正在找共享单车，那个染发的年轻人突然主动找上他。

"听说你想买杀猪刀？"

"我可不要新刀，我需要的是那种用过很长时间的屠刀。"

"我家有一把，跟我来，别让我爸看见。"年轻人领着陈歌跑到农贸市场附近的一栋居民楼里，他让陈歌在门外等待，没过一会儿从屋子里抱出一个红布包裹的条状物体。

"我爷爷就是杀猪的,他本来准备把这把刀带进棺材里,说以后不让家里再干这一行了,可我爸非要把这破刀留下来。结果从那以后家里万事不顺,他做生意把家底赔了个精光,我妈也不在了,最后自己落得只能去菜市场杀猪的地步。"年轻人把红布包裹的条状物塞给陈歌,"这刀不吉利,我也不想坑你,一百块钱你直接拿走吧。"

被年轻人这么一说,陈歌好奇难耐地掀开红布。"阴瞳"突然跳动,好像被针扎了一下,两三秒后才恢复正常。

红布里是一把将近四十厘米长的单刃尖刀。刀身浸染了太多鲜血,看上去竟然是黑红色的。刀片中间开有血槽,木制刀柄表面如同血丝般,残留着一条条红色细线。陈歌试着挥动了两下,它比想象中重一点儿。

"这把刀感觉有点儿凶啊。"

不知被红布包裹了多久,刀刃已经不再锋利,但是它散发出的气息没有改变。

"我小时候亲眼看见我爷爷提刀进猪圈,没有一只猪敢哼哼。"年轻人看了看红布,朝陈歌伸出手,"你要满意就给钱吧。"

"不错,这就是我要找的杀'猪'刀。"陈歌递给年轻人一百块钱,又给年轻人留了自己的电话,"如果你父亲问你关于刀的事情,你可以让他给我打电话。"

"这跟他有什么关系?"年轻人冷着一张脸,拿钱进入屋内。

"你父亲说话有点儿冲,看样子是个暴脾气,不过他也挺不容易的,据我所知江州市附近根本没有屠宰场,他想要进新鲜的猪肉在早市卖,必须要凌晨三点多起床去郊区进货才能赶得上。"

……

提着活鸡和杀猪刀,陈歌回到新世纪乐园。距离开门营业还有一段时间,他拿出了自己昨晚罗列的清单。

"公鸡、杀猪刀、食盐都有了……三星恐怖场景危险系数极高,如果不能安全回来,其他一切都是空谈。"陈歌打算将身上所有的东西变成可以在关键时刻帮助自己的底牌。

他取出黑色手机,将页面滑到了最下端,目光锁定在恐怖转盘那一栏。老实说,他对黑色手机的这项功能有一定的心理阴影:"之前完成扩建冒险屋日常任务时,奖励的抽奖机会还没有使用,冒险屋营业这么长时间,积攒的尖叫足以再兑换一次抽奖机会,我连抽两次总不可能全是怨念吧?"

陈歌一向对这种无法掌控、全凭运气的游戏敬而远之。如果不是三星试练任务带来的压力太大,他会继续选择性遗忘黑色手机的这项功能。

"两次机会,说不定真能抽到保命的东西。"陈歌一直是一个很果断的人,轻点屏幕,转盘直接转动了起来。

随着转盘越来越慢,陈歌双手握紧。千万别再弄出来一个怨念了!

手机发出一声轻响,指针停在了转盘的某一个方向。

抽奖完成!恭喜你获得特殊道具——白色情人节糖果(张雅好感度达到情有独钟时,有百分之七概率出现)。

诚挚、洁白、浪漫、纯净,在你收到这份礼物的时候,你们的友谊将得到升华。

白色情人节糖果:香甜的味道萦绕在舌尖,当你吃掉糖果时,张雅就会出现。

你收下了张雅生前没有送出的礼物,张雅对你的好感度小幅提升。

陈歌看了半天,心里出现一种不祥的预感,坐在鬼屋门口的台阶上,他想着:"我收下了张雅生前没有送出的礼物,这话听着怎么觉得那么别扭?"

脖颈一凉,回头发现身后放着一个糖果袋子,包装设计和西郊私立学院舞蹈室里的糖果袋子很像。他打开一看,里面仅仅装着一粒白色软糖。有些吓人的是,糖果的表面是一张女孩哭泣的脸。

"这张脸跟张雅的一个室友长得很像,她该不会把室友的残念做成了糖果吧?"

陈歌将糖果塞进纸袋,觉得自己有必要静一静。他无奈地想:"这次抽奖虽然没有抽到怨念,但是奖品仍旧和怨念有关,是不是因为我离鬼屋太近,所以总是抽到这些妖魔鬼怪?"

他拍了拍身上的灰尘,进屋里洗了把脸,把公鸡放好,然后骑着自行车远远地离开了新世纪乐园。

"按照黑色手机的介绍,转盘里奖励有很多种,从概率上讲也该抽到好东西了。"陈歌面对朝阳,点击屏幕。指针在转盘上飞速旋转,十几秒后才慢慢停下。

"抽到了什么?"朝霞笼罩在陈歌身上,仿佛给他的身体镀了一层金边。

抽奖完成！幸运的怨念眷顾者，恭喜你获得稀有类特殊道具——哭泣的磁带（中奖概率百分之三）！

他第一次听这盘磁带时就发现了问题，空白的磁带里有一段无法消除的杂音，尝试各种办法最终还原出杂音的内容。原来，那是他临死时挣扎求救的声音。

幸运的怨念眷顾者，恭喜你又一次抽中稀有怨念！

注意！累积五次抽中怨念后，怨念眷顾者称号将自动升级！

……

朝阳升起，陈歌蹲在马路边，点了一根烟，看着三千米外的新世纪乐园："早知道就不跑这么远了。"

第13章 穿越精神病院

抽完一根烟，陈歌站起身想道："现在谁还用磁带？我就是想听也要有设备才行啊，难道要我去废品收购站再淘一个录音机？"

好不容易稳住了张雅，现在又抽出了一盘磁带。陈歌万万没想到，自己有一天也会因为太受"欢迎"而苦恼。

"鬼屋地方大，只要磁带里的老哥不捣乱，住在一起也不是不行。"陈歌翻看黑色手机上的信息，留意到一个细节，抽中哭泣磁带的概率是百分之三，而当初抽中被诅咒情书的概率是千分之三。

按照黑色手机公布的概率来看，这个和磁带有关的怨念应该没有张雅厉害，它的实力可能介于红衣怨念和普通怨念之间。

"弱一点儿也好，方便我和他达成协议。"陈歌也觉得像张雅那种拥有自己专属页面的红衣怨念十分棘手。

他推着自行车回到新世纪乐园。鬼屋门口已经有游客陆续排队，徐叔和徐婉也站了好一段时间。

"陈歌，大清早跑什么地方去了？衣服上怎么还粘着鸡毛？"

乐园里游客数量不多，徐叔现在也算是半个鬼屋员工，没事的时候就站在外面帮忙卖票。

"晨练。"陈歌若无其事地拍掉鸡毛,打开鬼屋防护栏,开始了新一天的营业。

陈歌有点儿不在状态,脑海里的线索零散杂乱,就像在大雾中前行一样,隐约能看到前方有一个缺口。但是,不能确定那是破局的出口,还是怪物张开的大嘴。

下午四点半,陈歌让徐婉提前下班,他关上鬼屋大门,进入员工休息室内。

"必须要早做准备才行。"他将自己的背包放在桌上,把工具锤、红布包裹的杀猪刀、成袋的食盐、打火机、手电全部塞入其中,心想六袋盐应该够用了。

打开柜门,陈歌又翻出一个大的手提包,他准备把白猫和小小也带过去。

"让我想想还差什么东西?"打开抽屉,陈歌一眼就看到里面放着一盘磁带。

上面没有任何标志,只有一个不规则的血手印,像是有一个人用染血的手握住了磁带。

"这种被时代抛弃的东西居然会出现在鬼屋的抽屉里。"不用想都知道是黑色手机的原因。陈歌对磁带不了解,生怕这老哥对鬼屋造成破坏,索性把它也装进了背包。

"似乎没有遗漏了。"陈歌找到小小和那件残留小猫气味的旧衣服,将其塞进手提包,又跟白猫比画了半天,它才十分不情愿地跳进手提包中。

"待在这别动,我出去一趟。"陈歌走进工具间,看着藏在角落里的碎颅医生铁锤,"这玩意儿煞气很重,要不也带过去算了。"

为了把碎颅医生铁锤装入背包,不得已只好取出了工具锤和三袋盐。

"盐不一定有用,少装一点儿没事。多功能工具锤适合很多环境,这个必须随身携带。"实在没地方装了,陈歌只好把工具锤插在背包外面。加上装有各种直播器材的黑色手提箱,陈歌面前的桌子已经被摆满,"总感觉还是缺了点什么。"

陈歌想了半天,才走出员工休息室,进入地下"暮阳中学"场景。为了这个三星试练任务,陈歌也是拼了。他来到女生宿舍,抓起椅子上伤痕累累的圆珠笔说:"笔仙,我要使用今天的预知机会,请你回答我一个问题。"

竖直握笔,陈歌在纸上玩起了笔仙游戏。

"你能不能告诉我,我进入第三病栋会遇到怎样的危险?"

笔杆轻轻颤抖,过了很久,笔尖落在白纸上,书写了四个字——有死无生!

为了加强语气，笔仙写得很用力，几乎把白纸划破。

"必死的局？"陈歌看到笔仙的预知结果，脸色有些难看，"笔仙，我问的是会遇到什么危险？你这是答非所问啊！"

还没出发，军心已经动摇了。笔仙没有回应。陈歌的眉毛拧在一起："但愿是你预知错误吧，要不我们就全完了。"

说着，他准备把圆珠笔装进口袋。笔仙作为冒险屋的员工，怎么能置身事外？笔仙似乎没想到事情会演变成这个样子，在陈歌的手快要离开纸面的时候，迅速将那四个字涂掉。

"事情还有转机？"

陈歌满心期待，结果却看到笔仙在被涂掉的四个字下面写了另外四个字——

别带上我！

"别带上你？想得美！"陈歌随手将圆珠笔装进衣服口袋，大步离开暮阳中学场景。

"所有东西都准备好了，可以开始了！"陈歌拿出黑色手机，使用完成三次噩梦级别任务后获得的一次解锁机会。

幸运的怨念眷顾者，恭喜你获得"第三病栋"试练任务！

第三病栋（尖叫指数三星）：每到深夜，这座废弃的医院都会发出奇怪的声音，你将进入其中一探究竟。

任务地点：第三精神疾病康复中心封闭病区。

任务要求：午夜十二点之前抵达第三病栋，存活至天亮。

任务提示：善的反义词是恶，对的反义词是错，那么人的反义词是什么？

是否接受任务？注意：试练任务只存在二十四小时，若二十四小时内没有接受，视为放弃，本场景将永远无法解锁。

陈歌做了那么多就是为了这一刻，他点了确定，手机页面发生变化，左上角出现了一个任务倒计时。如果陈歌在午夜十二点之前没有进入第三病栋，试练任务自动失败。

"第三病栋。只要能完成这个任务，我应该就能掌握更多关于父母的线索了。"

陈歌提着大包小包走出乐园，和刘刀通了电话，对方表现出十足的诚意，让陈歌待在乐园附近别动,他会亲自过来接陈歌。

半小时后,当刘刀看见全副武装的陈歌后,也是吃了一惊。不过他很明智,没有多问,发动车子,载着陈歌直奔第三精神疾病康复中心。

"秦广的直播时间是晚上十点。上一次的直播效果很好,这次同样是全渠道推广。我们工作室已经尽了最大的努力,牺牲了其他两个主播的位置,帮你争取了一个还算不错的推荐,今晚可就拜托你了。"

晚上七点,在跑错了两回路后,刘刀终于载着陈歌抵达目的地。

"下车吧,我带你去见见我们工作室的其他人。"刘刀停好车,钻进了旁边的树林里。

"这都快到县区了吧?"陈歌检查了一遍背包,拿着所有的东西下了车。

公路多年无人修护,坑坑洼洼,满是碎石,就像有人故意封锁了这条路,不想让人从这里通过一样。道路两边的树木是很早以前特意栽种的,高大挺拔,十分茂盛,走入其中,树冠遮挡月色,透不出一丝光亮,略感阴森。天色已晚,陈歌打开手电筒跟在刘刀后面,步行十几分钟还是没有走出树林。

"老哥,你该不会迷路了吧?"陈歌看了半天,也没发现哪里有人。

"别急、别急。"刘刀打了个电话,然后又朝树林另一边走去,"这一片环境十分复杂,没有任何参照物,稍不留神就会迷路。你独自进入医院直播,路上要留意,最好在树干上做些标记。"

又走了几分钟,刘刀和陈歌终于走出树林,在一处土坡上看到了一顶大型民用帐篷。

"这是附近唯一的开阔地带,也是信号最好的地方。"看见刘刀过来,帐篷里忙碌着的几个人全走出来了。

"刘哥,你怎么才回来?人手本来就不够,你想累死我跟李姐啊。"一个理着平头,脑袋跟茶壶盖似的年轻人抱怨着。他看起来也就二十出头,大大咧咧的。

"明明自己是个路痴,非要去接人。"开口说话的是李姐。她皮肤粗糙,身体比一般男性还要壮实。

刘刀为了缓解尴尬,赶紧把陈歌给拽了过来介绍:"这位就是准备单挑第三医院的主播——陈歌,距离直播开始还有一段时间,你们多教教他关于直播器材的使用方法和拍摄技巧。"

"他就是陈歌？"李姐把刘刀推开，和平头青年一起打量陈歌，目光中流露出一丝丝惊讶。

不是探灵直播吗？带只鸡过来干什么？他们很想吐槽陈歌的装扮，但这是他们第一次见面，硬是忍了下来。

"我叫张平，这位是李姐，今晚我俩负责实况转播。"平头青年带着陈歌进入帐篷，里面摆着很多设备。他告诉陈歌各种器材的用法，而后让陈歌把黑色皮箱打开，手把手教陈歌拍摄技巧和注意事项。

李姐心里有些没底的问："老刘，你确定这小子能行？我们牺牲了两个十万关注主播的推荐，才给他争取到了一个二级页面推广。平台生怕和秦广闹翻，摆明了不看好我们。"

刘刀点了根烟，平台推荐资源分为五个等级，一级最好，五级最差，他们能为一个新人争取到的最大推荐就是二级页面推荐了。

"他只有一个二级推荐，秦广三个一级推荐同时进行，还有封面大图广告，双方根本就不是一个量级的。"李姐一直不看好陈歌，这种感觉在见到陈歌本人后更加强烈。想成为爆火的主播，要么长相极美，要么说话极具特色、个人风格强烈，或者有种种特长。但是，陈歌好像哪种优势都不具备，给人的感觉就是很平凡，既不张扬，也不搞怪，看起来冷静内敛，比起主播，更像是一个外科医生。

"你看到的只是表面。如果你多跟他聊一聊就能发现，这个人身上有种特殊的魅力，他对恐怖惊悚有着和常人完全不同的理解。"刘刀想起第一次和陈歌交谈时的场景。他一直被陈歌牵着鼻子走，一点儿主动权都没有，心里狂呼遇到了真正的"变态"。

后来他才发现，双方的思维格局根本不在一个层面上。

"我还是不看好他，这次我们的投入很可能会打水漂。"李姐叹了口气，"还有一点，我们帮他争取推荐渠道，肯定会被秦广记恨。现在平台把秦广往一线主播位置上推，等他成为平台的门面主播后，我们公会其他主播的日子就更不好过了。"

"你对陈歌有点儿信心好不好？说句不好听的，秦广的前两次直播都是在抄袭，我们请的这位才是正主。"刘刀示意李姐小声点，不要让人听到。

"不是我不看好他，剧本、道具、演员什么都没有，他就这样干巴巴地直播有什么意思？观众能买账？"

"我不跟你争辩，总之，今晚别出任何差错，做好你自己的事就行了。"刘刀调节好表情进入帐篷，跟陈歌打了个招呼，拿出笔记本电脑，打开了收藏的网页，"陈歌，你来看看这个。"

陈歌一开始以为是剧本，看过以后才发现，那是几条新闻。

"我们自己设计剧本很容易穿帮，看着也比较生硬，干脆就让你自由发挥好了。"刘刀指着电脑里的新闻，"康复中心里被网友讨论最多的三件事：第一是失踪的院长，至今生死未卜；第二是每当夜深时，医院都会发出奇怪的声响，就好像里面还住着病患一样；第三是那些莫名其妙出现的血字，有时候晚上能看到，但是等白天再过去看时，一切就又恢复正常。从这三个方向进行探秘直播，效果应该会好一点儿。"

陈歌点了点头，仔细阅读完所有新闻，对康复中心的怪事有了一个大概的了解。

"先吃饭吧，等会儿我们再商讨一些细节。"李姐从保温箱里取出几份盒饭，分发给在场所有人。

晚上九点三十分，刘刀外出打了几个电话，回来后告诉陈歌，可以开始了。张平从黑色手提箱里取出一件件直播工具，陈歌也做好了最后的准备。他打开手提包，无视众人那种完全无法理解的眼神，从白猫爪下抢过外套穿在身上。这件衣服上残留着小猫的气息，进入医院之后，只有穿着这件衣服，白猫才会一直跟着他。

"你们都看着我干什么？"陈歌把布偶塞进外套口袋，放出白猫，"探灵直播带些公鸡、布偶、白猫不是很正常的事情吗？"

刘刀工作室的几个人围在陈歌身边，没有一个人开口，不知道该接什么话。最后还是刘刀走过来说："今晚你一定要小心，安全第一，我们白天去那个精神病院转了一圈。"

"你们去过了？有没有什么发现？"陈歌盯向刘刀，把他看得有些不好意思。

"我们在外面走了一圈，没敢进去……不过，我在网上帮你弄到了康复中心的建筑图，据说是一位在那里住过的病人绘制的。"刘刀打开电脑中的一个文件，里面是一张很粗糙的地图。

"康复中心里一共有三栋楼，紧挨在一起，据说内部相互连接。"

"第一和第二病栋住着普通病患，出口开在向阳面；第三病栋比较神秘，是封闭病区，关着一些危险的病人，出口开在背阳的方向。"

"你要特别留意这个第三病栋。根据网上那位病患的描述，第三病栋是医院里的禁区，严禁其他病人靠近，一旦发现有普通病区的病人溜进去，就会遭受很痛苦的惩罚。"

"要我说你今晚直播就不要去那个第三病栋了。只要放慢节奏，前两个病栋已经足够你探索了。"

刘刀把电脑屏幕对准陈歌，让他记下路线。

"第三病栋很特别吗？你有没有在网上找到更详细的信息？"陈歌盯着电脑屏幕，神色严肃。

"不算多，但都比较扯，一听就知道是杜撰出来的。有人说病人在那栋封闭病区里杀了医生，事情过了好几天才被暴露出来，还有的说那病区里住着的其实不是人。"刘刀干笑一声，"是不是很假？"

关上电脑，在场几个人都发现陈歌的神情发生了变化。他似乎有些担忧。

"调试摄像头吧，我们的时间不多了。"陈歌背起背包，将胸部小型摄像机、手腕微型摄像头、拾音器装好，确定没有问题后，走出了帐篷。

"你要是真害怕，顶不住了就往回跑，记得在路上做标记，把我的电话设置成一键拨号。"刘刀在陈歌身后喊道，"开播前一分钟，我会给你打电话。到时候你也能在自己的直播间看到直播画面。最后我再啰唆一句，谁也没去过那地方，说不准真藏着什么东西，你一定要注意自身安全！"

陈歌没想到刘刀会跟他说这么多，他在帐篷门口停下来，当着几个人的面把刘刀的手机号设置成一键拨号。他对几个人摆了摆手说："你们晚上就待在帐篷里，哪里都不要去。不管看到什么、听到什么，都不要来找我，明白吗？"

"可是……"

"你们负责好后勤就可以了，直播交给我。"

一人一猫进入密林，黑暗吞没了他们的身影。看着陈歌和白猫离去，帐篷里一直质疑陈歌的李姐双手交叉在胸前，用只有自己才能听见的声音嘀咕了一句："这小子，背影倒是挺帅。"

真正要进入尖叫指数三星的场景，陈歌比谁都紧张。他清楚这地方的危险性，更清楚刘刀最后说的那几句话很有可能是真的。有些东西并不是病人虚构出来的，可能正是因为他们看到了常人看不到的东西，所以才被当成了病人。按照脑中记下的地图，陈歌来到密林的尽头，一座破旧的连体式建筑出现在眼前。

"这座精神病院占地面积不小啊。"一开始陈歌以为是私立病院，以为环境会很差，接纳不了多少病人，真正到了以后，他才发现自己的想法错得很离谱。

这座医院被密林包围，出入口只有一个。大门封死，水泥墙挡住了陈歌的视线。走到近处，陈歌发现了一些让他不安的东西。康复中心的水泥围墙上写着很多语句不通顺的话，这些句子都有一个特点，那就是每句话必定有一个人的名字。

刚看到这些话的时候，陈歌试图记住句子里的人名。后来他才发现这些句子太多，人名鲜少重复，所以就放弃了。

"难道所有病人的名字都写在围墙上了？"他不明白这些句子的意思，只是本能地觉得有点儿奇怪。

"这些句子肯定不是正常人写出来的，它们想要表达什么？"陈歌看着墙壁，莫名心慌起来，仿佛那每一句话都是一段诅咒。他急忙喊道，"白虎，你不要离我太远。"

在没人的时候，陈歌才敢肆无忌惮地叫出白猫的名字。靠近康复中心后，白猫表现出了明显的敌意，这只对脏东西十分敏感的猫似乎已经察觉到了什么。

"不要慌，我们也有底牌。"陈歌扬起了手中捆住双腿的公鸡，顺便把工具锤取出来，别在腰上。

他没有急着进入里面查看，直到刘刀打来电话。

"设备运行正常，画面稳定，直播已经开始，你可以通过自己的手机进入直播间查看。"

"好的。"陈歌登陆平台，首先看到了秦广的直播广告，他点进去看了一眼，秦广和他的团队在暮阳中学外面出了一点儿小小的意外，似乎是装有直播设备的车冲进了旁边的荒地里。秦广本人在直播间里和观众道歉，说刚才他的司机看到脏东西趴在挡风玻璃上。

"这群人竟然真的跑到了暮阳中学，看来并没有把我的忠告放在心上。不过话说回来，这个秦广道歉都有四十万人看，还真是不能小视。"陈歌紧接着又进入了自己的直播间，应该是平台推荐产生了效果，观看人数在短时间内飙升到了两万五千。

直播间画面分了屏，大屏就是他胸口的高清摄像机，画面稳定，画质极高。左下角还有一个小屏，这个屏幕对应的是他手腕上的腕带摄像头，就好像手表一样，能自由活动，抬起胳膊就能拍到他自己的身体。

"晚上十点，我也该开启直播了。"

他把手腕上的摄像头对准自己，看着手机屏幕上飞速滚动的弹幕心想："真没想到，我竟然会大晚上去做这么疯狂的事情。"

他把白猫和背包放在围墙上，直接翻墙进入了第三精神疾病康复中心。

"精神病院和普通医院承担着不同的治疗工作，它们虽然都在城市之中，但绝大多数人都会有意无意地远离这里。"陈歌对着手腕上的摄像头说道，"没有人能够反驳这一点，毕竟们和我们终究存在一丝不同。只不过有些时候，我们并不知道错的究竟是他们，还是自认为正常的我们。"

翻墙进入康复中心，陈歌的注意力高度集中起来。他对着摄像头说："我面前的这座医院拥有无数的传说。夜深人静时，医院里传出诡异的惨叫；空无一人的走廊上莫名浮现出血字；院长离奇失踪，至今没有找到，有人猜测他可能藏在了医院的某个地方。"

铺垫了一大堆，陈歌看向手机屏幕，观众们并不买账，还有人把他的直播和秦广的做对比。

"灵异直播，又一位走在作死前线的男人。"

"隔着屏幕，我仿佛已经看到了你的结局，有些主播注定只能活在记忆里。"

"能不能解释一下为什么你手里会提着一只鸡？你这是灵异美食节目吗？"

"就冲你大胆的选材，关注了！"

这些家伙站着说话不腰疼，就是没人感觉到害怕。

"活公鸡能避邪，我今晚将带给你们不一样的惊悚体验。话说我坐了两个小时车才找到这么阴森恐怖的医院，你们一点儿都不害怕吗？"陈歌耐心解释，但观众们丝毫不慌。

"怕什么？刚才有个主播也是这么说的，结果他现在正在修车。"

"啊！好可爱的猫……"

气氛缓和，陈歌也冷静了下来，又跟观众聊了几句，才真正开始探秘第三精神疾病康复中心。这座私立医院占地很大，整个医院被水泥墙包围，中间是供病人自由活动的大院，除了少部分水泥地外，其他地方都长满了过膝的荒草。再往前走就是陈歌刚才看到的连体建筑，三栋楼成品字分布，二楼往上的所有楼层相互连接。

"向阳修建的就是第一和第二病栋，那个背对它们的应该是第三病栋。奇怪了，院方为何要这么设计？第三病栋看不到阳光，难道有些病人不能见阳光吗？"

这座医院从建筑布局上就让人觉得诡异："存在必定有原因，不管是为了试练任务，还是父母留下的线索，今晚都要进入第三病栋看一看。"

陈歌走在前面，白猫紧跟在他的身后。今夜月色明亮，将水泥地面照得一片惨白。陈歌踏上台阶，来到第一病栋门口。病栋大门是铁制的，陈歌只是试探着推了一下，没想到大门竟然直接开了。

"门锁是坏的。"前几次试练任务让陈歌积攒了丰富的经验，他拿起手电筒看向锁芯继续说，"卡簧崩断，显然是暴力开锁。"

陈歌看着病栋里幽深的走廊，心中浮现出一个疑问："开锁的是谁？"

病院封禁后，有人来到过这里，是犯病的病人，还是自己的父母？

罗董事说过，陈歌的父母失踪前提到过第三病栋，他们在乐园里留下的字条上也确实写着和第三病栋有关的信息。但是，陈歌没弄明白其中一个很关键的点：罗董事是在陈歌的父母失踪前听到了那句话，而那张染血的字条，好像是他们失踪后才出现的。

"他们在第三病栋里遇到了什么？"

伴随刺耳的嘎吱声，陈歌推开了第一病栋的铁门。走廊上堆满垃圾，还摆放着床铺，可以想象出多年前康复中心里的情景。人满为患，很多病人只能躺在过道上。和正规医院不同，精神疾病康复中心里没有那么多科室，拥挤的过道两边，是一间间不知道作何用处的房间。抽动鼻翼，陈歌闻到了一股淡淡的臭味。他在海明公寓闻到过这气味，跟王声龙身上散发出的很像。

"还没进去，就给我一种很不好的感觉。"陈歌也是第一次进入精神病院，在没有任何标示指引的情况下，只能依靠脑海里那幅据说是病人绘制的地图。

"三栋病楼的内部结构应该差不多，第一病栋危险程度最低，我先把整栋楼转一圈，熟悉熟悉地形再说。"

刚往前迈了一步，白猫蹭一下抓住背包，跳到了陈歌肩膀上。它似乎想对陈歌表达什么，但是陈歌看了半天也没理解。

"白猫主动跳到我肩膀上，这还是它第一次对我做出这么亲昵的动作，它到底感知到了什么？这举动是代表害怕，还是有其他含义？"

陈歌深入走廊后，一直觉得脚下好像踩到了什么东西。低头看去，在裂开的地砖里有许多不知名的虫子尸体。病栋常年荒废，不可能有人喷洒杀虫剂，这些虫子尸体是怎么回事？一楼所有房间的门全是打开的，布置也都大同小异，除了散发霉味的单人床外，再无其他。

"病院以前到底住过多少病人？"陈歌走进某一间病房中感受了一下，四张木床把房间挤得满满当当，只有一个下脚转身的空间。

"天天生活在这么逼仄的世界里，就算没病也会慢慢麻木，丧失生活的希望吧。"陈歌从压抑的病室里走出来，很快走到了第一个转角。

这里有一个类似于医院里护士站的地方，木制台子上还摆着几个空药瓶和一张张写着名字的卡片。

"看样子病人需要来这里领取每天的药物。"陈歌往里看了一眼，发现了两个本不该出现在这里的东西。

护士站里放着两个钢筋焊接的铁笼，不算大，有点儿像狗市里养狗的铁笼。

"这两个笼子是干什么用的？"陈歌跳进护士台。他用手电照向笼内，结果有了更惊人的发现。

其中一个铁笼里，放着一只半生不熟、连毛都没有拔干净的鸭子。

"没有腐烂变质，鸭子是最近才扔进铁笼里的。"陈歌把工具锤拿在手中，小心翼翼地贴紧墙壁,"这医院里除我之外,应该还有其他人。"

煮熟的肉暴露在空气中一段时间后,肉质会变硬。陈歌将胸口的固定摄像机对准鸭子,伸手碰了碰它,表皮柔软,还有一丝余温。

"这鸭子刚做出来不超过一个小时。"他挪动身体,将铁笼里的鸭子拿了出来,"内脏没有清理干净,鸭脖被直接砍断,找不到鸭头。"

陈歌翻动鸭子的身体,半生不熟的肉上残留着齿痕,肚子被撕开,地上没有鸭毛,撕咬鸭子的生物似乎把鸭毛也吃进了肚子里。

"铁笼里养有大型犬类?"把鸭子放回原处,陈歌又看向铁笼另一端。

在放着鸭子的铁笼外,摆着两个塑料碗,里面装着无色液体。

"为什么在同一个铁笼外摆两个碗?这笼子里养了两条狗?"两个碗颜色、外形一模一样,陈歌端起碗,放在鼻尖闻了闻。

其中一个碗里的液体无色无味,应该是普通的水,另一个碗里的液体散发出一般刺激性气味。

"好像下了老鼠药。"为防止老鼠啃坏道具,陈歌的冒险屋以前也买过老鼠药,所以他很熟悉这个气味。

"两个外形一样的碗,一个碗里装水,一个碗里混着老鼠药。难道饲养者不怕他养在笼子里的动物不小心喝错?"

眼前的场景确实有点儿古怪,陈歌把这一切都拍入镜头。他扫了眼手机屏幕,弹幕滑动飞快,其中有一条字数很多的留言从他眼前一闪而过,隐约有铁笼和人的字样。弹幕太多,陈歌也没有往回翻,他检查了铁笼的每一根钢筋,发现笼子出口上沾染有一大片油渍,就好像是一个人双手拼命抓住钢筋,不愿意被带走一样。

"难道笼子里装着的不是动物,而是人?"

护士站里废旧的药瓶倾倒一地,到处都扔着写有病人名字的小纸袋,有些纸袋里还残留着颜色各异的药片。

"在一个废弃了四五年的精神病院里,竟然有活人居住,而且看样子似乎还不止一个。"

陈歌更加小心起来了,他白天所做的全部准备都是为了对付鬼怪,忽视了病人本身的危险性。从护士站里走出,陈歌着重检查两边墙壁。铁笼里的家伙是被强行带走的,他双手沾满油渍,在挣扎的过程中肯定会留下一些痕迹。没走出几步远,陈歌就看到墙皮被抓破,油渍中混杂着血斑。

"这家伙受伤了?"

陈歌跟着痕迹,一路追到了病栋二楼。在这里,楼道分成两条,一条通往第一病栋内部,另一条通往第二病栋。整个康复中心是连体式建筑,三座病栋内部相互连接。

用了将近二十分钟的时间,陈歌走遍了第一病栋。大楼里能藏人的地方很少,他并没有找到笼中人,也没有找到活人在此地生活的其他痕迹。

"那家伙会不会被带到了其他病栋里?"陈歌往楼下走去,口袋里的手机忽然震动起来,是刘刀打来的。

"有事吗?"陈歌神经绷紧,任何风吹草动都会对他产生很大的影响。

"陈歌,你走得太快了!今夜是通宵直播,现在才过去二十分钟,你已经跑遍了一栋楼,后面的直播你准备怎么进行?"刘刀时刻关注着陈歌的直播。他建议道,"秦广那边人气刚突破六十万,你这边现在还没破五万,别光顾着探索,多跟观众交流交流。"

陈歌听着刘刀的话,回到一楼,当他看向一楼走廊尽头时,瞳孔轻微收缩:"病栋的铁门怎么关上了?我记得进来的时候大门是开着的。"

"你说什么?"刘刀的声音顿了一下,"现在我们的形势不容乐观,你也别有太大的压力,按照自己的想法去播就可以了。"

"等会儿再聊,先挂了。"陈歌收起手机,举着工具锤朝铁门跑去。经过护士站的时候,他下意识往里面看了一眼。

"好像哪里出现了变化。"

陈歌心中惦记着病栋的大门,没有第一时间翻入护士站查看。他先跑到了病栋门口,用力晃动铁门。

"上锁了!什么时候的事?"

陈歌趴在门缝处往外看,在铁门外面的把手上有人新加了一把大锁。他用力撞击铁门,外面好像还撑着什么东西,大门纹丝不动。

"环形锁、支撑物，一看就是惯犯。"废弃的精神病院里有活人生活。陈歌怀疑是以前的病人又回到了这里。那些人不是一般意义上的疯子，有的可能要比绝大多数正常人还要聪明，绝对不能小视。

陈歌试着用工具锤撬动门锁，没有任何效果，他又进入两边的病房，窗户全部被铁围栏封死了。此时此刻，陈歌更加能够体会到那些被送入精神病院的病患的心情，这里就好像是一座特殊的监狱。

求救？报警？

陈歌看了一眼手机屏幕，直播人气还在增长。如果现在离开，这次直播就等于毁了。再说他还有试练任务在身，要在午夜十二点之前进入第三病栋存活到天亮。一旦报警，光是问讯估计就要浪费好几个小时。

"我记得二楼的窗户没有装防盗网，从那里离开也一样，暂时没必要报警。"陈歌为了完成这次试练任务，找到父母失踪的线索，算是豁出去了。陈歌回到护士站，发现铁笼外面的塑料碗已经清空，里面的液体全被倒掉。

"他怕我发现其中一个碗里下了老鼠药？"陈歌无法理解对方的做法，正要起身，忽然看见柜台底下的木板上写着几行小字。

为了看清楚那些字，陈歌弯腰把头探入柜台里，还没等他靠近那些字，头顶感觉有些痒，就像有小虫子钻进了头发里。他伸手挠了挠，手背不经意间碰到了什么东西。扭头向上看去，陈歌的心狠狠地跳了一下。柜台下面的隔板上贴着一把把黑色的长发！有长有短，也不知道是从哪弄来的。

"这下面为什么有头发？是铁笼里那人的？"

陈歌还没有想明白，护士台外面忽然响起了一声尖厉的猫叫。他赶紧从柜台下爬出来。只见白猫冲着二楼拐角处的楼梯龇牙咧嘴，异瞳紧盯着某一个地方。

第14章 笼中人

"有人?"

陈歌二话不说,抓着工具锤就冲了过去,不打算给对方反应的机会。

"出来!"病栋大门反锁,他行踪已经暴露,所以也不再顾忌那么多了。

一人一猫跑到楼梯拐角,楼道里一片漆黑,什么都没有。

"跑哪去了?"

陈歌已经在鬼屋测试过白猫了,这只猫对于某些东西特别敏感,几乎不会出错。

"白猫没有炸毛,只是表现出攻击性,那东西的危险程度应该比不上暮阳中学。"白猫在陈歌的冒险屋里炸毛两次,一次是进入暮阳中学的时候,一次是在卫生间血门出现的时候。根据白猫刚才的反应,陈歌大致判断出了那怪物的实力。

"现在最关键的是,不清楚那玩意儿到底是什么。"

回到护士站,陈歌直接用锤子砸开隔板,掀开整个底板。眼前的场景有点儿瘆人:木板上钉着用细线捆好的头发,如果把木板反过来的话,头发末端会往下垂落,看着让人心颤。

"那人为什么要把头发钉在木板上?这是什么特殊癖好!"

所有头发都用细线捆好,有的纤细柔软、乌黑发亮,一看就知道是经常保养,估计是从某个年轻女孩头上剃下来的；有的则干枯分叉、几乎全白，很显然是属于某个老人。陈歌通过比较长短，将头发分开，它们应该属于四个不同的人。

"这四个人里，至少有一个还活着。"陈歌看着护士站里摆着的两个大铁笼，渐渐明白了铁笼的用处，"真是疯子。"

他把木板放在一边，再次趴在柜台下面，这回他看清楚了木板上的字迹——你们对我做过的所有事情，我都会还回来。字写得很小，下面还有一些语句完全不通顺的话，像是一个人写到一半，突然发疯，开始说胡话了一样。

"有些精神病患者情绪激动时，会一个人对着空气说些谁也听不懂的话。普通人说梦话的时候也会出现这样的情况。"陈歌试着去解读，但是根本不清楚对方要表达什么。陈歌看着木板上的字，只觉得后背发凉。精神病院外面的围墙上还写着无数类似的话语，每一句话里都带有一个人名，更恐怖的是那些字迹全都不一样，显然不是出自同一个人之手。偶尔有一个病人出现这样的情况可以理解，但是当所有人都出现这样的症状时，概念就完全不同了。

"看来这所病院里的病人，怨气都很大啊。"陈歌拿出手机，将柜台里的字拍下，又把公鸡绑在背包后面，"人越多越容易留下破绽，我该去第二病栋看看了。"

陈歌翻出护士台，从背包里取出一袋盐，撕了个小口，在护士站附近撒了几条线。他这么做不是为了驱邪，而是想抓住那个隐藏的疯子。手里拿着盐袋，陈歌来到第一病栋和第二病栋之间的走廊。在他快要进入第二病栋时，白猫突然跳上窗台，抓挠着走廊窗户上的玻璃。

"小心，别掉下去了。"陈歌站在窗口，病栋被密林包围，一眼望去看不见任何灯火。

"谁能想到荒郊野外里会藏有这样一栋建筑？"陈歌没发现什么异常，但是白猫趴在窗口不走，仰头发出叫声。

"窗户外面有问题？在我的头顶？"出于对白猫的信任，陈歌打开窗户，朝楼上看去。

就在他的正上方，三楼走廊窗口，有一张略微变形的脸正往下看。那人听见陈歌开窗的声音后，就立刻向后躲闪，窗户也没关就直接消失了。

"那张脸……"陈歌万没想到对方竟然就在自己的头顶。双方大概只对视了不到零点一秒的时间，根本来不及细看，只觉得那张脸的五官有点儿畸形，跟正常人不太一样，但是具体哪里不一样，一时间又说不出来。

陈歌没有轻举妄动，竖着耳朵仔细倾听，走廊上却没有传来脚步声，判断不出对方是往哪个方向跑了。

"总觉得那张脸两边有些不对称，应该是人吧。"

陈歌握紧工具锤进入第二病栋，他之前认为第一病栋和第二病栋差不多，可是等他真正进入第二病栋后才发现，这两座病栋里的布置完全不同。第二病栋要比第一病栋阴森空旷许多，走廊里没有拥挤的床位，每个单间之中，除了最基本的单人床外，还增添了桌椅和台灯。

"环境要比第一病栋好很多。"陈歌随手在走廊入口撒了一把盐，进入了离他最近的第一个房间。

掀开床铺，被子里的棉絮扔了一地，夜壶和餐具摆在一起，墙壁上还有很多用指甲抠出来的字。

"每天照顾这样的病人，精神病院的护士和护工也挺不容易。"陈歌退出房间，继续往前。

第二病栋里的病房种类比第一病栋的丰富得多，有疏导室、娱乐室、棋牌室、沐浴室，陈歌甚至还在走廊尽头看到了一个搭建着舞台的小型会堂，只不过屋里的布置有点儿奇怪。这所小型会堂似乎不是用来举办联欢晚会的，窗户用木板封死，挂着特别加厚的窗帘，所有装饰不是黑色就是白色，显得十分压抑。推开房门，陈歌还没进去就停下了脚步。他看见舞台中间摆着半张放大的黑白照片。原本贴在墙上的一张完整的照片，不知道被谁切掉了一半。从剩下的那一半照片中也能看出，拍的是一个中年女护士。她体形粗壮，表情很凶。

"放大的黑白照，不透光的黑色窗帘，一排排木制座椅，这地方怎么感觉跟个灵堂一样？"陈歌想不明白精神病院里为何会有这样一个活动室，如果是院方布置的，那么意义何在？

"这个女护士难道就是第三病栋的受害者？可她的照片为什么会贴在第二病栋的活动室里？"

陈歌记住了照片里那个女护士的长相，没有多作停留，关上门之后，在门口撒了一把盐，匆匆进入楼道，朝三楼走去。

空气中飘散着淡淡的臭味，似乎越靠近第三病栋，这气味就越浓。第二病栋和第三病栋中间的楼道上了锁，一扇铁门将两个病栋分开。透过铁门的缝隙，隐约能看到第三病栋内的情形。桌椅倾倒，走廊里扔着一大堆被褥，更奇怪的是被褥下面鼓鼓囊囊的，好像盖着什么东西。陈歌站在生锈的铁门旁边，眼睛盯着铁门上的锁孔，他来到第二病栋的三楼已经有一段时间了。

"双面锁芯？"

精神病院的通道门大多都是双面锁芯。在紧急情况下，不管站在铁门哪一边都可以锁住铁门，禁止内外通行，封锁某一区域。本来这只是很不起眼的一点，却引起了陈歌的注意。他从贴身口袋里取出王海明留下的那把钥匙，对着锁孔试了试。可能很长时间没有保养过，锁孔已经锈死，钥匙根本塞不进去。

"看来是我想多了，这把钥匙并不是通道门钥匙。"对比锁孔和钥匙的齿高、齿距，陈歌重新收好王海明的钥匙。

他在进入康复中心的时候就留意过，大多病房的门都是单面锁芯，锁孔很小，那把钥匙根本塞不进去。

"钥匙是王海明从第三病栋里带出来的，和钥匙对应的门可能就在第三病栋里。再大胆地猜测一下，第三病栋里只有九个病人的资料，消失的三号病房的病人会不会就是王海明？"

陈歌不能肯定自己的猜测。如果是王海明的话，院方应该留下出院记录，可是高医生查遍了所有资料，都没有关于三号病房的信息。

仅仅一个王海明，应该还达不到让院方销毁所有资料和记录的程度。

这病栋里的水有点儿深，对于此地五年前到底发生过什么，陈歌也不太感兴趣。他一心只想找到父母遗留下的线索，以及关闭"门"的方法。进入三楼走廊，陈歌拿着手电，小心翼翼地从一间间病房前走过。

"刚才在走廊中间看到的那个人，会不会就躲在某一个房间里？"

来到三楼长廊尽头，陈歌停在了一间不知用途的房间门口。这屋里散发着浓重的霉味，房门也和其他病房不太一样，挂着一把崭新的大锁。

"锁头上一点儿锈迹没有，这把锁和第一病栋大门上的锁一样，都是新装上去的。"陈歌拿出王海明的钥匙试了试,仍旧打不开。

他回头看了一眼漆黑的走廊,确定附近没人后,举起工具锤将锁头直接从门板上撬开。

"幸好是木头门,如果换成铁门,我真不一定能进去。"

推开房门,浓重的霉味扑面而来,屋内堆积着小山似的病号服和床单被褥。

"这里应该是第二病栋的洗衣室。"陈歌直起腰,胸口的摄像头记录下一切,包括他说出的那些话。

身处险境,他不敢放松和观众沟通,只是站在自己的角度,将想到的、看到的说出来,就像在做一部真实恐怖纪录片一样。洗衣室内的霉味冲淡了病栋本身的臭味,感觉屋内的空气都变得黏稠,很不舒服。陈歌强忍着不适走了进去。屋子很大,靠墙的位置放着几台洗衣机和专业消毒仪器,除此之外,只剩下堆积如山的脏衣服和发霉发臭的床单被褥。

"这屋子看起来也没什么,为何要专门上锁?"陈歌把目光集中在那一大堆脏衣服上,他强忍难闻的气味,用工具锤把外面的被褥挑开。

"总觉得里面藏有东西。"陈歌加快动作,在掀开一件满是污渍的外衣时,工具锤碰到了铁条,发出一声脆响。

"铁笼?"他将盖在笼子上的一床被子搬开,眼前的画面令他心惊肉跳。

被褥下面藏着一个铁笼,笼子里装着一个被剃光了头的年轻女人!她的嘴巴里塞着发霉的枕套,手绑在铁笼上。女人的精神状态不是太稳定,看着陈歌拼命地摇头,挥动双手,两脚向外蹬着笼子。陈歌一时没有反应过来,没想到会在一大堆脏衣服下面发现一个活人。此时,直播间里炸翻了天,弹幕刷屏,甚至因为发言人数过多,连直播画面都出现了一丝卡顿。陈歌悄悄退后,仍旧十分谨慎。他先关上房门,然后把墙边的洗衣机推到门后。他生怕有人从身后袭来,堵住了房门才敢靠近铁笼。

"你能听懂我说的话吗?"陈歌一靠近,笼里的女人就开始拼命反抗,根本无法交流。

"身上没有伤口,嘴唇上也没有油渍,这个女人不是从第一病栋铁笼里转移出来的,周围可能还有其他人存在。"

陈歌又把旁边的被褥扯掉，在这一片恶臭当中一共隐藏着三个铁笼。三个铁笼成品字摆放，就像是康复中心的三座病栋。女人摆在中间，左边是一个头发参差不齐的老汉，看起来六七十岁，骨瘦如柴，嘴巴、手指上残留着油渍；右边是一个皮肤苍白，似乎很久都没有见过阳光的中年男人，当他看到陈歌，眼神变得十分奇怪，交织着兴奋、厌恶和恐惧。

"三个人？"

事情超出了陈歌的预料，他脸色阴晴不定，脑中冒出一个个想法。握紧工具锤，陈歌和三个铁笼保持一定的距离。在危险的环境当中，遇到了三个陌生的人。最安全的做法就是不要相信他们说的话，也不要贸然靠近他们，因为凶手很可能就隐藏在他们之中。陈歌绕着他们走了一圈。笼子不大，根本不是给人准备的，活人钻进里面，连转身都做不到。

"三个铁笼，只有女人的手脚被限制，嘴巴也被堵上了。"令人感到疑惑的地方越来越多。如果三个人都是受害者的话，为什么被限制行动的偏偏是力气最小的女人？

左边的老汉和右边的中年人，一个痴傻呆滞，一个面部表情异常丰富，他俩的手脚都没有被束缚，却没有人开口求救，就这样缩在铁笼里看着陈歌。和弹幕狂飙的直播间相比，陈歌倒显得极为冷静。他手持工具锤，站在三个铁笼前面问道："你们被关在这里多久了？"

听到陈歌的问题，铁笼里的三个人表现各不相同。脸上沾满油渍的老人一言不发舔着手指，好像回味着刚才吃的东西。女人瞪大了眼睛，在铁笼里拼命挣扎，仿佛一条被扔上了岸的大鱼。那个中年男人的表现则最为反常。三人里只有他一直目不转睛地盯着陈歌。

"为什么这三个人被囚禁在精神病院里？"陈歌先是走到老人的铁笼旁边，钢筋焊接成的铁笼里，放着两个塑料碗。

老人发觉有人过来，也不害怕，坐在笼子中央，旁若无人地吸吮着手指上残留的油渍。

"从第一病栋转移过来的就是他。"陈歌看了半天也没从老人身上发现什么不对劲的地方，"头发参差不齐，被人用刀具剃过，这头发应该是新长出来的。"

陈歌想到护士站柜板背面有一部分黑白参半的头发，应该就属于眼前的这位老人。

"头发被剃过一次，还能长出这么多，看来老人已经被囚禁在这里很长时间了。"当时陈歌通过比较头发长短，认为有四个人被剃过头发，可是眼前只有三个人。

"还有一个没有找到。"

陈歌的目光扫过女人，最后停留在中年男人的身上。他的头发很长，乱糟糟地盖在头顶。陈歌有点疑惑："这个人的头发似乎没有被剃过？"

陈歌更加小心了。剃头似乎是加害者玩弄自己猎物的恶趣味。可加害者为什么单独放过中年男人？中年男人认识他，抑或他就是凶手？陈歌被自己的想法吓了一跳，在第一病栋和第二病栋的连接处，陈歌看到过一张陌生的面孔，那是一张不对称的，有些畸形的脸。能在病栋里自由行走，并且还监视、跟踪自己，畸形脸应该才是幕后黑手，但是现在又多出了一个中年男人。如此看来，囚禁受害者的凶手恐怕不止一个。陈歌握紧了工具锤，在他的脑海里甚至冒出一种更糟糕的想法：假如在这病栋里，除了自己，全部都是加害者呢？

当然，这种情况的概率不大。他思虑片刻，最终停在那个女人面前。

两个男人都没有回答问题的意思，他只好试着取掉女人嘴里的枕套，看看能不能从她的身上获得什么信息。

"别紧张，我是来救你们的。"陈歌晃了晃铁笼上的锁，没有钥匙，光用锤砸的话，天知道要砸到什么时候才能把三人放出来。

女人好像对活生生的人类有种天生的恐惧。陈歌一靠近她就开始犯病，嘴里呜呜咽咽，摇头摆手，情绪激动。

"冷静点，我不会对你怎么样的。"陈歌绕到女人身前，刚准备将她嘴上的枕头套取下来，身后一直沉默的中年男人忽然开口了。

"我劝你最好不要让她说话，她很吵。"

陈歌扭头看到了一双阴沉、充满戒备的眼睛，这个中年男人不知道是对所有人如此，还是仅仅对陈歌如此，他表现出一种发自内心的厌恶，好像陈歌做了一件让他极为恶心的事情。

"她很吵？"陈歌不怕他们说话，就怕他们拒绝交流。

只要这些人开口,他就有机会套出有用的信息。

"是的,很吵。"中年男人说话刻板,似乎连和人交谈都觉得恶心。

"能告诉我原因吗?她是不是精神上受到了刺激?"

陈歌一连问了两个问题,中年男人闭口不谈,直到陈歌又把手伸进铁笼,准备去取女人嘴里的枕套时,中年男人才吐出了三个字:"不知道。"

"你知道些什么?这个女人你不认识,那你认识第一个笼子里的老人吗?"陈歌问出了自己心里一直好奇的一个问题,"为什么只有他的笼子里摆着两个塑料碗,你们的笼子里只有一个?"

"我可以告诉你,希望你不要让那个女人开口,她很吵。"

中年男人反复强调女人很吵,陈歌心里好奇,表面上还是答应了下来:"可以,但前提是你没有撒谎欺骗我。"

"我从不撒谎。"男人端坐在铁笼里,声音低沉,"老人身体不好,脾气也很差,老伴走后,一个人闲在家里,全靠他儿子养活。他的儿子是个医生,工资不算高,养活两个人却没有问题。后来这老头也不知道怎么想的,在别人的撮合下,讨了个寡妇做媳妇。他儿子没有反对,只是搬出去住了,每个月给他寄钱。

"世事难料,没过多久,听说他当医生的儿子因为经常接触患者,突然发疯了,还在医院里伤了好几个病人。

"他儿子丢了工作,患者家属不依不饶,赔光了家底,事情才平息下来。

"儿子疯了需要治疗,公立精神病院一个月要三、四千,这个数目对于他来说难以承受。关键时候他儿子以前工作的那家医院站了出来,以远低于公立医院的费用,将他儿子接到医院。

"曾经的医生变成了病人,儿子性格愈发古怪,一直到医院倒闭,都没有治好。

"在儿子住院的这段时间里,老人自己身体也越来越差。年龄大了,出去工作都没人要,挣的钱全部贴给了医院。那个新娶的寡妇也跟他离婚了。

"他向儿子诉说自己的窘迫,希望儿子可以振作起来,战胜病魔。

"可惜,没过多久他儿子就咬伤了同村的人。

"一旦犯病,他儿子破坏欲就变得极强。最后没办法了,老人做了个铁笼把儿子锁了进去。

"这样持续了没多久，老人也病倒了。别说治病，连吃饭都成了问题。

"老人看着铁笼里时不时犯病的儿子，最后做了个决定。

"他每次都等到儿子犯病时才去送水，往铁笼外面放两个碗，一个碗里是干净的水，一个碗里下了老鼠药。

"是生是死，他让儿子自己选择。"

中年男人冷着脸，似乎很久没有说过这么多的话，脸色比之前更加苍白了。他说道："这就是老人的铁笼门口放两碗水的原因。"

听完中年男人的故事，陈歌想起了护士站柜台下面的那句话——你们对我做过的所有事情，我都会还回来。

"他是在报复，有目的、有针对性地打击报复。"陈歌在一瞬间想到了很多事情。

中年男人的故事里透露出了很多信息，而这些信息和陈歌脑海里的一条线索高度吻合。在第三病栋的九个病人里，有一个人的情况和中年男人故事里的主人公很像。他们曾经都是医生，都是因为目睹太多扭曲痛苦的患者，导致心理出现了问题，从医生变成病人，最关键的是他们都具有很强的攻击性。

陈歌站在原地，脑海里浮现出一个名字——熊青。

这人住在八号病房，患有偏侧空间失调症，被隔离治疗，危险评定等级极高。熊青能成为治疗精神疾病的医生，自身智商至少在平均值之上，他在发疯的时候才会去做种种恐怖的事情，平时和正常人差不多。

"他会不会就是精神病院里隐藏的凶手？"

这个人对康复中心非常了解，既是病人，又是医生，完全有能力去做这样的事情。

"对方占据绝对的地利优势，不太容易对付。"熊青本身就是一个可怕的人，偏侧空间失调症虽然不是什么太恐怖的病，但是患病的人强加给自己要去矫正那些错误的想法，会导致熊青做出很惊悚的事情。

他看什么都是错误、扭曲的，就算是完整的人站在他面前，也会觉得没有半边手脚才顺眼。一般的偏侧空间失调症患者知道自己患病了，会努力改变这种错误的认知，但是熊青不同，他要用这种错误危险的认知去改变别人。以病院里简陋破旧的条件，如果真有人丢了手脚，那结果注定是有死无生。楼内发现了四个人的头发，但是现在陈歌只找到了三个人，第四个人估计已经遇害了。

"午夜未到，还没有进入第三病栋就出了这么多事情，今夜有点儿难熬了。"

三星试练任务的难度从一开始就超过了午夜逃杀和暮阳中学，一旦做出了错误的选择，就会面临生死危机。一个凶手已经锁定，不过陈歌没有见过熊青，不知道那个长着畸形脸的人是熊青，还是眼前这个藏在笼子里的中年男人就是熊青本人。

他对于老人的过去知道的那么详细，是熊青本人的可能性很高。

蹲在中年男人的铁笼外面，陈歌检查了一下笼子上的锁。三个笼子上的锁都一样，没有什么不同。就算中年人身上藏有钥匙，在陈歌的眼皮底下，这男的也不可能开锁跑出来伤到他。

晃动工具锤，陈歌盯着中年男人的眼睛，思考了一会儿，决定直接问清楚："你是怎么知道这些事情的？莫非你就是老人的儿子？"

中年男人听出陈歌的怀疑，说了一句莫名其妙的话，"我？我就知道你不会相信我，你们全怀疑我，就像我怀疑你们所有人一样！饶过我吧，我都躲到这地方来了，你们为什么还能找到我？不要再监视我的人生了！"

"怀疑我们所有人？监视你的人生？你说什么呢？"陈歌不知道中年男人发什么疯。

"每当我揭穿你们的时候，你们总会露出这样无辜的表情！这就是我厌恶你们的原因。既然已经被我识破了，你们还想要骗我到什么时候？"中年男人十分理智地说着陈歌完全听不懂的话，"不知道我该叫你王铭还是徐菲？李一昌？马勇？或者你又换了新的名字？"

"你说什么呢？"

陈歌示意他冷静，但是中年男人却越来越疯狂地说："接下来你是不是该说，这几个人全不认识？"

"可我确实都不认识啊。"

"别再演了！你们全是一个人扮演的！你们虚伪的笑容让我恶心，终止这无聊的把戏吧！"

"全是一个人扮演的？"听到中年男人的这句话，陈歌想起了高医生提供给他的另一条信息。

五号病房的病人叫许童，患有人身变换症，他认为身边所有人都是由同一个人伪装的，他生活在一个被操控的世界里。

这个中年男人的表现和五号病室的病人很像，一开始还可以正常交谈，但是当陈歌对他表露出怀疑的时候，他潜在的病症就爆发了。

陈歌第一次见到重度精神病人。上一秒看着非常正常，下一秒就开始语无伦次，一张脸变得扭曲恐怖。他看着铁笼里的男人，心中冒出另外一个疑问：为什么曾经住在第三病栋的病人又回到了这里？这里有吸引他们的东西，还是他们被怪物操控，不得不回来？

获取答案最简单的方法就是询问中年男人，可是以他现在的状态，根本不可能回答问题。陈歌只好重新走到那女人身边。

察觉有人靠近，女人用脚蹬着钢筋，支撑身体往远离陈歌的方向挪动。陈歌用手电照了一下女人的脸。她看上去二十出头，长相一般，和第三病栋里的两位女患者完全对不上号。

"这女孩和老人的头发都被剃掉了，他们可能才是真正的受害者。"陈歌还不清楚加害者为什么剃掉别人的头发，如果按照报复心理来猜测的话，加害者有可能遭受过类似的逼迫。

"放轻松。"

陈歌把手伸进铁笼，女人在里面拼命躲闪，过了大概三四分钟，她折腾累了才消停下来。

"我对你没有恶意，相信我。"陈歌轻轻抓住女人嘴里的枕套，把它拽了出来。

在枕套被拽出来的瞬间，女人就疯了一样冲着陈歌大喊："手！手！手！"

"什么？"

女人喊叫的声音很大，还十分尖锐。陈歌不知道她受过什么刺激，为何会有这么大的反应。听到女人的声音，左边铁笼里呆滞的老人突然趴在地上，一动不动。右边的中年男人也停止发疯，直勾勾地看着房门，眼里满是惊恐。

"手！手……"

女人还在叫喊，陈歌直接把枕套又塞回她的嘴里。

"她也是个疯子。"

整个病栋里似乎一个正常人都没有,这让陈歌有一点儿心慌。

堵住女人的嘴后,铁笼里的老人和中年男人又恢复了原来的样子。他们似乎对"手"这个字非常敏感,一听到这个字,就好像打开了记忆里的某个开关,心中的恐惧被唤醒,最可怕的记忆从脑海深处涌出。

"为什么要害怕手?"

陈歌在屋子里转了一圈也没有找到和手有关的东西,他又看了看三个病人的身体,他们身上没有明显的伤口,这种恐惧更多出自于心理。

"究竟是什么把他们三个人吓成这样的?"陈歌提着工具锤,大脑飞速运转,想到了一种可能。

高医生提供的资料里,住在第三病栋四号病房的病人,因为意外丢失了一条胳膊,他也因此患上了幻肢症,总觉得自己的手臂还在。这个病人没有名字,也不知道是高医生忘记了,还是被有心人抹去了。

"在我印象中,能和手扯上关系的就只有这个人。"

幻肢症并不是什么很恐怖的疾病,只能算是一种不太严重的心理病,可以通过调理治疗,逐渐康复。陈歌很清楚关于幻肢症的信息,真正让他不安的是一个得了幻肢症的人为什么会被关进封闭病区?

他做了什么?为什么院方会觉得这个人存在一定的危险性?

陈歌又走到女人身边,中年男人拒绝沟通,老年人好像不会说话,所以突破口还在女人身上。他蹲在铁笼旁边,看着女孩的眼睛,既然对方无法和他正常沟通,那就用另外的方法来试探。陈歌靠近铁笼,确保女人听得到自己的声音:"你是不是看见了很多只手?"

女人没有表现出异常,只是把身体缩在离陈歌较远的地方。

"那你是不是看见了一个只有一条手臂的人?"

话音未落,铁笼里的女人就开始拼命摇头,脑袋甚至直接撞在了铁笼上。女人异常的表现说明那个带给她噩梦、把她逼疯的凶手,可能是只有一条手臂的人。凝视着女人的脸,陈歌把她最细微的表情变化都看在眼中:"那个人拿着凶器?"

女人眼睛睁大,额头爆出一条条青色的血管。

"他拿着什么？锯子、刀子，还是斧头？"

"唔！"女人嘴被枕套堵住，她情绪激动，但是发不出声音。

"看来就在这几种东西里，让我想想他当着你的面做了什么。"陈歌的声音慢慢压低，"劈砍？切割？他是不是说你们生来畸形，不够完美，所以想要矫正这一切，又或者想要借用你的手臂？"

"被囚禁的人减少了，他们矫正病人的时候，你应该就在旁边，你是目击者，你看到了整个过程对不对？"

女人面目扭曲，血管绷起，脸上满是泪痕，拼命地摇头，仿佛诉说自己什么都没有看到。

"你真的什么都不知道吗？那你为什么害怕那只手？是那只手掉落在了你身边，还是它抓住了准备逃跑的你？"

在陈歌看来，女人虽然被吓疯了，但恐怖的记忆仍残留在脑海里。趋利避害是生物的本能，当他提到女人害怕的东西时，她的身体会不由自主地把心理上的恐惧，通过神态表情、习惯动作表现出来。

生物的本能不会撒谎。陈歌已经从女人身上验证了自己的部分猜测："不要怕，如果你真的无辜，我会救你出去。我今晚来这里，就是为了弄明白这一切，将那些疯子绳之以法。"

洗衣间里霉味浓重。陈歌在女人身边停留了很久，不知道她听懂了没有。直到女人的情绪慢慢地稳定下来，他才再次把手伸进铁笼，轻轻取下女人嘴里的枕套。缩在铁笼里的女人满脸惊慌，张着嘴巴，依旧不断地重复着那个字："手、手……"

"她受到了多严重的刺激才会变成这样？"陈歌刚把枕套扔在一边，洗衣间的房门忽然被人推了一下，对方没用太大的力气，似乎打算悄悄进来，但是没想到门后面放了台洗衣机。

"洗衣房在走廊最深处，周围几个房间完全密闭，不可能是风吹动了门板。"陈歌捡起枕套又堵住了疯女人的嘴，他看向站在脏衣服堆里的白猫，也许屋内的霉味太重，白猫这次没有及时预警。

"看来无论什么时候都不能依靠别人，自己小心才是对的。"陈歌握紧工具锤，注视着房门，就在他的眼皮底下，有一只手顺着门缝伸了进来。

门缝很窄，对方只能挤进来几根手指，似乎在确认锁头是否完好。

"正主出现了？"经历两次试练任务后，陈歌的成长显而易见。他不慌不忙拉开背包拉锁，将造型狰狞的碎颅锤拿在手中，然后取下手腕上的微型摄像头，摆在正对房门的地方。

这个摄像头对应直播间左下角小屏幕的直播画面。他将摄像头摆在门口，可以通过手机里自己的直播间，随时随地看到洗衣房门口的场景。做好这一切后，他把背包放在腿边，握紧碎颅锤，躲在房门一侧。没过多久，洗衣室的门又动了。门外那人好像失去了耐心，试探了几次后，用力撞在门板上！

"嘭！"

洗衣机被撞倒，房门打开，陈歌通过自己的手机看得清清楚楚，门外面站着两个人！一个人面容畸形、拿着表面残留着红色污渍的斧头，另一个人用仅有的那条手臂抓着一把铁铲。两人没有看到摆在不远处的微型摄像头，独臂男人朝畸形脸点了点头，然后小心翼翼地提着铁铲往屋内走来。他的鞋尖刚踏入房门，身体还没有进入屋内，耳边就听到了一阵急促的风声！陈歌不声不响地躲在门边，高高举起了碎颅锤，在独臂男人打算进屋时，毫不犹豫地抡圆了铁锤朝门外砸去。时机把握得刚刚好，等到独臂男人察觉到的时候，狰狞血腥的铁锤已经抡到了他胸前。他只来得及将独臂挡在身前，整个人以比进来时快几倍的速度飞了出去！

第 15 章 他是谁？

"嘭！"

独臂男人的身体摔在走廊上，仅剩的那条手臂也软软地垂了下来。

"一对一就容易多了。"陈歌抓着铁锤看向畸形脸。这人穿着医生的制服，脸部好像做过植皮手术，总之看起来很别扭。没有废话，也没有什么开场白，陈歌看见畸形脸后的第一个反应就是抡起碎颅锤砸向他的肩膀。

今夜的重头戏是第三病栋。在进入病栋之前，陈歌想尽可能控制住这些对他产生威胁的家伙。说起来，这是双方真正意义上的第一次见面，畸形脸怎么都没有想到门后面的家伙会这么凶残。如此疯狂不讲道理的行为，连疯子都害怕。畸形脸往后退去，转身向走廊另一端狂奔。地上那个独臂男人动作更是敏捷，他早已习惯没有手的生活，下肢力量强悍，就地一滚就站起来了。然后头也不回地逃命，蹿得比畸形脸还快。这两个人都没有象征性地反抗一下，果断逃走了，这让陈歌有些意外。不过他很快反应过来，提着碎颅锤就追了出去。

漆黑的病栋里，急促的脚步声打破了夜晚的宁静，一个被困在病栋里的"受害者"，手持铁锤，疯狂追赶着两个"幕后黑手"。生死追击已经到了白热化的地步，双方甚至都来不及开口说话。

陈歌从三楼追到一楼,那两个精神病熟知地形,又从另一侧楼梯往上跑。陈歌杀气腾腾,紧跟在后面,三人又从一楼跑到四楼。

来回几次,在经过三楼走廊的时候,跑在前面的两个精神病分开了。

"丢车保帅?"

陈歌没想到两个精神病突然玩起了策略,他在第一时间做出选择:"独臂人的唯一一条手臂被砸断了,就剩下两条腿,除了跑得快,威胁不大。我现在应该尽全力抓住那个畸形脸,只要废掉他,今夜进入第三病栋就安全多了。"

陈歌思路清晰,可万万没想到当他追赶畸形脸的时候,那个独臂男人竟然主动停下脚步,返回来阻拦陈歌。畸形脸借机又跑到了四楼,朝着两座病栋之间的通道冲去。

"第二病栋和第三病栋的走廊中间安装有铁门,二楼的锁孔已经锈死,三楼的还没有看,难道四楼的可以正常使用?"

面对冲过来的独臂男人,陈歌反应很快。他对准独臂男人的双腿,手起锤落,只用了几秒钟的时间,他就摆脱了这个疯子,转身朝四楼追去。走廊里的畸形脸眼皮狂跳,恐怕是第一次见到反抗能力这么强的猎物。进入第二病栋和第三病栋中间的通道,畸形脸一把推开通道中间的铁门,飞也似的逃进了第三病栋。

看着消失在第三病栋走廊里的畸形脸,陈歌没有再继续追下去。黑漆漆的走廊犹如怪物的食道,给他带来一种很不舒服的感觉,空气中那种奇怪的臭味也变得浓郁起来了。

"第三病栋……"陈歌停在走廊上,检查了一下两座病栋中间的铁门。门锁上的铁条是被人一点点锯开的。他不禁有些后怕,"这群人手里还真有锯子,如果被他们抓住,后果不堪设想。"

狂奔了十几分钟,陈歌也有点儿累了。他在铁门附近撒了一圈盐,做好标记。回到第二病栋,陈歌将手、脚都不能动弹的独臂男人拖到洗衣间里。这个男人一出现,铁笼里的三个人脸色全发生了变化。

反应最强烈的还是中间的那个女人。她撞击着铁笼边缘,似乎想要逃离这个地方。

"你做过什么事情?竟然能把一个人活活吓疯!"陈歌对畸形脸和独臂男人一

点儿也不手软，其中有一个很主要的原因就是这两个人极有可能涉嫌谋杀，而且情节非常恶劣。

独臂男人趴在地上，陈歌这才意识到一个问题：刚才砸断独臂男人的手脚时，他没有发出半点声音。

"这人感觉不到疼痛？"陈歌没有折磨人的恶趣味，所以他不会去做无聊的试验，只是撕扯了一些床单，将独臂男人捆在角落的管道上。

做好这一切后，陈歌捡起地上的摄像头重新安装在手腕上。他的："现在主动权慢慢地掌握在我的手里，是时候进入第三病栋了。"

他抽空看了眼直播间，不知不觉之中人气值已经突破八万，而且这个数字还在不断上涨。刚才抡锤偷袭、燃情追击的情景让陈歌的直播间弹幕火热，远超同等人气的其他直播间。

"势头很猛，我的直播应该要比秦广的有看头，这么下去肯定能从他那里抢夺到人气。"陈歌大致扫了眼观众的弹幕，人气破了纪录，但是直播间的节奏有点儿失控。

他这边又是衣服堆里惊现铁笼装人，又是抡锤砸手臂，还抡着个大锤在精神病院里狂奔了十几分钟。这前所未有的直播场面，直接把直播间给点炸了！有人夸陈歌用心做节目，效果一流；有的说他不过是在哗众取宠；更有极少一部分耿直的观众，在看到铁笼装人的时候直接报警，直播间里弹幕飘飞，说什么的都有，就差全平台人肉他了。陈歌也没想到观众反应这么激烈，心里不禁有些庆幸。幸好自己从一开始就没有说过详细的直播地址，只说这是一座充满传说的精神病院。

八万人看着很多，分散在全国各地不过是人海里的一滴水，就算其中有几个江州市本地人，他们也不一定知道这个第三康复中心的所在，毕竟这地方已经废弃了很多年。

没有地址，警方很难受理，即使观众通过各种线索找到了陈歌真正的直播场地，估计也是后半夜了。

把造型狰狞的碎颅锤藏在身后，陈歌对着摄像头闲扯了几句，缓和了一下气氛，将直播间的节奏往演技和剧本方面引导。说起来他也很辛酸，别的主播生怕自己的剧本被看穿，花高价设计剧情，请专业演员扮演路人，强行制造惊喜。结果到了陈歌这里，剧情逼真得连他自己看了都害怕，"惊喜"也没断过，一浪高过一浪，根本就停不下来啊！

直播间弹幕刷屏，陈歌带给观众们的"惊喜"实在是太大了。他看了一眼平台的时段直播热度榜，秦广排第一位，自己刚开播的时候在九十六，现在直接杀到了第十九位。

这个榜单位于平台首页，含金量极高，能挤进前二十的，都是关注在四十万以上、自带粉丝群体的大主播。陈歌火箭般的上升速度吸引了很多观众的注意力，他们暗自纳闷，一个关注连五万都不到的新人，怎么就跻身一线主播的行列了呢？

老实讲，陈歌也不是太明白，他觉得自己只是本色出演了一个"无辜的受害者"，面对不法侵害，进行正当防卫而已。

"看来各位观众也都是明眼人，在金钱的腐蚀下，像我这样认真做内容的正能量主播已经不多了。"

检查了一遍手腕和胸口的摄像头，陈歌收起手机，回到疯女人身边。当他把独臂男人拖进洗衣房时，女人就抓狂了，用头撞击铁笼，拼命地想逃离。陈歌怕她把脑袋撞破，抓起地上的破衣服垫在女人撞击的地方。

"这个女人究竟目睹了什么场景，才把她吓成这样的呀！"

他的眼睛扫过三个铁笼。老人趴在笼子里，用手臂挡住头，像是鸵鸟一样，根本不敢往外看。三个人里老人被囚禁的时间最长，他见过的东西也最多。此时他一看到独臂男人就遮住眼睛，显然是怕看到不该看到的东西，不愿引火烧身。中间的年轻女人情绪激动异常，用脑袋撞击铁笼，眼中的恐惧显而易见。

这两人的表现都能说得通，让陈歌警惕的是最后那个中年男人。

他也怕得浑身发抖，双手紧紧抓在一起，神态惊恐，表现的都无可挑剔，要是换一个人，说不定早已放松了警惕，但陈歌不同。倒不是说陈歌有多敏锐的洞察力，只是他在来之前弄到了第三病栋的病人资料，眼前这个中年男人很可能就是当年住在五号病房的许童。

凶手都来自第三病栋，为什么偏偏他成了受害者？

基于这一点，陈歌才慢慢地在中年男人身上找到了一些破绽。

比如说他相对整洁的外貌，没有被剃过的头发，以及一直藏在衣服下面的双手。直到陈歌拖着独臂男人进来,中年男人才因为过度紧张,不由自主地握紧了双手。陈歌看得很清楚,中年男人左手上有一个极深的伤口,像是被人咬出来的,血还没有止住。

"你的手受伤了。"

陈歌提着碎颅锤靠近最后一个铁笼。刚进入第一病栋护士台时,他发现铁笼上沾有油渍,顺着油渍搜查,又在护士台外面的墙壁上,看到了一片混杂着油污和血斑的印记。

当时他以为那个血迹是笼中受害者留下的,但是他查看了老人的身体,发现没有发现太大的伤口,所以,他推断血污应该是带走老人的凶手留下的。油渍和血迹同时混杂在一起,最合理的推测应该是老人当时抓住了墙皮,不愿意离开。凶手伸手想要掰开老人的手,结果被老人咬伤,才在墙壁的同一个位置留下血斑和油渍。

刚才开门的时候,陈歌发现畸形脸和独臂男人的手臂都没有受伤。

如果大楼内没有其他人,那么带走老人的凶手几乎可以确定了。中年男人应该也是病院里的幕后凶手之一。他们发现有人出现在精神病院外围,为了防止第一病栋的老人暴露,紧急将其转移到了第二病栋的洗衣间里。铁锤在脸前晃动,中年男人被陈歌看得发毛。

"我不会伤害你,只希望你能老老实实地回答我几个问题。"陈歌看着中年男人,对方依旧装傻充愣,拒绝回答问题。

"不说话是吗?"他将两个摄像机取下,放在远处,又专门遮住了摄像头。

做完这一切后,他默默回身,抡起碎颅锤重重击打在铁笼锁头上。只一下,铁笼锁头附近就已经变形。

"还是不说吗?"

陈歌连续抡锤,将铁条硬生生砸弯,铁笼内的空间减少了四分之一。

"你……想要问什么?"中年男人看着距离自己越来越近的铁锤,脸颊抽搐着,怎么这人病得比自己还严重!

"我不会强人所难的,只是问一些很简单的问题。"陈歌看着扭曲的铁笼,放下了碎颅锤。"你叫什么名字?"

中年男人停顿了大概两秒钟,开口说道:"王海明。"

"王海明?"听到这个名字,陈歌大吃一惊。

这男的认识王海明?

他只是随便报了个假名而已,绝不会想到陈歌认识这个人!

"你撒谎。"不给中年男人第二次开口的机会,陈歌直接抡锤,擦着他的身体砸向铁笼。

狞狰的锤头带起呼啸的风声,中年男人吓得头发倒竖:"我叫熊青!青色的青!"

陈歌懒得跟他废话,将碎颅锤一下又一下砸在铁笼上。空间越来越狭窄,铁笼周围的铁条随时会崩断,中年男人忍不住叫了起来:"你不是说不强人所难吗!"

陈歌不听不闻,狂砸几分钟,锁头附近已经彻底变形,就算有钥匙也打不开了。想要砸坏铁笼,估计还要一段时间才行,而陈歌现在最缺的就是时间。他眯起眼睛,一把抓住中年男人的腿:"我再问你一次,你叫什么名字?"

中年男人摸不清楚陈歌的意图,面露迟疑。身处危险的病栋当中,陈歌也顾不得那么多了。他拽出中年男人的小腿,对准就是一锤。刺耳的惨叫声响起,对于这些把活人关进铁笼的疯子,陈歌没有太多同情。他提着碎颅锤走到中年人另一条腿旁边。

在他扬起铁锤准备落下的时候,中年男人边嘶喊着边向后挪动身体:"许童!我叫许童!"

"果然是你。"陈歌停下动作,"老实回答我的问题,我不会把你怎么样的。"

说完,他蹲在铁笼旁边:"刚才我从你嘴里听到了王海明这个名字,你和他是什么关系?他曾经住过的病房在哪里?"

"你为什么要问这个问题?"许童说完就后悔了。他看着陈歌手里的碎颅锤,嘴皮子变得利索了许多,"王海明以前是这里的病人,因为经常犯错,被关入第三病栋好几次,那个人很有意思。"

"说具体点儿。"

"他原本只是普通病区的病人,住在第二病栋二楼,只不过这个人脑子有问题,一直声称自己没有精神病。"许童挤出一个难看的笑容,"其实我们都清楚自己没得病,只不过这个傻子把真相说了出来。"

被一个确诊的精神病人叫傻子，王海明如果还活着，肯定感觉很憋屈。许童的笑容起来有点惊悚，他的视角和正常人不同，估计直到现在还觉得自己没有生病。

"后来呢？"陈歌发现和精神病人谈话其实是一件很危险的事情，尤其像许童这样的病人，他们总能在不经意间把自己对世界错误的认知灌输给别人。

"王海明不仅不配合医生治疗，在院方对他采取强制措施时，还和护工大打出手。

"殴打医护人员，这在精神病院里是最严重的错误。王海明当天就受到了院方的惩罚，一开始只是把他关到禁闭室里，结果这家伙执迷不悟，出来没多久又因为拒绝服用药物和护士打了起来。他幻想自己是千万富翁，能买下半个医院，扬言出去后要让这些医生、护士付出代价。大概十几分钟后，这傻子就为自己的话付出了代价。院方使用了束缚衣，将他送入了第三病栋的禁闭室。

"那是他第一次来第三病栋，看到新人的时候，我们都很激动，不过他对我们很不友好，还对我吐了口水。

"他看起来生龙活虎，一路走一路骂。这个可怜的新人当时还不知道被送入第三病栋是什么后果，不过他马上就知道了。

"第三病栋的禁闭室还有另外一个名字——电休克治疗室，这是精神科常用的物理治疗方法之一。医生用过都说挺有效的。

"当然，作为正规的私立病院，为了提高患者在治疗过程中的舒适性和安全性，通常会配合静脉麻醉药和肌松剂。

"禁闭室的隔音效果非常好，王海明再出来的时候，老实了很多。大家都觉得此次治疗很有效果。

"安生了没几天，王海明又因为偷藏药物和护工发生争执，这个人有种天生的冒险精神，也许他进入医院之前真的是个拥有数千万资产的成功商人吧。

"第二次从禁闭室出来，我们都以为王海明会认命的时候，谁知道这家伙竟然在深夜密谋逃跑，出乎所有人意料的是他竟然成功了。

"虽说第二天他就被抓回来了，但他利用出逃的时间，仅仅一晚就联系上了他的前妻。也不知道他们说了什么，过了不到一个月，他前妻就办理好了所有手续，将他接了出去。"

从许童嘴里，陈歌对王海明这个人有了更深的了解："这些你是怎么知道的？"

"他被抓回来后，被限制了自由，院方决定将他关进闲置的第三病栋三号病房。不过他只在那个房间里住了一晚就差点儿死掉，院方无奈之下，让他暂时和我住在一起。"许童扭曲的脸已经慢慢地恢复。

"那你知道他在三号病房住的那晚遇到了什么事情吗？"

"似乎是看到了很多人，房间里多了很多很多的人。"

"这些都是他告诉你的？"陈歌没想到事情会这么复杂，王海明竟然还住进过第三病栋的三号病房。

"我怎么可能去和一个傻子说话？"许童不屑一顾，"他每天晚上都在自言自语，我只是在旁边听了一部分而已。"

陈歌点了点头，想要更深入地弄清楚这一切，恐怕只有亲自进入第三病栋才行。

"还有个问题，病院封停后，你们这些第三病栋的病人为什么又回到了这里？"

"回到这里，当然有各自的原因，我不清楚别人为什么回来，我只知道自己的情况。"许童望着陈歌说，"只有在这里，我才能躲避你们的监视，也只有在这里，你们才不会打扰我。"

"你该吃药了。"陈歌站起身，许童可能真的没有撒谎。

老人和女人提到独臂男人都吓得打战，但是看到许童却没有表现出太强烈的情绪，老人甚至敢咬烂他的手，由此也能看得出这个许童和畸形脸、独臂男人不同，他没有做过那些恐怖的事情。

铁笼已经让陈歌锤击得不成样子了，他默默把铁锤放在一边，问道："我听说第三病栋里死过一个女护士，这件事你知不知道？"

"知道，院方为了那个胖女人，专门在二楼活动室内，给她办了场追悼会，希望病人、病人家属能和医生相互理解。"许童似乎知道陈歌接下来想要问什么，他摆了摆手，"护士出事跟我真没有关系，警察盘问过我，那天晚上我老老实实地待在自己的房间里，没有跟她说过一句话，甚至连见都没有见过她。"

陈歌点了点头，又问了许童几个关于第三病栋和精神病院院长的问题，可惜他知道的十分有限。

许童属于那种很老实的病人,他的病症就是不能和活人接触,看到的人越多越受刺激,觉得所有人的脸都一样,恨不得把他们全弄死。但是要让他一个人待在屋子里的时候,他又会表现得无比正常,和普通人没有什么两样。

"希望你说的全都是实话吧。"陈歌找到两个摄像头安装好,他拿出手机扫了一眼。

黑屏了那么长时间,人气不仅没有掉,还突破了十五万,打赏礼物榜上也出现了他的直播间的名字。

"怎么回事?"看了眼弹幕,陈歌这才反应过来,他虽然把摄像头取下来全给遮住了,但是拾音器还贴在领口!

刚才许童的那声惨叫,包括后面和许童探讨护士死亡的事情全都直播出去了!歪打正着,现在热度疯狂上涨,榜单排名直线飙升,满屏幕的弹幕都在刷:"神啊!太真实了!"

陈歌此时也不知道该说什么了,已经到了这般地步,与其瞻前顾后,不如抛却所有顾虑,放手去干。

"感谢大家的礼物,感谢逗比小仙女的打赏,感谢直播间里的每一位观众!"陈歌把摄像头对准自己,"你们看到的,听到的,并不一定全是虚假的!今夜我将为你们所有人,带来一次永远都无法被复制的直播!"

陈歌全副武装地走出洗衣间,来到第二病栋二楼,找到了王海明曾经居住过的病房。狭窄的屋子里摆着两张病床,床单被褥已经被收走,只剩下两张光秃秃的床板。出于安全考虑,病房里没有任何尖锐的东西,包括床角都被特地磨平了。

"王海明被第二任妻子送进精神病院,他本身可能存在一定的精神问题,但绝对不会太严重,这应该是一场针对他的阴谋。"结合自己掌握的信息,陈歌发现王海明这个人有些复杂。

他的人生大起大落,但是一直都没有屈服,没有停止挣扎和反抗,不管是被强制送入精神病院,还是出院和怪物争夺身体控制权,他从来没有放弃过。他出轨再婚,绝对不能算是道德意义上的好人,但是从某些方面来说,他已经为自己的过错付出了惨痛的代价。

"康复中心每一个病房都装有单面锁,就算有钥匙也只能从外面开锁,走廊里每隔二十米就有一道安全门，还有巡夜的护工和值班的护士。在这种情况下，王海明怎么偷跑出去的？"陈歌坐在床板上，看向被木板封死的窗户说，"从窗户跳下去的？"

陈歌撬开木板，发现这间病房的窗外安装了铁丝网，根本出不去。

医院有两米多高的水泥围墙，外围被一大片密林包围，没有任何标志，很容易迷路。而王海明就是在这种情况下顺利逃脱，还成功联系到自己的前妻，说服她来救自己。整个过程几乎可以被拍成电影了。

"仅凭王海明一己之力做到这一切太难了，他应该是依靠身体里那个怪物的力量，双方合作才从精神病院里逃出。他们的目的一致，都是为了离开精神病院。"陈歌想通了这一点，但是另一个问题又出现了，"那个怪物是什么时候跑到王海明身上的？"

回想许童说的那些话，陈歌发现了王海明身上的一个疑点。

他在第一次被电击惩罚后，没过多久就又开始挑衅医生，甚至殴打护士，原因仅仅只是因为偷藏药物。这不理智的举动放在一个精神病身上可以理解，但王海明可不是疯子。

"他会不会是故意挑衅，想要再次进入第三病栋？"

陈歌打量这个简陋的病室，里面能隐藏东西的地方只有窗帘后面和床底下。他站起身，掀开两个床板，在其中一张床板旁边的墙壁上，有了新的发现。

刷着白色涂料的墙皮上，被人用指甲刻出了一行行字迹，因为日久年深，那些字大多模糊，只能勉强认出一部分。

"这是王海明留下的？"陈歌用力关上病房的门，走到近处用手电照着墙皮，念出上面的文字。

"难道我真的疯了？"

"两个护工和一个医生将我押进电击室。进入电击室后，这群畜牲就把房门锁住了，应该没人能进来才对。"

"可为什么在通电过后，我看到屋子里有四个人？"

"那个穿着病号服的是谁？"

墙皮上的文字似乎是王海明留下的，在没有任何娱乐设施的病房里，偷偷记录一天之中遇到的诡异事情，成了他唯一的兴趣。只有不断思考，才能让他感受到自己和周围那些病人是不同的。

"是电击产生的幻觉吧？可他为什么还能和我说话？好像只有我能看到他。"

"他说准备帮助我离开，但要我答应他一个条件。"

"真是来自魔鬼的诱惑，可我好像没得选择。"

"可能是哪里弄错了，会不会是因为服用那些药片的原因，我最近愈发嗜睡，脑袋里昏昏沉沉。不行，我必须要离开这里。"

"魔鬼似乎没有办法离开第三病栋，想要知道逃离精神病院的方法，只能去那座病栋找他。"

"病院的护理人员真是一群粗暴的蠢蛋！我一定要毁掉这地方，我发誓！"

"第二次进入那间病房，我答应了魔鬼的要求，在卫生间里完成了仪式，让他进入了我的身体。"

"我会不会是真的疯了？居然相信这个世界上有魔鬼，而且还和他完成了交易。"

日记内容到此就结束了。完成交易后，王海明身上发生了什么，除了他自己应该没人知道了。

"王海明身上的那个怪物来自第三病栋，他们之间的仪式是在卫生间里完成的，难道仪式的媒介也是镜子？这样看来，附在王海明身上的家伙根本不是什么魔鬼，只是一个最普通的镜中怪物。"陈歌对于镜中怪物还是比较了解的，实力一般，但是狡诈阴险，做事不择手段。

找遍病房再没有其他的线索，陈歌只好离开。

"王海明身上的镜中怪物是从第三病栋跑出来的，王声龙身上的高个怨念也是从第三病栋跑出来的，为什么连鬼怪都不愿意在那里停留？"已经掌握的线索不足以支撑陈歌继续推测。他提着碎颅锤，叫上白猫，准备进入第三病栋。

一人一猫来到两座病栋中间的四楼走廊，刚才畸形脸就是从这里跑进第三病栋的。

"地上的盐保持原样，没有人从这里经过。"推开铁门，陈歌走到了黑暗中。

脚下的地砖有些松动，穿过走廊，在进入第三病栋的瞬间，他就产生了一种极为不妙的感觉。他觉得浑身阴冷，就好像被什么恐怖的怪物给盯上了一样。一直天不怕地不怕的白猫也缩在了他的脚边，要不是陈歌身上穿着带有小猫气息的外套，估计白猫早就逃跑了。

"父母遗留的线索就在这里，今夜无论如何凶险，我都不能后退。"

陈歌将背包拉锁拉开一半，将红布包裹的杀猪刀刀柄露出，以便随时可以将其取出。

"也该进去看看了。"陈歌拿出手机最后瞅了一眼，现在是晚上十一点五十一，还有九分钟就是零点了。

走入病栋，陈歌产生了一种奇怪的感觉，整个第三病栋仿佛是一个庞大的生命体一样，那引人发寒的冷风，就是它在呼吸。

阴暗的走廊中扔着很多被褥，下面鼓鼓囊囊的，好像藏着什么东西。陈歌用铁锤随便掀开了一个，散发霉味的被子下面是一个用床单、枕头扎成的假人。假人做工粗糙，勉强能看出一个人的形状。恐怖的是，枕头上用彩笔画出了一张人脸，眼睛、鼻子、咧开的嘴巴，明明就像是小孩涂鸦一样，却让陈歌感觉毛骨悚然。

"不应该啊。"

陈歌强忍着一锤头砸扁它们的冲动，思索起来。

"冒险屋里的那二十四个人偶无论从哪方面看，都比这些枕头床单做的假人吓人，我面对那些人偶的时候根本不害怕，可站在这些假人旁边，心里总觉得不安。"

他翻动假人，枕头背面写着一个陌生的人名——李春燕。

"怎么还有名字？"这些假人就像小孩子玩过家家游戏一样，孩子们有时候会用假人、布偶充当爸爸妈妈，或者用它们来指代现实中的某一个人。

陈歌随手往假人脸上撒了把盐，观察了两三分钟，假人没有出现任何变化，接着他走出几步远，又掀开了一床被褥，下面同样趴着一个枕头床单扎成的假人。

"张启思？"假人背后同样写着一个名字。

陈歌看向堆满走廊的破旧被褥，后背感到一丝凉意："是不是每个假人背后都有一个名字？用这些假人指代了活人？"

走廊上一个个隆起的被褥，看着如同一个个坟包。陈歌握着碎颅锤的手都出了汗，他觉得完成这次试练任务后，自己的胆子会变得比以前更大。刚走出十几米远，两袋盐就已经撒完了。事实证明，盐对脏东西的效果不是太好，走廊中那种不安的气息非但没有减弱，反而越来越强烈了。

"最后一袋盐还是省着点用吧，不能再浪费了。"陈歌每走出几步远，就会回头看一看，很担心自己遇到恐怖片里的经典场景。比如走了一路，后面摇摇晃晃地跟着一排假人什么的。

陈歌全身神经紧绷，下定了决心，就算身后有假人站起来，他也会第一时间冲过去，把它捶个稀巴烂，再用杀猪刀补上一刀。

"不用慌，我现在还有很多底牌没有用。"不知道他是向直播间里的观众介绍，还是安慰自己，随着他不断深入第三病栋，直播间的人气也在以一种恐怖的速度攀升。反观秦广那里已经陷入瓶颈，人气不断减弱，现在全靠土豪打赏撑场面。

第三病栋的病房和其他两个病栋不同，所有病房都是单间。比较诡异的是，病房里连个床位都没有，似乎从来没有住过人。

"我听高医生说，第三病栋只有十个病房，留有记录的病人也只有九个而已，那这些多余的空房间是做什么的？"

所有病房都没有编号，一样的门板，全部被油漆刷成白色，但似乎从来都没有开放过，应该不是用来安置病人的。

"第一病栋人满为患，很多床位甚至安排在过道上，这第三病栋竟然空空荡荡，宁愿空着也不给病人住，其中有什么深层原因吗？"

陈歌走得非常小心，当他走到四楼走廊正中间的时候，空气中的臭味突然加重了。耳边除了冷风外，还多出了另外一种声音。很难形容那种声音，像是有无数人在用力呼吸，想要从噩梦中醒过来一样。

手电照射四周，陈歌心里的不安愈发强烈，他的后背紧紧贴着墙壁，取出手机看了一眼时间。

"午夜十二点整！"

在陈歌看手机的时候，第三病栋楼下的某个房间里，传出了门被推开的声音。那种感觉非常奇特，声音明明是从楼下传出的，却好像近在咫尺。

鬼屋镜子里的那扇血门，每到午夜都会打开一分钟的时间，这第三病栋里的门难道和鬼屋里的一样？

门在午夜出现，但是却不会主动打开，当推门声响起，预示着门后有东西跑了出来。

"王海明刻下的那一段字里说,他在卫生间完成了最后的仪式,康复中心里似乎也只有卫生间里有比较大的镜子。"

十二点过后,整座病栋都变得不太一样了,仿佛沉睡的怪物苏醒过来了。陈歌来到四楼走廊最深处,站在楼道口向下张望,漆黑的楼梯,一级级台阶延伸入黑暗当中。

谁也不知道里面隐藏着什么,不清楚下一刻会从哪个意想不到的角度冲出什么意想不到的怪物。

陈歌的眼眸轻轻跳动,抓着工具锤站在楼道口,思索片刻,关掉了手电筒。第三病栋藏着精神错乱的病人、冤死的灵魂,还有从血门内跑出的怪物,可以说是步步杀机。在这种情况下,手电的亮光会暴露自己,让他成为活靶子。闭上双眼再睁开,陈歌等眼睛适应黑暗,然后朝三楼走去。

到此为止,这次试练任务也不是毫无收获,至少他和白猫的关系好了许多。原本白猫对他爱搭不理,进入第三病栋走廊深处后,白猫竟然主动跳到了他的肩膀上,爪子紧紧抓着他的衣服和背包,一副死也不会松爪的样子。

"别怕,一切都还没有超出掌控。"陈歌摸了摸白猫的脑袋,脾气暴躁的白猫竟然没有反抗,一双异瞳盯着远处的黑暗。

在黑暗中下楼,台阶似乎变多了,陈歌用了一两分钟的时间,才挪动到三楼。窗户被封死,这里比四楼更加阴暗,只能隐约看到走廊上一个个鼓起的被褥。

"畸形脸进入第三病栋好像消失了一样,地上连个鞋印都没有。他现在藏在哪里?是躲在某个房间,还是藏在被褥下面,随时准备偷袭?"

三楼拐角处也有一个护士站,比较奇怪的是,柜台里面所有的药品和记录都摆放得整整齐齐,更让陈歌觉得奇怪的是,那些柜台里一丝灰尘都没有,像是一直正常使用一样。翻入护士站,陈歌发现柜台上摆放着很多配好的药片,颜色各异的药片装在一个个白色小纸袋里,袋子上还写着一个个病人的名字。

"李春燕?张启思?这两个人名不是四楼假人背后贴的名字吗?难道有人一到晚上就给假人配药?"陈歌心里冒出一个有些荒诞的想法,这钟情形就好像有个孩子做游戏一样,制作假人充当病人,自己扮作医生给它们开药治病。

"大半夜在第三病栋里玩这样的游戏？"陈歌望着柜台上的一个个名字，总觉得自己忽略了什么。

第 16 章 她不是已经死了吗？

陈歌仔细地翻看柜台上的纸袋，脸色愈发凝重，他搓了搓纸袋上的名字，终于发现了问题所在。有几个纸袋上的字迹还没完全干透，这上面的名字是刚刚写好的！他猛地扭头扫视护士站，没有任何遮挡，不存在藏人的可能。

"配药的家伙估计就在附近，没有走远，只是暂时离开了。"陈歌不确定对方有没有发现自己，变得更加小心。他翻出护士台，进入了柜台对面的一个病房。

陈歌把房门错开一条缝，站在门口注视着走廊。

"纸袋上的名字是刚写上去的，药片可能是新配好的，究竟是谁在大晚上做这样的事情？"陈歌脑海里已经有了几个人选，嫌疑最大的就是畸形脸，他在成为精神病患者以前是医生，而且通过他对他的父亲做过的事情能看得出来，这人报复心极强。

"会不会是他配好了药，强行喂给被囚禁者吃？"如果真是这样，他完全没有必要在纸袋上写下一个个病人的名字，所以事情应该不会那么简单。

刚过午夜十二点，现在是情况最不稳定的时候，陈歌宁愿多耽误一些时间，也要弄清楚这些纸袋和药片出现的原因。

站在门口，陈歌透过门缝盯着昏暗悠长的走廊。大概十几分钟后，三楼走廊尽头出现一道模糊的黑影。离得太远，陈歌也不知道那个黑影是从某个病房里出来的，还是从其他楼层跑来的。

"是那个精神病？"看不见脸，陈歌又不敢开灯，只能握着碎颅锤藏在门后，做好了动手的准备。

黑影走路的姿势有些奇怪，踉踉跄跄，好像随时都会跌倒一样。黑影越走越近，陈歌发现了一个更奇怪的问题。

它走路没有任何声音！

"按照它那种踉跄的方式前行，不可能没有脚步声的。"

一愣神的工夫，黑影靠得更近了，陈歌依稀看到了它的衣服。白色的护士制服在漆黑的走廊里有些显眼，与遍地散发臭味的被褥格格不入，仿佛原本不属于这里。

"不是畸形脸，似乎是个女人？"陈歌不敢确定，上半身压在病房的门上，眼睛贴在门缝处，目不转睛，生怕错过重要的东西。

"过来了。"

穿着护士外套的黑影低着头，嘴里似乎念叨着什么，它距离陈歌所在的病房越来越近，陈歌也看得越来越清楚。这移动的黑影根本就是一个身穿护士外衣的怪物，腰部弯折，身体各部分极不协调，连手指都有些畸形，整个人就像是被车撞过一样。眼前的女护士让陈歌前二十多年对护士的美好幻想破灭了。他隔着一扇门，抓着碎颅锤，掌心开始冒汗。那怪物乱糟糟的黑发向前垂落，遮住了大半张脸，在她经过陈歌藏身的病房门口时，这怪物忽然停了下来。

那一瞬间，陈歌屏住了呼吸，将碎颅锤慢慢地举起来。

女护士像是感觉到了什么，慢慢地抬起低垂的头颅，黑发朝两边滑落，露出了那张很普通的脸。

"是她？！"

就是这很普通的脸，让陈歌瞳孔紧缩。他见过这张脸，在第二病栋的活动室内，亲眼在黑白照片里看见了这张脸！

"她不是已经死了吗？"

这个粗壮的女护士就是多年前死在第三病栋里的那个人。听高医生说，当时警方还参与侦破，认为凶手就在病人当中。

"死后仍在此地徘徊？"陈歌有些明白女护士走路为什么没有声音了，一只手摸到了背包里的杀猪刀。

停顿了大概一两秒钟，女护士费力地转动身体，她的身体好像快要摔倒一样，扑向陈歌所在的房门。

"咚！"

她的脑袋撞在病房门上，发出一声闷响。陈歌果断抽刀，往后跳去。病房的门没有上锁，陈歌已经做好了跟这怪物硬拼的准备。可就在这时候，楼下某个房间里又响起了门扉晃动的声音。

听到这个声音，女护士就如同提线木偶般强行转身，打开护士站柜台旁边的小门，进入其中。

"怎么回事？"陈歌的后背已经湿透，女护士在第三病栋里地位低下，似乎只是一个没有思维，凭借本能行事的残念。指挥她去做这一切的人，才是幕后真凶。

陈歌不敢有丝毫放松，为了不打草惊蛇，他没有趁机在女护士身上试验杀猪刀，而是默默地躲在门后注视着她。回到护士站，女护士从柜台下面取出一个沾满污渍和血迹的笔记本，对照着笔记上的内容，将一袋袋配好的药放在柜台上。她动作娴熟，很快挑选了十几个纸袋进入楼梯间，好像去了四楼。

等女护士走远，陈歌才从病房出来，他跳进护士站，将护士翻看过的笔记拿了出来。

笔记很厚，里面夹着大量病例单和诊断报告。陈歌随便翻了几页，发现被记录在笔记本上的病人有一个特点，他们全都已经不在人世了。所有诊断报告当中，在诊断结果那一栏都被人用红笔涂改，写着四个字——确认死亡。

"躲在医院里的凶手一直跟踪那些病人，还是说所有在康复中心接受过治疗的病人，去世后又都回到了这里？"

陈歌在病例单中找到了李春燕和张启思的名字，他又看了一眼柜台，那两个写有他们名字的纸袋已经被女护士拿走。

"四楼有两个假人背后就写着这两个名字，所有去世的病人，都在第三病栋里有了一具对应的假人，每晚还会有'人'专门去送药，和他们生前一样。"康复中心已经荒废了四五年，但第三病栋却仿佛一直正常运转，只不过里面的病人由活人变成了死人。而这一切的变故，很可能和病栋当中那扇门有关。

"会不会是因为'门'长时间没有关闭，导致门后的世界和现实世界部分重叠在一起，就像鬼屋卫生间里的那个隔间？"陈歌没有细看笔记，把它塞进背包，而后进入三楼走廊，准备趁女护士没有回来，先去三楼的卫生间看一看。

"女护士发完手里的药后，应该会回来。到时候她发现笔记不见了，肯定会四处寻找。不过，我总觉得她只比小小、笔仙强一点儿，就算和她正面打起来，也不见得会输。"

陈歌抓着碎颅锤进入走廊深处，同样的情况下换一个人过来，估计早已经被吓疯了，哪还有心思想这些。推开一间间病房的门，毫无收获，陈歌一直走到了三楼的卫生间门口。

"开门声是从楼下传来的，三楼的卫生间应该不是'门'所在的房间。"他能感觉到肩膀上白猫的不安，陈歌试着推开卫生间的门，里面一片漆黑，没有一丝光亮。

一排排低矮的隔间看着有点儿吓人，精神病院里的厕所和学校不同，也许担心患者在厕所里出现意外，所有隔间都没有安装门板。陈歌转了一圈，没有发现任何异常，最后停在洗手台的镜子前面。这里的镜子设计很有意思。镜框顶部装有一个布帘，像窗帘一样伸手一拉，就可以轻轻松松遮住镜子。

第三病栋的卫生间里这个小小的布置让他想到了自己的冒险屋，看来这里的镜子也不干净。

陈歌拉开镜子上的布帘，镜面上有很多污迹，就像是被人用脏手不断抚摸过一样，连镜面里的人影都看不清楚。

"门不在这儿。"陈歌摸清了第三病栋卫生间的内部构造，心里有了底，从卫生间出来后，直接从另一边的楼梯下到二楼。

越是靠近底层，空气中飘散的臭味就越浓，让陈歌更加诧异的是，二楼走廊的墙壁、地面上开始出现一些稀奇古怪的东西。

不知是因为年久失修、建筑变形，还是其他的原因，二楼墙壁的某些地方会莫名其妙向外凸起，凸起的地方还会泛红，就好像是被狠狠击打过的人体皮肤，皮下血管破裂导致皮肤表面红肿一样。开裂的地板里残留着血渍似的东西,似乎曾经有血液从缝隙中流出,只不过后来干涸了。

二楼和三楼完全不同,恐怖指数几乎翻了几番。

如果说三楼是阴森诡异的话,二楼已经到了让人时刻想要逃离的危险地步。

"这些东西不会真的是血液吧?"陈歌从地上抓起一些块状物,放在手中捻碎,"闻着没有血腥味,应该只是普通的红色泥土。"

走廊上的被褥有些碍事。陈歌从它们旁边经过的时候,也掀开几个被褥看了看。他发现越是靠近底层,这些假人做得就越逼真,不是那种视觉上的逼真,而是让他觉得那些就是活人。

"等我进入一楼,被褥里的假人会不会自己爬起来?"他没有开玩笑,而是很认真地思考这个问题。

穿过长廊,经过一间间病房后,陈歌在临近走廊拐角的地方看到了几个特别的房间。病房的门上都装了窗户,方便医生在外面看清病房里的情况,而这几个房间的门有些不同。

"院长办公室?"陈歌几乎跑遍了康复中心的三座病栋,这还是他第一次看到挂有标示的房门。

这个房间很大,似乎是打通了三间病室改造而成的。屋子靠墙摆放着好几盆枯死的植物,旁边是空荡荡的书架和办公用的书桌。里面还有一个套间,只有外面一半大小,摆着一张单人床和一个大得夸张的衣柜。

反手关上房门,陈歌步入其中,地面上散落着大量病例单,不过这些病例单和女护士笔记本里的病例单不同,它们都是没有涂改过的,换句话说这些病例单的主人还存活于世。第三精神疾病康复中心营业的十几年中,治疗的病人数量非常多,这个数字远超陈歌之前的猜测。相比江州市数百万的人口来说,精神病患者只占极少的一部分。可是整个江州市正规的公立精神疾病治疗中心只有两个,最多也只能接待不到一千人,再加上精神疾病复发率非常高,医院根本不够用,所以才出现很多类似于第三康复中心这样的私立病栋。

打着公立的旗号,实际上却是私立病栋,他们的治疗古板单一,内部管理混乱,经常会出现各种各样的事故。又因为精神疾病患者的特殊性,所以很多事到最后都不了了之，王海明被强行关入康复中心，就是一个很好的例子。

随手捡起几张病例看了看，陈歌很快便失去了兴趣，医生给大部分病人开出的诊断结果都差不多，连治疗方案都一模一样。

"高医生那才叫救人治病，他们这些医生只是在扼杀思想和灵魂，将病人变成失去自我的木偶。"

继续翻找，书架和书桌抽屉全是空的，陈歌又进入里间，他掀开床板，撕开被罩和枕头，什么东西都没有。最后他看向了那个大得有些夸张的衣柜，这是院长办公室里他唯一没有找过的地方。

"这衣柜塞进两个成年人都绰绰有余，失踪的院长会不会就藏在里面？"陈歌提着碎骨锤扫视衣柜。

柜门上贴着警方专用的封条，自从贴上后应该还没有被撕下过，边角完整。

"警方为什么要把这柜子封起来？难道里面发现过尸体？"

诡异的地方还有很多，柜门上贴着警用封条，四周被人用胶带封死，柜门边角写着奇怪的文字，上面还钉着半掌长的红色钉子。

"总觉得这柜子里存放有什么很重要的东西。"陈歌把白猫抱到门口，他撕下警用封条，用工具锤把柜门打开。

没有想象中血腥的场面，也没有存放衣服和其他稀奇古怪的东西，里面只有一张张写满文字的白纸和几封没来得及送出去的信。随手拿起最上面的那张纸，映入眼帘的第一行字就让陈歌心脏狂跳。

"三号病房的那个孩子又发疯了。他是第一个看见'门'的人，我怀疑'门'的出现就和他有关。"

三号病房不是没有住人吗？这个孩子是从哪里来的？

陈歌继续往下看，衣柜里封存的这些资料清楚记录下了一扇"门"是如何毁掉整个医院的。

第三精神疾病康复中心修建于二十三年前，是江州市最早的一批私立精神疾病治疗机构。从名字上已经能够看出，他们不是正规的精神疾病医院，只是一家康复疗养中心。康复中心共有三栋楼，第一病栋收费要比正规医院便宜许多，不过住宿环境极差。第二病栋收费要比正规医院高出五分之一，配有专人看护和值班医生。第三病栋专为少数病人服务,收费极高,是普通病房的数倍。

从院长留下的笔记能够看出,康复中心刚建立的时候和后来完全不同,那个时候第三病栋不仅不是封闭禁区,还是整座康复中心里收费最高、环境最好的地方。就这样营业了大概三个月后,康复中心迎来了一位特殊的病人。

院长详细记录下当时的场景,在他心中,那天应该是一个转折点。

一辆套着外省牌照的轿车开入医院,两个男人从车子后座拖出一个容貌精致的孕妇。院长亲自接待了他们,询问过后才知道这个女人患有严重的精神疾病。出于对孕妇身体安全的考虑,院长拒绝了对方。男人不以为意,拿出十倍于高级病房的住院费,并且告诉院长,他会一次性预付半年的费用。

看着桌上的现金,院长和几位医生有些动心,康复中心开始营业后,普通病房人满为患,第三病栋的房间大多都空着。毕竟大多数不缺钱的病人,还是会选择正规医院去接受治疗。

在医生的劝说下,院长为孕妇办理了住院手续,将她安排在了第三病栋三号病房。确定孕妇安稳入住后,男人给医生留下了自己的电话号码,声称自己是孕妇的丈夫,但是当院长想要看一下两人的结婚证时,男人却拿不出来。

收了钱,此事已成定局,院长想要反悔也不行了,他能做的仅仅只是照顾好那个孕妇。经过医生诊断,孕妇确实患有精神方面的疾病,是很典型的双相障碍症状,从不会和人交流,时而独自哭泣,时而暴怒,摔砸看到的所有东西,甚至会伤害自己。院方为了保护她,特意将三号病房里的家具包裹上厚厚的棉布。女人的病情很不稳定,又因为她怀着孩子,大部分药剂都无法使用,医生只能轮班对她进行心理疏导。

就这样过了三个多月,随着预产期临近,院长专门找来几个护士,二十四小时不间断地守着病房。也不知道是因为孩子即将出生,唤醒了疯女人的母性,还是医生的治疗有了效果。孕妇不再发疯,大多时间也不让人靠近,只是摸着肚子,一个人坐在低矮的病床上自言自语。

四个月后,婴儿出生,孕妇的病情明显有了好转。

院长和康复中心的医生都松了口气,当天就给孕妇的丈夫打了电话,可是一连打了几个电话,却没有人接听。他们心里有了不好的预感,专门去查验了男人的身份证，结果发现所有证件都是假的。

院长和医生商议过后决定，等预付的钱花完，如果男人还没有过来，他们就报警。考虑到女人的病情，他们并没有把这件事告诉女人。

孕妇不知道这个消息，在孩子出生后，她似乎重新拾起了生活的希望，开始积极配合治疗，不时还会主动去询问自己丈夫的消息，她觉得自己的病好以后，丈夫就会来接她。可是一直等了半年时间，预付的住院费全部花完了，男人就像是失踪了一样，再也没有出现。

病院里渐渐出现了不同的声音，有些医生和护士建议将孕妇送走，照顾一大一小费时又费力。院长于心不忍说再等等，但是照顾女人起居的护士却在无意间说漏了嘴。女人主动要求和自己的丈夫通电话，话筒那边是冰冷的合成语音，这个号码已经暂停服务。

在送女人进入康复中心接受治疗前，女人似乎和男人达成了协定，现在协定被撕毁，对本身就已经患病的女人来说，情况变得更加糟糕了。她对身边的人充满敌意，就像迷失在了一座漆黑的迷宫里，走不出去了。

为防止犯病的女人伤害到新生儿，医生将她和婴儿分开。女人疯了，无法沟通，婴儿还小，院方没办法只好代为抚养。他们也积极地对女人进行治疗，想要通过女人得到那个男人的信息，让他补齐后续治疗和住院的费用。

没想到这一治疗就是三年时间，女人的孩子在精神病院里长大，在这个满是疯子的病院里，学会了说话和走路。零到三岁被称为婴儿期，是人一生中学习效率最高的时期，也是形成对事物基本认知的关键时期。女人的孩子就是在这个扭曲病态的环境中，经历了最重要的三年。

预付的钱早已花完，医生护士算是义务照顾他们，一两天还好说，时间久了，越来越多的人开始抱怨，连带着看那个小孩的目光也变得复杂。发疯的母亲住在病房里，孩子这三年间做过最多的一件事就是，被医生或护士抱起，顺着三号病房门上的窗户，隔着门板看看里面的女人。

时间久了，在孩子学会走路之后，他有时候也会自己跑到三号病房外面，看着是他身高好几倍的房门。一天天过去，同龄的孩子有家人陪伴，世界是充满色彩的。这个孩子眼中的世界却有些变形，冰冷的白色占据了大多数的记忆，渐渐地出现了一些异于普通孩子的行为。

陈歌不知不觉地翻到了最后，白纸上的内容就像是院长的私人日记一样。他想道："这个孩子比我小时候的经历还要可怕。"

他本以为自己小时候玩人头模型、拆塑料骨头已经够过分了，没想到竟然有比自己更凄惨的。放下白纸，陈歌看向那几封未寄出的信件。信封上没有贴邮票、没有署名，看起来泛黄破旧，应该是很多年前就写好的，一直没有寄出去。

按照时间先后顺序，陈歌将几封信一一打开。

第一封信写在二十年前，那时候女人的孩子才两岁。

陈医生，我是第一次见到如此聪明的孩子，真不敢想象，他学什么都很快。

出生在一个被正常世界忽视的地方，生活在一个病态的环境里，我是不是应该把他送走？

这孩子长大后绝对是个天才，但是他现在的神神表现让我觉得很不安。

他自从学会说话后，就像他的母亲一样，总是喜欢自言自语。不，那种感觉更像是他在和某种我们看不见的东西沟通。

医生和值班护士都很忙，除了我没人教过他说话，可是我总能从他嘴里听到一些陌生的字眼。

他是通过偷听医生和病人谈话自己学会的，还是什么人教他的？

我是一个唯物主义者，可是这孩子身上发生的事情却让我有些动摇，传闻婴儿时期，孩子能看见大人看不见的东西，难道这些都是真的？

我对这个孩子的一切都感到好奇，但是又有一丝隐隐的担心，他就像是一个泥潭一样，靠得越近，就越危险。

孩子的母亲患有双相障得症，只有在看见自己孩子的时候，才不那么紧张。为了方便治疗，我们这里的医生总会带着孩子去看她，主要是为了缓解她的病情。

孩子对母亲有种天生的依赖，他那么小，就可以辨认出自己的母亲。

可是让我觉得奇怪的是，这孩子张口说出的第一个字，不是妈妈，也不是自己的姓名，而是——"门"。

我一开始以为是自己听错了，或者那是孩子在无意识间发出的声音，可能当护士抱起孩子离开的时候，他用那粉嫩的小手指向关着自己母亲的房门，嘴里反复说着同一个字——门。

他似乎向我们表达自己的意思，他想要靠近那扇门。

这是最让我不安的地方，我盘问过病院里的所有人，没有一个人教他说过这个字！

没有人教，他却念出了这个字，并且还清楚这个字的意思。这些是谁告诉他的？难道我的办公室里还有其他东西存在？

后来发生的事情更加恐怖了，抱着孩子的护士和我进入三号病房看望他母亲时，这孩子看着走廊尽头，双手摆动，好像是在和谁打招呼。

当时我看得清清楚楚，走廊里除了我们，没有其他任何人。

如果仅仅只是这样，我也不会太过担心。

但是随后，护士也发觉不对劲，就问他在干什么，在跟谁打招呼？

这孩子当时结结巴巴地说了三个字——何亚军。

护士不明白这三个字的含义，以为孩子只是随便喊喊，没有放在心上，抱着孩子进入走廊深处。

其实当时我很想拦住她，因为何亚军确有其人。在第三病栋建成之前，有一位工人出了意外，那个人的名字就是何亚军。

连病院里的医生、护士都不知道这件事，他怎么会偏偏念出何亚军的名字？

我站在病房门口，看着护士抱着孩子走远，当她走上楼梯的时候，小男孩再次朝护士身边无人的角落摆手。

说实话，我见过那么多患有诡异病症的疯子，从来没有害怕过，但是那天在走廊上，我头一次感受到了恐惧。

经过这件事后，我对他更加留意了。

第一封信到此结束，直到最后院长都没有说这封信要寄给谁，陈歌全部看完，只在信的开头找到了陈医生三个字。

"姓陈？难道是我父亲？可他一个开鬼屋的，和医生这职业八竿子打不着啊！"陈歌满心欢喜地以为找到了自己父母遗留下的线索，现在看来，是自己太乐观了。

打开第二封信，里面的内容更加诡异了。

陈医生，我们有必要见一面，事情已经有些失控了。

孩子刚刚学会爬的时候，就会主动寻找自己的母亲，第三病栋里没人清楚这孩子是怎么离开办公室，自己跑到三号病房外面的。

其他护士和医生也发觉这孩子身上的问题了，他很少哭，总是对着某些地方笑，越到晚上越开心，表现得根本不像一个孩子。

他学习能力极强，说话也变得流畅，可以准确说出一个一个的词语，但是他说出的那些东西总能让人感觉恐惧。

可能是孩子眼中的世界和我们不同吧，他把服用镇定、安眠类药物的病人叫作玩具，看着他们就像是看着死物一般。

他还会对着失去理智的病人停拳、拍手，面朝病人，目光却盯着病人的肩膀，仿佛病人肩膀上有什么东西。

最令人不解的是，他很喜欢跑到三号病房外面，直直地盯着房门，一个人看一下午。

有的医生和护士建议我将这个孩子弄走，交给福利机构抚养，他们也被这孩子整害怕了。

送走孩子可能会对母亲的治疗产生影响，我们用了快一年的时间才让他母亲的病情稳定下来，不能半途而废。

我否决了医生的建议，大概又过了几个月，警方那里传来了好消息，他们以那辆套牌车为线索，在南方找到了孩子的亲生父亲。

此时孩子母亲的病情已经基本稳定，我们委托律师将孩子父亲告上法庭，要求其承担住院、治疗产生的费用，同时也要求他给孩子母亲一个名分。

官司胜诉，孩子父亲不知是害怕坐牢，还是心存愧意，态度有了很大的转变。

一切都在向好的方向发展，孩子母亲也逐渐走出疾病困扰，这个年轻的母亲在自己孩子面前，显得格外坚强。

后续治疗又持续了半年时间，孩子母亲的疾病已经完全得到控制，她没有什么亲人，离开那天除了少数几个医生外，并没有掀起太大的波澜。

孩子跟随母亲一起离开，但是在精神病院的这三年已经对他的成长造成了不好的影响,直到离开的前一天夜里,这孩子还偷偷跑到走廊上,对着门板说些谁也听不懂的话。

母子两个离开后,我本以为尘埃落定,一切到此终止,但谁也没想到事情会发展到一个完全失控的地步。

仅仅过了一年,在那孩子四岁的时候,他又被自己的父亲送了回来!

据他父亲说,孩子的母亲在家中遇害,而孩子本人目击了整个过程。

再次见到这个孩子,他变化了很多,心中唯一的支柱倒塌了,他此时的状态就和他母亲刚到病院时一样。

鉴于这孩子以前的种种表现,我们病院没有接收他,让他父亲带他去大医院就诊。

也就在我们拒绝他的当天晚上,午夜十二点过后的第一分钟,刷着白漆的第三病栋三号病房的门开始向外渗血。

大概持续了一分钟的时间才停止。等我知道这件事的时候,已经是一个星期以后了。在这段时间内,病栋里开始出现各种匪夷所思的事情。

第二封信就这样结束了,陈歌看着信件里的文字,对应着院长的描述,他想起了一个拥有同样经历的人。迫不及待打开第三封信,信封里放着一张女人和孩子的合影,在看到这张照片的瞬间,陈歌的脑海里掀起狂澜。

他看过这张照片,就在海明公寓帮助门楠整理东西的时候!

一个女人穿着病号服躺在病床上,旁边是一个腼腆羞涩的小男孩。

照片里的女人没有化妆,好像大病初愈的样子,给人一种特殊的美感。

早在海明公寓整理东西时陈歌就感慨过,说门楠的父亲不知足,有这么美丽的妻子,竟然还选择分居,现在他终于明白了原因。移开视线,陈歌看向照片里害羞腼腆的小男孩。

"这孩子真是门楠?一个在婴儿时期就表现出种种异常的孩子,为何长大后连一个镜中怪物都应付不了?随着年龄增长,某些身体机能退化了吗?"

生活当中也确实有类似的说法,孩子在很小的时候能看见种种奇怪的东西,长大后不仅恢复正常,连同当时的记忆也都忘掉了。

"应该不会这么简单。"陈歌想起了高医生来之前跟他说的一句话,经过深度测试，发现门楠身体里有三种人格。

一个自我保护型人格，以母亲的形象出现，这个很可能就是他的母亲意外去世后的残念，附在了门楠身上，时时刻刻保护着他。第二人格是门楠的主体人格，此人格随着门楠一起长大，也就是外人眼中正常的门楠。第三人格隐藏在门楠身体最深处，根据高医生当时所说，这个人格一直停留在门楠幼年的时候，无法进行交流，出现时间极短，每当第三人格出现的时候，门楠就会表现出远超常人的天赋。

"难道停止生长的第三人格才是真正的门楠？在他身上发生了什么事情？这个人格为什么会出现？"陈歌在进入第三病栋之前，也查阅过很多这方面的资料，心里很清楚大多数患有精神分裂的患者，每一个人格的出现都是有深层原因的。

可能是因为孤独，也可能是出于一种被保护的欲望等，他现在不清楚门楠第三人格出现的原因，只是隐隐觉得可能和第三病栋里的那扇门有关。

收好相片，陈歌开始阅读第三封信。

每到午夜那扇门就会准时出现，停留一分钟左右，它又会消失。

我封锁了第三病栋，一到晚上严禁所有人靠近三号病房，叮嘱值班的护士和护工，时刻留意那扇流血的门。

仅仅过去三天，值夜班的护士就告诉我，门后面传出奇怪的声音，她等那扇门恢复正常后，推开门看了看，三号病房里是空的，连只老鼠都没有。

第四天我亲自守在门口，门里确实有人在移动，还能依稀听到啃咬咀嚼的声音。

第五天晚上，门后游荡的东西似乎感知到了什么，三号病房内传出了敲门声。

空无一人的房间，从里往外传出了敲门声，如果不是前段时间我刚给自己做完精神疾病测试，恐怕我的第一反应是自己的脑子出了问题。

我让人用木板封死了房门，提心吊胆地过了好几天。在第十天的时候，门里传来了猛烈的撞门声。

鲜血外流，染红了整块门板，那场景就像是噩梦一样。

我联系护工拆了房门，喊来值班医生半夜蹲守在三号病房外。

第十一天午夜，大概刚过去几秒钟的时间，在场所有人都听到了门板被推开的声音。

声音是从三号病房门口传出的，那里明明没有房门。

当开门声响起后，门框被染红，我看得很清楚，那不是鲜血，而是好像血丝一样的东西。

一分钟后，一切恢复原状，有位医生说，他看见一道黑影从屋子里爬了出来。

那位医生在当天就向我提交了辞呈。医院人手紧张，我出言挽留，结果他情绪变得异常激动，根本没有商量的余地。

拆掉房门也没有用处，我干脆找人拿石砖将其封死。

开始的几天效果明显，一个星期后，三号病房又出现了新的问题。每当午夜到来，三号病房及其临近的墙壁都开始泛红，就像是人的皮肤被打肿了一样。那红色还在蔓延，我现在很担心它会扩散到整个医院。

我使用了各种方法都阻止不了，这病房以前从没出过问题，所有异像都是从男孩的母亲遇害开始的，你觉得我是不是应该把男孩接回来，从他身上寻找原因？

看完第三封信，陈歌的脸色不是很好，这扇门比他想象得棘手许多，老院长尝试了各种各样的办法，最后都以失败告终。他的举措非但没有关上那扇门，还导致情况越来越严重。

"这里应该能找到解决的办法，要不康复中心十几年前就应该被封停才对。"

陈歌拿起最后一封信，他神色慢慢变得凝重，最后一封信的信封上写着一个地址——临江新区血防站，这是其他几封信上没有的。

陈医生，我按照你所说的去做，门暂时关上了。

可我还是想不明白，为什么门楠可以关上房门？

门后的世界里到底有什么？

这封信很短，里面透露给陈歌两个信息：第一，那扇门确实可以关上，并非没有解决的办法；第二，门楠就是关门的关键。

"看来想要解决鬼屋厕所里的那扇门,还要麻烦门楠出面了。"陈歌看着第四封信末尾,"老院长对门后的世界很感兴趣,他失踪的原因会不会是因为跑进了门里?"

医院四五年前被封停,院长在封停的前一段时间失踪了,这些应该存在一定的联系。

陈歌将信封放回原位,看着衣柜想到:"还是感觉不太对,这几封信没有贴邮票,前三封信的时间和收件地址都没写,根本不可能寄出去,院长是怎么和那个陈医生沟通的?"

"再说这些都是寄出去的信,它们怎么会又回到院长办公室里?"陈歌轻轻眯起眼睛,想到了几种可能,"难道院长自己姓陈,他患有精神分裂,这些信全是他自己写给自己的?还是说那位收到了信的陈医生,在院长失踪后又回到了病院里,特意将这些信摆在这里,想要通过这种方式提醒后来者?"

前一种是院长的个人原因,但要是后一种的话,那对陈歌来说意义可就不同了。

"这个陈医生到底是谁?"

陈歌思索片刻,将写有地址的第四封信塞入上衣口袋中。

第 17 章 三号病房的病人

衣柜里没有其他的东西，关上柜门后，陈歌又对着衣柜拍了张照片。

"柜子四角钉有四个血红色的钉子，所有缝隙都用透明胶带包裹，这个衣柜能在第三病栋里完好无损保留这么长时间，应该和这种种布置有关。"

他想要将红钉子弄出来带走，但试了半天也没有成功，四根钉子深深钉入衣柜四角，好像已经跟衣柜融为一体。

"感觉这四根钉子很不寻常，下次有时间白天过来，将它们拔出来。"

陈歌在院长办公室内耽误了太长时间，不知道外面的情况怎么样了。走出里间，白猫"噌"地一下又跳到他的肩膀上，说什么都不肯下去了。陈歌提着碎颅锤走到院长办公室门口，没敢直接出去，担心护士和畸形脸守在门口。他趴在门板上探听外面的声音，十几秒过去后，还真让他听出一丝异常。

走廊里由远及近不断传来门板开合的声音，就像是有人在逐一检查房间。他悄悄地将院长办公室的门打开一条缝，漆黑的走廊一眼看不到尽头，黑暗里隐约有什么东西晃动着。

那身影越来越清晰，不断出入于各个房间之中。

"穿白色护士服的家伙在找笔记本吗？"陈歌已经认出来人，他握紧铁锤，考虑是该给对方一锤,还是暂时先撤离。

护士身体扭曲,走路踉踉跄跄,连平衡都无法掌控好,但是行进速度却很快,远远地看过去确实有点儿吓人。

"这家伙在三楼似乎就发现我了,若不是当时正好响起开门声,说不定我和她已经发生了冲突。这个怪物对我不怀好意,留着她说不定会带来更多变故。还不如以笔记为诱饵,趁着自己占据主动时,先将她解决掉。"陈歌自始至终都十分冷静,思考着对自己最有利的方案,"院长办公室内部空间大,就算没有杀死她,也方便追击,顺便还能看看杀猪刀对脏东西是否真的有效。"

陈歌将那本笔记放在柜子前面,收好信封,带着白猫躲入衣柜。他调整成一个舒服的姿势,没过几分钟,院长办公室的门就被推开了。

身体扭曲的护士一眼看到了里间的笔记本,她没有直接过来拿,这怪物对衣柜有种莫名的畏惧,犹豫了很久,才歪歪斜斜地进入里间。陈歌把女护士的一举一动看在眼里,等她弯腰低头捡笔记的时候,藏在柜子里的陈歌抓住时机,撞开柜门,抡锤就朝女护士砸去。

狰狞的锤头砸在护士身体上,将她本就有些畸形的身体直接砸到变形。不给她回过神的机会,陈歌反手抽刀,红布飘落,将刀刃刺入护士制服当中。耳边刺啦一声响,护士的上衣被割破,刀刃划过的地方没有流血,但是明显感到护士的身体缺失了一部分。

"这刀有用!"

护士那张死人脸也有了变化,脸上充斥着痛苦和愤怒的表情。她尖叫着扑向陈歌,嘴巴大张向陈歌的脸咬了过去。陈歌举刀应对,但是他低估了这怪物的凶残程度。这玩意儿和人完全不同,就算被杀猪刀刺穿身体,动作不仅没有变得迟缓,还更加迅捷了。杀猪刀对护士造成了伤害,护士也借此拉近了与陈歌的距离,那张丑陋的脸近在咫尺。

情况危急,眼看就要中招,陈歌肩膀上的白猫异色双眸闪动,直接扑到了护士的脸上。这只流浪猫凶性十足,护士的攻击被它挡下来,她改变目标咬向陈歌护在身前的手臂。护士攻势凶猛,陈歌左右躲闪,手腕好像被碰掉了什么东西,能听见砰一声响。

他没有去理会那声音，集中注意力，不断用杀猪刀在护士身上制造伤口。护士身上虽然没有流血，但是她的体形在不断减小，渐渐变得虚幻不真实，最后也不知道陈歌是第几次出刀，护士的身形彻底消散，那套残破的护士制服掉落在地上。

"成功了？"没来得及高兴，外面走廊上就传出异动，好像楼内有新的东西赶了过来，而且数量还不少。

"不能久留，要是被堵在这里就糟了。"背上包，陈歌一手杀猪刀，一手碎颅锤，匆匆离开。

他一直跑到楼梯拐角才停下脚步，刚想喘口气，口袋里的手机突然震动起来。

黑色手机收到了任务完成的信息？陈歌伸手摸向口袋才知道白高兴了一场，手机震动是因为刘刀打来了电话。陈歌想着："下次必须要跟他们说清楚，在直播过程中，只能我和他们单线联络。"

接通电话，陈歌声音很低："没事的话我就挂了。"

"你快看看你的直播间！"刘刀的声音有些激动。

"直播？"陈歌点开自己的个人主页，看向直播间的时候也吓了一跳，自己直播间的人气暴涨到三十万！更可怕的是这个数字还在疯狂增长，估计要不了多久就能突破四十万。

"怎么回事？平台出问题了？"看到疯涨的人气，陈歌果断地将直播间的名字改成自己冒险屋的地址，并在直播画面下方加粗显示。

"平台没出问题，是秦广出问题了！他的团队进入暮阳中学的最后一间教室后，直播画面突然黑屏，谁也不知道发生了什么。我原本以为这是他特意制造的节目效果，但是足足过去了二十五分钟，秦广还没有恢复直播。对于一个专业的主播来说，哪怕有五分钟没有出现在镜头前，就算是直播事故。他的直播间过了二十五分钟还是黑屏，说明他那边肯定出了意外！"

刘刀越说越兴奋："这真是天上掉馅饼啊！全平台打出探灵直播的招牌为他引流，吸引来观众却只能看到黑屏，大部分观众等不及，开始搜索相同类型的节目。现在整个平台只有你们两个在做探灵节目，最关键的是你的直播内容和质量远超秦广，节奏紧张到不能呼吸，大多数观众进来后，就再也没有离开。"

陈歌从刘刀嘴里知道了前因后果，按照今夜的人气增长速度，突破五十万都没问题,这对一个新人来说几乎是不敢想象的事情。

人气飙升,满屏弹幕,陈歌万没想到事情会变成这样。

"我早就提醒过秦广,可是他一意孤行,这也不能怪我。不过还好,暮阳中学不算太危险,里面的邪祟并非凶灵怨念,他应该不会有生命危险。"陈歌打心里觉得自己是个善良的人,"希望他能早日康复,下次直播千万不要再跟风了。"

看着快四十万的人气,陈歌趁机为自己的冒险屋打了几个广告。从弹幕的数量能够看出,他的直播间人气水分极少,仅这一次,江州市西郊鬼屋的名字就能被许多人牢记。

热度持续发酵,未来一段时间,估计会有源源不断的观众前往鬼屋体验。

"陈歌,合同的事情需要提上日程了,另外我还有一个问题想问你。"刘刀没有挂断电话,他那边也承受着很大的压力。"今夜这次直播是你安排好的吧?整个场景是不是你们鬼屋的团队在运作?"

刘刀不清楚陈歌的底细,双方是合作关系,他只知道陈歌是开鬼屋的,肯定认识专业的扮"鬼"演员,能够设计出最真实的恐怖场景。对于一个不信鬼神的人来说,第一次看到非正常事件,都会根据自己的已有经验去猜测。

"算是吧。"陈歌回了一个模棱两可的答案。

他当然有自己的团队,只不过这个团队的成员除了徐婉外,其他的都无法跟外人说。

"我就知道你不是一个人在里面。"刘刀好像松了一口气,"刚才你手腕上的摄像头掉了,你跑出去以后,掉在地上的摄像头忽然又动了,拍摄到了新的画面,李姐看到后还以为真发生灵异事件了。"

"新的画面?"陈歌扭头看了一眼手腕,摄像头在和护士打斗时被碰掉。

"你看,它又动起来了!"

陈歌直接屏蔽了弹幕,看向直播画面右下角,那个屏幕是手腕摄像头的拍摄视角。画面在向前推进,那个摄像头好像是挂在了护士衣服上,正朝陈歌所在的方向追来!

"砍成那个样子都没死,是因为这里地形特殊吗?"

刘刀并不知道事情的严重性,认真向陈歌传授经验:"你最好联系你的朋友,告诉他不要在镜头前出现,这样能带给观众更多的期待感。"

"要什么期待感!"挂断电话,陈歌二话不说就往楼上跑。

直播间里两个摄像头拍摄着不同的画面,似乎相互追赶。这场景别说观众们没见过,陈歌自己也是第一次遇到,飞速逃回三楼走廊。跑出了十几米远,陈歌低头看了一眼手机屏幕,他在自己的直播间里,看到了自己的后背!

"追过来了!"

暂时没有能完美解决掉护士的办法,陈歌头也不回,沿着走廊一侧的楼梯又回到二楼,加速甩开女护士后,他改变方向,溜进一楼。追在后面的女护士好像只能凭借本能行事,找不到陈歌的踪迹,她又开始重复打开房门,逐一搜索每个病房。

"那怪物和镜中怪物不同,没有自己的意识,她应该与此地特殊的环境融为一体了。"

等女护士走远后,陈歌才从藏身之地走出,这一层就是一切恐怖事件的源头。

"那股臭味更浓重了。"

一楼的走廊和其他几层的都不一样,地板开裂出细小的缝隙,里面不知是虫子还是其他什么东西在爬动,墙壁上开始出现浅浅的红斑,抠下墙皮后能发现,那种红已经浸透入墙体当中,好像人类身体里的毛细血管一般。

"类似的描述我在院长信中看到过,可是那时候他说只有三号病房的门框周围出现了异常。"

一楼共有十间病房,对应着十个编号,陈歌靠近距离自己最近的那扇门。十号病房的门是特制的铁门,比起病房,更像是囚室,陈歌尝试了各种方法,都无法将其打开。

"质量真好,这么多年过去了,一点儿松动的迹象都没有。"

十号房的人被称之为魔鬼,虽然高医生断言此人患病活不长,但凡事都有例外。今天夜里陈歌遇到了好几个第三病栋的病人,说不定十号房的病人也在这里。九号、八号两个病房同样安装了铁门,在不闹出大动静的情况下,根本不可能打开房门。

陈歌不再耽误时间,直奔三号病房而去。这里墙皮剥离,从墙体里往外渗出血红，地面上的被褥高高鼓起，假人的部分身体露在外面，像是随时会伸手抓住路过的人一样。

无论头顶还是脚下，建筑内部血迹斑斑，但是触摸那些血痕就会发现，血迹不在建筑的表面上，而是位于建筑内部，不断地向外渗透。

这种感觉非常奇怪，仿佛是建筑本身流血了。空气中的臭味已经到了刺鼻的地步，陈歌强忍着不适靠近三号病房，就在还有几米远的时候，他看到了三号病房的门。那是一扇完全被鲜血染红的门。房门半掩，门锁上挂着一块禁止进入的木板。

"这就是毁掉了整个康复中心的'门'。"真正站立在门前，才能体会到那种难以言说的感觉。

陈歌双腿机械性地向前迈动，手中的杀猪刀和碎颅锤无法带给他一丝一毫的安全感。他全身的每一个细胞都在高喊这里很危险，千万不要靠近，但是脑海最深处好像又有一个声音催促他、引诱他向前。

陈歌最终停在三号病房的门口。

漆黑的长廊中间，被血色染红的墙壁上打开了一扇门。它像是第三病栋的心脏，一切诡异的事情都围绕着它。

"鬼屋里的那扇门如果放任不管，会不会也变成这个样子？"陈歌顺着半掩的房门，看向第三病房内部。

天花板、墙壁、床铺，陈歌看到的所有东西都是红色的，一门之隔，内外完全是两个不同的世界。

他伸手按住了房门，想要将木门合上，在他推动病房门的时候，一种熟悉的声音出现了。这声音他曾在自己的鬼屋里听到过，是一种类似于重物被拖动的声音。

听到这个声音，陈歌当机立断地关上了房门。手抓着门锁，冰凉的感觉从掌心渗入身体。他僵在门外，集中全部注意力判断那声音所在的位置。

"只能听出是从门内传出的，具体方向辨别不出来。"

陈歌的脑海中出现了一幕画面，一个蒙着脸的怪物拖拽着一具尸体走在走廊当中。声音渐渐逼近，最后突然停止。陈歌全身肌肉绷紧，这是种非常奇怪的感觉，就好像眼前的门是一面镜子，两个世界相互对照，那个怪物就站在陈歌所在的位置一样。

双方就隔着一扇门，谁也没有轻举妄动。

走廊上阴风阵阵，三四分钟后，二楼传来开门关门的声响，女护士似乎追了过来。情况对陈歌有些不利，护士很快就要出现，但他现在偏偏不能随便乱动。门内的怪物可能察觉到了他，只要他稍有异动，估计那怪物就会从门里蹿出来。

这是场无声的对峙。门内的怪物在犹豫，门外的陈歌暂时还没有和对方硬碰硬的打算，现在最想做的事情是找东西暂时先把门给堵上，熬过这一晚上再说。搜查完二、三楼层的护士终于来到了一楼。

这护士生前似乎就是一个非常记仇的人。她看见陈歌后，歪斜着身体，踉踉跄跄地走过来。封闭的病栋，漆黑的长廊上，一个穿着破烂护士服的疯女人朝自己跑来，这场景任谁都会受不了。

陈歌眉心跳动，手臂上暴起青色的血管。他用余光看着越来越近的女护士。

"笔记都还给你了，为什么还追着我不放？"

换个时间和地方，陈歌根本不会慌。现在门内的怪物带给他太大的压力。他听到过声音，但是从来没有见过门内的怪物，未知的东西才会勾起心底最深处的恐惧，陈歌也不例外。

护士不依不饶，张牙舞爪，很快出现在离陈歌十米处。杀猪刀之前造成的伤口全都不见了，女护士被碎颅锤砸变形的身体也恢复了许多，陈歌甚至能看见挂在女护士领口上的摄像头。

"你别欺人太甚了。"

在女护士距离陈歌五米以内的时候，他在心里迅速做出决定，柿子捡软的捏，先把女护士解决掉，再全力对付门内的东西。陈歌慢慢地收回手，看着几米外的女护士，全力爆发，以比她还快的速度迎面撞了过去。铁锤抡砸，他完全是一副不要命的打法，事实上女护士除了不容易杀死外，自身实力没有多强。抽刀再次刺入女护士制服当中，陈歌没有恋战，他知道自己最大的威胁来自于身后。

在陈歌和女护士打斗的时候，三号病房的门开始渗血，类似于血液的东西沿着门板滑落，滴落在地直接消失不见。只能向内推开的病房门被一股力量推动，门轴转动，竟然缓缓地向外打开。

"那玩意儿要出来了！"

这几秒钟的时间根本不足以解决女护士，陈歌夹在它们中间腹背受敌。他和女护士缠斗在一起，女护士对他怨念深重，似乎准备把扭曲的身体缠在陈歌的身上。背后就是那扇血门，陈歌也是狠下了心，他向后一步躲开女护士扭曲的身体，然后拽起碎颅锤砸在女护士后背上。

黑色手机奖励的铁锤，对于鬼怪也有一定的克制，这还是刚才在女护士身上试验出来的。又是一锤砸下，还是同样的位置，女护士身体前移，停在了陈歌和血门中间。

此时那扇血门已经被推开了一半，有东西正准备出来。

"这不是你们该来的地方！"陈歌疯狂进攻，正常的方法杀不死女护士，他只能冒险尝试，准备将女护士逼入血门之中，然后再将门封死。

事情要比陈歌想象中顺利得多，也恐怖得多。女护士刚刚靠近血门，半开的房门后面直接伸出了一只长满毛发的手。那手抓的是陈歌原来站立的位置，因为他主动冲出去和女护士硬拼，缠斗过程中，在他的刻意引导下，和女护士交换了位置。

那手掌抓住了女护士的身体，一股大力将她向后拖拽，女护士的脸完全扭曲，她还没来得及挣扎，就被拽进了门中。看到这场景，陈歌一个箭步冲了过去，甩手将门关上。背靠房门，他把全身的重量压在门上，然后又将碎颅锤斜着顶在门后。

"嘭！"

门内传来撞门的声音，陈歌在鬼屋的厕所里经历过类似的场景，只不过鬼屋的门只存在一分钟，而第三病栋里的门似乎会存在整整一个晚上。

"嘭！"

撞门的力量很大，陈歌后背都被震得发麻："门后那怪物到底是什么玩意儿？力气怎么这么大？"

他不知道关门的方法，周围也没有可以挡在门口的东西，更糟糕的是撞门发出的声音很可能会吸引来更多的怪物。

"这扇门必须要关上才行，哪怕只是暂时的，要不今夜别说试练任务，我能不能活着离开都是个问题。"陈歌狠咬舌尖，让自己冷静下来。他后背顶着房门，拿出手机拨通了高医生的电话。焦急地想,"一定要接啊!"

忙音响了四声,电话接通!

手机那边传来高医生的声音:"陈歌?"

可能是信号的问题,高医生的声音听起来飘忽不定、断断续续,这加重了陈歌的危机感:"高医生,快找到门楠!我有急事!"

"他还没出院,你突然找他干什么?"

"生死攸关!他是在精神病院里出生的,隐藏起来的那个第三人格其实才是真正的门楠。"陈歌语速极快,高医生听得不是太明白,不过他通过陈歌的语气也知道事态紧急。

"我这就开车去医院,二十分钟内赶到,你不要挂电话,有其他需要都可以跟我说。"

"二十分钟我不一定能撑得过去。"陈歌后背被撞得生疼,旁边的几间病房里也传出异动,"高医生,等你到了医院,记得一定要想办法弄醒门楠最年幼的那个人格!"

"最年幼的人格?门楠的第三人格隐藏很深,平时极少露面,这件事我不敢保证能做到,你最好提前有个失败的心理准备。"高医生那边传来开门的声音,他已经急匆匆地跑出了家。

"我遇到的事情只有那个幼年人格清楚,高医生,不管用什么方法,一定要弄醒他!"身后不断发出门板被撞击的嘭嘭声,高医生在电话那边也听得清清楚楚。

"我尽力!"他和陈歌是通过女儿高汝雪认识的,一开始他只是把陈歌当作普通的心理学爱好者,后来陈歌出手义务帮助他治疗王欣和门楠,让他对陈歌的印象大为改观,同时也产生了疑惑。

尤其在海明公寓的那晚,高医生也看到了一些特别的东西。只不过他没对任何人提起,暗自压在心底,想要自己找出答案。电话没有挂断,高医生开车赶往门楠所在的医院,陈歌背靠房门苦苦地支撑。

大约两三分钟后,撞门的声音没有消失,更糟糕的是距离陈歌不远的八号病房传来锁链滑动的声音。

那扇特别加固过的铁门慢慢错开了一条缝。一张左右不对称的畸形脸往外看了一眼，他伸长脖颈，穿着精神病医生的外套从屋内走出。

"这家伙藏在病房里。"陈歌尝试过开门，但并未成功，仔细想想可能就是畸形脸在里面捣乱。

碎颅锤斜顶着三号病房的门，他现在能用的只有杀猪刀。

"这人只是个精神病，应该比女护士容易对付，如果他实力很强，在第二病栋洗衣房的时候也就没有逃走的必要了。"

陈歌看着畸形脸，考虑要不要把他也关进房门里。

"不知道活人进入门后的世界会发生什么，如果他敢对我动手，正好用他做个试验。"越是危险的时候，陈歌越是冷静。他握紧杀猪刀，调整碎颅锤的位置，形成一个支点。这样就算他身体不再支撑门板，房门也不会立刻打开。

午夜十二点过后，畸形脸身上出现了一些微妙的变化。他的表情更加癫狂，空着一双手，不快不慢地朝陈歌走来。

"有些不对劲。"陈歌立刻发现问题所在。这家伙在第二病栋的时候，手持斧头还落荒而逃，可进入第三病栋后，他居然敢赤手空拳地靠近手拿刀刃和铁锤的陈歌。

白猫夌了毛。刚才和女护士打斗时，它就从陈歌肩膀上跳下，对着畸形脸龇牙咧嘴。面对一人一猫，畸形脸的表现和之前截然不同，那张仿佛动过手术的脸，露出难看的笑容。他走得越来越慢，好像背负着很重的东西，每一步都很艰难。

"这姿势和王声龙有点儿像……"

杀猪刀横在胸前，陈歌最不愿意看到的事情出现了。畸形脸的嘴越咧越大，背上出现了第二个人头。那只是一个很普通的头颅，恐怖的是一个身高接近两米五的瘦长怪物从畸形脸的背后伸出来。它的下半身和畸形脸的后背相连，上半身碰到天花板后向前弯曲，好像一条人头蟒蛇一样伸向陈歌。

"这是什么东西？"就算有了心理准备，陈歌看到这怪物的时候，还是被吓了一跳。

怪物的身体瘦长，套着用白大褂裁剪缝制的白布，从白布的缺口可以看到它的身体上还有其他几张麻木沉默的人脸。

一开始，它的个子不高，后来不断地跳在活人的肩膀上，把他们都吃掉了，才长成现在这样。陈歌留意到王声龙曾用一幅画来描述他和怪物的关系。在那幅画里，他站在下面，怪物踩在他的肩膀上。而眼前畸形脸和怪物的关系却有点儿不一般。那怪物从他的背后钻出来，后背和怪物的身体相连接。

"畸形脸就是怪物本身，还是说他们达成了某种协议共生了？"

没有更多的时间思考，畸形脸停在离陈歌两米多远的地方，但他后背上的瘦长怪物已经伸到陈歌的头顶。怪物的脸极为普通，是那种扔进人群里转眼就会忘记的类型，可谁又能想到，这普普通通的容貌下竟然隐藏着一个如此恐怖的怪物。

"我们来玩个游戏吧。你赢了，我就放过你。你输了，就把你的身体给我。"畸形脸和怪物的嘴同时说着，声音直接出现在陈歌的脑海里，"游戏的名字叫'看谁先开口说话'。"

其实这是个玩家必输的游戏，因为没有时间限制，王声龙的遭遇就是前车之鉴。

答应玩游戏的话，怪物会直接跳到玩家的肩膀上，慢慢折磨同化他。如果忍不住开口，怪物就赢了；一直闭口不言，怪物就一直蹲在肩膀上，游戏不会终止。白布缺口处露出的几张人脸，每一张脸代表一个活人。

"想玩游戏可以，不过规则需要重新制定一下。"陈歌开口说道，声音十分平静。高医生在赶往医院的路上，陈歌所做的一切都是为了拖延时间。

怪物停在陈歌头顶，隔着半米远，那张脸微微一愣，似乎从来没有遇到过这样的情况。停顿片刻后，它扭头看向畸形脸，似乎问他该怎么回答。正常人看到它不是应该抓狂尖叫吗？

畸形脸的笑容僵在脸上，觉得自己被陈歌耍了。他嘶喊着，伸手指向陈歌的脑袋。怪物明白了畸形脸的意思，瘦长的身体向陈歌压了过去。它那双枯瘦的手抓向陈歌的脸，身体不断伸长。

陈歌见怪物狗急跳墙，非但不慌，思路比刚才还要清晰："这怪物有弱点！它进攻我的时候，只有上半身能动，下半身还在畸形脸的身上。这说明它的下半身很可能无法随便移动。"

"怪不得它会和人玩这个游戏，如果它可以直接跳到别人的身上，占据别人的身体，根本没有必要打着玩游戏的幌子。"

陈歌抽刀躲闪，眼神却十分明亮："它从一个人身上跳到另一个人的身上时，估计就是它最虚弱的时候。"

陈歌一直被动躲闪，险象环生，很快被怪物逼入死角，似乎已经没有退路了。

"等等！我同意和你玩儿那个游戏！"

在死亡面前，陈歌"服软"了，他把手机装入口袋，看着伸长的人头："就按照你的规则玩儿。"

陈歌的态度转变有些快，畸形脸不禁心存疑惑，不过那个怪物倒是表现得十分兴奋。

"想玩游戏可以，先把你手里的刀扔了。"陈歌第一次从畸形脸的嘴里听到完整的话，这个人的声音有些特别，好像做过手术一样尖锐刺耳。

"如果我赢了游戏，你们要保证我可以安全离开。"

陈歌的眼神里充满了不信任。畸形脸见状反而少了一些担心："离开那道门，把刀扔了，等你赢了游戏，我会告诉你出去的路。"

这个游戏玩家必输。如果陈歌玩儿了这个游戏，等待他的将是噩梦般的精神病院生活。

"好，我同意。接下来需要我做什么？"陈歌将杀猪刀扔在身前，双手插进口袋当中。

"站在原地别动就行了。"畸形脸往前走了一步，他和陈歌之间的距离拉近到两米以内，"从我这句话说完开始，无论你听到什么、看到什么，都不能开口说话，否则就算你输。"

他紧盯着陈歌，背后的怪物不断地伸长，那张相貌普通的脸倒悬在陈歌面前。

"这都不说话，那就来点更刺激的。"畸形脸坐在地上、弯下腰，怪物的躯体从他后背完完整整地爬出来了。

怪物身高三米多，双腿不到一米，头和脚都跟正常人一样，唯有中间的身体，好像是许多人拼接在一起的。

"它到底是什么？"

怪物上身太长，下肢不稳，离开畸形脸的身体后，摇摇晃晃地朝陈歌走来。他们之间只有两米的距离。那怪物的上半身悬停在陈歌面前，下半身慢慢靠近。

怪物似乎害怕陈歌反悔，枯瘦的手抓着他的肩膀，防止他逃跑。陈歌也有些紧张，在脑海里将之前设计好的动作重复了几遍，眼睛紧盯着怪物的双腿。

当那双腿走到杀猪刀旁边的时候，陈歌突然伸出放在口袋里的手。他的身上还有一件东西，可以对怪物造成百分之百地伤害！尖锐的笔尖刺入怪物眼眶，因为用力过猛，被透明胶带包裹了五六层的笔杆立刻开裂。

"啊！"

半根笔没入怪物眼眶，它的身体如蛇般弹动，显然受到了不小的伤害。在海明公寓时，陈歌无意间用小小砸向镜中怪物，硬是从镜中怪物身上撕下一块肉。那个时候他就明白了一件事，怪物本身就是对付怪物最直接、最有效的方法。他早就计划好用笔仙藏身的圆珠笔对付这个怪物。在怪物失控的时候，陈歌拔出圆珠笔，扑身向前。

他主动出手，占据先机，等畸形脸反应过来，陈歌已经抓住了身前的刀。他反手握刀，对准怪物最脆弱的双腿砍了下去。

今夜，他的神经一直紧绷，负面情绪在这一刻全部宣泄出来。每一刀下去，怪物的身体都会消减一些。

"杀猪刀的效果太弱，没办法直接废掉这怪物。等它缓过神来，局势仍旧对我不利。"陈歌迅速地冷静下来，"杀猪刀废不了怪物，但是可以废掉背负怪物的人。"

他手持杀猪刀，扭头看向站在两米外的畸形脸。

"这是什么眼神？"畸形脸不对称的脸颊挤出一个难看的表情，感觉历史要再一次重演了。

"就是你！"陈歌举刀冲过去的时候，畸形脸已经迅速地扭头朝楼梯跑去。

畸形脸玩命逃跑，陈歌拿着杀猪刀、满脸杀气地疯狂追赶，眼睛被笔仙戳瞎的怪物紧紧地跟在最后，好像蛇类一样在地上爬行，速度也很快。

两人一蛇形成了一种诡异的平衡，从一楼跑到四楼。进入四楼走廊后，陈歌稍稍放慢了速度，畸形脸似乎目的性明确地把他往这个方向引。经过其他几个楼层的时候，畸形脸都没有转弯，直奔四楼而来。

"他想从那扇铁门逃到其他病栋？不可能啊，这家伙似乎只有在第三病栋里才能驱使怪物。"陈歌心里清楚，第三病栋对于这几个精神病来说是一个非常特殊的地方，他们应该不会主动离开才对。

速度再次放缓，在快要跑出第三病栋的时候，畸形脸终于停下了脚步。他大声叫喊，整张脸都变了形。听到畸形脸的声音，两边的病房里爬出两个男人。他们身上有伤，正是许童和患有幻肢症的病人。

这三个人聚在一起，陈歌也没有太害怕。关键是许童和另外那个病人，他们的后背上都有一个怪物，正在向外慢慢地舒展身体。

"第三病栋的每一个病人都被怪物附了身？他们之间的关系，要比当初的张鹏和镜中怪物融洽许多，这不是个好兆头。"第三病栋里有九个病人，除了王声龙外，陈歌很有可能要面对八个类似的怪物，甚至可能存在比这种怪物更恐怖的东西。

瘦长的身体从病人背后钻出，陈歌被三个怪物围在中间。

"别怕，很快你就会变得和我们一样了。"畸形脸让另外两个病人堵住陈歌，他自己跑出第三病栋，把第二病栋和第三病栋中间的那扇铁门锁住，断了陈歌的后路。

陈歌站在四楼的走廊中央，似乎已经没有翻盘的希望。三个怪物堵住了所有的出口，一点点地逼近陈歌，连自杀的机会都不打算留给他。

"对我来说，三星恐怖场景还是太勉强了一点儿。"陈歌靠在墙壁上，从贴身的口袋里取出一枚哭泣的糖果，"这是我的最后一张底牌，不管结果如何，用了这张底牌后，我都要想办法离开了。"

陈歌将哭泣的糖果吞入口中，立刻感受到无穷的怨念和阴冷的气息传遍全身，好像有人从背后拥抱着他。

黑色的长发飘舞，极度邪恶的气息慢慢消现，张雅身穿红衣从陈歌的影子里走出来！

第 18 章 门后的怪物

精致的面容在血衣映衬下显得格外苍白,张雅黑发飘动,站在陈歌面前,两张脸只隔着不到三十厘米。冰冷刺骨的气息穿透皮肤,陈歌嘴唇泛紫,身体如坠冰窟。天不怕地不怕的他,此时竟然产生了一丝退意。他想要往后躲闪,可是身体却不听指挥。

那枚哭泣的糖果好像一条流淌的冰河,冻结了他的每一条血管。体内似有冤魂哭喊,阴气自内向外缠绕上跳动的心房,仿佛一双冰冷的手抓住了他的心脏。陈歌几乎要窒息了,怨念的糖果不是那么好吃的。

张雅慢慢地贴近,散发出冰冷阴森的气息,最后停在陈歌的眼前。那是一张没有温度的脸,美得惊心动魄,美得令陈歌汗毛倒竖。

陈歌觉得体内有一个冤魂乱窜,看着和自己只有五六厘米远的张雅,小腿不由自主地打战。

"这跟我想的不一样啊!谁来拦住她!"

或许是怨念眷顾者的称号起了作用,那个被笔仙戳瞎了一只眼的怪物,满含怒火地爬向他。它细长的身体如同巨蟒蜿蜒爬行,枯瘦的双手抓住陈歌的肩膀,弓起下半身,似乎准备跳到陈歌的肩上。双肩传来一阵疼痛,陈歌看着怪物狰狞的脸，回报它一个感激的眼神。

感激？

身为怪物的尊严被践踏，高悬的人头彻底发疯，它无意与张雅为敌，挑选了另外一个方向朝陈歌脖颈咬去。扭曲病态的人头张开血盆大口，刚冲到陈歌半米以内就停了下来。

不是它不想继续进攻，而是黑暗里一根根沾染血迹的长发勒住了它。怪物发出一声嘶吼，怨毒地盯着张雅。它不想招惹张雅，不代表它害怕张雅。

三个怪物同时从三个方向围攻而来。

陈歌不清楚张雅的想法，只是看着张雅的脸色阴沉下来，黑发刺入怪物的身体，纤细的手臂抓住怪物的脑袋，重重地砸在墙壁上。

"啊！"

这是那怪物今夜第二次发出惨叫，上一次还是它被陈歌用笔仙戳瞎眼睛的时候。

"太残忍了。"张雅和怪物动手的时候，陈歌感觉身上的凉意减弱许多，赶紧抽身退后。

身体里冤魂的叫喊声已经减弱，随着那枚糖果不断融化，一丝丝冰凉涌入双瞳，陈歌的视力再次得到提升，暗视的能力也越来越强了。

三个怪物正和张雅缠斗。她一袭红衣，怨恨和怒火熊熊燃烧，似乎生撕了怪物全部吃掉才解气。十几分钟后，怪物们的身上出现了一道道伤口。

这些瘦长怪物下半身和人连在一起的时候最强，从活人肩膀跳落后，实力大大减弱，现在就算占据了数量上的优势，也奈何不了张雅。

"实力相差这么大？"瘦长怪物是陈歌见过最恐怖的了，原以为它的实力会和张雅不分上下，没想到他还是低估了张雅。

"能在黑色手机里拥有专属页面，果真不一般。"陈歌悄悄地向后退去，握紧杀猪刀，丝毫没有放松。

"西郊私立学院"最多只是一个三星恐怖场景，甚至很可能只是一个二星恐怖场景。张雅作为"西郊私立学院"里的红衣怨念，却能虐杀三星恐怖场景里的瘦长怪物，这只能说明一件事，第三病栋里应该藏有比瘦长怪物更恐怖的存在。

"第三病栋是三星恐怖场景,黑色手机给出这样的评价,一定有其道理。估计这医院里也有红衣怨念,甚至不止一个。"

陈歌越想越觉得不对劲。那扇门一到深夜就在病栋里打开,这么多年过去了,按理说整个病栋应该早就化为怪物栖身之处才对。那些怪物全部离开了,还是说它们从门内出来之后,又被什么东西给吃掉了?

扫视四周,一楼走廊墙壁里的血丝不知什么时候出现在四楼,悄无声息地朝张雅所在的位置蔓延。

"不太妙啊。"陈歌身体已经恢复,张雅送他的糖果是用一个冤魂做成的,刚吃掉那枚糖果时他浑身冰冷、动弹不得,糖果完全融化后,糖果里的冤魂便被"阴瞳"完美地吸收掉,张雅不想通过这种方式伤害他。

"第三病栋里还有其他东西!说不定真正的怪物就是这栋大楼本身!"陈歌拿着杀猪刀向前跑去,还没跑出去多远,口袋里的手机忽然传出高医生的声音。

"陈歌!我找到门楠了!"电话一直没有挂断,高医生听着陈歌这边的动静,意识到情况危急,全速赶到了医院。

"好,你把手机给他。"陈歌停下脚步。门楠是整件事的中心,是第一个看见门的人,也是关门的关键!

"我是门楠,谢谢你上次……"

"别说那些虚的,我知道你身体里还隐藏着一个幼年期的人格,你应该有办法唤醒他。"陈歌这边局势紧张,因为张雅的出现,第三病栋里有极为可怕的东西正在苏醒。

"你是不是误会了?我怎么不知道自己的身体里还隐藏着其他人格?"

"他就在你的身体里!"陈歌声音变大,"你在精神病院里出生,在精神病院里度过婴儿期,我不知道这段经历对你的成长造成了什么影响,可能你也在极力回避,但是,有些事情不是你回避就不存在的!"

"你说什么?"门楠的声音不像是撒谎,"好吧,就算我是在精神病院长大的,可谁还会记得婴儿期的记忆?"

"婴儿的神经系统发育迅速,生理结构上的变化会导致记忆不稳定,很少有人还能想起婴儿时期的记忆。"高医生站在客观的角度说道,"不过,这部分记忆没有丢失，而是隐藏在脑海当中。唤醒这些记忆，说不定就能唤醒那个幼年期的人格。"

"唤醒记忆？"陈歌翻动口袋，拿出从院长办公室里找到的那张照片，拍照后发送给高医生。"门楠，看看这张照片，这就是你母亲曾经住过的病房！想一想第三病栋的三号病房，再想想那扇挡在你和你母亲之间的房门！"

"门？"门楠的声音有了明显的变化，应该是想到了什么。

门楠也有陈歌发过去的这张相片，只不过那张照片被他放在了抽屉最下层，上面压着好几本书。陈歌在海明公寓看到那张照片的时候还觉得奇怪，这是门楠的母亲留给他唯一的念想，就算不放在相框里，也应该好好收起来才对。

可是，门楠好像在刻意回避，将其藏在看不见的地方。他不愿意丢弃，又不敢去面对，这是他最矛盾的地方。

"你在哪儿看到的这张照片？"门楠的声音有些沙哑，语速变慢。这一次他无法回避了。

"我就在照片里的那座医院当中，进入你母亲住过的病房……"

"赶紧离开那里！"陈歌的话未说完，门楠就喊了出来。

"离开？看来你已经想起来了。"

手机那边又是一阵沉默，几秒之后门楠才开口说道："我也不知道为什么会这么说，但直觉告诉我那里很危险。"

"病栋已经被锁死，我现在出不去了。如果不是迫不得已，我也不会给你们打电话。"陈歌拿着杀猪刀，眼睛盯着还在向张雅蔓延的血丝，"这不是我和你两个人的事情。那些放弃治疗的疯子，带着自己扭曲的世界观又回到了这里。他们丧心病狂，手持斧锯，囚禁活人，你能想象得出他们都做过什么吗？"

"有人在医院里遇害了？"门楠的声音里充满了不确定性，好像在不断地质疑自己，想要说什么，但又不敢说出来。

"我可以明确地告诉你，受害者不止一个。我在这里找到了大量的人发。"陈歌不知道门楠在犹豫什么，"我自己的处境也十分危险，怪物和病人手持斧头歇斯底里地追砍我，根本无法交流。"

过了很久，手机那边终于传来门楠的声音："你想让我怎么帮你？"

"唤醒你身体里的另一个人格！我要找的是他！"血色弥漫，空气中的臭味愈发浓重，好像怪物张开了腥臭的嘴巴。

"你能告诉我找他的原因吗？"门楠的声音很低，夹杂着一丝复杂的情绪。

陈歌已经不想再耽误时间了，说道："我要关上第三病栋三号病房的门，关门的方法应该只有你的幼年期人格知道。把他叫出来吧，我清楚你小时候的所有遭遇，我理解你的痛苦，但是，你们必须要面对！"

"关门……"门楠自言自语道，"对不起，我恐怕帮不了你。"

门楠拒绝得很果断，这是陈歌没有想到的："为什么？"

"因为他不在我身上。"门楠深吸了一口气，"他把自己关进了门里。"

"你的幼年人格在门那边？！"陈歌双眉拧在了一起。

"是的，其实他才是主人格，我的记忆是从四岁以后开始的。"门楠说出了一段令人震惊的话，"主人格在精神病院出生，把病态当作正常，他的世界跟所有人都不一样。四岁以前，他努力向正常人的方向转变，母亲就是他唯一的支柱。但是，在他四岁的时候，母亲被杀害，他目睹了这一切，放弃了正常的世界。

"他从来没有被正常的世界善待过，所以，他觉得我们大众认可的正常世界才是真正扭曲的。

"他把自己封闭在脑海里，接着我便出现了。

"他从不和我交流，直到后来有一天，康复中心的院长和一位姓陈的医生来找我，希望我能帮助他们将所谓的'门'给关上。

"我那时很小，什么都不知道就被他们带回了主人格曾经生活的医院里。

"他们问了我很多奇怪的问题，直到现在我也回答不出来那些问题。

"晚上他们将我安排在三号病房，后来发生了什么，我就不知道了。

"水杯里似乎放了安眠药，我睡得很熟，他们可能趁机唤醒了主人格。

"等我再清醒过来的时候，是午夜十二点。

"我迷迷糊糊地睁开眼睛，发现自己躺在床上，但是周围的一切都是血红色的，更奇怪的是主人格就站在我身边。

"他告诉我不要对任何人说这些事情，然后又指了指门外走廊上的电子表，说不管以后有多累，午夜零点之前都不能入睡。

"后来他把我送出房间，自己则留在那边将门关上了。

"从那往后,他就再也没有出现过,只是我的脑海里有时会多出一些不属于我的记忆。

"我本来要将这些深埋心底,不告诉任何人,因为直到现在,我都不确定这些是不是我幻想出来的。

"我的情况和妄想症、精神分裂非常相似,但是这一切太真实了,随着年龄增长,我一直在自我怀疑中挣扎,这也是我主修心理学的原因。"

门楠的声音十分痛苦,陈歌听得出他的煎熬。他把自己伪装的和正常人一样,像大多数人那样平凡的生活,对他来说就已经是一种挑战了。

"这么说也解释得通,怪不得一只镜中怪物都可以欺负他。"陈歌拿着手机,心绪不宁。

"门楠说的不无道理。我从他的身上检测到的第三人格,出现规律呈现随机性和片段性,像极了零散的记忆碎片。"高医生接过手机。他没听懂陈歌和门楠的对话,也帮不上什么忙。

"嗯,他应该没有骗我。"

唯一能把门关上的人在十几年前就进入门里,那扇门也确实关闭了几年,直到四年前精神病院封停后才再次打开,难道门楠的主人格在门里出现了意外?

陈歌心中萌生退意。这栋大楼太邪乎,就算张雅在也不保险,还是先撤出去好。

他抬头看向走廊中央,阴气森森,张雅的血衣飘荡着,与夜色融为一体的黑发反复刺穿怪物的身体,那三个怪物中已经有两个被生生撕碎。

怪物的身体被撕碎,长廊里好像下起了黑色的雪,张雅站在其中,黑发吞噬着那些瘦长怪物的怨念,她身上的红衣越来越鲜艳了。

"她似乎又变强了……"陈歌眼皮直跳。

张雅对他的好感度飞速增长。万一哪天突破了某个限度,张雅一不小心"误杀"了他怎么办?这一位表面看上去恬静单纯,可真动起手来,和她敌对的家伙不是被撕碎,就是被吃掉,活脱脱就是童话故事里的终极反派。

"先离开第三病栋再说。"陈歌主动朝张雅走去,想要招呼她离开。

此时三个怪物只剩下眼睛被戳瞎的那个还活着。它遍体鳞伤,身体上的几张脸都哀号着,凄惨得连陈歌都看不下去了,劝道:"张雅,它也挺惨的,别再折磨它，直接杀掉好了。我们抓紧时间离开，此地不宜久留。"

地上的怪物瞪着仅存的一只眼睛，快要哭出血泪了。它竭力挣脱黑发，身上的几张脸同时发出刺耳的尖叫声。

"它在求救吗？别管它了，我们先走！"陈歌提着杀猪刀，走出几步后才发现，张雅仍停在原地，黑发死死地缠绕在怪物的双腿上。

而走廊另一边，无数猩红的血丝缠绕怪物的上半身，似乎想要救走怪物。空气中的臭味愈发浓重，在张雅和那些血丝僵持的时候，第三病栋里真正的怪物慢慢地苏醒了。越来越多的血丝从墙壁和地板缝隙中涌出，一部分包裹着怪物的上半身，另一部分向张雅的脚下蔓延。

"操控这些血丝的是谁？"陈歌抓着杀猪刀，想冲过去帮助张雅，还没靠近就看见怪物瘦长的身体被撕扯成两半。

怪物的大部分身体被血丝包裹着逃向楼下，张雅只抢到了一小部分。这还是张雅第一次吃亏。不过在陈歌看来，在这种情况下能保住命就算不错了。他正要劝说张雅离开，话没说出口，就看见如潮水般的黑发从张雅身后涌出，一袭红衣直接朝楼下冲了过去！

沿途的血丝被绞碎，张雅很快消失在四楼的走廊尽头。冷风灌入陈歌张开的嘴巴里，停了一两秒才回过神来："这都敢追？"

陈歌看着漆黑幽深的长廊，脑中闪过种种恐怖的画面，理智告诉他现在最好的办法就是逃离第三病栋。事情已经超出预期，有时候放弃才是正确的选择。他想要离开，但是张雅孤身冲了进去，说不定还会被骗入血门当中。

门那边危机重重，隐藏着各种各样的怪物，张雅很可能会吃亏。

陈歌越想越害怕。他狠狠地砍了墙一刀："莽夫啊！真是莽夫！"

说完后，他咬着牙，提刀追了过去。白猫就在他身后高高鼓起的被褥上，异瞳透出不解：这人嘴上抱怨不行，脚下跑得比谁都快，果然活人就是矫情。

陈歌一口气跑到二楼，还是没有看到张雅的身影，墙壁上出现越来越多的血斑，看得他心惊肉跳。

"三楼和四楼的血丝全部被张雅处理干净了，二楼的血丝只有一部分被破坏，她很可能在这里遇到了阻拦。"

陈歌在二楼也没看到张雅，只能跑下一楼。

暗红色的走廊上，一个人都没有。陈歌小心翼翼地步入其中，张雅不会已经杀进血门里了吧？

他走到三号病房门口，原本闭合的房门此时完全打开，很显然刚才有人从这里进出过。陈歌捡起地上的碎颅锤，看了一眼背包，那只大公鸡死得不明不白，连声音都没发出。

"守在外面，还是进去找她？"门那边没有任何声音，陈歌有些拿不定主意。

进入门内寻找将面对种种危险，他很可能应付不来。

守在外面，万一张雅在门里遇害，等怪物腾出手，他活着的几率也不大。

抓紧房门，陈歌五指用力，他吸了口气，从口袋里取出快要被拧碎的圆珠笔。

"十二点已经过去了，我要使用今天的预知机会。"陈歌竖直握笔，悬停在高高鼓起的被褥上，"笔仙，我现在怎么做才能在保护自己的同时，带着张雅一起离开？"

没有任何思索，笔仙在被褥上写下了两个字——进门。

"你回答得也太快了吧？认真点儿啊！"

陈歌将圆珠笔收起，看着房门，终于下定决心。拿出手机，电量只剩下一点儿，他抓紧时间对门楠说道："你不是说脑海里会浮现出一些不属于你的记忆吗？这些记忆当中有没有血红色的场景？"

"有。"

"你仔细想想那些不属于你的记忆，告诉我血红色场景当中有什么需要注意的事情。"陈歌这回是真准备豁出去了。没有张雅，他已经被怪物上身，再说以后还有许多需要张雅的地方。

"多出的那些记忆和血红色有关的很少，仅有的一些也都是发生在同一个场景里。"门楠想了一会儿，"那是一个完全封闭的单间，没有窗户，只有一扇门，空间狭窄，摆着一张木床。床边有束缚带，床头摆着一些仪器，有些像是电疗室。"

"电疗？"

"对，记忆里每隔一段时间都会有各种各样的怪物进入那房间。他们将我的幼年期人格用绳索捆在床上，然后还小声交谈，似乎说不要吵醒它。"想到这里，门楠的头好像针扎一样疼，他的声音有些痛苦，"我看不清那些怪物，只知道其中有一个似乎被毁了容，而那个毁容怪嘴里曾提到过一个名字，发音似乎是——吴非。"

毁容脸和吴非都是第三病栋里的病人，他俩分别住在十号房和九号房，是这座医院里最危险的存在。

"还有其他要注意的吗？"陈歌站在门口，做好了一切准备。

"有一件事我不是太确定。十几年前，主人格刚离开时好像对我说过，如果有一天我想去找他，在进入门后的血红色房间时，千万不要开口说话。"

"好，我知道了。"

陈歌闭上嘴巴，将手机放入口袋，握着碎颅锤和杀猪刀，迈步跨入门内。

呼吸困难，身体似乎被打湿，好像闯入大雾当中，眼前的所有东西都蒙上了一层薄薄的血色。

这就是门后的世界？

陈歌谨记门楠的叮嘱。他没有开口说话，手持杀猪刀和碎颅锤，看向四周。墙壁、地板、三号病房里的摆设，和门外的世界一模一样。他转过身回头看，不禁心跳加快。

三号病房的门是开着的，但是门外的场景却不是现实中的走廊。那是一条没有堆放任何杂物、干净整洁的长廊。地上的被褥和假人全都不见了，门后的病栋像是一直有专人清扫一样。

陈歌默默地靠近房门，把手伸到门外，手臂没有消失，那扇门似乎是单向的！陈歌不能说话，想要呼喊张雅都做不到，只好硬着头皮走出三号病房，刚一出门就看到外面的走廊上有人。那不是想象中的怪物，也不是活人和死尸，而是一个个用枕头和床单做成的假人。

它们像稻草人一样立在走廊上，画着呆滞的表情，分不清是快乐还是痛苦。

为什么门内的世界也有这东西？

陈歌本以为那些扔在被褥里的假人只是一个恶作剧，但是在门内的世界也看到它们之后，陈歌改变了想法。护士每晚喂病人吃药，甚至用专门的笔记本记录下每一位病人的名字，保存他们的病例。最关键的是这些病人在现实生活中都已经去世，眼前的假人很可能寄托着它们的残念。残念要比怨念弱小很多，但是当残念的数量是怨念的几十倍时，怨念也不一定能招架得住。在陈歌打量那个假人的时候，原本低着头的假人好像感觉到了什么，他转动身体，如同孩童简笔画一般的五官呆滞地看了陈歌一眼。

陈歌站在三号病房的门口，手心开始冒汗。假人慢慢地挪动身体，陈歌也举起了杀猪刀。

二人之间的距离越来越近，不过假人对陈歌没有什么兴趣，摇晃着身体朝走廊另一边走去。它浑浑噩噩地游荡，没有目的，没有任何想做的事情，累了就停下来靠墙休息，就像是提线木偶一般。

陈歌见过的残念有很多，残念形成的原因是因为执念太深，无法忘却，所以才会滞留人间。可假人身体里的残念完全不同，似乎缺失了记忆，又或者是完全封闭了内心，将自己的灵魂关进了心房。

假人没有攻击陈歌，陈歌自然不会没事找事对它出手。他悄悄走出三号病房，检查两边的墙壁。被血色雾气笼罩的墙壁上有明显的划痕，应该是张雅留下的。他沿着那些痕迹来到二楼。走出楼梯的那一刻，陈歌差点儿喊出声。

二楼的走廊上一个个假人晃动着身体、漫无目的地走着，对外界的一切都不感兴趣。它们的数量太多了，部分假人倒在地上，身上有黑发划伤的痕迹。张雅可能从这些家伙中间穿过去了。

陈歌没有犹豫，直接进入二楼。

走在一群浑浑噩噩的假人中间，陈歌产生了一种奇怪的感觉，好像自己才是异类。假如身边都是病人，正常人是不是觉得自己才是疯子？

他的状态不是太好，越往前走，呼吸就越困难，身体变沉，好像被扔进了大海里慢慢下沉。不过，幸运的是没有人攻击他。陈歌顺利来到二楼尽头，黑发的划痕也在这里消失。

二楼最深处有一个特别的单间，陈歌在现世中时没来得及搜查，就被护士追赶，逃到了一楼，而这个被他错过的单间就是电疗室。

推开门，里面的画面和他想象得不太一样。电疗室内只有一张病床，床上捆绑着一个四五岁大的男孩。

陈歌走到床边，对比照片，他可以确定这个孩子就是幼年期的门楠。

他怎么会在这里？

陈歌心里浮现出一个疑问，联想到门楠残留的那些记忆片段，冒出了大胆的猜测。门楠的主人格确实在门内的世界里遭遇了意外，从那时起，没有了守门人，那扇血门才开始失控。

张雅头发的划痕在这里消失了，证明她应该来过这个地方，但是屋子里却没有打斗过的痕迹。

陈歌不清楚张雅后来又去了哪里。既然找到了门楠的主人格，他准备先从门楠的主人格入手，只要能唤醒这个孩子，他就能对门后的世界有一个清晰的了解，也能多一个帮手。

理想状态下是这样的，实际会发生什么，他自己也不清楚，只能赌一把。

用杀猪刀割断男孩身上的束缚带，陈歌轻轻推动门楠的身体。男孩不知道是陷入深度睡眠，还是处于昏迷状态，不管陈歌如何晃动，男孩都紧闭双眼。在这个血色世界不能说话，陈歌想尽了各种办法都无法唤醒男孩。幕后之人没有杀死男孩，只是将男孩捆绑在电疗室内，说明男孩对那人还有用处，对方不会眼睁睁地看着男孩死掉。陈歌脑中闪过一个疯狂的念头，他默默地将杀猪刀举过头顶，向下比划了几次，瞳孔盯着男孩脖颈旁边的一处床板，猛然发力刺了下去！

"蹭！"

刀尖没有扎入木板，离男孩还有一两厘米远的地方，有一只长满毛发的手抓住了陈歌的杀猪刀。

陈歌一直警惕着四周，可是没有发现这手是从什么地方跑出来的。果断抽刀拉开距离，陈歌看清楚了那怪物的全貌。那怪物没有身体，就是一只断手。

这只手保护男孩不受伤害。为了进一步试探它，陈歌对男孩发动了二次进攻。他的每一刀都会被断手抓住，随着劈砍次数增多，断手上渐渐出现裂痕，就在陈歌以为断手撑不住、快要逃离的时候，木床的床单掀开了，数只断手跑了出来。

双方打斗的动静变大。大约十几秒后，一直陷入沉睡的小男孩轻轻眨动了一下眼皮。

男孩醒了？

床下不知道藏着多少断手，门外可能还有其他怪物，陈歌不敢在此耽误太长时间，他冒着被断手打伤的危险，提刀直接冲进几只断手当中，抓住了躺在病床上的男孩。

刀刃压在男孩脖颈上，陈歌身体贴着墙壁，环顾四周。

他不知道这些断手保护门楠的原因，如果它们在意门楠的安全，为何还要把他捆到病床上？在进入门内的时候，今夜的情况已经彻底失控。陈歌也不知道下一刻会发生什么，对他来说，这里是一个完全陌生的世界。他握紧手中的刀，此时唯一能做的就是唤醒门楠，眼前的这个孩子是他破局的全部希望。

刀刃几乎要划破男孩皮肤的时候，断手停止进攻，它们像是有人操控一样，数只手全部跑到门口，敲击房门。密集的敲门声让陈歌心神不宁。他牢记门楠的叮嘱，进门之后一句话也没说过，连走路都不敢发出太大的声音。此时敲门声传出很远，完全打破了门后世界的安静。

陈歌的心中升起不好的预感。没过一会儿，一个体形高大的老人出现在电疗室的门口。那人身高一米八，头发花白，穿着医生制服。最关键的是，医生制服被鲜血浸透，彻底变成了红色。

陈歌脸色煞白，看着老人，脑海中浮现出两个字——红衣。

门楠再三叮嘱不要发出声音，很可能就是为了躲避这东西，现在怪物已经出现，陈歌也就没有必要那么小心了。

"没想到除我之外，还有其他人进来。"老人慈眉善目，看起来和蔼可亲，前提是忽视那身血衣的情况下，"这地方不是你该来的，放下那孩子，赶紧离开吧。"

陈歌不为所动，男孩是他手中唯一的筹码，绝对不能轻易放开。刀刃压在男孩脖颈上，他盯着门口的老人，越看越觉得恐怖。老人双手轻微畸形，好像刚刚被什么东西重击过，那张和善的脸也有问题，看着没有活人的生气，就像是"殓容"化出来的一样。

这家伙死了很长时间了。

陈歌第一时间做出了自己的判断。老人见陈歌没有说话，向前一步，想走进屋内。陈歌察觉到他的举动，直接压下刀刃。男孩眼皮轻轻地跳动，似乎感觉到了疼痛，隐约有醒来的迹象。

"不要伤害孩子。"老人停下脚步，意味深长地说了一句，"如果这孩子出了问题，你就再也无法回去了。"

他抬了抬手指，那些断手重新钻入床下。陈歌看到后，果断远离病床。

"你看起来很紧张，放松一点儿。"老人的声音让人信服。他和高医生一样，在谈话的过程中，能让人不知不觉地感到心安，不知是使用了心理暗示，还是其他谈话技巧。

"在这个地方，能和你交流的人只有我，能帮你的也只有我。"

陈歌没有跟老人废话，单手将碎颅锤举起，朝门外指了指。

"你想出去？"老人轻轻地摇了摇头，"你随时可以离开，但是那个孩子不行，他必须要待在这个房间里。"

电疗室是整座病栋里隔音效果最好的病房。房间完全封闭，加装了隔音板。不管里面发生什么，外面的人都很难听到动静。被一个红衣怨念堵门，陈歌心里着急，他发了狠，刀刃又往下压了三分。

老人的脸颊轻轻抽动了几下，不过很快恢复正常："我不是威胁你，希望你能冷静听完我下面的话，再做决定。"

"说出来你可能不信，现在我们都活在这孩子的噩梦里，如果他出了意外或者清醒过来，我们会被永远埋葬在这里。"

"噩梦？"自进入门内的世界后，这还是陈歌第一次开口，说完他仔细观察了老人的反应，检查了一遍自己的身体，见没有任何异常，这才放下心来。

"没错，这孩子从小在精神病院长大，因为种种原因，建立起了一个病态疯狂的世界观。"老人接下来的话，让陈歌动容，"你肯定见过走廊上那些用枕头和床单制作的假人，它们象征着男孩眼中正在医院里接受治疗的患者。在药物副作用的刺激下，每日神志恍惚慢慢变得麻木，如同假人一般，对一切失去憧憬。"

"这些都是他想象出来的？"陈歌看向病床，"那些断手你又作何解释？现实当中可没有这玩意儿。"

"藏在床下的断手是这孩子恐惧的体现。在他很小的时候，因为这孩子不听话，有位医生故意吓唬他，说每个孩子的床底下都藏着一只毛茸茸的断手，如果那个孩子调皮捣蛋，断手就会半夜抓住孩子的脚踝，把他拖到床下去。就因为这个故事，断手在噩梦里成了恐惧的象征。"老人随口说道。

"噩梦里还有一种身体瘦长,喜欢站在别人肩膀上的怪物。那东西是欲望的体现。它原本和正常人身高一样,但随着不断跳到不同的人身上,榨干那个人的一切,怪物的身体变得越来越长。欲望永无止境,在欲望增长的时候,它也会变得越来越丑陋。"

"类似的例子还有很多,这个世界里的每一种东西,都是从这孩子潜意识中具化而来。"

陈歌判断不出老人是否说谎,他总觉得这个老人好像也是个疯子。

"我知道有些不可思议,但这是事实。人的大脑有1000多亿个神经元,其中百分之九十五都处于未使用状态。如果将人脑比为一座冰山,浮出水面的显意识只占据百分之五,真正未知的是沉入海底的潜意识。

"成年人大脑发育成熟,但是婴儿不同,零到三岁正是一个孩子大脑飞速发育的时候,也是潜意识沉寂,显意识萌发的时候。

"如果在这段时间里,他的思维观念不断被颠覆、大脑不断受到刺激,潜意识就会高度活跃,甚至取代正常的显意识。"

第 19 章 魔鬼苏醒了

坦白说，陈歌没有完全听懂老人说的话，他总觉得老人撒了谎，试图掩饰什么。

这个老人的话总结起来就是，门后的世界其实只是门楠主人格的一个噩梦。等到男孩清醒过来，有可能关闭这个世界和现实世界相连的通道，这个世界也有可能直接消失。

如果陈歌的冒险屋里没有"门"出现的话，他或许会认可老人的说法，但两个不同的地方都有"门"出现，这绝不是一个小男孩的噩梦可以解释清楚的。陈歌没有透露自己的冒险屋里也有"门"的信息。他看着老人，问出了另一个问题。

"你说这是男孩的噩梦，里面的每一种怪物都是孩子潜意识具化出来的，那你能不能告诉我，你在这噩梦中扮演着什么角色？或者说你在他的噩梦里象征着什么？"

老人脸上的表情变得有些僵硬，不过他没有回避："我和你一样，都是从噩梦外面进来的。我们属于外来者，就算在噩梦当中，扮演的也是自己。"

"扮演自己？"陈歌是从外界进来的，身体外貌却没有发生任何变化。

老人身上则没有一丝活人的生气，更让陈歌在意的是他身上那件血红色的医生制服。

目光扫过制服，陈歌脑中闪过一个念头。

老人在进入门内世界的时候身上会不会就穿着这件外套？他究竟做过什么，才能把白色的外套染红？早在第一眼看见老人的时候，陈歌心里就有了一个猜测。第三病栋的院长几年前失踪，直到现在都没有找到，活不见人，死不见尸。而眼前这个老人，不管从年龄还是气质，都和院长很像，所以他猜测当初老院长并非失踪，而是因为种种原因进入了门后的世界。

他看过老院长留下的那几封信，最后一封信里，老院长确实表现出了一些对门内世界的好奇。不过也正因为他看过老院长的信，对老院长印象很好，所以实在无法把自己想象中的老院长和眼前这个红衣怨念重合在一起。

陈歌摇了摇头，重新冷静下来。

他对老院长的了解，仅仅只是通过那几封院长自己写的书信。任何人在给外人写信的时候都不会丑化自己，所以那几封信中表现出的老院长不一定是真实的院长。想到电疗室，还有拥挤脏乱的第一病栋和宁愿空着也不住人的第二病栋，陈歌轻轻地吸了口气，开始加倍小心。

"我说的话你都听明白了吗？千万不要惊醒这个孩子。把他放下，我带你离开噩梦。"老人的声音让人听着很舒服，让人下意识地忽视他的危险。

陈歌边慢慢地朝门口走去边说："我不会伤害这个孩子的，前提是你先告诉我离开这里的方法，让我看看你的诚意。"

"想要离开很简单，只要跨过那扇门就可以……"

"嘭！"

老人的话说到一半被打断了，第三病栋里传出一声炸响，好像是某一扇房门炸开了。听到这声巨响，老人的表情变得凝重，惨白的脸扭曲起来，再也顾不上保持慈祥和善的形象。

"发生了什么？"陈歌隐隐觉得这变故和张雅有关。老人刚进来时，他看见老人的手指畸形，双臂不自然扭曲，显然是遭受了意料之外的重击。

"没事，出了一点儿小问题。"老人阴森森地说道。他站在房门正中间，抬头看向陈歌，"把那个孩子给我，我这就带你出去。"

老人惨白的脸上没有任何多余的表情，给人一种非常诡异的感觉。他终于撕下了伪装。

"先送我离开，否则没得商量。"陈歌态度坚决，拿着刀的手因为紧张轻轻地颤抖着。这是他第一次直面红衣怨念。

"你想离开是吗？好，跟我来吧。"老人直接转身，态度突然变得积极了。

陈歌不敢大意，小心迈步跟在后面，和老人保持着三米的距离。在他看来三米之内不管对方做出什么事情，都能及时作出反应。可没走两步，他就发现自己小瞧了红衣的恐怖。

严格来说，他只走出了一步，第二步还没迈出去，悬在半空的腿就失去了知觉。陈歌低头一看，刚才和老人对话时，地面上一条条用肉眼无法看到的血丝爬到他的腿上，此时，那些血丝好像毒虫一样往他的肉里钻。

"你不是想离开吗？跟我来啊。"老人扭过头，眼珠内陷，脸上满是皱纹，笑得十分瘆人。

陈歌握着刀想要后退，但是悬在空中的那条腿却不听使唤，依旧向前迈去！

"因为那些血丝吗？"陈歌头皮发麻，不知道有多少血丝钻进了左腿里，更恐怖的是老人说话时，开裂的地板和墙缝涌出越来越多的血丝，好像一条条小蛇般爬向陈歌。

看着汹涌而来的血丝，若是其他人肯定早已抓狂，开始胡乱挥砍手中的刀具。但是，陈歌有一种不同寻常的天赋，越是危急时刻，他越是冷静。他任由那些血丝爬上自己的身体，把手中的刀稳稳地架在男孩的脖颈上，慢慢地往下压。老人方才故意转过了身，企图让陈歌放松警惕，此时却又回头看着他。

如果老人有充足的信心，根本没有必要这么麻烦，他肯定还担心那个男孩。陈歌实在想不明白，老人为何害怕男孩苏醒，不过在这种情况下，老人越怕他做什么，他就越要去做。刀刃划开皮肤，男孩的脖颈上没有流血，更奇怪的是，只要靠近男孩，老人操控的血丝就会失控，直接顺着男孩脖颈上的伤口进入他的身体里。

"看来这些血丝原本就属于男孩，莫非老人偷窃了男孩的力量？"

陈歌发现了老人的秘密，变得更加大胆，刀刃彻底刺下，老人不禁惊声尖叫。

尖刀没入男孩的锁骨附近，眼皮一直跳动的男孩猛然握紧了手指，睁开了双眼！电疗室内的血丝瞬间分成两部分，一部分开始消退，还有一部分被男孩吸入身体。

"你这个疯子！你把魔鬼吵醒了！"

老人似乎变得更加苍老，他转身就跑。还没逃出多远，走廊另一侧又涌来了无边的黑发。

黑色长发如同洪流般撞在老人身上，一只纤细白皙的手臂从黑发中伸出，抓住了老人的肩膀，似乎想要将他拖入黑发里。老人被那只手抓住，吓得浑身发抖，很显然之前吃过那只手的亏。他问道："我已经把你送出去了，为什么还要回来？"

回答老人的是一记无情的暴摔，他被重重砸在血红色的地面上，连身上的红衣都变得暗淡了许多。

"张雅回来了！"

听老人刚才的话，好像他已经把张雅送出"门"了。但是，张雅又破门而入，重新找了回来。

"她专门回来找我的？"陈歌心里产生一丝暖意，正要开口，只见张雅从黑发中走出来，看也没看陈歌，直接朝老人走去。

安静的门后世界里响起残忍的撕裂声，陈歌听得牙关直打战，心想："怨念都这么记仇吗？"

老人全盛时期也不是没有一战之力，可他先被转醒的男孩吓破了胆，接着又被男孩掠走一半的血丝，所以在面对张雅的时候，才会被完全碾压。

"红衣当中应该也有强有弱，这个老人恐怕是属于最低级的红衣。"

看到张雅，陈歌慢慢地放下了高悬的心。在这个陌生的地方，张雅是唯一能带给他安全感的"人"。

局势稳定下来，他收了刀，想换一个舒服的姿势，低头却看见一双诡异的眼洞正盯着自己。不知道什么时候，怀中小男孩的衣服染成了红色。他脸色发白，眼眶里一片漆黑，没有眼白，也没有瞳孔。

冷汗从额头滑落，陈歌看到无数血丝涌向男孩脖颈上的伤口。

"我刚才那么做是为了叫醒你，从一开始就没想过伤害你。"

男孩挂在他身上，一点点往上爬。陈歌想要甩掉他，又怕引起他更深的误解。

"门楠，我知道你的名字，我是来救你的。你的副人格被怪物袭击，是我帮了它。"陈歌这么说不是为了邀功，而是怕对方一生气，不给自己开口的机会。

刚才红衣老人称呼男孩为魔鬼，能被红衣称之为魔鬼，可见男孩给老人留下过很深的心理阴影。男孩没有停止手上的动作，他爬到陈歌面前，两张脸几乎要贴在一起。陈歌这才看清楚，男孩的眼眶里根本没有眼睛，只有两个瘆人的孔洞。

陈歌不知道男孩看什么，脖颈上的鸡皮疙瘩都冒出来了，他把手悄悄地伸进口袋，将那张门楠和他母亲的合照拿出来，放在两张脸中间。

"我清楚你的过去，理解你的痛苦，如果你无人倾诉，可以对我说。"陈歌把曾经对门楠副人格说的话，又对主人格说了一遍，"我们拥有相似的经历，或许我们能够成为朋友。"

撑死胆大的饿死胆小的，这句话用在陈歌身上再合适不过了。他抱着万分之一的希望，试图拉拢男孩，心里甚至还有一丝幻想，希望以后将其发展成鬼屋的员工。

看到母亲的照片，男孩的态度有所缓和。他松开手，跳到地上问道："你在哪找到的这张照片？"

男孩的副人格也问过这个问题。他们的思维模式很相似。

"在院长办公室的衣柜里。"

"他竟然还藏着我母亲的照片。"男孩仰起头问，"能把这张照片给我吗？"

"没问题。"陈歌把照片递给男孩，明显感觉到男孩对他的敌意减弱了。

陈歌蹲下身体，平视男孩，犹豫了一会儿，小声问道："刚才那个老人说这世界是你的噩梦，只要你醒了，通往外界的通道就会永远关闭，是吗？"

"这个世界原本就存在，和我无关。我只是第一个发现这世界的人。"男孩将照片贴身收好，空洞的眼眶看着陈歌，"别问我关于这个世界的任何东西，知道得越多，你就越难以离开。"

男孩的智慧和外貌不成正比。陈歌刚一开口，他就猜到了陈歌的真实目的。

"一点儿都不能透露吗？"

"我只能告诉你，这个世界是人心最深处的黑暗，映射着恐惧和邪念，它和正常世界相似，却又完全不同，就像白天和黑夜。"男孩说完就朝门外走去，他身上的红衣有些刺眼,仿佛浑身鲜血淋漓,看着十分吓人。

"我还有最后两个问题,你别走那么快。"陈歌追了几步,刚才那些钻进手臂和大腿里的血丝好像消失了。

男孩停下脚步,回过头,黑洞洞的眼眶很认真地打量着陈歌问:"你不怕我吗?"

"怕,但是我更想知道答案。"门楠主人格的出现,对陈歌来说意义重大,"我想向你打听一个人,你的副人格称呼他为陈医生。"

"不认识。"

"你的副人格曾对我说,你们之所以会来第三病栋帮助老院长封门,是因为有两个人邀请了你们,其中一个是老院长,另一个就是陈医生。"陈歌声音很诚恳,"这个人对我来说非常重要,他很可能是我失踪的家人。"

不知是不是"家人"这两个字触动了男孩,他移开了空洞的眼眶说:"这个陈医生长相平凡,但有一双特别的眼眸,和你有些相像,都是我极度讨厌的类型。"

"没了?"陈歌有些无语,又问出了第二个问题,"连通两个世界的那扇门要怎么才能彻底关上?"

"很简单。"男孩笑了笑,"把一个活人关进门内,让他帮你守住门口就行了。"

"这算什么方法?"陈歌还想问问门出现的原因,可是男孩一眨眼就跑出去了。

"他是不是隐瞒了什么重要的事情?"

陈歌怕男孩和张雅打起来,赶紧追了出去。他发现男孩没有走远,眉头紧紧皱在一起,漆黑的眼眶注视前方。老院长身上的红衣掉了色,已经不成人形,缺失的身体被张雅的黑发包裹,几秒钟后就消失不见了。

"把这个老人剩下的身体给我,我放你们离开。"男孩个子很矮,感受到了来自张雅的压力。

张雅根本没把男孩的话放在心上,她的手指划过鲜红如血的嘴唇,一脚踩在院长的半截残躯上,双眼盯着男孩,那目光好像看见了新的食材一样。

"冷静!"陈歌赶紧跑到走廊中央,"都是自己人,千万别误伤!"

被两个红衣怨念夹在中间,这场景连陈歌自己都觉得诡异。红衣怨念厮杀,活人豁出一条命跑来劝架,双方剑拔弩张。陈歌好说歹说,才劝开男孩和张雅。

实际上是男孩单方面作出了让步。他苏醒之后，第三病栋内的血丝源源不断地进入他的身体，时间越久，他的实力就会越强。

"我也可以不要那老家伙的身体，但是他的头必须给我。"男孩和第三病栋之间有种特殊的联系。如果把第三病栋比作一个沉睡的怪物，男孩就是怪物生下的孩子，对这地方的很多东西都可以掌控自如。

地面和墙皮上浮现出细密的血丝，缠绕上老人的头颅。原本瘫在地上对外界没有任何反应的老人，突然睁大双眼，挣扎起来。可惜他的身体被张雅踩在脚下，动弹不得。血丝勒入老人脖颈，紧紧地包裹住头颅。接下来的画面有些残忍，走廊里响起了老人的惨叫。

从四面八方涌来的血丝托举着老人的头颅，送到男孩的身边。

"这老人以前犯过什么错？"可怜之人必有可恨之处，陈歌早已过了同情心泛滥的年纪。

"在门刚打开的时候，他用病人做过试验。"男孩漆黑的眼眶看向手中的头颅，"他逼着病人进入门内，其中就包括我的母亲。"

男孩抱着老人的头颅，笑得很甜："他是一个非常虚伪自私的人，我陷入沉睡也是他和几个病人搞的把戏。"

"他和几个病人？门内还有其他人？"陈歌往张雅一旁挪了两步，相比较来说，还是靠近张雅更有安全感。

"我答应陈医生，进入门后一直守在这里。直到四年前，门被人从外面打开。"男孩讲述着四年前门内发生的事情，"这老人患有癌症，自知活不了多久，为了延续生命，就想进入门后的世界。

"他胆子很小，所以和多年前一样，先将几个病人送入门中。

"第三病栋是封闭病区，那几个病人也没什么背景，整个过程很隐秘。"

男孩脸上笑容依旧，他捧着老人哭喊的头颅说："试探了一个星期，确定没有危险后，院长才和那几个病人一起进入门后。等门关上后，这里就变成了我的世界，整个第三病栋内部没有任何可以威胁到我的东西。

"我并没有伤害他们，只是想为平静的生活找些乐趣。但是，我没想到这些人为了离开这里，竟然将第三病栋外面的怪物放了进来，他们之中还有人被怪物侵占了身体。

"这一切都在我预料之外,等我发现时已经迟了。他们设局将我囚禁在电疗室内,让时日无多的院长留下来看守,其他几个带着恐惧和邪念逃了出去。"

听完男孩的话,陈歌轻轻地点头:"我在门外的世界见过几个第三病栋的病人。他们被一种瘦长的怪物占据了身体,这个老人说那东西是人类欲望的体现。"

"没错,那就是门内世界的怪物,只不过它们是最低级的。"男孩的话让陈歌心惊。瘦长怪物竟然属于最低级的,他本以为镜中怪物才是。

"四年前共有七个病人进入门内,其中有四个被最低级的怪物侵占了身体,剩下的三个我也看不透。"男孩看了陈歌一眼,"你能进入门后,显然和他们发生过冲突,剩下的几个人很有可能会去找你的麻烦。"

"你还记得那三个最危险的家伙长什么样吗?"

"一个很美的女人,一个毁容的男人,还有一个叫吴非。"男孩提到吴非,不禁咬牙切齿,"设局害我的就是这个吴非。"

男孩生怕陈歌大意,又补充了一句:"吴非还不是三个人里最难对付的,最需要小心的是那个毁容脸,他非常危险。"

"我知道了,多谢提醒。"

"不用谢我,其实我还有一件事情想要麻烦你。"男孩观察了陈歌许久,终于说出了自己的真实目的,"我只是一道人格意念,以门后的第三病栋为躯体。因为在这里停留了太久,从某种意义上来说,我已经和第三病栋融为一体。外人无法真正杀死我,只能让我变得虚弱,陷入沉睡。

"他们杀不死我,却可以通过我的副人格对我产生影响,甚至有可能间接操控我,这也是我最担心的事情。所以,我希望你能在必要的时候,保护一下我的副人格。我在这个世界上没有任何亲人,朋友也只有他一个。"

"没问题,我和你的副人格也是朋友,绝对不会见死不救的。"陈歌想方设法跟男孩搞好关系,心里面盘算着哪一天能把他骗到鬼屋里当员工,那里还没有这个年龄段的怪物。

"希望你能信守承诺。"男孩抱着老人的头来到一楼的三号病房,"在这个世界停留得久了,身心会受到严重影响,充满自我毁灭的情绪。如果不及时把这些负

面情绪宣泄出去，你也会慢慢地变成一个疯子。"

他推开三号病房的门，将老人的头颅放在病床旁边。他对陈歌说："我送你们离开吧，如果遇到无法解决的事情，可以午夜十二点在门的那边等我，我会把门打开一分钟的时间。"

"一分钟？"陈歌眼皮一跳。

"我操控的极限就是一分钟。"男孩开口说道，"这个世界非常大，应该还存在其他的门，有的门可能也有像我一样的人在守护，有的门估计处于无人看管的状态。正常来说，如果门后有人操控，那么每次开门的时间都是一分钟。"

"好，我知道了。"陈歌低着头，心里想着鬼屋卫生间里的那扇门。

等到陈歌和张雅都走进三号病房的时候，男孩将房门关上，站在门边说："你们可以回去了。"

"怎么回去？"

男孩指了指三号病房的门："推开它，你们只有一分钟的时间。"

陈歌心里还有很多的问题，可惜男孩不给他询问的机会，开始倒计时。看得出男孩也在勉强支撑，他的身体还没有彻底恢复，红衣渐渐变得暗淡。他催促道："别磨蹭，快点儿！"

陈歌走到近处一看才发现，门板上满是细密的裂痕，其中有无数血丝穿插其中快速进行修补。他联想到张雅来时的那一声炸响，觉得有些奇怪："老人将张雅送到门外，张雅又破门而入，由此看来门是可以被破坏掉的，不过它也能够自我修复。"

伸手推门，外面的世界不再是一片血色。此时，漆黑的长廊看起来竟然让他觉得有几分亲切。

"喵？"一只白猫蹲在门口，看见陈歌，歪了歪脑袋，异色双眸中满是好奇。

陈歌走出房门，本想回头和男孩打个招呼，没料到对方"砰"地一声关了门，不给他开口说话的机会。

"总觉得这孩子在掩饰什么，难道他害怕张雅？"脑中浮现那一袭红衣，陈歌自己也打了个冷战，这次三星试练任务让他对张雅有了新的认识。

红衣怨念张雅的性格和生前完全是两个极端，残忍暴虐，从门外打到门内，谁拦吃谁，看谁不顺眼就直接撕碎。

"张雅应该跟着我一起出来了吧？"陈歌转过身，看到张雅站在距离他一尺远的地方，身上的红衣比之前更加鲜艳了。

陈歌的手指不受控制地抖动。他尴尬地笑了笑，以此来掩饰心慌："我本来担心你，所以义无反顾地进去找你，没想到最后还是被你救了出来。"

张雅沉默不语，一双眼睛仔细看着陈歌的脸。陈歌被她盯得浑身僵硬，一动也不敢动。想了半天该如何缓解气氛时才发现，自己活了二十多年，和女生搭话的经验竟然是零。

"前二十多年，我到底在干什么？！"

陈歌绞尽脑汁，终于挤出一句话："这边的事情已经处理完了，我们回家吧。"

张雅没有回答，又往前走了一步，脸快要贴到陈歌身上时，陡然加速穿过陈歌的身体，钻入他的影子当中。口袋里的黑色手机震动了一下。陈歌靠墙坐下，在不知不觉间，额头已经被冷汗浸湿。张雅带给他的压力实在是太大了。

"手机震动，难道是提示我任务完成了？"喘了口气，陈歌拿出手机，点开了信息提示。

张雅好感度小幅提升！即将突破到下一阶段——情不自禁！

手机屏幕上的字让陈歌吸了口凉气："情不自禁，这词怎么听着那么危险？情浓不能自制？张雅会不会一激动直接撕了我？"

陈歌抱着头，纠结苦恼，一边的白猫懒洋洋地趴在背包上，似乎已经习惯了主人的种种异常。

"车到山前必有路，先不考虑那么多了。"陈歌站起身，拿出自己手机看了一眼，进入门后所有通讯都被屏蔽了。

这时候，他才想起还在直播当中，进入平台主页一看，自己的直播间被暂时封停，不过账号没有冻结，仍旧可以操作和发言。

"怎么回事？"看了眼关注数，这一个晚上的直播，粉丝暴涨了十五万，随便进一个大点的直播间里都在议论他和秦广的事情。

陈歌冷静下来，他又进入秦广的直播间看了看，发现这哥们儿也被封了。

"发生了什么？"陈歌拨打刘刀的电话，响了六七声后才接通。忙问道，"刘刀？为什么我和秦广的直播间都被封了？是因为黑屏时间太长？"

过了几秒种，手机那边传来一个陌生男人的声音："我们是市分局刑侦队的，立刻说出你的位置，待在原地，不要乱动。"

警察什么时候过来的？他们怎么知道我在第三病栋？陈歌下意识地看了一眼时间，已经凌晨三点五十了。他感觉只在门后世界停留了一小会儿，没想到竟然过去了这么长时间。估计在他进入门后世界时，刘刀见直播中断，赶紧报了警。和网上那些起哄的观众不同，刘刀知道事情的严重性，也清楚出事的具体地点。

"我在康复中心第三病栋一楼，第二病栋洗衣房的铁笼里有两个受害者，现在我正在搜集更多犯罪嫌疑人的东西。"

"那两位受害者已经获救，你不要破坏现场，我们马上过去，请保持联系。"

"我手机快要没电了，恐怕打不了太久。"陈歌说完，停了一会儿才挂断电话。他赶紧把杀猪刀和碎颅锤藏起来了。

院长柜子里的东西也要收好。他狂奔到二楼的院长办公室，把衣柜里面的资料装走。在拿信件的时候，无意间又发现了这衣柜的一个秘密。

衣柜后面的隔板可以打开，是一条隐秘的通道。进入通道往下走，尽头是一扇铁门。这门的锁孔和陈歌手中的那把钥匙相配。打开门，推开门后的遮挡物，陈歌愕然地发现自己又回到了三号病房。

"这应该就是王海明所说的三号病房的密道。这条路和院长办公室相连接，只有院长知道。"

看着正对密道口的病床，想起曾经住在这里的门楠的母亲，陈歌隐约明白男孩折磨老院长的另一个原因了。

"王海明也在三号病房住过，这钥匙应该是他和镜中怪物相互配合，从院长那里偷来的。"警察很快就会赶来。陈歌收起钥匙，处理好一切，安安静静地待在病房门口。

早上四点，第三病栋的门被人破开。等待已久的陈歌主动走了过去，他背着包，手里提着一只死鸡，肩头趴着一只白猫。

"自己人！我在这里还发现了一些犯罪嫌疑人遗留的东西。"没等陈歌靠近，警察就将他围住，全是陌生的面孔。

被警察盘问过后,陈歌带着警察进入第三病栋,他删减了和鬼怪有关的内容,把自己追逐畸形脸,最后被反锁在第三病栋的事情说了出来。

"四楼的铁门上有嫌疑人的指纹,一共有三个人,都曾是第三病栋的病人。"

陈歌耗到天光大亮,直到收到黑色手机发来任务完成的信息后,才跟随警方离开康复中心。

"进去,老实待着。"

陈歌抱着死鸡和猫钻进警车,从警察的语气中察觉出,这次的事情可能有些严重。

"谢天谢地,你没事就好。"警车后排还坐着一个人。他面色紧张,说话声音有些熟悉。

"刘刀?你怎么也在这儿?是你报的警吗?"陈歌坐在警车上,有一种回了家的熟悉感觉,不仅不紧张,甚至有点儿想睡觉。他问刘刀,"直播间为什么被封了?今晚人气值最高多少?我的关注一下增加了十五万。"

"你还有心思关心直播间?"刘刀抓着陈歌的胳膊,"大哥,你不是说精神病院那些人都是鬼屋的特技演员吗?我还信誓旦旦地向警察保证过,你这是把我往火坑里推啊!"

"精神病院里确实有鬼屋的员工,只不过你没有看见罢了。"陈歌问心无愧,为了这次直播,他把笔仙、小小、白猫都带了过来。

"我没有责怪你的意思,只是……"刘刀苦着一张脸,"算了,这也是我考虑不周,实际上很多观众都被你蒙骗了。"

"你说什么,我怎么听不懂?"陈歌伸手想要摸白猫的头,被白猫"凶狠"地瞪了几眼。

刘刀摊开双手说:"正常情况下,一个人大半夜进入精神病院,看见铁笼里囚禁着受害者,外面又有杀人凶手拿着斧头靠近,第一反应是不是害怕?"

"没错,害怕是正常的心理反应。"

"可问题是,你提着个大锤追着凶手上蹿下跳跑了二十多分钟!这任谁看都像是事先排练好的情景剧吧!"刘刀情绪有些失控,"我做直播行业三四年了,死都不相信竟然有人敢追着真的凶手这么跑!你就不害怕吗?你的脑袋里装的是铁吗？"

"没有那么夸张，我这算是见义勇为。"陈歌再三强调，"其实吧，我这个人正义感非常强，在看到受害者的时候，觉得他们遭受了太多痛苦，所以愤怒压过了恐惧，才会追着凶手跑。"

陈歌声音很大，坐在前面的两个警察都能听到。

"现在说什么都没用了，怪我没见过世面，应该早点儿报警的。"刘刀按着太阳穴说，"你刚开播的时候，就有人举报，我以为是秦广那边在捣乱，就没在意。

"后来，人气涨到了四十多万，又有人在直播间里留言要报警，我让人帮你压了下去。

"最后，你的人气突破六十万，破了平台新人记录。那个时候我已经出现非常不好的预感了。你开始对着空气大喊大叫，还拼命挥刀，我以为你在表演，再加上贪心作祟，就逼着李姐他们继续转播。

"一直到你进入某间病房，直播间忽然黑屏，我才意识到真的出事了，赶紧报了警。"

他声音里也有一丝庆幸："算了，算了，不管怎么说，人没出事就好。"

刘刀叹了口气，从上衣取出一小瓶药，打开吃了两粒。

"这是什么？"

"速效救心丸。你先别跟我说话，我第一次坐警车，想一个人静静。"

来到市分局，陈歌和刘刀被关进不同的审讯室里。警方开始盘问具体过程，以及整个案件的所有细节。陈歌一口咬定自己是意外撞破犯罪嫌疑人的阴谋，为了保护受害者，才不得已奋起反抗。整个过程被直播了出去，造成各种影响是肯定的。

让警方感到为难的是，所有资料都能证明陈歌确实也是受害者，但是这个"受害者"却追着凶手满楼跑，整个场景简直令人窒息。

"陈先生，我们需要开会讨论一下你的事情。"审讯完成，警方没有放人的打算。

"好的，不过能不能借我用用手机，我想给家里报个平安。"陈歌准备给李三宝打电话求助。这次和以往不同，他的直播不再局限在一个小圈子里。人气超过六十万，换句话说，这件事闹得有点儿大了。

"请耐心等待。"警察拒绝了陈歌的要求，从审讯室离开。

天刚亮的时候，他就被带回市分局。一直到中午，审讯室的门才再次打开。阳光照进屋内，老实坐在椅子上的陈歌朝门口看了一眼。那里站着一个体形微胖的警察，身上的警服和其他警察都不一样。

"颜队长？"陈歌微微一愣。当初协助警方破获平安公寓灭门案的时候，就是这个警察给自己颁发的三等治安荣誉奖章。

"跟我来，有人想见你。"与上次见面不同，颜队长表情严肃。

陈歌默默地起身，心里猜测会不会要去见什么大人物。二人走出审讯室，穿过走廊，停在等候室门外。透过玻璃窗户向里面看去，那个曾经被关入铁笼的女孩已经被成功救出。她披着警服，抱着一瓶水坐在墙角的地面上。

她身体发抖，不会和人交流，连椅子也不敢坐。在离她不远的地方，站着一位中年人，陈歌还是第一次见到一个男人也能哭到崩溃。中年男人好像是女孩的父亲。他嘴里喊着女孩的名字，但是女孩无动于衷，眼里只有畏惧。

"进去吧，那位父亲想要见你。"

推开门，中年人看到陈歌，直接走了过来。他情绪激动，根本说不出完整的话。

……

十几分钟后，颜队长和陈歌从等候室走出。

"刚才大家在讨论你的事情。当讨论到你的行为是否触犯相关法律法规的时候，我也带他们来这里看了看。"颜队长隔着窗户望着那对父女，"如果不是你，这个女孩可能会被永远关在铁笼里，那位父亲也将穷尽下半生去寻找自己唯一的亲人。"

陈歌的心情有些压抑，女孩虽然救回来了，但是她遭受到的身心创伤需要很久才能愈合。

"这次你做得不错。"颜队长看着陈歌说，"我们商讨后决定，暂时封停你的直播间一段时间，不过，我们会再给你记上一个功劳作为补偿。"

封停直播间一段时间。与其说是惩罚，不如说是保护，避免陈歌在风口浪尖上被人利用。至于那个功劳，陈歌暂时还不知道是什么，但颜队长如此郑重地告知自己，应该是一件好事。

"功劳我就不奢望了。我就是正义感太强，有时候自己都控制不住自己。"昨晚的行为确实有点儿莽撞，带着杀猪刀和碎颅锤，还砸断了其中一个凶手的腿。

"那我真走了啊？"

"你不用试探我。"颜队长指了指自己的制服，"我们不会为暴力和血腥叫好，但是也绝对不会辜负良知和正义。"

拿着自己的东西，陈歌带着白猫走出市分局。

"我觉得这个颜队长不一般。"陈歌回头看了一眼，决定先老实一段时间。

这次的事情给他提了个醒。市分局跟西城派出所不一样，前几次出警之所以没有过多地盘问他，主要是因为李队一直帮他说话。

"三星试练任务完成，我暂时没必要去解锁更高级别的场景，只要将第三病栋开发好就行了。"实际上就算有四星恐怖场景摆在陈歌面前，他也不会选取接受该任务。从三星试练任务开始，危险指数成倍增长。

坐上出租车，陈歌把白猫和死鸡放在一边，拿出黑色手机，点开屏幕上的未读信息。

玩家在规定时间内抵达任务场地，并存活至天亮，"第三病栋"试练任务完成！三星恐怖场景"第三病栋"已解锁，玩家可在场景界面自由操控本场景内所有机关！

试练任务完成度为百分之六十，未超过百分之九十，无法获得本次任务的隐藏道具。

完成场景附带隐藏任务，可提高试练任务完成度，当任务完成度达到百分之九十，将获得此场景的隐藏道具。

看完黑色手机上的信息，陈歌有点儿诧异："任务完成度竟然只有百分之六十，问题出在哪里？是门楠的主人格对我有所隐瞒，还是和那几个逃离的精神病有关？"

陈歌十分期待试练任务结束后奖励的隐藏道具，也发现了一个规律。试练任务的星级越高，奖励的隐藏道具就越好。比如，一星"平安公寓"只奖励了包含怨念的寻人启示，而二星"暮阳中学"奖励了一个稀有的怨念——笔仙。

"三星试练任务的隐藏奖励会不会是那个小男孩？"陈歌觉得可能性很大。毕竟门楠的主人格说，他的意志已经和第三病栋融合在一起了。"门楠主人格和第三病栋的关系，就像罗董事的女儿和新世纪乐园一样。只不过一个在门内守护，一个在门外守护。"

"第三病栋"场景内的隐藏任务究竟是什么，进入才有机会知道。在司机异样目光地注视下，陈歌拿着自己的东西下了车。一进入新世纪乐园，他就发现自己被游客的异样眼神包围了。

"今天不是节假日，乐园里怎么来了这么多的游客？"平日里冷冷清清的乐园似乎恢复了一丝人气。陈歌被他们看得不好意思了，背着包，好像逃难一样朝鬼屋跑去。

刚跑出几米远，陈歌又停下了脚步。他看着自家鬼屋的门口排了几排长长的队伍，有种不真实的感觉。

"怎么有这么多人来鬼屋体验？"

"老板！"徐婉站在鬼屋门口的台阶上，一眼看到刚进入乐园的陈歌，"你可回来了！"

游客们齐刷刷地扭头看过来，把陈歌看得心里一阵慌乱。他们多半是为一睹陈歌的庐山真面目。昨夜直播造成的影响比陈歌想象中大得多，直播内容被剪辑成片段后在各个论坛转发，热搜上已经出现"假直播遇到真凶手"的标题。

最关键的是陈歌在直播时发现人气急剧上升后，果断把鬼屋的地址用最大号字体发出来，那些转发视频的人想用马赛克遮住地址，起码要遮住整个屏幕的四分之一。与其影响观赏体验，不如顺水推舟，也显得自己大方。结果很多平台和论坛间接帮助陈歌宣传了鬼屋。有些游客住在江州市附近，看了视频后，专程赶了过来。昨晚的直播同时给他的短视频主页不断带来关注，留言数以万计，在直播间被封的情况下，登顶新人直播热度榜。

陈歌收获了大量关注和流量，却苦了秦广，全平台推广不知道砸进去多少钱，却频繁出现直播事故，后来索性直接黑屏了。据说，秦广被吓得进了医院。更惨的是上帝为他关上一扇门的同时，又把窗户给封死了。等秦广醒来，发现自己的直播间受到陈歌的连累被封，估计血都要吐出来了。

陈歌见游客太多，也顾不上休息，简单讲解了一下恐怖场景分级的规则后，请来徐叔维持秩序，自己和徐婉补了个妆，进入各自的场景内扮"鬼"。他整整一个下午都没有闲着，天快黑时，鬼屋门口还有游客在排队。乐园延迟了半个小时闭馆，陈歌和徐婉直到六点多钟才从鬼屋里出来。

陈歌的脸色发白，徐婉也累得够呛。

"真是没想到我们的鬼屋也有加班的时候。"

"你没想到的事情还有很多，跟着我好好干，以后大有前途。"陈歌看着徐婉，面带微笑，自从他知道可以雇用残念和怨念成为员工后，招聘新员工的想法就淡了许多，说不定以后徐婉就是鬼屋里唯一的活人员工。

"老板，还有件事告诉你。"徐婉从口袋里取出一张广告单，"国内很有名的一家流动鬼屋要来江州市，已经在市中心的商业街租下场地，明天开始正式营业。"

"有竞争是好事，不用在意。"陈歌拿着广告单看了看。这家鬼屋叫"田藤病院"，结合医院和学校的主题，是一家仿日式的大型流动鬼屋。

"他们前期宣传的时候，我也没在意。今天早上，咱们鬼屋的生意变得火爆之后，他们直接改了官网首页的广告，说他们的鬼屋是请外国专业人士设计的，比江州市其他的鬼屋恐怖得多。"徐婉拿出手机，打开田藤病院的官网。陈歌看了看，这个田藤病院确实存在恶意抹黑的情况。虽然他们没有指名道姓，但江州市比较出名的鬼屋只有陈歌这一家。

"看来他们要砸场子。"陈歌收起那张田藤病院的广告，"没事，明天等他开业，我过去给他'捧场'。"

第 20 章 田藤病院

徐婉下班走后，陈歌独自回到鬼屋，要做的事情还有很多。

他先用胶带把依附着笔仙的笔杆包好，然后把死鸡埋在鬼屋的旁边。陈歌依旧不清楚这只公鸡是被谁弄死的。它的身上没有半点儿伤口，凶手可能来自门后。为了保险起见，陈歌没有随便丢弃公鸡的尸体，而是选择将其带回鬼屋，埋在附近。处理好杂事之后，陈歌进入地下停车场，第三病栋被完美复制下来，占地面积相当于两个暮阳中学，位于暮阳中学的对面。

所有的恐怖场景拼接在一起，通道纵横交错，已经初具迷宫的雏形。陈歌在里面转了几圈，确定没有什么危险后，把工具间里剩下的几个监控安装在重要区域，做好这一切才走出场景。

"'暮阳中学'自带两个隐藏任务。'第三病栋'是三星恐怖场景，隐藏任务应该更多才对。可是，我转了一大圈儿，却没有发生任何异常，看来这隐藏任务也不是那么容易触发的。"

他回到员工休息室，把手机充上电，刚躺下就看到了李三宝的短信留言。

陈歌想了想，还是回了个电话："李叔，我这边已经没事了，你不用担心。"

"你还挺乐观。"电话那边传来脚步声，李队走到人少的地方才开口说道，"我看了昨晚的视频，你发现受害者被囚禁的时候，就应该立刻报警。"

"我明白，下次一定注意。"

"你还想有下次？"李队对陈歌没有半点儿脾气，"算了，我就是提个醒。另外，我还有两件事通知你。根据早上的供述，直接参与囚禁的一共有三个人，现在他们都逃亡在外。你要注意自己的安全，他们患有精神疾病，什么事情都能做得出来。"

"好，我会注意的。"

"第二件事跟西郊私立学院有关。"李队似乎在翻看着文件，"我们排查了五年内和西郊私立学院接触过的所有男性，最后把范围缩小到二十一个人，估计最迟一个星期内，就能找出逼死女孩的真凶。"

张雅的案子终于要水落石出了。陈歌握紧了手机说："李队，等抓住了那个凶手，请让我和他独处五分钟。"

"到时候再说吧，不过你不要抱太大的希望。"

挂了电话，陈歌看着手机发呆，不知道自己什么时候睡着的。

血红色的房间里，陈歌坐在床板上，双腿浮现出细密的血丝。他怔怔地看着四周，耳边传来门楠主人格的声音："你的时间不多了。"

陈歌抬起头，只见第三病栋门后的男孩站在房间中央，一道道红线穿过男孩的身体。

"门楠？"

"你的时间不多了。"男孩面无表情，准备重复那句话时，绷直的红线把男孩的身体切割得支离破碎。

"喂！"

陈歌猛地睁开眼睛，从噩梦中惊醒，额头布满冷汗。他看了看表，现在是凌晨三点四十，正是第一次从"门"内出来的时间。

"我怎么会做这种梦？门楠的主人格在医院里遭遇了什么？"陈歌睡意全无，收起手机，带着工具箱和背包，打车赶往第三病栋。

早上五点，陈歌回到第三病栋。天刚蒙蒙亮，可眼前的建筑仍显得阴森恐怖。警方早已暴力破开第三病栋的门锁，陈歌翻墙进入康复中心，直接来到三号病房的门外。推开房门，屋内一切如旧。

陈歌查无所获，沉思片刻后，走到楼道深处，把藏起来的碎颅锤和杀猪刀收好。接着，他又去了院长办公室，从工具箱里取出各种器具，用了十几分钟才把钉在衣柜四角的血色长钉拔出。

"看起来和普通的铁钉子没什么区别。"

陈歌撕下一块窗帘，包好钉子，装进背包。他想起还有事情要做，急匆匆地跑出医院，走出去好远才打上车，回到新世纪乐园。放下背包，写了个"早上暂停营业"的牌子挂在鬼屋的门口，带着笔仙和一些乱七八糟的东西赶往市中心。

"盛远国际广场三楼。"陈歌拿着广告等电梯，旁边围着几个年轻人，叽叽喳喳地说个不停，看起来很兴奋。

"真没想到田藤病院会来江州市！去年在新海开业的时候，我就准备坐火车票过去体验一把。"

"至于吗？苏苏，我听说咱们江州市也有鬼屋，在网上还挺有名的。"

"你可拉倒吧，咱们这儿的鬼屋也就是弄几个假人瞎糊弄，跟田藤病院完全没法比，你不是圈里人，你不懂。"

说话的那个苏苏是个可爱的妹子，身高一米六，乍一看都分不出前胸和后背。陪在苏苏旁边的是一个高个子的男生，他有些腼腆地说："鬼屋不就那几种把戏吗？"

"其他的鬼屋追求的是钱，田藤病院追求的是恐怖，二者的境界不一样。"女孩应该是个忠实的鬼屋爱好者，"一两句话说不明白，等会儿进去体验，你跟着我就行了。"

女孩很有意思，陈歌不禁多看了她两眼。

电梯门打开，几人一起来到三楼。出了电梯，大厅当中站满了等待的游客。

"田藤病院这么有名吗？"陈歌在网上拼命直播，才把自己鬼屋的人气拉高。而田藤病院仅凭积累的口碑就能让这么多人排队体验，确实挺厉害的。

"当然啦！这可是现在市面上最大的流动鬼屋！专门从日本聘请了有10年专业鬼屋经营经验的设计师、化妆师团队，使用的都是定制道具。"苏苏用心地给陈歌讲解，"大叔，虽然票价有点儿贵，但绝对物超所值！田藤病院的机关运用了声光电气设备，是国内最顶级的日系主题鬼屋。"

"大叔？"陈歌眼角轻轻地抽动了一下，这些天东奔西跑，看着真的有些沧桑了。

没等女孩说完，陈歌便慢慢地向前走去："我还没玩过日系鬼屋，也不知道跟第三病栋相比，哪个更吓人？"

大厅里已经挤满了人，但游客仍如潮水般不断涌入。十点左右，田藤病院的负责人终于现身。他梳着平头，个子不高，看上去三十来岁。在他身后还跟着两位穿着高开衩护士服的模特。她们特意把脸画得惨白，勾人的眼睛四处放电。

负责人试了试扩音器，然后站在鬼屋门口的台子上："承蒙大家的喜爱，田藤病院一直保持着……"

陈歌的目光从两个模特的身上一扫而过。他懒得听负责人打官腔，心里盘算着自己的冒险屋下次做活动的时候，也要给徐婉设计一套好看性感的制服。

负责人说了两三分钟才说到重点："我们每六个月对鬼屋进行一次场景优化，聘请国外的专业团队设计，所有的惊吓点全部升级换代，我可以很负责地告诉大家，田藤病院要比市面上所有的鬼屋都吓人！我们致力于追求最极致的恐怖，不像某些鬼屋，在网上哗众取宠推销自己。自以为聪明，其实舍本求末，偏偏还有一大群人跟风吹捧。说实话，我觉得他们很可笑！"

陈歌听得有些不耐烦，他往前挪了挪，找了半天才找到售票处："我要一张票。"

"您在网上预订了吗？"

"没有。"

"不好意思，今天的票都订完了，要不您等下午的加场？"

"卖完了？"

高台上负责人还在讲话："如果说市面上的鬼屋是一代鬼屋的话，我们田藤病院就是结合高科技的四代新型鬼屋，恐怖指数无限翻倍！今天是我们在江州市开业的第一天，为了让大家对鬼屋有一个全面的认识，我们会随机抽取四名游客，佩戴拾音器和便携式动态心电监护仪进入其中进行体验！通过外放的喇叭和投影仪上的心电图，现场来宾可以判断我们的鬼屋究竟有多吓人！"

负责人还没说完，气氛立刻变得火热，也不知道是不是提前安排好的托儿。

"每张门票都有一个编号,我们根据编号抽取入内体验的游客。"负责人朝售票台示意了一下,工作人员心领神会,开始抽选。

陈歌无法容忍对方通过踩低他的鬼屋来捧高自己。

"等一下!"他抬起手,直接向负责人走了过去,"你刚才说你们的鬼屋很吓人,别的鬼屋就是靠哗众取宠推销自己。我不认同这点。"

负责人皱了皱眉。如果不是现场的人太多,估计他直接叫保安了。

"我是江州市西郊鬼屋的老板,也就是你们官网上恶意诋毁的那个鬼屋的主人。前天我还进行过一场六十万人观看的直播。"

陈歌若无其事地走到高台上,人群里忽然响起一个熟悉的声音。

"老大?!"

陈歌寻着声音看过去,发现鹤山和一袭白衣的高汝雪就站在离自己不远的地方。

"你们怎么跑这里来了?"陈歌微微一愣。鹤山的这种行为无异于投靠"敌军"。他问道,"想去鬼屋玩儿的话,为什么不去西郊找我?"

鹤山心里暗暗叫苦,总不能当着田藤病院负责人的面儿说——陈老板的鬼屋太吓人了,害得我们整晚做噩梦,只好来其他的鬼屋转换心情。

田藤病院的负责人把这一幕看在眼中。他已经认出了陈歌:"看来西郊鬼屋不太受欢迎啊,连自己的朋友都不肯去捧场。既然你想来学习参观,就算你一个,我们再随机抽取三个名额。"

负责人十分精明。他明显知道陈歌的存在,才在官网上诋毁陈歌的鬼屋。现在主动让陈歌进入鬼屋,意图很明显。只要陈歌在鬼屋里出丑,他就可以借机宣传,强行从西郊鬼屋争夺客源。

最近,陈歌的鬼屋直接上了热搜,但是热度并不持久,只能维持不到一周的时间,而田藤病院虽然在江州市不如陈歌的鬼屋有名,但在国内灵异鬼屋爱好者的圈子里名气很大,拥有大批像苏苏那样的忠实粉丝。

"来,你们把拾音器和心电监护仪给他装上。"两个穿着高开衩护士服的模特走到陈歌身边。"现在我们开始抽取另外三名体验者。"

"没必要。"陈歌摆了摆手,"一个人挑战鬼屋才有难度。如果你们的鬼屋能把我吓倒，我会在鬼屋的官网主页上公开承认不如你们的鬼屋，置顶一个月。"

田藤病院的负责人被陈歌说得心动，隐隐又觉得哪里不对劲，他非常谨慎地问："达到哪种程度才算被吓到？"

"你们不是安装了便携式心电监护仪吗？一个人行走时的正常心率是六十到一百，受到惊吓后，血液的含氧量会急速减少，心率也会翻倍。"陈歌看着田藤病院负责人，很平静地说道，"只要我的心率超过一百就算我输。"

"一言为定。"负责人不给陈歌改口的机会，立刻答应下来。小跑的时候，心率都有可能超过一百，何况恐惧和剧烈活动的时候。在他看来，陈歌必输无疑。

"别急着答应。如果我输了，会在官网公开认输，那如果你们输了呢？"

"你放心。如果我们输了，也会这么做的。"负责人指了指在场的游客，"大家都能帮你作证。"

"我还有一个小小的请求。"陈歌展露出朴实单纯的笑容，"我觉得你对我的鬼屋存在些许误解，希望你的团队以后也可以来我的鬼屋体验。最近鬼屋里新增了一个场景，还没有游客尝试过。"

"好的，没问题。"负责人一口答应，在众多游客面前赚足了好感。

现场唯有鹤山和高汝雪的脸上露出耐人寻味的表情。他们有些同情田藤病院的负责人，好像在他的身上看到了曾经的自己。

陈歌脱掉外套，让两名装扮成护士的模特在他的身上装好拾音器和便携式动态心电监护仪。调试之后，大厅中的投影出现了几条呈现上下波动的线条。

负责人站在高台一侧，指着那几条线："HR/PR代表心率和脉率，SpO2代表血氧饱和度，RESP代表呼吸频率，TEMP代表体温。通过这几条线，我们可以清晰直观地看到你的情绪变化。"

陈歌重新穿上外套，满不在乎地说道："可以开始了吗？"

"入口在大厅的左侧，出口在大厅的右侧。我们在出口处等你。"负责人简单地讲解了一下，"鬼屋里面有人引路，他会告诉你如何通关。"

"好的。"陈歌低头走入田藤病院。

负责人看着陈歌的背影，不由得露出了笑容。之前在新海举行过类似的体验活动，屏幕上的几条线仿佛过山车般大起大落，再配合扩音喇叭里声嘶力竭的尖叫，能营造出一种非常真实的效果，外面的游客就算没有进去，也能深切感受到体验者的惊恐。

"真是个有意思的家伙。"负责人不动声色地锁上入口处的门，又摸出手机，给鬼屋里的演员打了声招呼，嘱咐他们不要留情，全力以赴。

大门关闭，光线一下变得暗淡。陈歌等双眼适应了黑暗，才向前走去。门内第一个场景是保安亭。一个穿着保安制服的人背对陈歌而坐，他的面前放着一台血迹斑斑的电视。画面闪动，似乎正在播放和医院有关的新闻。这里是准备室，为了告诉游客关于鬼屋的背景，增强游客的代入感。

"通往下一个场景的关键应该在保安身上，这个解谜的设置还挺有意思。"陈歌走到保安亭门口，趴在唯一的窗户上，冲着里面喊道："老哥，你看什么呢？"

听到陈歌的呼唤，保安缓缓地转身，满脸冷汗，瑟瑟发抖地说道："有、有……"

"保安被设定成结巴了吗？很专业。"陈歌进入屋内，看了看电视屏幕当中循环播放的几条新闻：病人无故跳楼；黑心医生买卖人体器官；已经确认死亡的病人，第二天晚上又回到了医院……

看得出制作这几条假新闻颇下了一番功夫，新闻里还附带着监控视频：

在医院漆黑的走廊上，一个穿着白衣的女人低垂着头，无意识前行，黑发遮住了她的脸。

视频似乎被剪辑过，上一秒女人还离得很远，下一秒就来到近前。第三秒过后，那女人直接出现在监控探头前，一张狰狞的脸挤满了电视屏幕。

"啊——"站在陈歌背后的保安在同一时间惊声尖叫。估计他演练了无数遍，时机把握得恰到好处。

陈歌轻声叹气，又摇了摇头说："你们安排得很巧妙。如果换成红衣，说不定真能吓我一跳。"

对陈歌来说，红衣女鬼拥有特别的意义。

视频最后有鬼屋内部的导览图，基本就是单线参观，过剧情就可以了。这样的鬼屋才是最有效率的。不过从娱乐性上来说，远不如陈歌的开放式鬼屋。

记下地图，陈歌刚一转身就看见身后的保安不知道什么时候贴上了一张薄薄的"鬼面具"，那张脸和视频里的有八九分相似。陈歌和保安默默对视了一会儿说：" 你要是没什么说的就走开吧，别耽误时间了。"

"我们的鬼屋真的不干净。如果你遇到了什么不对劲的地方，一定要对着监控求助！"保安神情严肃，一点儿也不像说谎。

"能具体说说当时的场景吗？脏东西长什么样？"陈歌扫视保安亭，柜台下方摆着手电筒和一些道具，应该是提供给游客的，可是保安却没有半点要给他的意思。

"等你遇到就知道了，离开的路在左手边。推开墙壁，你将正式开始探索田藤病院的秘密。"保安语气古怪，二话不说把陈歌赶出保安亭。

"最多也就是残念吧。"陈歌嘀咕着保安听不懂的话，推动墙壁，进入其中。

鬼屋里处处机关，有人远程操控着那面墙被推开后又自动关闭。

"细节很到位，对得起那么大的名声。"陈歌觉得仅仅是准备室的设计就很出彩，这次体验说不定还能帮助他拓宽自己的设计思路。

墙后是医院长廊，受到场地限制，宽度只有正常走廊的一半，最吸引人的是走廊中间挂着一具风干的"女尸"，似乎预示前路危险。走廊应该是一个缓冲地带，给游客一个适应危险的心理准备。这个设计还是蛮人性化的。陈歌走向"女尸"，快要靠近时，他又停下了脚步。摇摆的"女尸"在走廊拐角，拐角另一侧成了被挡住的盲区。近前一看，那儿立着一个很不显眼的铁柜。

普通游客进来后，肯定会被晃动的"女尸"吸引，从而有很大概率忽视铁柜。

"柜子里一定藏着人。"

"游客在保安室受到惊吓，情绪紧张，进来后第一时间被'女尸'吸引，当他们集中注意力经过'女尸'时，拐角的柜子里突然蹿出一个'鬼'。想想都觉得刺激。"

毫无底线的设计，遇到了不知节操为何物的陈歌，这将是一场卑鄙无耻和阴险狡诈之间的正面对决。

"我仿佛找到了童年时玩鬼屋的乐趣。""鬼"躲在柜子里，陈歌的身体紧贴墙壁，反而挡住了对方的视野。

他看都不看晃动的"女尸"，慢慢地靠了过去，侧身用余光观察铁柜。

道具衣柜的正面做得有模有样，但是背面的一部分铁皮已经松动，靠近柜角的地方还裂开了一个口子。柜子摆在角落，开裂的地方不显眼，所以就没有修补。

"柜子里的'鬼'一定集中了全部注意力，准备等我靠近，出来吓唬我。"吓人需要掌握时机，越是专业的演员，越是如此。

陈歌想了一会儿，拿出手机设定了一个一分钟后响的闹铃，然后把铃音选成《嫁衣》，慢慢地蹲下，把手机悄悄地放入铁柜后面的缺口里。

走廊里突然安静下来，连呼吸声都听不到了。柜子里的"鬼"没有发现陈歌的小动作，仍等待时机，准备给陈歌致命的一击。拐角处的陈歌也在默数心跳，计算着时间。

三十秒过去了，铁柜里传出轻微的摩擦声。大概是"鬼"长时间保持同一个动作，有点儿累了。

陈歌反而更像是一名老练的猎手。他弯下腰，缓缓地向前挪动，距离铁柜只有几十厘米远。

四十秒过去了，柜子里的"鬼"还没有看到游客出现，感觉有些纳闷。他探着身子，调整角度，试图找到陈歌。

无声的对峙很快到了最后的阶段。陈歌在最后的三秒钟向前迈了几步，避开铁柜正面的缝隙，堵在柜门前。与此同时，铁柜中毫无征兆地响起《嫁衣》里"女鬼"的歌声。和《黑色星期五》不同，《嫁衣》一开场就是高潮！

"咚！"

"鬼"没有半点儿防备，正在全神贯注地寻找陈歌，在神经高度紧张的时候，身后突然响起了"女鬼"刺耳的歌声。他一头撞在柜门上，慌乱之中，又不小心踩到了自己吓人用的道具，噗通一声在铁柜里滑倒了。

"哪来的声音？哪来的声音？"

漆黑逼仄的铁柜成了囚禁他的噩梦，"女鬼"仿佛就在黑暗当中。他疯狂锤打柜门，料事如神的陈歌早已贴心地顶住了柜门。

"什么声音？！放我出去啊！"

陈歌担心"鬼"活动太剧烈会导致心率加快，堵了一会儿门，就退到旁边。

"嘭！"

柜门被撞开。一个穿着病号服，满脸是人造血浆的"男鬼"连滚带爬地冲了出来。他大口喘着气，捂着胸口，瘫坐在走廊中间，一副惊魂未定的样子。

"别怕，我是游客。"陈歌边说边捡起手机，关掉了闹铃，仿佛刚才只是搞了一个小小的恶作剧。

"男鬼"脸上的冷汗混合着未凝固的人造血浆,生无可恋地看着陈歌,要多委屈有多委屈。

"你怎么摔倒了?没摔伤吧?"陈歌扭头看了一眼铁柜,柜子里扔着两个特制手套,手套上固定着模型人头,其中一个人头的长发被踩掉了。陈歌说,"你们还用这么恐怖的道具?真阴险。"

陈歌说着想要去扶"鬼",他飞似的往后爬了半米远说:"别碰我!你走吧,我自己能起来。"

"你确定吗?你的脸色好苍白。"

"这是化的妆!你赶紧去体验吧,不用管我!""鬼"倔强地爬回铁柜,随手关上了柜门。

"那你小心啊。"

后脑被什么东西碰到了。陈歌回头一看,悬在半空的"女尸"左右摇摆着。他一把抓住了"女尸"的双腿,感觉冰冷僵硬。"女尸"的病号服上还写着一个名字——许珍珍。

"做工还算不错,但是跟我鬼屋里的人偶没有可比性。"

随口点评了几句,陈歌继续向前,没走出多远,走廊中间的"女尸"又晃动起来。拐过走廊才算真正进入田藤病院。洁白的墙壁上沾着干涸的血迹,写着许多"我不想死""还我器官"之类的话。

"这个鬼屋的背景故事有点儿乱,需要游客寻找各种线索,还原故事主线。"

陈歌走在医院的长廊上,两边的窗户是画上去的,结合了光影特效后,让人觉得窗户外面不时有东西跑过。设计这个鬼屋的人也不是省油的灯。两边的窗户真真假假,走到第四扇窗户的时候,里面突然伸出一只手抓向陈歌。

更过分的是头顶的天花板也暗藏机关。身体若是被抓住了,藏在天花板上的人头就会正好砸入怀中。若是换了别人早就拼命地喊起来了,陈歌却前所未有地淡定。他单手托起人头,一时间竟有种怀念的感觉:"在我四五岁的时候,就抱着这些东西到处跑,一眨眼过去这么多年了。"

隔着窗户抓住陈歌的鬼屋工作人员有点儿心虚。四五岁抱着模型人头到处跑,他来自什么家庭？

那人默默地松手，又缩回窗里。鬼屋内的光线越来越暗，每隔几米远才有一盏绿色的灯，走廊愈发狭窄，渐渐出现各种各样的科室。

"解剖室？一上来就这么重口！"陈歌停在第一个科室的门口，朝四周看了看。这是他多次完成试炼任务后形成的习惯——进入未知场地之前，先确定周围的环境。

扭回头看来时的路，不知道什么时候保安跟了过来，带着"鬼面具"，把柜子里的"男鬼"扶了出来。

"看来正常的参观过程是在怪物追击下进行的，这样更有气氛，也更紧张刺激。"

铁柜里的"男鬼"已经吓瘫，"保安鬼"搀着他有些尴尬，好好的恐怖气氛都给破坏了。

"如果只有两个人的话，倒也没什么。可我怎么觉得后面还跟着第三个人？"陈歌留了个心眼，迈步进入解剖室内。

桌椅堆在四周，一具具假人模型被泼上人造血浆，扔在屋内，场面有些血腥。

"日系和欧美的鬼屋喜欢设计这种场景。"陈歌追求的是恐怖和惊悚，血腥只是最粗暴的一种表现方式。

一眼扫过解剖室，陈歌有些意外。屋子里竟然没有隐藏演员，全都是残破的人偶模型。他随便捡起几具模型看了看，每个模型身体上必定会缺少一个器官，更有意思的是，所有模型的病号服上都写着同一个名字——许珍珍。

"这是鬼屋老板特意要求的？"陈歌回想在保安亭看过的那段视频，其中没有提过"许珍珍"这个名字。

"许珍珍？难道出现在监控视频最后的那个女人就是她？"

陈歌扔掉模型，走出解剖室，"保安鬼"和"男鬼"都不见了踪影，似乎已经离开了鬼屋。

"保安带着铁柜里的'男鬼'出去了？"陈歌站在解剖室的门口，回头看着来时的路。他慢慢地缩小瞳孔，昏暗的环境并不能影响他。他想，"没有听见墙体转动的声音，应该只是躲起来了。"

关上解剖室的门，门板上掉落了少许铁锈，看来田藤鬼屋里的道具有些年头了。摸了摸掉落在地的铁锈，陈歌想起了解剖室内的种种器材："不像是故意做旧，应该是直接从废弃病院里搬出来的。"

有些鬼屋为了最大程度还原出真实的场景，会以低价收购被淘汰的器械，进行二次加工处理，比如刚才陈歌在解剖室内看到的手术床和心电监测仪。

他之所以能发现这点，是因为心电监测仪后壳不显眼的位置标有一串数字——2-2-1-15。这个数字是医院为医疗设备分类编制的内部编号，代表医疗设备类中属于功能检查设备的第15台心电监测仪。

不同医院的编号不一定相同，但编制规则大致差不多。

"残念通常附着在致其死亡或者离它死亡时最近的物品上。假如鬼屋里的道具都是从医院里弄出来的真家伙，那么很有可能将附着残念的东西也带出来了。"

陈歌只是猜测，没有任何证据，也不排除这是田藤病院设计的情景，毕竟他挑战的是最高难度。解剖室旁还有另外一间病房，里面挂满白布，不知道是干什么用的。陈歌没兴趣进去体验，直接向前走去。廊灯发出昏暗的绿光，尽头是一扇闭合的铁门，门上挂着一把大锁。

"看来要找到钥匙才能进入下一关。"前路受阻，解剖室已经搜过，陈歌只得原路返回，钻入那间满是白布的房间。

白布自房顶垂落，上面洒落了大片血迹，如同凶杀现场一般。掀开厚厚的白布，房间里的光线更加昏暗，这种场景让人有些不适。解剖室内那些模型人偶缺失的脏器和断肢被胡乱堆放在这里，其中还混杂着几颗模型人头。

"有点儿刺激啊。"陈歌是田藤病院开业后第一个进来挑战的，地上的人造血浆还没干，踩上去黏黏糊糊的。

"这个房间和解剖室相邻，保安亭的电视里说这家医院存在器官买卖的现象，此地应该就是非法交易的场地。"

田藤病院聘请日系团队打造场景，为了追求视觉冲击会做很多没有底线的事情，如果换成国内的从业人员绝对不会这样设计。陈歌走到那堆断肢和器官旁边，发现了一些异常，看得他微微一愣。

"解剖室手术床上的女性模型丢失了一枚心脏，其他的人偶模型虽然也少了一些器官和肢体，但是都没有心脏重要。我刚才扫了一眼，这一大堆器官里没有发现心脏，看来钥匙很可能藏在心脏里。"

少女模型的心脏去了哪里？陈歌看着一大堆器官和肢体模型，打算在那一堆器官中找一找。慢慢地弯下腰，突然隐藏在那堆器官里的人头突然睁开了眼睛，尖叫着站了起来！满是疤痕的"鬼"脸扭曲着，双眼滴着人造血浆，头发粘黏在脖颈上。器官和残肢滚落，她刚要站起来，就被人按住了脑袋！

"别闹。"

陈歌把"女鬼"一把按回去。昏暗的环境对他来说毫无阻碍，所以刚进屋时就发现了这颗不太一样的人头。器官和残肢数量有限，所以躲在其中扮"鬼"的是一个体形娇小的女孩。她被陈歌按住头，一时间有些茫然。

被游客摸头？《鬼屋演员手册》里好像没有类似的应急措施啊！

"女鬼"顺势坐到地上，头被陈歌按着，双手无所适从，连接下来的台词都忘记说了。

"心脏、心脏……心脏在哪儿？"都说男人认真起来的样子很帅，可是"女鬼"见陈歌念叨着心脏，一脸认真地在器官堆里寻找时，不禁打了个寒战，好像自家鬼屋里混进来了什么奇怪的东西。

"找到了。"

陈歌把藏在女孩身后的心脏模型打开，里面藏着一把造型别致的钥匙。他拿了钥匙转身就走，留下不知所措的"女鬼"。

她看着陈歌的背影，几次想要张口说话，但都没说出口。等到陈歌离开，她又把周围散落的器官捡到身边，默默地躺好，重新把自己埋了起来。

"我今天是不是忘记化妆了？"

打开通道中间的门，眼前的场景变得更加阴森。田藤病院受到场地限制，因此更加注重设计细节，每个惊吓点都离得比较近。穿过铁门，绿色的廊灯忽明忽暗，走廊上隐隐约约飘动着白衣。

"过道宽度缩减了半米，墙壁里应该有机关。"陈歌敲击墙壁，"没错，左边的墙壁是空的。"

向前走了没多远，陈歌看到了第三个房间，屋里摆满了育婴床，床上放着新生儿的模型。

"育婴室？"陈歌在门口看了看，刚准备进去，屋子里就响起了小孩的哭声。

"别哭了，让叔叔看看你在哪里。"

屋子里安装的喇叭不止一个，所以声音飘忽不定。

"田藤病院里每一个房间都有存在的意义。解剖室提供心脏的线索，白布室内隐藏着心脏，而心脏是打开门、通往下一关的关键，如此说来这个房间里应该也有我需要的东西。"

陈歌走到屋子中间，突然感觉衣服下摆被什么东西抓住了。扭头一看，身旁育婴床上的一个婴儿伸手勾住了他的衣角。这婴儿的脸上满是怨毒，特意画了很细腻的妆容。

"玩偶手臂使用的不是球状关节，这种连体的结构说明玩偶手臂可能是中空的，应该装有机械线路。"陈歌朝四周看了看，"时机能够准确到正好在我经过时抓住我的衣服，操控婴儿的人肯定离得不太远，监控远程操控的概率不大。这样一来，他应该藏在婴儿床下。"

第21章 好疼！好疼！

陈歌发现了婴儿床下的"鬼"，而"鬼"还没有意识到这一点。

"出来吧，兄弟。"

陈歌用力推开育婴床，婴儿身体下面的电线绷直了。一个干瘦的男人缩在床下，手里拿着遥控器。

他化着恐怖的妆容，身上满是人造血浆。

"问你点儿事，这屋里藏着什么道具？"陈歌自己也觉得有点儿唐突了，"我进来的时候，保安什么都没告诉我，自己找的话比较麻烦。"

婴儿床下面的"男鬼"一句话也没说，扭头就朝外面跑去，这举动让陈歌有些意外。

"跑什么？"为了维持心率，陈歌没有追，一路上都是慢慢悠悠地走过来的。他想，"婴儿用手抓住衣服，这个惊吓点一般，应该还有更吓人的，估计等到我准备离开的时候，工作人员才猛地钻出来。"

拿起床上的婴儿仔细打量，对方的化妆技术和陈歌有一定差距。

"许珍珍？"婴儿身体下面的薄被上也写着这个名字，陈歌觉得很奇怪，"怎么又是她？"

他抱起附近的婴儿逐一查看，每个人偶下面都写着这个名字。

"自从进入鬼屋后，这个名字不断出现，是心理暗示吗？"他找遍育婴室，终于在某个床单上发现了线索。

那是一个钥匙形状的吊坠，吊坠下面还压着一张白纸，上面写着：送给我的女儿——许珍珍。

"拿死者的东西会让人产生被死者纠缠的错觉，这一步应该是为了强化游客对许珍珍的恐惧。"钥匙吊坠是通往下一关的必要道具，不拿走就无法通关。这是鬼屋的阴谋。

陈歌拿起钥匙吊坠，取出笔仙寄居的圆珠笔，模仿着上面的字迹，在纸张背面补充了几个字——我回来了。

"给他们留一个小惊喜。"

这个房间的惊吓点被陈歌一眼识破。他朝门口走去，刚走出育婴室，前面的黑暗当中突然传来滚动的声音，紧接着一个披头散发、满脸是血、肚子高高鼓起的女人，推着一辆装满婴儿的小车飞速朝陈歌冲来！

最恐怖的是这个女人没有双腿。

骤然间看见这一幕，陈歌的心率也略有波动，不过他很快冷静下来。女人的身体紧贴着左边墙壁。陈歌在进入育婴房之前就已经确定左边墙壁里隐藏着机关。与其说是女人推着车，不如说她的身体大半都压在车上，被车拉着前行。

通道狭窄，小车的速度很快，推着车的"孕妇鬼"几乎擦着陈歌疾驰而过。她用充满怨毒的眼神盯着陈歌，离他只有二十厘米左右。

"原来门外才是最恐怖的。这个设计挺精妙的。"

游客提心吊胆地在育婴房里好不容易找到了钥匙刚刚松了口气，一出门就看到这么恐怖的"推车女鬼"冲过来，一点儿防备都没有。

"地板上没看到滑索，是墙壁里的机关驱动车子？"陈歌悄无声息地跟在"推车女鬼"身后往回走。

冲到走廊一边的"推车女鬼"很享受吓人的过程，她不知道身后有人，准备调转身体位置反过来再冲一次。刚一扭头就看到了陈歌那张求知欲极强的脸，"女鬼"的表情变得僵硬起来。

"原来你一直蹲在车上呀，挺有创意。"小车是电力驱动的，"女鬼"相当于驾驶员，田藤病院为了防止碰倒游客，保证游客的安全，所以，小车的下半部分和墙里的机关是相连的，把制动距离控制在十厘米内。

"这个惊吓点设计得出人意料。你刚才的眼神非常传神，怨毒中透着恨意，几乎和真的一样了。"陈歌从不吝啬称赞别人。

听到陈歌的赞美，"女鬼"不知道该怎么回答。从业这几年，还是第一次有人夸奖她的演技。平日那些游客从未在意这些。鬼屋工作者犹如黑夜舞者，卖力表演却无人欣赏，甚至有些游客还会对他们拳打脚踢。

虽然她很不想承认，但确实心生高山流水觅知音的微妙感觉。

"还好了……"也许是长时间扮"鬼"，女孩的声音中不由自主地带着些许阴沉。

"真的，你的眼神很到位，你演得很好。"

陈歌拿着钥匙去下一个场景。等他走远了，"女鬼"才反应过来："什么叫'很到位'，说得好像他真的见过一样……"

育婴室前面是卫生间，里面倒吊着几个人。田藤病院的惊吓点都是这种直观的、极具视觉冲击效果的，所以参观他们鬼屋的游客才会尖叫连连。陈歌的冒险屋除了有类似田藤病院的场景外，还有一种特有的场景。该场景通过渲染气氛，不断叠加小的诡异点和恐惧点，最后一次性爆发，给人一种灵魂打战的极致体验。

接下来的三个房间：卫生间，诊断室和医生准备室都没有演员，仅仅凭借机关吓人。说起来田藤病院比较照顾游客的情绪，这三个房间算是"回血"关卡，给游客一个收拾心情的时间。对于陈歌来说，普通的机关和血腥场景比较无聊，一口气连通三关后，又在隐蔽的角落里找到了三把颜色不同的吊坠钥匙。连同藏在心脏里的和育婴室的，他已经在鬼屋里找到了五把钥匙。

"每把钥匙的颜色都不一样，应该只有一把是真钥匙。"陈歌将所有钥匙收好，进入第四个房间。

这个房间不大，还原了十几年前的装修风格。墙壁上刷着泛黄的涂料，吊灯摇晃，破旧的办公桌上趴着一具"死尸"，地上扔着塑料刀，还有几张染血的病例单。屋顶上印着一个个血手印，地面残留着凌乱的血脚印，屋内非常乱，好像被洗劫了一样。

"这具'死尸'有点儿眼熟，体形怎么和育婴室床底下的小哥儿一样？"陈歌走到办公桌旁，忽然看到了一个有意思的东西。

在办公桌后面的书柜上，摆着一台早已停产的老式录音机。

录音机在上世纪八九十年代非常流行，随着时代的快速发展，早已被淘汰。田藤病院为了表现出年代感，在这间屋子里摆放了很多老物件，比较显眼的就是录音机和老式手电筒。这场景让陈歌想起很早以前看过的某个恐怖片，剧情好像是录音机每到午夜就会发出声音，听到声音的人都出了意外。

"这是道具吗？"陈歌完全无视趴在桌子上一动不动的"死尸"，径直朝书柜走去。

当他离书柜只有一米时，录音机上的按键突然自己压了下去。

"热感知？不对，应该是工作人员远程操控。"陈歌扭头看了一眼，"尸体"趴在桌子上，头部深埋在手臂中。

死尸比录音机更具吸引力。陈歌按下录音机的按键，指示灯亮起，伴随着电流声，一个中年男人的声音出现了。

"放过我吧！求求你们！求求你们！"

男人哭喊哀求，对他来说死亡已经成为一种奢望。伴随着求饶声，录音机里不断传出切割和撕裂的声音，陈歌几乎能想象出以下画面——骨骼断裂，皮肉开绽，简直是最残忍的刑罚。

"田藤病院过审的时候，一定隐藏了录音内容。"

桌子上趴着的"死尸"听到陈歌的这句话，轻轻动了一下。事实跟陈歌猜得差不多，磁带内容已经更换，是专门为陈歌准备的最高难度体验。陈歌早已对恐惧和惊悚习以为常，纯粹的血腥和残忍却让他感到不适。

"怎么还没完？准备把录音当成背景音乐吗？"陈歌之所以耐着性子往下听，是因为他猜测录音里隐藏着通关的线索。可是一分钟过去了，里面仍旧只是受虐和求饶声。

"大出血一分钟早就休克了，哪还能保持这么旺盛的精力？不过他们请的配音演员挺厉害，营造出了绝望的气氛。"

男人的声音越来越弱，受到胁迫后开始忏悔。直到此时，陈歌才知道受害者就是田藤病院的院长，一个为了赚钱什么事情都能做出来的家伙。

"没想到竟然是善有善报，恶有恶报的故事。"陈歌耐心听到了最后，院长承认自己犯下的所有罪行，在死前苦苦哀求那些怪物不要伤害他的女儿。他刚提出这个要求，就响起一个女人的尖叫，随后院长大喊一句——珍珍快跑！

录音到此结束。院长有罪，他的女儿可能无辜，也可能是帮凶，不过重要的是，女儿在怪物折磨院长的时候，正好看到了这一切，那么她的下场可能也是被折磨致死。

"田藤病院里所有模型人偶上都写着'许珍珍'三个字，这到底是什么意思？"田藤病院最高难度挑战肯定隐藏了更恐怖的东西。从挂在走廊上的"女尸"，到解剖室内丢失器官的模型，田藤病院在各个地方留下"许珍珍"名字的原因，已经被陈歌猜到了。

"演员化妆化得再逼真，游客也能分辨出真假，所以他们想要弄出一个触摸不到，却感觉一直跟在身后的真鬼，担当这一角色的就是许珍珍。"

田藤病院的创意很好，也带给陈歌很多启发："想要真鬼，这还不容易？"

陈歌看着快要播放完的磁带，伸手按下录音机上的按键。他背对"死尸"，没人知道他准备干什么。

"市面上根本没有卖录音机的，只能去旧货市场上碰运气。现在好不容易遇到了一台，正好试听一下我的这盘磁带。"

他把黑色手机奖励自己的磁带放入录音机当中，按下播放键。磁带开始转动，录音机里却没有发出任何声音。

"空白的磁带？"陈歌等了一会儿，似乎很享受解谜的过程。刚从第三病栋出来，田藤病院简直是度假胜地，令人身心得到极大的放松。他想着，"鬼屋确实是现代人释放压力的好地方，等我回去就改了官网上的宣传语。"

陈歌从地上捡起几张泛黄的报纸，上面标有日期，是几年前的报纸。

"《新海晨报》？"陈歌来了兴趣。四年前，一个女人跑到废弃医院自杀，经过调查，死者名叫许珍珍，父亲是医院的院长，早在十几年前就在办公室畏罪自杀了。相同的地点，不同的人，这件离奇自杀案在新海引起了轰动。法医确定女人为自杀，在她死后不久，身上出现明显的红色手印，非常奇怪。最后这案子不了了之。

"死者的名字叫许珍珍，这就是田藤病院里隐藏的彩蛋了。"陈歌放下报纸。胆子小的游客不可能发现这些东西。胆子大的人才会细细搜索，当他们知道许珍珍是真人真事时，就会不断暗示自己，加重内心的恐惧。

田藤病院的设计思路很全面，只可惜那些从业十几年的设计者们没想到的是，会遇见陈歌这样的游客。

"这个鬼屋越来越好玩儿了。"陈歌想起在保安室内看到的地图。他已经走过三分之二的场景，离出口越来越近了。

办公室内除了录音机和报纸，陈歌还发现了很多关于许珍珍的提示。比如书架角落里扔着的破碎相框，里面放着一张父女合照，不过两人的脸都被抹掉了。办公桌的抽屉里还有男人的遗嘱，上面也提到了"许珍珍"这三个字，鬼屋中处处都留有和她相关的东西。

"田藤病院用现实里的新闻布置场景，不怕把'许珍珍'招过来吗？"

鬼屋阴气重，终日不见阳光，再加上特殊的布景，对脏东西来说是藏身的不二选择。

"都说日有所思，夜有所梦，每个人都在鬼屋里念叨许珍珍的名字，万一她听到了怎么办？"

田藤病院没弄清楚具体情况，就照搬了报纸的场景，还将所有线索制作出一条暗线，这种行为看似高明，其实是在玩火。

"举头三尺有神明，不信'神'，也没有必要触'神'的霉头。"

陈歌胆子极大，但是对未知怀有敬畏之心，每次做试练任务都会做足准备。田藤病院的进度已经超过一半，暗线逐渐明朗。

"该出去了。"陈歌不清楚许珍珍是否真的在鬼屋里，他只是来挑战鬼屋的，没必要自找麻烦。

陈歌又回到录音机旁，准备拿了磁带走人。等他再次靠近录音机，隐隐地听到了压抑的哭声。这声音很低，似乎是从录音机里传出来的。

"磁带里的怨念现身了？"陈歌向后退了一步，伸手握住口袋里的圆珠笔，另一只手只是轻轻推了推桌子上的"死尸"，他竟然软软地倒在了桌子下面。

"出事了？是'许珍珍'？不会这么倒霉吧？体验别的鬼屋都能遇到怨念吗？"

陈歌赶紧扶起地上的"男尸",生怕耽误了最佳救治时间。

"鬼屋的工作人员演了死尸就真死了?"

陈歌刚蹲下,一直藏身在书桌下的鬼屋工作人员突然冒头了。陈歌来不及躲闪,人头直接撞进了他的怀里。看了看怀里的人头,又看了看地上的"男尸",陈歌已经弄明白了一切:"老哥,这是报复我在育婴室不给你面子吗?"

直到"男尸"把脸露出来,陈歌这才看出来这人连妆都没化,只糊了一层人造血浆。探了探鼻息,确定"男尸"还有呼吸,陈歌站起身,走到录音机旁,连续按了几次按键,指示灯都亮着。

"关不上了?"

陈歌不可能把磁带留在田藤病院,把录音机拿走又有点儿过分。时断时续的哭声越来越大,磁带里还出现了好像电流音的杂音。一两秒钟后,录音机里突然出现了一个压抑的声音。

"疼……"

声音有些失真。仔细听了几遍后,陈歌终于听清楚了:"是男性的声音,听起来年纪不大。"

录音机突然停了。陈歌扭头看向倒地的"男尸",那人悄悄按动了放在口袋里的遥控器,可现在关录音机已经来不及了,磁带里的怨念已经苏醒。

"好疼……"

怨念的情绪似乎逐渐失控,陈歌现在唯一能想到的办法就是带着录音机离开。

"怎么回事?"地上的"男尸"急得开口说话了,顶着一脸血爬起来。

"是不是你们的设备出故障了?"陈歌也没办法,总不能实话实说吧。

"应该是。""男尸"也不敢确定,刚想提起录音机,就听见录音机传出一声歇斯底里的尖叫。

"好疼!"

"男尸"一哆嗦,手像触电一样直接缩了回来。

"怕什么?这不是你们鬼屋设计好的吗?"陈歌护在录音机前,以防出现意外。

"录磁带的时候我在场,绝对没录这些话!"

"男尸"神情严肃,取出手机在某个群里发了语音:"你们谁在院长室的磁带里加东西了?"

没有一个人回答。此时,磁带里的声音变得更加癫狂,充斥着无边的恨意和怨气。

"好疼!好疼啊!"

听声音好像真的有刀子割开了他的身体,可以想象出他一边手忙脚乱地捂着血洞,一边绝望无力地看着身上出现更多的伤口的悲惨情形。

"你们的鬼屋倒是挺胆大的,敢用真人真案做场景,也不怕人家找上门来。"陈歌压低了声音,盯着"男尸","我听说死人的名字不能随便念,更不能到处写,否则就会有不好的事情发生。"

"住口!""男尸"勉强维持镇定,对陈歌说道,"一点小意外,是技术原因,不影响的。"

他话音刚落,门外响起急促的脚步声,只见"推车女鬼"拿着一张纸条,满脸惊恐地跑了过来!

"阿沁,你来我这儿干什么?""男尸"一脸紧张,心里更慌了。

"纸条上有字!我刚才无意间看到的。"

女人把手中的白纸放在"男尸"眼前说:"她好像回来了!"

陈歌只是模仿白纸上的笔迹,随手写了几个字,没想到鬼屋的演员反应这么激烈。这间鬼屋极有可能真的不太干净。

"如果'许珍珍'这三个字真的会招鬼,他们为什么还要一意孤行,在鬼屋里使用这三个字?"陈歌有点儿不理解田藤病院负责人的想法了,"他该不会以为换一个地方就能逃脱怨念的纠缠吧?还是说许珍珍对鬼屋老板来说有特殊的意义?"

鬼屋里光线很暗,"男尸"拿过那张纸仔细看了看:"笔迹还没干。"

"今天只有一个游客体验鬼屋,就算是他写下了这行字,录音机里的声音又该如何解释?这个场景是新添加的,游客不可能随身带着磁带啊!"

录音机里再次发出惨叫。那种痛和配音演员录制的完全不同,站在几米外听着都觉得头皮发麻。

"林哥……""推车女鬼"往门口挪了挪,"录音机里的声音怎么这么逼真?"

"我也不清楚。除了这张纸,你负责的场景里有没有出现其他的东西?"

"没有。"

"前面几个场景里的人呢?"

"快过来了。那东西不会又出现了吧?老板不是说都已经解决好了吗?"

"你们聊什么呢?以前发生过什么事情?"陈歌准备说服鬼屋工作人员,把录音机带出去。

"快把那东西放下!""推车女鬼"声音尖锐,"录音机里面的声音不是我们录制的!"

陈歌心知肚明,但又不能表现出来。他说:"在你们的鬼屋,不是你们录的是谁?"

鬼屋的工作人员一时语塞了,片刻后还是"推车女鬼"站了出来,不顾"男尸"的阻拦,一口气说道:"在新海的时候,曾经有游客被吓哭,出来后告诉我们某个工作人员演得真好,事实上根本就没有那个人!我们询问了游客那个工作人员的长相,发现游客描述的人和报纸上的许珍珍一模一样!"

陈歌面色古怪地说:"那个游客是不是想吓唬一下你们,跟你们开玩笑的呀。"

"不止一次,后来越来越多的游客都看到了许珍珍。""男尸"把脖子上的玉佛掏了出来,"我们每个人身上都带着辟邪的东西,不过说来也奇怪,我们几个工作人员都没有看到过许珍珍。"

"既然真的有可能闹'鬼',为什么你们搬到江州市后,还要在鬼屋里写满许珍珍的名字?你们不害怕把那玩意儿也带过来?"陈歌觉得这群人有问题,"你们现在不是演戏吧?纸条、录音,全都是你们自己弄的,就是为了吓住我。"

"绝对不是。"两个工作人员委屈得想哭,"首先你要明白,我们鬼屋的第一站在新海,为了吸引游客才结合了真实事件。许珍珍离奇自杀的事在新海特别有名,几乎只要看到这个名字就能勾起当地人深埋在心底的记忆。"

"男尸"脸色很差,说道:"我们也是被逼的,这两年来鬼屋玩儿的人越来越少,场景数次更新换代,能想的、能做的基本都已经尝试过了。眼看着游客减少,我们总要想办法维持人气。"

"所以你们就心安理得地把真实死亡事件搬进了鬼屋,做成了一条暗线?"陈歌觉得这群人比自己还胆大,他至少还有应对的底牌。

"事实证明，结合了真实案件后好评率节节攀升，有很多游客为了破解暗线，找出许珍珍的秘密，还会带着朋友过来二刷、三刷。"

"那么火爆你们为什么还要来江州市，老实在新海待着多好？"陈歌手里的录音机不断发出撕心裂肺的声音，但是他却充耳不闻。

"很多游客在鬼屋里看到了许珍珍，让我们鬼屋成了圈子里好评率最高、最受欢迎的鬼屋。可惜好景不长，许珍珍的妹妹找到了我们。"

"推车女鬼"说出了田藤病院的秘密，陈歌随手将拾音器关掉。

"双方进行协商，许珍珍的妹妹觉得我们侵犯了她姐姐和父亲的名誉，提出高额赔偿，还要我们更改鬼屋的内部设计。

"而我们负责人只同意去掉许珍珍的名字，赔偿和更改整体设计是不可能的。

"许珍珍的妹妹一怒之下准备通过法律途径解决，后来的事情我也不清楚，反正没过多久鬼屋就关门了。"

她应该没撒谎，大型流动鬼屋审批麻烦，出了意外很容易被封，陈歌的父母早年就是经营流动鬼屋的，一直等积累到足够的好评后，才落户新世纪乐园，开始与乐园合作。

"我们收拾道具，改变场景布局，换了名字去了另一个城市，但是效果很差，只坚持了两个星期，几乎没什么游客参观。

"负责人和我们商讨后觉得问题还是出在许珍珍身上，于是我们来到了距离新海很远的江州市，重新还原了最巅峰时的场景。"

陈歌弄清楚了事情的前因后果。田藤病院本来只想通过营造气氛，虚构出一个不存在的"鬼"，但是没想到这个"鬼"竟然真的出现了。

"停，别过来！"

"疼！好疼！"

男人的声音再次响起，屋里的三个人同时愣住了。

"林哥，我是不是听错了？""推车女鬼"吓得浑身发抖，"刚才从录音机里出来那个声音了。"

"男尸"也慌了，两个工作人员颤颤巍巍地看向陈歌身后，把陈歌看得心里发毛，问道："我的身后有东西？"

他伸手抓住口袋里的圆珠笔,双腿绷紧。

"不在你身后……"工作人员说完,直接退到了走廊一边,和陈歌保持将近三米远的距离。

"不在我身后?那你们跑什么?"这些家伙出了事跑的倒是挺快。当初陈歌的冒险屋出问题的时候,他都是第一个冲过去的。

"好疼、好疼……"

这声音似乎是一点点往前移动,就像一个满身伤痕的男人在慢慢地挪动身体。

"疼!好疼啊!"男人的声音消失了两三秒后,突然在"推车女鬼"面前现身。

"啊!"

尖叫仿佛要把耳膜刺穿,她头也不回朝着前面的通道跑去。

"阿沁!""男尸"吓得不敢乱动,身体紧紧地贴着墙壁。陈歌拿起录音机,上面的指示灯依旧亮着,好像一颗红色的眼球。磁带在录音机里转着,男人的声音却飘到走廊上。

"它离开磁带了?"按照以往的经验,陈歌对磁带里的怨念有了大致的判断。

残念和最低级的怨念无法离开寄存物品,小小从来没有离开过布偶。比小小强一些的是镜中怪物和笔仙,它们偶尔可以离开本体依附的物品,不过只能离开片刻。再厉害些的就是第三病栋里的瘦长怪物,它们大多数时间踩在活人的肩膀上,离开了活人的身体也能存活很长时间。最高级的自然就是红衣怨念,它们不需要依附在任何东西上,是真正意义上的鬼。

"磁带怨念的实力应该介于笔仙和瘦长怪物之间。"

男人的惨叫不时在走廊上响起,漫无目的,好像在寻找什么。

"他死前遭遇过什么?为什么一直喊疼?"陈歌找不到录音机,一直没机会和磁带怨念交流,这是他们第一次见面。

"好疼、好疼……"

男人的声音在走廊上停留了一会儿,而后慢慢地朝鬼屋入口的方向走去。

"他是不是发现了什么?"磁带里的怨念很有可能察觉到藏在鬼屋里的怨念了!陈歌提着录音机追出房间。"男尸"听到声音渐渐远去,拿出手机打开群聊,按下语音键大喊:"怪物朝你们那边去了!快跑!从入口那里跑出去!"

"光叫有什么用？"

陈歌一路追赶，和怨念保持着两三米的距离。

陈歌从推车旁走过时，堆放器官的房间里突然跑出一个体形娇小的女孩。她一打开门，就听见了怨念的声音。

"好疼！"

门口响起撕心裂肺的喊叫，那个叫阿沁的女孩看着眼前空空荡荡的走廊，一连退了好几步，跌坐在器官堆里说："谁在说话？出来，出来啊！"

"好疼！好疼！"

怨念的声音进入屋内，这女孩只能听见声音，吓得缩进器官模型堆里，准备把自己埋起来。陈歌一直跟在怨念的后面，进门看见这幅场景，被女孩的举动吓了一跳。

陈歌把女孩从器官模型堆里拉出来说："通知你们的人，从入口那里离开。"

女孩感受到陈歌掌心的温度，重新打起精神，跌跌撞撞地朝外面跑去。怨念没有追赶女孩，转悠了一圈后，又进入了解剖室。陈歌确定磁带怨念正在寻找某个东西。走廊尽头响起墙壁转动的声音，女孩通知了前面场景的工作人员离开，鬼屋里只剩下陈歌一个活人。

"让我看看你到底找什么呢！"

陈歌抓着圆珠笔，提着录音机，跟随怨念的声音一直来到田藤病院的入口处。在走廊的尽头，那具女性干尸左右摇摆着。

"好疼……"

怨念的惨叫声停在女尸的身前，陈歌也走了过去，看着悬挂在走廊中央的干尸，心里有一丝后怕。

"看来许珍珍就藏在女尸的道具里。"

陈歌盯着挂在入口处的"女尸"，心里也生出几分寒意，谁能想到这个挂在门口的模型里真的藏着怨念呢。她目送每一个活人进了鬼屋，甚至有不少游客都碰过她的"身体"。

"磁带怨念为什么主动找到许珍珍？他们之间有什么关系，还是说磁带怨念只是单纯寻找其他的怪物，想要大快朵颐呢？"

陈歌不知道许珍珍是残念还是怨念，只知道她很久以前就在田藤病院安了家。在新海营业期间，田藤病院没有出现过游客伤亡的事情，由此可见许珍珍对活人没有恶意。陈歌有心放过许珍珍，但是无法操控磁带里的怨念。

怨念围着悬挂的"女尸"惨叫连连，"女尸"似乎感受到威胁，身体不停摇摆。十几秒后，"女尸"的身体突然被一股无形的力量撕扯，身体扭曲成一个奇怪的角度，一条腿被直接撕扯了下来。

"磁带怨念想要吞了许珍珍？"陈歌竟然看到"女尸"的脸上露出了痛苦的表情。与此同时，磁带怨念沉默了，突然安静下来。

"这家伙想把自己的痛苦施加到别的怨念身上，还是另有隐情？"陈歌一愣神的时间，"女尸"的另一条腿就被撕了下来。

……

在鬼屋门口排队等待的游客议论纷纷，负责人看着投影上几条平稳波动的线，脸面有些挂不住了。

"可惜就差一点儿。"他盯着线条波动的峰值，心率最高达到了九十六，差一点儿就破百了。

"老板，你们这活动还有多久才结束？我们等了十几分钟了。"游客有些不满。

"少安勿躁，那名游客最多还有五分钟就该出来了。"负责人心里没底，小声嘀咕，"鬼屋里有一条暗线专门为胆子大的人准备，同样都是做鬼屋的，他不可能发现不了啊！哪里出了问题？"

在负责人沉思的时候，鬼屋出口处突然响起了急促的脚步声。

终于要出来了！跑得这么快，肯定吓得不轻。负责人很是满意，又抬头看了看投影仪，自我安慰道："怎么可能有人进入鬼屋，还能维持一百以下的心率呀，肯定是仪器出了故障。"

他拿出扩音器，朝众人喊道："首位体验者就要出来了，我们可以问问他体验后的感受。"

所有人的目光都集中在了鬼屋出口。脚步声越来越近，最后只听"嘭"的一声，出口的木门和厚厚的布帘被撞开。

有人出来了！

她穿着大号的病号服，黑发黏在脖颈上，冷汗弄花了脸上的妆容，远远看去只能看见一双惊恐的眼睛。

"怎么是个女的？"离出口最近的游客吓了一跳，"这变化是不是有点儿太大了！"

"阿沁？"

游客进去体验，怎么扮"鬼"的工作人员先跑出来了？又响起一阵脚步声，一个满脸是血的男人冲了出来，好像是受到了极大的惊吓，刚跑出鬼屋就趴在地上。

"怎么回事？"

"这是鬼屋的活动吗？"

"嘭！"

入口处的木门又被撞开了。这次同时冲出三个工作人员。这两男一女全化着怪物的妆容，一个比一个凄惨，体形娇小的女性工作人员口袋里还插着半只断手和一个肾脏的模型。

"到底是怎么回事？"负责人问出了在场所有游客的心声。

"胡总，'许珍珍'回来了！"几个工作人员里唯一正常的是"保安鬼"，他拿着手机朝负责人跑去，"你听听，林哥和阿沁都看到了，小夜也遇到了，真的！"

"你先别跟我扯这些。"负责人把手机推到一边，看着躺了一地的工作人员说，"你们都跑出来了，游客呢？"

"游客？""保安鬼"有些不确定地说，"游客好像还在里面？"

"还在里面？！"

负责人感到一阵眩晕。这是他从业近十年第一次遇到鬼屋工作人员全部被吓出来，只剩下游客独自参观鬼屋的情况。

"什么，游客还在里面？那他是不是把脏东西当成工作人员了？"

"应该是，听小夜说那游客好像一直跟在脏东西的后面。"

负责人差点儿晕过去，自己都招惹了什么玩意儿啊？！

"胡总，我们现在怎么办？报警？"

"开业第一天就报警，你是想彻底玩儿完吗！"负责人狠狠地瞪了"保安鬼"一眼，"带上东西，跟我一起进去找人！还有你们，都给我起来！"

几个演员被负责人逼着站了起来，一身整齐西装的负责人拿着扩音器，领着几个"鬼"小心翼翼地朝着鬼屋的出口走去。

田藤病院走廊中央，女尸道具的双腿被撕扯下来，它的身体好像被什么东西拽着，脖颈上的绳子勒破皮肤，露出了里面的劣质填充物。

这家伙想要干什么？自从来到"女尸"身边后，磁带里的怨念就再没有发出过声音，陈歌越想越觉得奇怪，女尸道具是许珍珍的寄托物，磁带怨念是想把许珍珍从道具里逼出来？

"啪！"

在他思考的时候，女尸模型脖颈上的绳子承受不住拉扯，从中间断开。悬挂在走廊上的女尸摔落在地，模型人头滚出几米远，最后停在墙角，一双眼睛看着自己的身体。那张做工粗糙的脸慢慢发生变化，从狰狞惊恐变得慢慢平静，最后恢复正常，干裂的嘴唇上下开合，好像在说些什么。只过了几秒钟，走廊上又重新响起了惨叫声，与刚才不同的是，这次多了一个女人的声音。

"好疼！好疼！"一男一女撕心裂肺的声音围绕着陈歌，让他有些抓狂。

"许珍珍怎么也开始跟着磁带怨念叫喊？难道磁带怨念拥有同化其他鬼怪的特殊能力？"陈歌并不清楚磁带怨念对许珍珍做了什么事情，这应该是磁带怨念最大的秘密。耳边交替响起一男一女的惨叫，听得陈歌眼皮直跳，他又试了一次想要将录音机关掉，可是仍旧没有作用。察觉怨念的声音距离自己越来越近，陈歌将录音机高高举起，随时准备将录音机砸碎，毁掉怨念寄居的磁带。"疼，真的好疼……"那个声音贴着陈歌的脸响起，然后慢慢减弱，录音机里发出一声脆响，按键自动弹起，红色的指示灯熄灭了。走廊上不再压抑，呼吸变得通畅，就连扔在地上的人头看着也没有那么吓人了。

陈歌打开录音机，在他将磁带取出的时候，黑色手机轻轻震动了一下他想："怎么这时候收到信息了？"

陈歌站在女尸模型旁边，拿出黑色手机，点击屏幕。

幸运的怨念眷顾者，恭喜你触发许音好感度任务，完成任务，许音好感度将大幅提升！并有一定概率雇用其为冒险屋员工！

任务场地：芳华苑小区。

任务目标：你只有一个晚上的时间，找到许音的爱人！

任务提示：亲爱的，白色、黑色和红色，你究竟喜欢哪一种颜色？

手机屏幕上的信息只有短短几行，陈歌反复看了两三遍。芳华苑小区？那不就是王欣所在的小区？帮助笔仙完成心愿的时候去过。

黑色手机发布的任务都具有一定危险性，看磁带怨念的样子，生前肯定受了很大刺激，所以死后怨气才会那么重。磁带里的怨念要比笔仙强一点，如果能将他雇用下来，以后去做试练任务会安全不少，相当于多了一张底牌。陈歌越想越心动，这个磁带怨念似乎还拥有其他鬼怪没有的特殊能力，他应该和笔仙一样都属于特殊类型的鬼怪。

"好感度任务晚上开始，我有充足的时间做准备，也不影响下午的营业，可以尝试一下。"陈歌这边刚做了决定，口袋里他自己的手机突然响了起来，他低头看了一眼，是一个陌生来电。知道我手机号的人一共就那么几个，这个电话是谁打来的？

响了几秒钟，陈歌才按下接听键，把手机放在耳边："喂？"

"陈歌，我是颜队。"

"颜队？你找我干什么？"

"你在第三病栋发现的三个嫌疑犯，有两个死在家里了。"

"死了？！"陈歌声音一颤，正要询问颜队长种种细节，另一只手里的黑色手机突然又震动了。

屏幕上出现了新的提示，陈歌点开后发现，短信内容竟然是"第三病栋"试练任务完成度上涨到了百分之六十五！两个病人离奇死亡后，任务完成度上涨了百分之五，陈歌隐隐觉得自己发现了什么。

"陈歌？你还好吧？"

"没事，我只是有点惊讶，一天前还好好的人怎么突然就死了？"

"昨天半夜三点钟，我们接到了一个报警电话，报警人名叫许童。他说了很多莫名其妙的话，逻辑混乱，根本不清楚他想要表达什么。"

"你们没有理会他吗？"

"怎么可能？许童是重点关注对象，接警中心第一时间将这件事告诉了我们。

只是等我们定位了他的手机位置，找到他时，他已经死了。"颜队长的声音平静中透着一丝说不出的情绪，"他和一个独臂男人被塞进了柜子里，具体死因还无法确定，两人身上都没有明显的伤痕。"

"凶手会不会是他们的同伴？就是那个叫熊青的人，他面部畸形，非常好认。"

"办案的事情交给我们就行了，今天之所以专门问李队要来你的电话，是为了提醒你。"颜队将两张照片发送给陈歌，"这是我们在死者手机里找到的，他们可能盯上你了。"

短信传图的速度比较慢，过了几秒陈歌才看清照片上的内容。第一张照片是陈歌在第三病栋被押入警车，第二张照片是陈歌从市分局出来，两张照片都非常模糊，似乎拍摄者极为谨慎，在很远的地方偷拍的。

"照片是许童拍的？"陈歌没想到自己有一天也会被跟踪。

"是不是许童不重要，重要的是他们有组织有预谋的在做某些事情，这样一来性质就完全变了。"

"对，我那天早上跟你们的人说过，凶手可能有八个，这八个人都曾是康复中心第三病栋的病人。"除了王声龙，剩下几个人陈歌觉得都是丧心病狂的疯子。

颜队长轻轻地叹了口气："你提供的线索对我们帮助很大，我们排查了四年前的资料，对比后发现，你所说的那八个病人里有三个，在这几年里就好像完全消失了一样，不管是在网上还是在现实中都找不到关于他们的任何信息。"

"连你们都找不到那几个病人的信息？"陈歌有点吃惊，"能不能给我说说是哪三个人？说不定我还能给你们提供线索。"

"四五年前的事情你也清楚？"陈歌给过颜队长很多惊喜，他看陈歌在平安公寓灭门案中出过力的份上，决定透露一些信息。他说，"这三个病人在五年前分别住在第三病栋的七号房、九号房和十号房。"

陈歌默默记下颜队的话，对照高医生给的资料，七号房病人患有科塔尔综合症，认为自己五脏六腑都出现了问题，甚至觉得自己其实已经死了。按照高医生当时说的，这个病人已经确认死亡，只不过高医生也是通过医院记录查到的，谁也没见过尸体，不排除记录造假。住在九号房的就是吴非，门楠主人格再三让陈歌小心的人。最后的十号房就是那个被医生和病人称为魔鬼的家伙，医院里没有这几人的信息，百分之百和老院长有关，毕竟整个康复中心都由他来负责，这些资料外人根本接触不到。只可惜现在老院长被张雅撕了，只剩下一个头还在门内，想要从他身上获知病人的信息非常困难。

陈歌心思急转，许童和幻肢症患者死后，他的任务完成度上升了百分之五，这为他指明了一条路。是不是只要杀死、或者将所有外逃的病人抓回去，任务完成度就能不断提高？仔细一想，确实有这个可能，病人们是在第三病栋的门内获得了"新生"，他们身上已经打上了第三病栋的烙印，严格说起来，他们也算是"第三病栋"场景的一部分。

发现陈歌很长时间没有回话，颜队长继续说道："我们询问过曾经在第三病栋工作的医生和护士，结果发现了更诡异的事情。"

"什么事情？"

"知晓这三个病人信息的医生在这几年内相继离世，死亡原因千奇百怪，有意外身亡，有自杀。"颜队长停顿片刻，似乎在考虑后面的话该不该跟陈歌说。

"颜队，你跟我说的这些东西，我绝对不会告诉其他人的。"

"我不是在担心这个，我是怕说出来后你害怕。"电话那边颜队长的声音出现了变化，"其中最特殊的是一位女医生，她和男朋友离开了江州，可仍旧难逃厄运。所有的死亡看似毫无关联，地点不同，时间跨度也很大，所以并没有引起周围人的重视。但将他们的死亡串联在一起，情况就不一样了，所有死者之间有一个共性，那就是和第三病栋有关，而存在共性的意外死亡，百分之九十都是计划周密的谋杀！"颜队很委婉地告诉陈歌，他现在的处境真的很危险。

"那群人还真是胆大包天啊。"苦笑一声，陈歌朝鬼屋出口走去，他想赶紧离开这里，回到新世纪乐园去。

"他们是一群疯子，思维和正常人完全不同，什么事情都能做得出来，关键他们并不认为自己做的有错，这种自以为正义地犯罪才是最难对付的。"颜队也感到几分头痛，"总之你自己小心，有什么发现立刻跟我联系。"

"好的。"陈歌趁着颜队没有挂断电话，又开口问了一句，"颜队，除了那三个病人外，其他病人的资料你们应该有吧？能不能让我看看，毕竟我是唯一和他们交过手的人。"

"我警告你，不要擅自行动去做一些危险的事情。"

"别误会，我只是好奇，既然你们已经掌握了部分病人的信息，为什么不先把他们抓起来，然后慢慢审问？"小命要紧，容不得陈歌大意，"难道你们是怕打草惊蛇？准备到时候将他们一网打尽？"

"如果真有这么简单，我就不会特意打电话提醒你注意安全了。"颜队长没有细说，似乎他们也遇到了一点麻烦，"具体的资料不对外公布，不过你也算是受害者，有基本的知情权，我会挑选一些你能看的发给你。"又聊了几句，颜队挂断电话，没过一会，他传给了陈歌几份资料。每个病人都有自己的单独编号，所有信息都被制作成了档案，陈歌看到的是颜队他们后期整理过的内容。

"一号病房患者王声龙……"

第一页是王声龙的资料，所有病人中他的资料最详细，包括他先后在哪些地方就诊，五年内搬家多少次，接触过哪些不该接触到的人，都调查的一清二楚。

第二页是一个女人的资料，这个女人长得很完美，五官端正，明明挑不出一点毛病，但就是给人一种不协调的感觉，就好像那张脸不是她自己的一样。

陈歌对二号病房的患者也有印象，高医生当时说这人患有道林格雷综合征，特别害怕衰老，多次整容，大量使用化妆品。警方的资料显示，这个女人半年前已经失踪，她最后一次出现的地方是在芳华苑小区。看到地名的时候，陈歌愣了一下，所有事情都围绕着一个地方，这应该不是一个巧合。他快步朝通道出口走去，穿过所有场景，陈歌终于找到了田藤病院出口。昏暗的通道尽头出现了久违的亮光，就在距离通道口几米远的地方，六七个人相互挤在一起，正苦着脸慢慢往前挪动脚步。

"你们在干什么？"陈歌提着录音机朝几人走去。

"等一下！"负责人直接拿着扩音器冲陈歌喊道，"你……没事吧？"

"我能有什么事？你们该不会以为我被鬼怪附身了吧？"陈歌若无其事的从负责人和六七个鬼屋员工中间走过，"你们的鬼屋已经安全了，不过我要提醒你们一句，人在做，天在看，鬼神的钱不是那么好挣的。"走出鬼屋大门，光线有点刺眼，看到陈歌出来，所有游客的目光都集中在他的身上。这是一个进鬼屋参观，结果把"鬼"全部吓出鬼屋的强人，同样是游客，同样的场景，但是却玩出了不一样的高度。

虽然这么引人注目,不过陈歌没有停留的闲心,他刚接到颜队电话,关于第三病栋精神病人的消息让他有些不安。

"老大!"鹤山和高汝雪挤出人群,跑到陈歌身前,"你对那些鬼屋演员做了什么?"

"我一个游客能对鬼屋演员做什么?"陈歌眉头一挑,"话说你俩都不担心我的安全吗?"

鹤山和高汝雪有些错愕,对啊!正常情况下,游客被一个人扔进鬼屋里,应该为游客担心才对啊!可是他俩也不知道为什么,看见陈歌进去,就本能地为鬼屋工作人员捏了一把汗。"担心,当然担心。"鹤山露出自己那招牌般的笑容,尴尬而不失礼貌。

"行了,下次有时间记得来我鬼屋玩,我又制作了新场景,这回绝对刺激。"陈歌急着离开,伸手将贴身的便携式心电监测仪和拾音器取下,回头朝鬼屋负责人看了一眼,"我的心率应该没有超过一百吧?"

"没,最低六十,最高九十多。"

"九十多?怎么那么高?"陈歌有些惊讶,他在鬼屋里感觉自己的内心毫无波动,就跟回家了一样,没想到心率波动还是这么大。

看到陈歌不满意的样子,鬼屋负责人感觉整个世界充满了绝望,他心中的苦涩快要溢出来了。他心想:"我这是开业第一天啊……"

"能让我心率产生这么大的波动,你们鬼屋也挺厉害的,不过比坐十三路公交车就能直达的西郊新世纪乐园鬼屋,还是差了几个档次。"陈歌一脸坦然地说道,"其实你们自身实力很强,根本没必要去做那些多余的事情,比如在官网通过贬低我们江州当地的鬼屋来抬高自己,还有用真实新闻来博取关注等等。"

陈歌看着那几个狼狈不堪、被吓惨的鬼屋演员,评价说:"你们的场景布局设计很精巧,故事背景也很有意思,明暗两条线的搭设,在惊吓的过程中还不忘记解谜,坦白说,我今天玩得很开心。"

开心?进鬼屋玩你感到开心?开心你妹啊!被陈歌表扬,鬼屋负责人和一众演员却高兴不起来,鬼屋负责人说:"愿赌服输,关于你西郊鬼屋的不实言论,我们会进行更正。"

"好说，如果你们鬼屋再遇到类似的问题，也可以来找我，我很欣赏你们的敬业精神。""推车女鬼"的表情、死尸演员的眼神，这些都是他们对着镜子练习过无数遍的，田藤病院里的演员拥有多年从业经验，他们才是田藤病院最大的财富。陈歌又说，"我要说的就这么多，你们忙吧，有机会记得来我的鬼屋参观。"陈歌目光跃过鬼屋负责人，看着后面的鬼屋演员笑了笑，转身潇洒离开，整个动作非常自然。没有得理不饶人，也没有出言疯狂嘲讽。

鬼屋演员全部跑了出来，他一个游客被扔进鬼屋里，这已经算是参观事故。如果人少也就算了，偏偏是在大庭广众之下，开业第一天发生这种事。要是陈歌死抓着不放，田藤病院的生意就彻底黄了。不过陈歌并没有那么做，言谈中甚至还透露出一丝欣赏，这让鬼屋负责人意外的同时，也感觉到些许庆幸。这人似乎没他想的那么坏，他应该是那种追求极致恐怖的人。

鬼屋负责人目送陈歌离开，想起了多年前那个喜好恐怖片和恶作剧的自己。这几年行业不景气，一味地追求金钱，都有点忘记自己开鬼屋的初衷了。

其实鬼屋负责人还是太善良了，陈歌一开始就没有把他们当竞争对手，之所以在最后啰唆了那么多，完全是在做铺垫，准备将来一口将田藤病院吞下，融入自己的恐怖主题乐园当中。

"老大。""保安鬼"轻轻碰了碰鬼屋负责人的胳膊。

"我没事，咱们打起精神开工吧！"

"那个……""保安鬼"压低了声音，"他好像把咱们鬼屋里的录音机给拿走了。"

"有吗？什么时候的事！"

走出大楼，陈歌上公交车时才发现自己手里还提着个录音机。他想："刚才说得太投入了，怎么把人家的录音机给拿走了？算了，等他们来我鬼屋玩的时候，再还给他们吧！"